春天短暂而漫长

陈彻 —— 著

SPM 南方传媒 花城出版社

中国·广州

图书在版编目（CIP）数据

春天短暂而漫长 / 陈彻著. -- 广州：花城出版社，2024.3
 ISBN 978-7-5749-0115-5

Ⅰ．①春… Ⅱ．①陈… Ⅲ．①长篇小说－中国－当代 Ⅳ．①I247.5

中国国家版本馆CIP数据核字(2023)第239564号

出 版 人：张　懿
责任编辑：陈诗泳
责任校对：卢凯婷
技术编辑：凌春梅
封面设计：姚　敏

书　　名	春天短暂而漫长
	CHUNTIAN DUANZAN ER MANCHANG
出版发行	花城出版社
	（广州市环市东路水荫路11号）
经　　销	全国新华书店
印　　刷	广州市岭美文化科技有限公司
	（广州市荔湾区花地大道南海南工商贸易区A幢）
开　　本	880毫米×1230毫米　32开
印　　张	11.5　2插页
字　　数	270,000字
版　　次	2024年3月第1版　2024年3月第1次印刷
定　　价	68.00元

如发现印装质量问题，请直接与印刷厂联系调换。
购书热线：020-37604658　37602954
花城出版社网站：http://www.fcph.com.cn

不管成功还是失败,
都只是创业的其中一段过程,
不是最后的终点。

目 录

引 子 *1*

第一章 *5*

第二章 *21*

第三章 *34*

第四章 *43*

第五章 *58*

第六章 *79*

第七章 *95*

第八章 *109*

第九章 *120*

第十章 *128*

第十一章 *137*

第十二章 *159*

第十三章 *177*

第十四章 *186*

第十五章 *195*

第十六章 *205*

第十七章 *208*

第十八章 *215*

第十九章 *228*

第二十章 *235*

第二十一章 *260*

第二十二章 *266*

第二十三章 *273*

第二十四章 *283*

第二十五章 *297*

第二十六章 *313*

第二十七章 *317*

第二十八章 *325*

第二十九章 *333*

第三十章 *349*

尾 声 *356*

引　子

　　大年三十中午，孟瑶开车出去采购食材。大街上行人不多，都提着大包小包行色匆匆。

　　出了山姆会员店的停车场，孟瑶接到妈妈宋慧英打来的电话，说舅舅家孙女年初八办婚礼原本定的大姨送亲，但大姨突然病了，临时让她顶上，她就把下午飞深圳的航班取消了。

　　"我不去跟你一起过年了，行……吧？"妈妈迟疑地问。其实孟瑶心里很清楚，妈妈并不那么愿意来深圳过这个年，无论是跟孟瑶一个人过还是跟孟瑶和陈国威两个人过，她都感到别扭。

　　"行！"孟瑶赶紧拿出完全不在乎的语气，"您想怎么着我都听您的！我这也热闹着呢，好多没回老家的朋友聚在一起，去海边包一栋别墅，打麻将、包饺子、烧烤、放烟花，好玩！"

　　"你……那什么，陈国威他……"妈妈吞吞吐吐不知怎么表达好。她想问孟瑶是不是跟陈国威一起过，但女儿50岁了，已经不是想问什么就能开口问的年纪，可不问又着实惦记这个事。

　　孟瑶在手机这端仿佛都能看到妈妈嘴巴开合了好几次想说又说不出口的表情，于是赶紧回答："他也挺好！您甭惦记了！去我舅家可记得少议论人家的事，他家大孙子离婚的事情复杂着呢，人家不说您就别主动提，更别训人家，记住了啊！"孟瑶得嘱咐这一句，要不然75岁的妈妈"爱把自己的三观当成宇宙唯一正确的三观评价别人"的毛病一发作，真能把别人一大家子的春节搅黄了。

采购完，孟瑶一路没有遇到任何堵车就回到了昭华晞园。往日这条路早也堵晚也堵，十分钟的路得开上二十分钟。深圳一到春节就变为一座空城已是惯例，"过年要阖家团圆"在大多数中国人心目中就是神圣律条，山崩地裂也得回家。

她在微信上发了金额分别为一千、五千、一万、两万的红包给公司的十个设计师和其他六个员工，这算是收工利市。今年缨禧服装的利润还不错，年底必须慷慨些，才能让大家觉得跟她干值得，不然春节里东想西想，可能再回来就跳槽到别的公司去了。年底发奖金、派利市不能抠门，这是孟瑶开了快30年工厂总结出来的重要经验之一。现在生产这一块已取消，单都外包出去了，设计团队是核心生产力，设计师是最容易被挖走的人才，必须稳住。

孟瑶把车开进车库，拎着几袋东西回房。这是一栋260平方米的独栋别墅，位于整个小区最里面的角落，买在这个位置是因为她不想每天门前有太多人经过，被陌生人探究的目光打扰。

刚走到地下室上一楼的楼梯，上面就传来"哐啷"一声，吓得孟瑶心脏跳快了好几拍，立即回头去摸楼梯口常年放着的一根棒球棍。紧接着上面传来秦安彤的声音："别害怕！是我！"

孟瑶愣了一下，放下棒球棍，加快脚步来到客厅，看到秦安彤正站在客厅中央猫着腰从打开的纸箱里往外搬一个烤箱。

"你怎么来了？"孟瑶把手里拎的几袋东西放到地上，转到秦安彤面前。

"跟你一起过年啊！"秦安彤抱着烤箱站起来，走向厨房。

孟瑶更疑惑了。虽然这半年秦安彤经常来孟瑶这里住，但这是她坐了一年牢出来后第一次过春节，而且儿子在北京上学，女儿读寄宿高中，平时难得回来，这将是她家难得的一次全家团聚。

孟瑶跟在秦安彤身后，结结巴巴地问："你怎么不去杜家过？是不是杜、杜家豪……"

"不是！"秦安彤提高了声音，把烤箱放到操作台上，回头瞪孟瑶，"怎么？跟你一起过年你还不乐意啊？那我马上走，你自己孤家寡人吧！"说完拍手试图拍掉手上沾的十几颗白色泡沫粒，拍了两下见没效果，索性在衣服上蹭。孟瑶赶紧抓起身边架子上的湿纸巾包递上去："不是，你跟我一起过我当然高兴啦，可是杜家那一大家子人……你甭惦记我，我一个人过习惯了，这个月忙年底清货没休息过一天，正好歇歇。"

"咱俩过不是挺好的吗？"秦安彤扯出一张湿纸巾，把手上的白色小粒都擦下来，包在纸巾里团成团扔进垃圾桶。

"那当然！咱俩一起过我精神头就来了，你去看看我刚买的东西够不够，不够拉个单子明天咱再去买。不过我可吃不惯面包、蛋糕哈！你别天天给我弄那些吃，我要吃饺子！"孟瑶兴奋地搓搓手。

"谁跟你说烤箱只能烤蛋糕和面包的？我给你做红酒烤羊排、柠檬烤鸡、芝士焗龙虾、烤鳗鱼饭……"秦安彤撸了撸袖子，审视着那台还裹着一层塑料膜的烤箱，"你能想到的好吃的，我都能用它做！"

"行吧，我都忘了你是厨子的老婆了……你别把家炸了就行！"孟瑶转身返回客厅拎那几大袋采购回来的食材，把它们安置到冰箱里。安置完，坐到沙发上歇着，看手机，一大堆拜年信息，其中一条是陈国威发来的，只有九个字："祝新春康健，平安喜乐。"

她心情顿时就有些凝滞。

外面下起淅沥沥的雨，黄昏迅速降临。这个亚热带城市的春节,常常在雨中或者25℃如夏日般炎热的气温中度过,令那些北方来的人年复一年逐渐感受不到节日的气氛。秦安彤在厨房里掂着一把芹菜,琢磨是包牛肉馅还是猪肉馅。天气并不冷,但她俩仍然需要再温暖一点。

孟瑶盖着一条棉毯窝在沙发里蒙眬睡去,客厅里没有开灯,一片黑暗。灯光明亮的厨房里,秦安彤的身影忙忙碌碌,集聚了这个大房子里的全部温暖。

第一章

孟瑶1992年大学毕业，在等分配的那半年里，她的高中同学们频频聚会，交流彼此工作的进展。大部分人还是留在承德本地，小部分人去了北京，毕竟承德离北京只有四个小时火车的距离。四个小时就能离开四面环山的小城市、去大城市生活，大家觉得挺值。

班上有两个同学去过深圳，一个男生一个女生。女生大四上半学期实习找了个深圳的单位，去了一个月就回来了，带回一身湿疹，抱怨那地方又湿又热，空气仿佛有毒，沾到皮肤就会起红疹子，吃的也不习惯，人与人关系冷漠、互相戒备，一点人情味儿也没有，以后再也不去了。女生回到承德后父母找关系给她安排了毛纺厂销售的工作，很快上班了。

男生的绰号叫"龚二"，是大专生，比上本科的同学早毕业一年，在市外贸公司当业务员，常年坐火车来往于河南、河北之间采购农副土特产，只被邀请去了一次深圳旅游，回来的时候客户给他花钱买机票飞到北京。这趟他人生第一次坐飞机的经历他反复说了多次，每次都重点讲述高空遇到气流颠簸时的心理感受："我当时觉得肯定要死了！"他的小眼睛里充满了惊恐，"老子刚上班一年，还没结婚、没生孩子，就要把命交代在这了！手忙脚乱找纸笔写遗嘱！找到笔傻眼了，写啥啊？"

孟瑶听他讲了四次，每次都笑。

后来，大家坐了很多次飞机，飞机遇到气流颠簸的情况多得很，也习以为常了，但不知为何坐飞机的时候都会想到龚二。

孟瑶1993年春节后决定去深圳时，所有同学几乎都上班了。

孟瑶决定去深圳不是因为工作不理想，恰恰相反，她的工作在那一届毕业生中几乎是最好的，市财政局科员，行政编。班上同学的去向基本是企业，孟瑶不仅进了政府，且是财政局这种有实权的单位，免不得众说纷纭，扯到孟瑶的家庭背景。

孟瑶的家庭不怎么样。她的寡妇妈妈宋慧英是个裁缝，虽然手艺不错，靠着给大姑娘小媳妇做时尚服装倒是赚了不少钱，但如果用来给孟瑶走门路弄编制，那是根本不可能的。

说到底还是因为孟瑶那已经去世五年的父亲孟廷秀。孟廷秀是市级先进教师，教龄二十年，教出来的学生考上北大清华的就有十几个，其中一个就是市人事局副局长，管毕业生分配。那一年正好财政局有五个招人指标，看到孟瑶的名字，他想起恩师当年高考前深夜挑灯为自己辅导的往事。恩师英年早逝，遗下孤儿寡妇无依无靠，顿时令他心痛不已，于是毫不犹豫就把孟瑶的名字填进了财政局的派遣名单。

名单公布后，虽然有些议论，但人们最终还是表示理解。师生情谊非比寻常，学生尽自己能力提携老师遗孤，又没有违反任何规定，谁又能说什么呢？

可是孟瑶无法接受，她觉得这是施舍，接受就意味着自己无能。虽然她的学习成绩无论在中学还是大学都是中等，但她一直认为成绩中等并不等于人也中等，这一时段的中等并不等于一辈子都中等。她的内心有一团火，烧得她不安分。她想拼一把，如果拼尽全力还是证明自己这辈子就是中等的命，那时再认命也行。

人事局的派遣通知发到手上的第三天，孟瑶告诉妈妈，她不去财政局上班，要去深圳找工作。正在踩缝纫机的妈妈抬头看着她，一脸惊愕。

孟瑶告诉妈妈：她不想过一眼望得到头的生活，想走得远一点，去见识不一样的世界。北京对她来说太近了，上海虽然不近但还不够远。深圳的一切对她来说完全未知，陌生的亚热带气候、陌生的生活方式、被去过的人近乎妖魔化的叙述，对她都有着巨大的吸引力，她迫切想看看，它跟她见识过的其他大城市有何不同。无论这种生活有多未知，她都想去试试。

20岁的孟瑶愿意接受一切改变，好的、坏的，都来者不拒，只害怕一成不变。

宋慧英苦口婆心地强调现在这份工作多么好、多么万人羡慕、多么难得，听说副市长的儿子都没去成。要不是专业恰好对口，你早让无数人咬下去了，比你背景深厚、门路广大的人多的是，你要珍惜这个机会，这关乎你一辈子的幸福。

而孟瑶根本听不进去，她只重复着那句：我想去深圳。

经过几天的吵、闹、哭、冷战之后，宋慧英只能接受孟瑶的决定。守寡这几年并没有改变她软弱的性格，孟瑶遗传了老孟家的倔，决定的事情基本就掰不过来了。而且在那个年代，机关干部下海经商、辞掉编制内工作去闯深圳已经形成一股潮流，只关乎敢不敢，不会被人觉得大逆不道、不可思议了。

走之前，宋慧英还是跑了趟邻居梁老师家，要到梁老师女儿梁芝华在深圳的联系方式。梁芝华三年前大学中文系毕业后就去了深圳，现在在一家外资公司做文员，租了一套房子住，过得还不错。梁老师痛快地答应跟梁芝华打好招呼，接应孟瑶一下，让孟瑶下火车后有个地方投奔。

孟瑶在四月一个寒风嗖嗖的早晨上了火车。这座以清朝皇家避暑胜地闻名的山城，一年四季气温都比山外面低几度。

孟瑶望着窗外北方初春湛蓝色的寒冷清晨，裹紧了薄羽绒服。她在心里轻声地喊：向着温暖的春天，出发吧！

北京到深圳36个小时已经是当时火车最快的运行速度了。孟瑶走出车厢，立刻被热流击得头晕眼花。太温暖了，温度27℃、湿度90%的空气迫使孟瑶迅速剥下穿了一路的薄羽绒服，天上飘下来的细雨又让她手忙脚乱地打开旅行包拿伞、放衣服。忙乱的间歇她扫了一眼周围，刚从车上下来的旅客几乎都在做跟她同样的事，毕竟车到站的时候天色已黄昏，隔着车窗没办法看清外面在下雨。

多年以后，当陈楚生唱起《有没有人告诉你》的第一句：

当火车开入这座陌生的城市，
那是从来就没有见过的霓虹。

她瞬间泪下。那时候，从北方开往深圳的火车几乎都是在黄昏时分到站，城市刚刚点亮万家灯火，列车夹带着细雨扑进一片绚烂无比的霓虹里，那霓虹是当时全中国任何一座城市都比不上的明亮、繁密，这就是她23岁那年第一眼看到的深圳。

梁芝华挂了爸爸打过来的电话，在脑子里回忆同层住对面的孟老师家独生女儿孟瑶的样子。去年春节回家她还见过，是个瘦高白净、眉清目秀的女大学生，比自己小三四岁。虽然梁家跟孟家对面邻居住了快十年，但相差三四岁的女孩不会有交叠的生活圈，梁芝华跟孟瑶并没有很多交往，只在楼道里碰到的时候互相微笑点头，以及春节去对方家拜个年。

今年春节的时候，孟瑶和妈妈一起去梁家，确实跟梁芝华聊得比以前多很多，她问了梁芝华深圳如何找工作、工作环境怎样等问题。梁芝华还曾笑问是不是想去闯深圳了？孟瑶不置可否。

梁芝华皱眉思索了一会儿，跳起来去茶几上翻看台历，翻了半天又掐算了半天，终于舒了一口气，这周阿财都是往广州跑，不会过来深圳住。

梁芝华都是叫阿财"老公"的，虽然他俩之间没有任何法律契约，阿财比梁芝华大了足有10岁，今年36岁了。

阿财是香港货柜车司机，一个矮胖粗壮初中文化的香港男人，家有老婆和三个子女，梁芝华是他在深圳包的二奶。梁芝华跟父母说的"在深圳一家外资公司做文员，每月工资加补贴三千多块，宿舍住不惯，自己在外面花一千块租了一套房住"，其实都是谎言。她三年前刚来深圳时确实找了一份外资公司文员的工作，但干了半年就在夜总会认识了阿财。阿财对梁芝华玲珑有致的身材十分动心，当即要了梁芝华的BB机号码，梁芝华从阿财的眼神里也立刻明白了一切。半年来她在深圳听过很多二奶的传说，二奶不用辛苦工作每个月就能有不菲的收入，她们在很短的时间里能赚到一大笔钱，回老家去建楼买房、嫁人生孩子，过上体面的生活。只要把这段经历隐瞒好，后半辈子还能堂堂正正做人。

但她们的想法太乐观了，其实这些真相总会以各种渠道从深圳传回家乡，几乎所有家乡人都晓得了这第一桶金的来历。但指点唾骂之后，家乡人也纷纷动了去深圳的心思，或驱赶女儿或自己出发，奔赴深圳去赚这笔钱。这个行业很快被抬高门槛，竞争激烈起来，想包二奶的香港男人不用自己去夜总会搭讪，会有专门做中介的人给他们送来几大本照片资料，男人选中几个再进入层层面试，相貌、身材、籍贯、文化、背景等，都成为摆在台面上的比较条件。

当时谁也不相信，人们的道德底线会如此轻而易举地被击溃。我们一直引以为豪的几千年文明积淀，这条底线应该固若金汤，后来发现，在"钱"面前，最先垮塌的恰恰是道德。

当包二奶的机会落到自己头上时，梁芝华几乎不假思索地就接受了。

工作太难了，每天挤在弥漫着汗臭味的公交车上到处奔波给客户送资料，点头哈腰、卑躬屈膝，做错一点小事就被上司骂得狗血淋头，被"炒鱿鱼"的恐惧始终在头顶笼罩；微薄的工资不够花销，每个月吃住扣去一半，剩下的一半买瓶洗发水都要掂量好久，商场柜台里那些兰蔻、倩碧、雅诗兰黛只有看看的份，大街上衣着华丽的靓女们闪得她的眼好酸好痛，她太需要钱了。

当二奶每个月一万五。

当阿财亮出这个数字，还有一套在蛇口翡翠花园长租一年的60多平方米、家具电器齐备的房子时，梁芝华觉得自己没有丝毫拒绝的理由。

如果不是在深圳这样一座城市，梁芝华不可能变成这样的女人。

有人会说，这是深圳的错，也是梁芝华的错。

但也可能梁芝华和深圳，都没有错。

梁芝华手脚利索地收拾着房间，她把明显有阿财标志的东西都收了起来，甚至把衣柜里挂了一架的各种性感内衣都装在一个黑胶袋后藏在角落，找了几套上班的白领穿的西装套裙挂了上去。她不想让刚来深圳的孟瑶了解到真相，她的计划跟二奶中的大部分人一样，准备赚够钱后做回体面人，在老乡、父母和亲人那里不要留下任何痕迹。

梁芝华刚收拾好，孟瑶便敲响了门。

孟瑶在火车站前的公交站牌下看了好久，那上面有十几路车的信息，看得她眼花缭乱，好久才找到459路中巴停蛇口翡翠花园。上车时她又特意问了一句黑瘦的男售票员"停不停翡翠花园"。男售票员回了一句："梗系有啦！"她没听懂，再追问。男售票员不耐烦地回蹩脚的普通话："有！到了我会叫你！"

孟瑶在充斥着烟臭味的车厢里坐到一个靠窗的座位，车上的乘客多数是火车上刚下来的、随身带着大小行李的人。车开了，大家好奇地张望着车窗外的街景。一栋一栋距离很近的高楼大厦，大厦一楼都是灯火通明的商场。孟瑶趴在车窗上努力看着路边来来往往的人们，看他们的着装和神情，还没来得及看清几个，车子就开得快了起来。

又穿过一段高楼大厦密集的繁华路段，路两边便没什么建筑了，除了路灯一片昏黑，像是一片荒野。荒野走了一段后，路边又逐渐出现了密集的高楼和灯火通明的街市。没过多久路边又是一片村庄，农民自建两三层小楼挤得密密麻麻，虽然灯光没有城区那么明亮，但也人群熙攘，十分热闹。孟瑶的脑袋里不停跳出疑问，但她知道，所有谜团都将在未来被她一个个解开，一想到这个，她心里便快乐起来。

梁芝华打开门看到孟瑶，顿时眼前一亮。

春节才见过的孟瑶，比半年前竟然长大了好多，即使刚经过旅途劳顿风尘仆仆，清秀的脸还是显得很出众。

"芝华姐！"孟瑶努力让自己笑得更亲热些。春节拜年她几乎是怀着崇拜的心情去见梁芝华的，那时她还没有做出闯深圳的决定，但同样是大学文科毕业、同样是北方人、同样是女孩子，梁芝华在深圳顺利立住脚跟，无疑给孟瑶带来巨大鼓舞，也是妈妈最后会同意她闯深圳的主要原因。

"哎呀，我应该去火车站接你，但上班请不下假来！"梁芝华热情地接过孟瑶手里的帆布旅行包，又往孟瑶身后看了看，诧异，"咦，你就带了这么一个包吗？"孟瑶点点头："我妈说远途无轻载，带够基本生活用品就行了，她给我带了五千块钱，让我缺什么都来这边买。"

梁芝华愣了一下，没想到这个在外面上了四年大学的女孩子还是这么没有防备心，把自己身上有多少钱随便就说出来了。她在心里摇了摇头，但还是热情地把孟瑶带进屋里。

孟瑶坐在木制沙发上，环顾着这个十几平方米客厅的陈设，注意力很快被墙上一个暗红色雕花木头方盒子吸引。盒子上立着两支红色蜡烛形灯柱，摆了两盘点心和水果，供着一尊神像。她不禁起身走过去仔细看。

梁芝华端着一盘早切好的菠萝走出来，见孟瑶站在神龛前好奇地瞧，解释道："这是房东留下的关公，广东人都喜欢拜这个，我也入乡随俗嘛！"孟瑶看到贡品前小香炉里燃着一炷香，不由得又端详了一下那尊神像，红脸绿帽、手持大刀。

"哎，来来来！吃菠萝！这么晚了你还没吃饭吧？我留了一碗炒饭给你，等我去热热啊！"梁芝华把菠萝放下又跑进了厨房。

"孟瑶，有个事儿……"过了会儿，梁芝华端着一盘炒饭出来放在茶几上，看着孟瑶拿起勺子开始吃，面露难色，"我这只能留你住三天，那间房前几天被我租出去了，深圳的房租挺贵的，我一个人住有点负担不起，就找了个租客，我爸打电话说你要来的那天刚好租出去……"

"没事儿啊姐！我明天一大早就去人才市场找工作！同学说找工作挺容易的，找到一个包吃包住的工作，也许明天晚上我就搬走了！"吃饭的孟瑶嘴里含混不清。

看着这个边狼吞虎咽吃饭边用亲切的乡音回答自己的女孩子，梁芝华心里有点疼。但她没办法，阿财随时会来。

孟瑶做出满不在乎的样子努力吃着炒饭，不让梁芝华看到她尴尬的表情。她清楚自己的到来是给并不熟的梁芝华添麻烦，但她实在没有别的接应人，只能用过多的热情来掩饰内心的慌张，同时她由衷地感谢梁芝华也拿出很多本不必要的热情来殷勤接待自己，毕竟她们几乎完全不熟悉。

怀着这样的心情，孟瑶吃完饭就抢着去厨房洗碗，被推出来后又在厨房拿了把笤帚去客厅扫地，实在没扫到什么垃圾，她就拿了一片纸巾蹲在地上捡可能是自己的几根长发。而梁芝华洗完碗又赶紧跑到客厅抢孟瑶手里的笤帚，然后又忙着接孟瑶包头发的纸巾团。

十点多了，梁芝华教孟瑶学会用热水器，又找出一条新浴巾给她。孟瑶钻进淋浴间，在热气氤氲中，她闻到了沐浴液的香气中有一丝淡淡的腥味。

洗完澡，孟瑶还想跟梁芝华打听一下去人才市场找工作的事情，可是梁芝华已经一脸疲惫地指点给孟瑶她睡的房间，道了晚安后立刻钻到卫生间洗澡去了。

穿着睡衣的孟瑶关了灯，钻到薄薄的棉被里去躺着。过了没五分钟，她又爬起来下床走到窗边，掀开窗帘的一角往外看。外面隔着一条灯火通明的马路，对面有十几栋黑乎乎的高楼，应该是还没完工的工地，工地的后面一片黑暗，传来隐隐的涛声，那应该就是大海了。

孟瑶努力睁大眼睛去看高楼缝隙间那些海的细节，根本看不清楚。她侧耳听了听，海浪声似有若无。那是大海耶！对着看不清也听不清的那传说中的海,她感受到了自己急促的心跳。

不知睡了多久,外面传来男女说话的声音把孟瑶惊醒。

阿财来了。

梁芝华是被推醒的。迷迷糊糊中一股浓烈的酒气把她熏得瞬间清醒,随即听到阿财那熟悉的喉咙里像烧开水一样粗重的呼吸声。阿财没开灯,一边推梁芝华一边脱衣服,嘴里叽里咕噜地念叨着:"阿芝,想死我了!快给我搞下!"梁芝华慌了,手忙脚乱地推开阿财,打开床头灯,阿财已经脱得只剩一条内裤了。虽然脸上油腻,年纪大了啤酒喝得有点多,肚子不小,但常年搬货练出的胸肌和肱二头肌还是很可观的。被梁芝华推开,他愣了一下,随即又扑了上去。

"你不是这周都去广州吗?"梁芝华半推半就地搂住阿财的脖子,尽量压低声音问。

"阿飞有事,我同佢换班了,这周跑深圳,下周才去广州。怎么?不欢迎我啊?"阿财一边猴急地埋在梁芝华散发着幽香的脖子上呼吸急促地啜吸,双手用力抓弄着女人细腻柔软的身体,一边解释。

"不是,我没有准备嘛,菜也没有买,房间都没打扫。"

梁芝华被阿财撩弄得脸红气促,却仍然支起耳朵听着另一个房间的动静,生怕吵醒了孟瑶。

阿财察觉到了梁芝华神情的异样,停止亲吻,抬头看梁芝华的脸:"做咩?你这是……"阿财盯着梁芝华神情的变化,脸色立刻变了,离开她的身体,起身站到床前,捡起刚丢在地上的T恤短裤套上身。

"没有……"梁芝华急忙掩饰,下床伸手去拉阿财,"哎……"

阿财不再听梁芝华说话,迅速穿上拖鞋,推开卧室门冲了出去。他听说过太多香港人在深圳包的二奶跟别的男人勾搭的故事，用金钱建立的关系怎么可能靠得住？他脑子里这根弦从来没松过，每次来这边都会不动声色地检查各处。梁芝华虽然只是个"北姑"，但毕竟是大学毕业生。阿财虽然有几个钱，但始终是个没文化的粗人，他们之间的忠诚和信任全靠那每个月一万五。

阿财飞快地冲出主卧室，打开客厅灯，扫视一圈确定客厅没人后，迅速转向次卧室，推了推门，门竟然从里面锁住了！

阿财越发确证了自己的怀疑，他大吼一声，抬脚向门踹去。旧门锁瞬间就被踹烂了，伴着一声尖叫，次卧室的门打开，阿财看到一个穿着格子睡衣睡裤的长发女孩双手捂脸站在门口，全身颤抖。

梁芝华冲上来抓住阿财的一只胳膊："阿财，你别闹啦！"

孟瑶被喝得醉醺醺的阿财吓坏了，尽管在听梁芝华解释"这是我老家邻居的妹妹"后，阿财神色有些缓和，但仍然用醉眼上下打量了孟瑶半天，并在胸部、腰部多停留了两秒。孟瑶害怕得心脏都要从嘴里蹦出来了，她浑身发抖移开了目光。阿财用粤语问了梁芝华一句孟瑶听不懂的话，梁芝华用力地摇头，阿财又转头上下打量着孟瑶，眼神里明显多了些轻佻。

孟瑶不禁打了个寒战。

梁芝华往前走了一步挡在阿财前面，强笑着对孟瑶说："这是我男朋友阿财，我忘记跟他说你来的事了，他喝了点酒，你别害怕啊！"

阿财拨开梁芝华，走得离孟瑶更近，一开口一股浓烈的酒气便直喷到孟瑶脸上："表妹，欢迎你来深圳！"

他的普通话十分不标准："你喜欢咩样的男朋友？我同你介绍啊，保证比你阿姐赚得多！"阿财脸上的每一个痤疮和粉刺都

15

闪着油光，喷过来的酒气既臭且热。孟瑶惊恐得无法思考，终于，她抱住头大叫一声，迅速退回房间关上了门。

门锁被踢坏了，她慌乱地紧紧靠在门背后。门被阿财一下一下地敲，他一边敲一边在外面用诡异的语气、蹩脚的口音继续说着："表妹！开门啊，阿哥详细同你讲讲，我有个兄弟叫阿飞……"

梁芝华弱弱的劝说声夹杂在其间。孟瑶喘着粗气努力顶住门，眼睛四处乱看，看到自己的牛仔裤和格子衬衣叠放在床边，便冲过去拿在手上，在顶门的同时把衣裤套在睡衣外面。

孟瑶打开门的时候，虽然头发有些乱，但衣裤鞋已经穿好，手里拎着帆布旅行包。她在门口站了一秒钟，并没有看还在互相拉扯的阿财和梁芝华，低着头迅速向门口跑去。

"哎！孟瑶！你别走！这么晚了你去哪啊？"梁芝华慌了，对着孟瑶的背影喊。

"我先走了，芝华姐！"声音传到梁芝华的耳朵里，孟瑶的人已经从打开的门口消失。

梁芝华追到门口，对着楼梯喊了两声孟瑶。

阿财也趿着拖鞋晃晃荡荡跟到门口，探头往楼梯望了一眼，舌头打结地咕哝着说回粤语："个妹一定仲系个处女，真系好靓！听日你一定叫佢返来，我介绍给阿飞，阿飞刚刚让我介绍个'北姑'俾佢，阿飞你知嘎，身家不知几豪阔，你妹跟咗佢就有福咯……"梁芝华气急转身想骂阿财，却又不敢，又探头望了望空无一人、黑洞洞的楼梯，呆了半晌，叹了一口气。

半夜一点，孟瑶拎着旅行包，脖子上挂着装着钱包的人造革小包，四处张望着，在路边漫无目的地走。路边时不时会有"十元旅店""富豪宾馆"的灯牌，孟瑶站在门口迟疑着要不要进去问问价，却往往被里面走出来的或眼神闪烁，或裸着文了龙虎图案的男人吓到，转身抱着胸前的小包急速往前走。在这陌生城市的深夜，她只有沿着有灯的路不停地走，才能稍微压住一点内心的恐惧。

不知不觉地，她走了好多路，前面突然没灯了，一片黑暗出现在眼前，孟瑶吓得腿一软差点坐到地上。就在她转身想再走回有光的地方时，一道大黑影从她脚前蹿了过去。她看清楚了，那是一只硕大的老鼠，跑过去之后还停下来，回头看她，她差点尖叫，老鼠又冷冷地转头继续向前跑走了。

孟瑶恐惧至极，反而叫不出任何声音了。她浑身发凉，一瞬间仿佛失去了所有温度，腿软得像一把面条，慢慢地就要堆到地面上去。她刚蹲下立刻又飞速弹起，笔直地站了起来，因为蹲下去或坐下去离老鼠就太近了。

于是，她站在一堵一半黑暗一半有光的墙边低声哭了起来。

深圳的四月，不冷，也不热，路灯一盏一盏相隔不远也不近地亮着，这条路的两边都是些低矮的小楼，不像天亮的时候从梁芝华家窗户望出去的那条路那样宽阔齐整、路边都是高楼大厦。路边店铺的灯牌几乎都亮着，但大部分店已经关闭，只有一两家杂货店和小旅馆还在开着。孟瑶此刻才感到怕，离开家的这两天两夜，支撑着她情绪的是对深圳的向往、好奇，而此刻只有恐惧切切实实地笼罩着她，她才反应过来自己是真的无依无靠在陌生的他乡。

有人走过她身旁，她立刻止住哭泣，神经质地全身绷紧，抱住旅行袋准备随时逃。她屏住呼吸观察周围，除了脚下时不时窜过的老鼠、蟑螂，离她最近的相对安全一点的地方是一家灯火通明的"龙哥士多店"，远远看过去老板正躺在门外的一张躺椅上打

17

瞌睡。她拖着已经没什么感觉的双腿向那家店走近,却看到老板搭在躺椅扶手上的胳膊文着条龙,她又站住了。

每一分钟都很缓慢的长夜,她找到离灯光不远的一棵树靠上去,不敢蹲、不敢坐、不敢放下手里的包。她仿佛身处一个噩梦中,却又清楚这不是梦。

她终于下定决心,走向士多店旁边的那家"十元旅店"。那家店招牌破旧,肮脏的玻璃门上贴满了各种小卡片,卡片上印着半裸、全裸女人搔首弄姿的形象。孟瑶清楚这种小旅馆不安全,出发前妈妈叮嘱过她千万不要住小旅馆,一个女孩子太不安全了。有梁芝华的接应是妈妈最终放她来深圳的底线,这一路她也是想到这个就觉得心里踏实,谁能想到这个保证竟然这么快就被击个粉碎。

孟瑶刚走到门口,旅馆里面突然拥出了四五个男人,他们大声谈笑,手里都拎着头盔,看到孟瑶走过来,他们不约而同停住谈笑,目光落在孟瑶身上上下打量。孟瑶紧张地抱紧包,低头走向门口。站在门口的一个男人故意挡来挡去阻碍她进门,然后哈哈大笑,其他人也笑起来。孟瑶后退一步,仍然不敢抬头。这些男人恶作剧般地盯着她笑,大声说着她听不懂的粤语,又轰然散去,走向停在对面树下的几台摩托车。

堵门口的男人也走了,孟瑶松了一口气,但仍站在门口没动。她想等这些人走远了再进旅馆。摩托车发动机的声音在她身后响起,似乎一辆接一辆地正在开走。孟瑶怯怯地回头打算望一眼,突然一辆摩托车向着她直直地开过来,速度非常快,几乎瞬间冲到了她的眼前。她吓得大叫一声,拔腿就跑。

那辆摩托车不疾不徐地跟在她身后,轰鸣声中夹杂着骑手的嘎嘎笑声和围观人们听不懂的粤语谈笑。

她慌不择路地奔向一条楼与楼之间的窄缝，那里还不到一米宽，摩托车开不过去。孟瑶被车灯驱逐着进入了那条窄缝，深一脚浅一脚地狂奔。

待她跑进了那条窄缝，摩托车的轰鸣声便停在了窄缝口没再前进，但灯光却一直在亮着。孟瑶没命地往前跑，黑暗的窄缝并不很长，前面就有一片亮光，她向着那片亮光狂奔。

奔出了窄缝，孟瑶站住脚回头望去，摩托车的轰鸣声和灯光都消失了。

孟瑶转头看，这里的亮光来自一个带院子的三层小楼的一楼。隔着铁栏杆门看进去，那里门窗大开，灯火通明，七八个人正围坐在沙发上看电视。

孟瑶的精神刚刚松弛了一点，疲惫便袭来，迷迷糊糊地站不稳，向旁边一个黑乎乎的东西倒去。那东西是个大垃圾桶，里面装满了垃圾，孟瑶的身体刚碰到垃圾桶，就蹿出几只肥大的老鼠。

孟瑶惨叫一声，脚下一滑坐倒在地。

孟瑶叫得太大声了，惊动了屋里看电视的人们，他们纷纷起身出来看，还有人把门口的灯打开了。

这是一座城中村的三层小楼，一家建筑设计院租下来给员工做宿舍。

七八个人出来站在门口看着孟瑶，孟瑶面红耳赤地解释自己刚下火车坐中巴来投奔亲戚家，但没有找到翡翠花园，迷路了。有人指给她路口的小旅馆去住，有人建议出两个男人把她送到翡翠花园亲戚家去，却没有一个人真正站出来。

孟瑶看这些男女年纪都在20多岁，跟自己差不多，也都操着北方各地口音的普通话，便鼓起勇气开口问能不能在这里借宿一宿。众人面面相觑，都没接话。

19

孟瑶僵了一会儿,鼻子发酸,抱起旅行包转身往路口走。心想着小旅馆虽然看上去可怕,但毕竟是旅馆,能差到哪里去呢?深圳是法治之地,今后她想在这座城市生活下去,就必须勇敢起来,如果不勇敢一步也迈不出去。

走了十几步,突然后面有个男声喊:"哎,你留下来吧,我们找个床给你住一宿!"

这个喊了一嗓子的男人,是李志伟。

第二章

李志伟是这家建筑设计院的方案设计组组长。

设计院分方案设计、结构设计、设备设计三大块,方案设计是龙头,也是整个设计院最吃重的部分。这家设计院是两个清华大学建筑系毕业的老板合股创立,李志伟是他们的师弟,通过校友的渠道找到了这份工作。刚毕业两年就能做到方案组组长的位置,足见师兄对他能力的认可。

26岁的李志伟,不仅有出色的业务能力,还以182厘米的身高、英俊出众的外表引人注目,他开口跟人商量什么事,少有被驳回的。

李志伟开口说了那一句话后,管总务的小田立刻走到孟瑶跟前,伸手接过孟瑶的旅行包,说:"跟我来吧!"

孟瑶经过李志伟身边的时候感激地对他点了点头,却因为天太黑,没有看清他的样子。

后来,孟瑶竟然在这个宿舍断断续续借住了一个多月。

工作并没有她之前预想的那么好找。位于罗湖区深纺大厦一层的人才大市场每天人挤人、人挨人,招人的公司一家比一家要求高、条件苛刻。孟瑶拿着二本财会专业、一天工作经验也没有的文凭,面对众多要求最少一年经验的岗位望而却步,连试都不敢去试。有时她鼓足勇气递上简历,招聘人上下打量她一番,看她长得眉清目秀,就问一句:"做文秘吗?"她便犹豫地拿回了自己的简历。

来深圳前，不止一个人告诉过她，正经女孩子在深圳做文秘工作很危险，秘书是"老板的情人"的代名词。她有正牌财经学院本科毕业的文凭，总想着还是找个专业对口的工作才是正经。然而那些招聘会计、出纳的工厂、公司，又十分看重工作经验，一点经验也没有的人，谁敢用你在这个重要岗位？所以孟瑶连着找了好几天工作，碰到的全是钉子。

第一天傍晚，她从罗湖回到蛇口，在路边的一家快餐店里打了一份两块五的一荤一素盒饭吃了，回到设计院宿舍，便在门口遇上了总务小田。

孟瑶一路上就在为"说是只住一夜，其实要厚着脸皮再住几天"这件事纠结，看到小田那一刻她脑子里闪过了"要不要回梁芝华家住"的念头，不禁打了个寒战。

她站住脚，刚心虚地对小田笑了一下，就听到身后昨晚听过的那个声音响起："哎，你找到工作没有？"

孟瑶回头，见一个高大瘦削的男青年从门口走进来，穿黑T恤、旧牛仔裤，手里拿着一卷图纸。

人和人的缘分是说不清的。孟瑶和李志伟一辈子都不明白，在那个黄昏的握手楼门口，两个人怎么会一见钟情。头一天深夜灯光太黑、距离也远，他们互相并没有看清对方的长相。孟瑶没想到留她住下的那个男孩子居然长得这么高大好看，五官像雕刻一样精致整齐；李志伟也没想到一时好心留下的这个女孩子居然如此清秀。两人四目一对，都是一愣，然后目光就在彼此脸上黏了半天。

"我……我可能今天还搬不走……"孟瑶嗫嚅着。

"没关系。小田，女员工宿舍那张床这段时间都不会有人用吧？"

李志伟把目光转向一边的小田，小田有点勉强地笑了笑："不会，还没招到新人……"

李志伟没等小田这句回答说完，便转头看回孟瑶："那……哎你叫什么名字来着？"

"孟瑶。"孟瑶被这双亮晶晶的眼睛盯得有些慌。

"孟瑶，你想住多久就住多久吧，找到包住的工作再走也不迟！"

李志伟说完，自顾自向楼里走去，走了几步又回头看孟瑶："哎你吃晚饭了吗？要不要在公司食堂吃？我去跟师傅说一下！"

"啊我吃过了！谢谢！"孟瑶不敢再面对小田，慌慌地跟在李志伟身后也走进楼里去了。

小田看着两人的背影，冷笑了一下，自言自语："你不是有个表姐就住在翡翠花园吗？"

第三天，孟瑶又在人才大市场找了一上午的工作，她开始觉得不能再坚持以前的原则了，文秘也可以，销售也可以。连看了几家招聘文秘的公司，都要求中文或者外语系本科学历，直到一家"台湾富通电子有限公司"招聘的要求里写"专业不限、大专以上、25岁以下女性，董事长秘书，月薪2500元，包吃住"，她才把自己的简历递了上去。而就在她刚要在招聘摊位前面的椅子落座时，一个身影迅速地挤开她，抢先坐在了那把折叠椅上。

这是一个跟她年纪差不多的女孩，比她高半头，一头长卷发。孟瑶被挤得跟跄了一下，扶着桌子才站稳。还没来得及看清楚那女孩的正脸，就听到周围围着的几个男的不约而同地发出一声轻呼。

孟瑶转头打量女孩，发现这女孩很漂亮。不同于孟瑶素脸、清汤挂面头、白衬衫牛仔裤的打扮，她穿了一件露肩紧身T恤、西装短裙，脸上打了粉底，睫毛略卷过，一双瞳孔浅棕的大眼睛微微有些外凸，嘴唇涂着淡淡的口红，个子高挑，身材玲珑，脸上有一种不容分说的严肃，把孟瑶挤开后根本不看孟瑶，仿佛理所当然。

"我应聘这个董事长秘书工作。"女孩把手里的一份简历放在桌上，孟瑶注意到她涂了豆沙色指甲油，而"工作"这两个字的发音像西南省份的口音。

这些天，孟瑶听了太多陌生口音，这城市里的人来自四面八方。她仅能根据大学时接触过的外地同学辨别有限的几种，其中就包括这种可能是重庆地区的口音。她同宿舍上铺的女孩是重庆人，整个大学四年把她欺负得没脾气，噎她、呛她、用她的东西、借她的饭票不还，说话声音比别人高八度，每次吵架她都吵不赢，孟瑶因此对重庆人有了很大偏见，只要听到这种口音，火就从心底冒出来。此刻她深吸一口气，把自己的简历也放在桌上，看着招聘摊位后面坐着的穿白衬衫、打红领带、40多岁的秃顶男人："我也应聘这个董事长秘书工作！"

几个围观的本来打算走的人，这下不走了，纷纷聚拢过来围观这两个杠起来的女孩。

卷发女孩抬头冷冷地看了孟瑶一眼，面无表情地转回头继续看秃顶男。

孟瑶则看都不看那女孩一眼，两脚并拢原地站直。

秃顶男拿起两人的简历认真地挨个看了一遍，只用一句话就缓解了紧张气氛，他从孟瑶的简历上抬起头看孟瑶："你是学财会的？做出纳可以吗？月薪一千五，包吃住。"

"可以！"孟瑶立刻回答，这正是她求之不得的，虽然出纳工资比秘书低了好多，但能积累财务工作经验比什么都强。

"两个我都要了，一个做秘书，一个做出纳，下午去这个地址报到吧！"秃顶男拿起笔唰唰唰地在一张纸上写下一串地址，把纸递给两个女孩。

两个女孩同时伸手捏住了纸，重庆女孩看了一眼孟瑶，孟瑶终是气弱，放开了手。女孩从鼻孔里哼了一声，把纸拿过来叠好。

重庆女孩快步走出深纺大厦，包臀及膝西装裙下两根细长的小腿虽然穿着高跟鞋，仍然让穿着平底旅游鞋的孟瑶追得急急忙忙。

台阶下了一半孟瑶才赶到女孩前面，她为这种毫无道理被对方占了主动权的形势感到气急败坏："哎，你怎么回事？把地址给我看看啊！"

本来就高的重庆女孩站在高一级的台阶上俯视着孟瑶，越发显得气势凌人："咱俩一起去不就得了吗？我要回下梅林拿行李，你呢？"

"下梅林在哪里？我要回蛇口。"

"蛇口在哪？坐什么车？"

下一分钟，两个人就找了个荫凉地打开地图并着头看了。下梅林和蛇口相距很远，离她们要去的西乡更远，她们不得不等一路320中巴，先去下梅林，再坐465路去蛇口，然后再去西乡。

"我叫秦安彤，重庆人，你呢？"在中巴车上，女孩小心地把精致的卷发捋到胸前，不让它们蹭到看上去很脏的靠垫。她略卷起的睫毛忽闪忽闪的，孟瑶被她盯得有些不安，秦安彤的眼睛是那种微凸的单眼皮大眼睛，盯着人看的时候有咄咄逼人感。

孟瑶还没从人才市场里被挤开的生气里走出来，并没有马上回答她。而秦安彤早把这些芥蒂抛到脑后，粲然一笑，露出一口雪白整齐的牙齿："你叫孟瑶！我刚刚看了一眼你的简历，还看到了你的籍贯，你是河北人，我妈就是河北滦县的，当年支援三线去了重庆！她口音可好玩了，跟那个演小品的赵丽蓉一模一样，你也是吗？你说几句家乡话啊！"

刚才还盛气凌人的秦安彤此刻只是个笑意盈盈、连珠炮般说个没完的小丫头，孟瑶不知怎的，心情就好起来了。

孟瑶和秦安彤拎着各自的行李来到西乡"台湾富通电子有限公司"门口时，已经成了一对有说有笑的好姐妹了。

秦安彤比孟瑶早一天来到深圳，接应她的是表哥表嫂，两人在一家工厂的食堂做饭，住在食堂仓库隔出来的一间小屋里，虽然只有两平方米，但好歹可以夫妻同住。秦安彤来了，表哥就去男工宿舍找老乡挤挤，把半边床让出来给秦安彤睡。

秦安彤出身小康人家，父母都是重庆的机关干部，家里还有一哥一弟。三个孩子只出了她一个大学生，哥哥进工厂，弟弟读职校。父母对四川大学中文系毕业的女儿寄予厚望，早早帮她联系了中学语文老师的工作。可是秦安彤在巴蜀之地憋坏了，跟孟瑶一样生长于山城的她想看海，想吹传说中带着咸味的浩荡海风，想过热闹多变的生活，想走出去，越远越好。

面对她闯深圳的决定，爸爸摔了两个茶杯，威胁将不给她提供一分钱差旅费。她砸破了自己的储蓄罐拿出50块钱，去朝天门批发了一包衣服裙子，晚上去夜市摆摊，两天赚了100块，手里攥着150块钱钞票回家，准备第二天再批更多衣服摆更大的摊。为了防止她即使没去深圳也成为晒得黑炭一样的服装摊小贩子，父母只好拿出两千块给她添上，做去深圳的路费。

秦安彤在大学时谈了个男朋友，两人约好一起来深圳。但男朋友出发前，父母把一位去过深圳的亲戚请到家，那位亲戚把深圳描述成黑不见底、乱得像地狱的罪恶之城，成功地把他吓得临出发前退了火车票。

男朋友来送火车,在站台上哭得稀里哗啦,留秦安彤也不要走,让秦安彤觉得不好就回来,如果在深圳觉得好就再召唤他去,还塞给秦安彤一个日记本做纪念。秦安彤一直平静地等他哭完,火车开动的时候,她望着车窗外跟着火车走的满脸恋恋不舍的男朋友,把手中的日记本准确地一扔,扔到男朋友怀里,随后潇洒地挥手:"撒哟娜拉!拜拜了您哪!"

23岁的秦安彤敢于告别一切,在这世界上就没有她舍弃不了的东西。

一个30多岁的女行政主任给孟瑶和秦安彤办了入职手续,带她俩去看宿舍。女员工宿舍是一条长长的铁皮临建板房,门前一道走廊。行政主任推开其中的一间,对孟瑶说:"这是你的。"

孟瑶拎着刚在厂门口杂货店买的水桶、脸盆和简易被褥,探头探脑走进这间大约四平方米的宿舍,一张铁架单人床、一个床头柜、一个简易衣柜,还算干净整洁。秦安彤也跟了进来:"主任,我俩想住一起,有双人间吗?"

行政主任面无表情地站在门口并没有跟进来:"没有,所有女职员都住单人宿舍。"

孟瑶和秦安彤对视一下,交换了一个眼神,心里都想:"这工厂住宿条件够好的啊!"

秦安彤的房间就在隔壁,跟孟瑶的房间一样的配置。秦安彤瞧了瞧两人房间中间的墙壁,发现就是薄薄的一层胶合板,顺着胶合板她望向天花板,居然并没有连到顶,跟房顶还有两尺多高的空间,也就是说两人的房间到两米以上就没有阻隔了。她对孟瑶做了个鬼脸,小声说:"以后把这块板撤了,咱俩就同屋了。"

站在门口的行政主任听到这话，板着脸说："破坏公司设施罚款、开除！"说完转身便走，过了一会儿听到她在不远处说："把东西放下就跟我走，还要去各自的部门报到！"

两人连忙退出房间，带上门时，却发现门上没有锁，只有一个铁钩子在外面钩住一个环。两人都愣住了，不约而同又返回屋内查看，里面也没有锁。

"这门怎么没锁啊？"两人异口同声地问。

"公司为防止盗窃，所有宿舍都不装锁，厂内安保严格，个人财物不会丢失！"远远的声音飘来，行政主任已经走到走廊尽头，马上要出门了。

两人交换了一个困惑的眼神，这句话她们完全没有听懂，为防止盗窃就不装锁？还没等她们想通，就得一路小跑跟上行政主任飞快的脚步了。

走进一栋里面响着机器轰鸣声的四层楼，行政主任把孟瑶留在一楼的一间挂着"财务部"牌子的房间，把她介绍给财务部吴经理，就转身带着秦安彤继续上楼了。

吴经理，男，30多岁，戴着粗黑框眼镜，脸上凹凸不平，声音很严厉："听说你刚毕业没工作经验？我可不带新人！跟原来的出纳宋小姐跑两天银行、熟悉一下工作吧，她下周一就离职了，你必须马上上手！"

孟瑶跟宋小姐熟悉了两个多小时出纳业务，很快就到了下班时间。

宋小姐从抽屉里拿出一个不锈钢饭盒，对孟瑶晃了晃："等会儿你最好去厂门口的杂货店买个饭盒，咱厂食堂虽然吃饭不要钱，但要自备饭盒。"

宋小姐矮胖、小眼睛、苹果脸，说话湖南口音。孟瑶把面前的会计凭证和账本归拢起来，在宋小姐指点之下锁进了抽屉，宋小姐站起身她才跟着站起来。

行政主任突然出现在门口，目光锁定在孟瑶身上："孟瑶，你跟我走，老板请吃入职饭！"

孟瑶什么也没想，拿起桌上的小包就走向门口。此刻却听到身后的宋小姐轻咳了一声，其他七八个人在她经过的时候也都抬起头，用奇怪的眼神看着她。

孟瑶心里动了一下。

途中遇到了秦安彤，秦安彤快活地对她挤了挤眼睛，两人并肩跟在行政主任身后边走边窃窃私语。

秦安彤说："总经理太老了！有60多岁，台湾人。我的工作就是每天打字、送文件、泡工夫茶，还要经常陪他出去请客户吃饭！工作挺清闲的，还不错哟！"

孟瑶则面露难色："我马上就得接出纳的工作，那些凭证和账本我全都看不懂呀！"

"你不是学财会的吗？"

"可我一天也没干过！做错了我就完了！"

"没事，你嘴巴甜点，叫哥叫姐，不会的就去问人，这招我用半辈子了，特别好使！"

孟瑶被秦安彤逗得想笑，秦安彤握住孟瑶的手捏了捏。然后行政主任就带她们走到了一辆银灰色的宝马车面前。

行政主任拉开副驾驶位的门让秦安彤坐了上去，拉开后座门让孟瑶坐进去，自己却没上车，关上了车门。

孟瑶坐进后座，看到一个穿着白衬衫打领带的60多岁的男人已经在后座了，她还没等看清对方的长相，便被一股扑鼻的香水味熏得差点咳嗽。

司机发动了车子，开出厂门驶上马路。

男人转身把一只手伸给孟瑶："孟瑶小姐，是吧？富通电子厂董事长，小姓林。"孟瑶没敢抬头，伸手出去被那只很白、有几块老年斑的手握住，那手软绵绵的很温热。

孟瑶心跳如鼓，飞速斜了一眼前排坐着的秦安彤，秦安彤没有看她，好像也略低着头。

吃饭是在一个装修豪华的餐厅包房里，新入职的员工只有孟瑶和秦安彤，老板还请了另外两个朋友，也是60多岁的老头，据他介绍都是在深圳开厂的台湾人。三个老头把两个女孩夹在中间，谈笑风生，聊着各自最近做了什么大单、赚了多少钱，谈笑风生中不停地劝两个女孩喝酒。秦安彤看样子酒量还有些底，对不断加满的白酒几乎来者不拒，喝了三杯脸色都没什么变化。孟瑶却从来没喝过白酒，闻到味道就想吐。她再三推托，实在推不过就抿一点点，然后立刻喝茶把酒味稀释掉再咽下去。三个老男人倒也不勉强，不强求两个沉默的女孩子加入谈话，自顾自谈笑风生、推杯换盏，中间还用孟瑶和秦安彤听不懂的闽南语交流几句，然后哈哈大笑。

吃了有两个多小时，林老板问孟瑶和秦安彤吃好没有，两个如坐针毡的女孩赶紧说吃好了，林老板起身喊外面坐等的司机进来，送两个女孩先回厂。

两个人一路上没有交谈，心里都比去的时候沉重多了。

车开进厂门口，停到女员工宿舍的那栋板房前，两人下车走进走廊，都没有说什么，只是在回到各自宿舍那没有锁的门前。孟瑶摘下那个铁丝钩子，捏在手里看了看，转头看着同样站在门口犹豫的秦安彤，两人交换了一个担忧的眼神。

两人分别躺在各自的床上翻来覆去睡不着。孟瑶试着说了一句话,秦安彤在隔壁回了一句,都听得清清楚楚的,只是回音大了点,好像在空旷的大空间里交谈。

"我还是不放心门没锁,你房间有什么可以挡门的吗?"孟瑶问。

"就一个床头柜能动,管什么用啊!算了,别怕!有什么事你就喊,我马上过来帮你!"秦安彤说。

孟瑶在床上翻来覆去一阵子,还是起身下床,把床头柜移到门后顶住门,那纤维布做的简易衣柜她挪了挪,太轻了,没什么作用,忐忑不安地又回到床上躺下。

"我把衣柜挪到门口挡住了!"她对秦安彤说。

秦安彤声音已经有点黏糊:"主任说工厂治安好,没事的。"

孟瑶再跟她说话就没等到回答,只传来细微的鼾声。

孟瑶想来想去还是睡不踏实,起身脱了睡衣换上T恤牛仔裤,把帆布旅行包拉好拉链放在床头附近地面上,拎起来试着抡了抡,感觉如果有人闯进来她抓起这个旅行包抡起来砸头还能有点用。

做完这一切她又躺回床上,瞪着眼睛看天花板,想着这样的宿舍环境,厂里那些女员工每天是怎么睡着的?这真的安全吗?想着想着,她还是抵挡不住瞌睡,迷糊了过去。

不知过了多久,孟瑶被一声好像捂住嘴后发出的尖叫声惊醒。那叫声很低很闷,只发出一声便没有再响,让她以为是自己做了噩梦。

孟瑶坐起,抬手拍了拍脸,让自己快点从迷糊中清醒,努力听四方动静,终于听到隔壁传来含糊的呜呜声和床板咯吱咯吱的动静。

"秦安彤?秦安彤?你怎么了?"孟瑶大声问。

没有回答。但呜呜声和床板咯吱声越发大起来。孟瑶猛地跳起来,抓起地上的旅行包,冲向门口,拉开挡门的床头柜,打开门冲出去,一把推开隔壁房间那扇形同虚设的门。

屋里被床边窗户射进来的外面的灯光照得清清楚楚,一个穿白衬衫的人正在床上压着用力挣扎的秦安彤。

孟瑶喊了一声:"你是谁?"然后手里的包就抡出去砸在那人后背上。

那人被砸后停止了动作,跪坐在秦安彤身上。孟瑶闻到一股扑鼻的香水味,正是白天在宝马车上闻到的那股味道。

"不要叫啊,我带了钱,以后还会给你们加薪!"林老板微微喘着气,先低头对被他骑得动弹不得的秦安彤、又转头对手拿旅行包站在床边的孟瑶说,同时拿起放在枕头旁的一块东西,晃了晃。

孟瑶借着窗外射进来的月光看了看,那应该是一沓厚厚的钞票。

孟瑶还愣愣地没反应过来,就听到秦安彤的怒吼:"老子日你个先人板板!"

她双臂撑着从床上坐起,将老头掀翻。老头一头撞在墙上,惨叫一声,捂住脑袋缩成一团。

秦安彤从床上一骨碌爬起来跳下床,孟瑶这才看到她也穿着白天的一身衣服。

秦安彤抬起已经穿好了鞋的腿,又发狠用力踹了床上那还没从脑袋撞墙的疼痛中缓过来的老头两脚,然后用手腕上的发绳把披散的长卷发扎成一个马尾,对着发呆的孟瑶说:"走!这不能待了!"

深夜三点,两个女孩子拎着旅行包、塑料桶、装着简易被褥的塑料袋走到厂门口。保安亭的值班保安一开始拦着说夜里不能放任何人出去,孟瑶便说借个电话报警。保安扫视了两人几眼,默默打开了小门。

深圳,深夜。这街是孟瑶熟悉的,大老鼠的黑色影子不时窜过,已经不能吓到她了,大蟑螂忙忙碌碌地跑过也不再惊得她暴跳。几天之内,她就进步了不止一星半点。

在十元旅馆宽度不到一米的单人床上,两个人必须紧紧依偎着才能不掉下去。秦安彤咬牙切齿地一只手指着天花板低声吼:"妈的!老子一定要在这个鬼地方立住脚跟!"

初夏的深圳夜晚,十元旅馆里散发着混杂霉味、厕所味、泡面味以及漂泊者们各种气息的味道,久久地浮在一米多高的空间里,挥之不去。

第三章

孟瑶来到深圳第二个月头上，已经在找工作的道路上碰得头破血流了。

找工作对"深漂"来说是重要的一关。孟瑶来深圳之前，只在电视新闻上看到一群人挤在一张桌子前争先恐后向招聘人介绍自己的画面。真正来到位于华强北深纺大厦一层的"深圳市人才大市场"，她才发现事情没那么简单，这个市场其实有着非常坚实的潜规则。

首先，这个市场只为大学专科以上学历的求职者服务，低于这个学历门槛的人得去"劳动力市场"找工作。

劳动力市场比人才市场限制少很多，还有一些自发形成的场地也能替代，比如面积宽阔的天桥下、区劳动局门口的路边，会有些举着牌子的人聚集，上面写着"港资厂招熟手车工、钳工，包吃住，待遇优""杂工数名，无需经验，五十一天"等，招够了人数来车接走。

招工人的单位极少看经验资历，那个年月深圳的服装厂、电子厂、玩具厂、手表厂都是国内独一份，刚从内陆来的人极少有这方面的丰富经验，无论之前他干什么工作，进入深圳工厂的岗位都必须先经过培训。

但这不等于招工的人就不用挑选了，他们会参考你以前干的工作评估你是否能很快上手新工作，也会通过简单的谈话评估你的学习能力、智商、情商，起码不太差他们才能录用你。还有五花八门的其他限制条件，让你摸不着头脑。比如有的老板不要江西籍，有的老板不要属虎的……这些也无法去细究原因，更无法律条文规限他们，你跟他们讲公平、讲歧视，他们只会翻你白眼："老子出钱请人，想不要谁就不要谁！"

而官方认定的人才市场就只有深纺大厦一层这一个，所有从内陆拿着专科以上文凭来到深圳的年轻人都只能在这里找工作，导致这里的竞争十分激烈。

其次，找工作的成本不低。

深纺大厦一层的深圳市人才大市场对招聘单位和求职者双向收费，求职者进入一次需花10元买一张登记表，相当于一张门票，招聘单位则要每天付300元、一次交两天以上的入场费，也不便宜，这就让双方都得慎重。对招聘单位来说，速战速决招满理想的人是他们的目标；对求职者来说，要准确衡量自己的能力与价值，力求提高简历命中率。

孟瑶是个普通财经学院刚毕业的本科生，没有一天实际工作经验，也没有会计资格证、计算机操作资格证等一系列证件，这种水平去应聘大的外企根本一点希望也没有，简历递上去遇到好心人看一眼就会推回来，遇到心不在焉的看都不看收下放到桌上的一摞里，回去后随手扔掉。那一沓简历不光有第一页那个贴着一张一寸照片的求职登记表，后面还有至少花2元找路边复印店复印的一张毕业文凭复印件、一张身份证复印件、一张打印的简历。这样几页用订书机订在一起的资料如果一份一份递出去都如泥牛入海，那时间长了也会让孟瑶们经济崩溃。

再次，招聘单位也鱼龙混杂，招聘单位贴出的启事有的很朴实，某某电子厂，位于关外，招出纳会计，包吃住。有的却极尽欺骗忽悠之能事，"东南亚商业贸易有限公司"，实质是一家办假证的皮包公司;"致胜环球电子集团",其实是家生产电灯开关的小电子厂。还有很多打着文化、商贸、娱乐服务公司旗号招聘公关、文秘、业务员,实则都是色情服务。

这些花样对从内陆刚到深圳的年轻人来说,都要上过当才能明白,上当有大有小,吃亏有深有浅,总要经历过几次才能心里略微有点数。

孟瑶和秦安彤自从共患难过一次之后,内心都产生了不安全感,希望能进同一家公司工作,两个人一起去闯荡未知,能守望相助。她俩一同入职过一家专门造假手续注册空壳公司,然后3000块钱一个把空壳公司卖出去的"财务公司"。老板让她们用涂改液把一张真的银行进账单涂改后写上新数字再复印,用这张假进账单复印件以及假身份证等资料去工商局排队办注册手续。两个人排得战战兢兢,只干了两天就跑了。两人又去超市应聘"采购专员",被派到大街上发传单,每天不发够5000张不许下班,一直干到半夜一点才勉强发完。她们还进过一家红酒销售公司,入职后发现其实就是在夜总会当陪酒小姐。

诸如此类的当上了好几次,四处奔波白花了不少钱不算,还受了不少惊吓。好在李志伟一直顶住小田的压力,留她俩在设计院宿舍住,不然只能住那些又脏又臭又不安全的十元旅馆了。

一个月后,孟瑶入职了恒发服装厂的打版工。

在人才大市场应聘的时候,招人的人事经理一看简历就问她:"你不是学财会的吗?还是本科生,怎么要应聘工人?"

那一刻孟瑶有苦难言。这是她愿意的吗?找财务工作实在找不到啊。

至于进服装厂当工人,孟瑶是受跟李志伟一场谈话的影响。

有一天下午,她面试一家外资饼干厂会计失败,坐车回到蛇口,刚在上海轻工总汇门口下车,就看到李志伟扛着木梯子走在路边。她跑过去问他在干什么,李志伟神秘地看了看周围,然后对她说:"我在外面干私活!"说完就示意她跟着他走。

孟瑶跟着他来到隔邻的南水步行街,走进一家正在装修的店铺,两个工人正在锯木板、打板钉。李志伟把梯子立在墙边,拿起一把木铲就开始在一个铁皮桶里搅拌白灰准备刷墙。

李志伟一边干活一边告诉孟瑶,他一直在这条步行街上找装修店铺的活儿,这是接的第一单,一个月完工,刨去工料费能赚5000块钱。

他从孟瑶的眼神里看出了疑惑,清华大学建筑系毕业的高才生,在一家虽然是私营小规模但生意不断的设计院里做项目负责人,每年保守收入也有二三十万,为什么要出来干这种操心受累又没多少钱的装修工程呢?

"我是一定要自己干的。广东有句话叫'工字不出头',给人打工没前途,来深圳就是要创业!"李志伟说这话的时候眼睛里烁烁闪光。

工人喊他过去确定贴木板的位置,他向门口走去,中途又停下,回头对孟瑶说:"你想想,如果只是找到一份跟你所学专业内容相符的打工工作,每个月拿一份死工资,那你来深圳跟在老家有什么区别?只是换了个更繁华的大城市吗?要创业!创业才不同!"

这几句简短的话语,后来经常回荡在孟瑶的脑海里,成了她人生路上的指向标。

因此在人才市场,面对恒发服装厂人事经理的疑问时,孟瑶回答:"我财会专业刚毕业,一点工作经验也没有,连去应聘出纳都很难。我妈妈是裁缝,我从小帮她开裁缝店,做衣服的所有工序我都帮她干过。我对服装感兴趣,想在这个行业多学点知识,以后做出点名堂!"

在她说出这段话之前,其实从来没想过这种可能,但说完这话后,她内心忽然认定了:做服装还真是自己喜欢且会干一点的一个文凭以外的工作啊!毕竟从小到大,她都是在妈妈裁剪布料的沙沙声、踩缝纫机的咯吱咯吱声中成长的,布料从一卷一卷在操作台上铺展开到神奇地变成一件构造复杂的成衣的过程,对她有着巨大的吸引力。

晚上与秦安彤见面时,秦安彤对孟瑶的决定大摇其头:"你好歹是个本科生!当工人也太委屈了吧?即使你要创业,去服装厂应聘出纳不行吗?我看那家厂财务部也招一大串人呢!"

见孟瑶决心已定,秦安彤叹了口气:"我不!再怎么样我也不能接受白领以下的工作,我今天面试了一家外资银行、一家电子厂、一家贸易公司,都是文员,都要等回音。我没想创业,自己当老板太累了,我要做白领丽人!"

当时,《白领丽人》这部电视剧正火,煽动了一大批小镇女孩向往北上广深,这些城市有高入云霄的写字楼,写字楼里有外资公司的洋老板,有踩着细高跟鞋化着淡妆的白领丽人。

孟瑶这才发现,秦安彤的发型和妆容几乎都是copy电视剧里邬倩倩的造型。

"哦!原来这是你的理想啊!"孟瑶恍然大悟。

秦安彤得意地抚了抚时髦的发卷儿。

那天晚上,华信贸易公司的电话突然打到秦安彤的BB机上,秦安彤飞速回电,对方通知她第二天可以去华强北上班了,任职销售专员,包吃包住月工资三千,住的是公司给租的位于中航苑的四人间员工宿舍。

而孟瑶第二天一早也将进入恒发服装厂当打版车间的学徒工，搬到工厂去住。

两个女孩子高兴得手拉着手在原地跳了半天，以这一个月的经验来看，这两个工作应该靠谱了。她俩想凑点钱去村口的饭馆吃盘炒米粉庆祝一下，翻开各自的口袋，发现一个剩了两百多，一个剩了三百，不由得同时倒吸了一口凉气，取消了庆祝计划。

但孟瑶还是提出搬走前要请李志伟吃饭感谢他一下，但打了李志伟的BB机好久都没有回音。孟瑶不禁发起呆来，李志伟现在上午在设计院画图，下午跑到步行街装修，晚上经常后半夜才回来，人熬得又黑又瘦，她暗暗地有些心疼。

秦安彤见她说到李志伟就眼神发直，立刻就明白了是怎么回事，她故作老成地对孟瑶说："李志伟这个人，可以。要抓住他！深圳人才虽然多，但清华毕业的毕竟是极少数！"

但说完这话后不久，她又补充道："你刚来深圳不久，也别这么早陷入恋爱。你才见过几个人？以后还有什么机遇都说不准，多经历经历吧，恋爱结婚是最后最后的事，不用那么着急！起码不要对他太主动，他不先开口，你就矜持点！"

孟瑶觉得这话也有道理。这些日子除了自己的经历一下子变得丰富多彩外，周围人们说的话也都句句振聋发聩。前几天李志伟跟她讲的创业理论令她茅塞顿开，今天秦安彤的话也是听上去很有说服力。小城女孩孟瑶就像一块干燥的海绵，来到深圳后不停地吸各种水分，她贪婪地去听、看、体验、思考，欣喜、恐惧、惊讶，甚至上当受骗都是那么新鲜有趣，离开故乡来深圳这一趟，真是太值了。

孟瑶带着全部家当坐上中巴车去恒发服装厂。

车开了十几分钟，她的BB机收到了一个呼叫，她看了看，是设计院宿舍的电话号码。又过了几分钟,又收到了一个呼叫,是一串数字。又过了几分钟,收到了第三个呼叫,还是一串数字。

车开了一个小时才到厂门口。刚下车,孟瑶便跑向一家报刊摊花五毛钱打电话到呼台,呼台小姐用标准的普通话告诉她:"这三条都是李志伟先生发给你的。两句话里第一句是祝你工作顺利,遇到任何麻烦都记得来找我。第二句是我喜欢你!"

孟瑶愣住了,直到呼台小姐问了一句"听清楚了吗",她才让对方再重复一遍。呼台小姐完全明白她的心情,音调提高了一倍,语气里也加上了感情色彩:"他说他喜欢你,喜欢你!就是向你表白了,懂吗?你好好考虑吧!"

孟瑶放下听筒,感到自己胸腔里一片轰鸣声,震得她眼前的整个世界都在抖动,一切都看不清了。

这一句表白给她带来的震撼,完全盖过了第一天上班所要面对的紧张忐忑,把她抛到了巨大的欣喜之中。

孟瑶办完入职手续,马上被人事部的人带到打版车间交给车间主任王师傅。

打版,在服装厂里是最关键的工序,剪、裁、缝、塑型等工序全都要依托打版工做出来的尺寸精确的纸版来进行。当时深圳的许多服装厂都给国外大牌代工,有的大牌是自己打好版随原料一起运过来,有的大牌只给出图纸让代工厂打版。即使是随原料运来的版也只有一套,为了大规模生产,厂子得自己多复制几套。

服装厂技术好的打版师傅如同高级饭店的行政总厨,缺了他玩不转。恒发当时是深圳几家大厂之一,给法国、意大利等多家名牌做代工,自己在香港地区也有设计师,生产的服装卖到内地、东南亚。

50多岁的刘老板是香港人,家里世代裁缝,恒发在他手上创立、发展，靠的全是他懂行。

湖北人王师傅并不愿意带徒弟，更不愿意带女徒弟。他从湖北老家来到深圳时是个只会种田的农民，恒发刚建厂时招他进来，刘老板亲自培训他踩缝纫机。后来刘老板发现他干活格外利索、领悟能力强，便每天单独培训他两个小时打版，不到半年他就成了熟练的打版师傅。

打版这手艺学起来不难，但需要学习的人天生就有比一般人强的空间想象力，能把空间里的景象落实到平面图形，敢下剪子、手稳。王师傅凭空学来了这手艺，很是珍惜，谁也不愿传。但厂子产量越来越大，靠他一个人已经忙不过来了，如果再不传徒弟，刘老板就要出去招几个打版师傅，那样对王师傅威胁更大。王师傅最想传给自己的儿子，打了好几次电话劝儿子从老家过来，但儿子已早早结婚，经营岳父的超市如火如荼，对服装厂根本没兴趣，王师傅想父子同心将来开个自己的服装厂的想法遂化为泡影。万般无奈下，他只好接下了人事部给他招来的三男一女四个徒弟。

王师傅见有三个男工，便让唯一的女工孟瑶去打扫卫生干杂活。

骨子里几千年传下来的轻视女人的基因，让他很难接受把自己特别珍视的手艺传给这个小丫头。

但这三个男工被完全不懂打版工艺的人事部招来，干了一个星期，一个表示事先没想到打版是这样一个活儿，每天猫着腰拿个剪子跟剪纸似的实在不像大老爷们，不愿意干，要求调别的工作，人事部不答应便辞职；第二个完全没有空间立体感，让他画个圆锥，他怎么画都是三角，努力了几天都不行；第三个是乡下小学毕业，连 ABC 都没学过，画图不会拿笔，量尺不会看尺。

很快，这三个人都从打版车间消失了。王师傅去人事部怒吼一通，人事部答应再去招，一去却没了动静。

当王师傅想起当初还有一个女徒弟时，孟瑶其实已经在搞卫生的同时偷看王师傅打版，把这门手艺看会了。她以前看妈妈裁衣服，虽然妈妈是直接在布料上下剪子，但量尺、画线、布局跟这里的打版是一样的程序。王师傅想试试她的悟性，叫她量塑料模特的尺寸在纸上画个版，她拿起尺子熟练地量好三围，唰唰地在纸上画出图形，略加思索调整了图形和实际的误差，然后没等王师傅允许就拿起剪子剪出了纸样。

王师傅只一眼就看出那条裙子裁得十分合适，心里便不是很舒服。他看出这女娃灵气不一般，恐怕会对他有威胁。但订单压力也容不得他多想，又试了孟瑶几下子发现非常靠得住，就把担子压过去了，瞬间他就轻松了不少。

接下来他发现这个沉默寡言的女娃是真能扛，遇到他有急事请假，她一个人顶两个人的工作量都没问题，让加班到几点都行，让赶工连续几天不睡都任劳任怨，干活不惜力气，多重的货物都跟男人一样毫不犹豫地往肩上一甩扛起就走。王师傅不禁对这女娃高看了一眼，平时对所有工人都吝啬的签加班时薪单的笔，对孟瑶渐渐慷慨起来。

人心都是肉长的，再古老顽固的观念，遇到这个变革的时代，与形形色色崭新的陌生人相碰撞以后，迟早会溶解在新的见识、新的世界中。

那时的恒发服装厂生意兴隆，上千台缝纫机的嗡嗡声夜以继日地响在厂房里，每天从孟瑶手里过的大牌都名震寰宇。

第四章

杜家豪坐在华信贸易公司总经理办公室宽大的真皮沙发上，跟崔总谈笑风生。他穿着一身阿玛尼的灰色埋金线西装，腕上戴劳力士金表，脚穿Gucci皮鞋，手里端着一杯咖啡，一条腿大咧咧地横架在另一条腿上，随着喝咖啡的动作手指上的大金戒指一闪一闪，十足土豪老板的派头。

但其实他只是广州一家50平方米不到、寂寂无闻的街坊茶餐厅的小老板。

茶餐厅是杜家豪的父母在80年代初经营起来的，起初只是一家肠粉店，辛苦经营七八年，逐渐扩张到八张桌子的小餐厅，开始增加一些炒菜、冰茶等品种。杜家豪高三那年，母亲因病去世，杜家豪放弃考大学，进后厨帮父亲经营，陆续也积攒了几十万积蓄，但这样赚钱太慢了，广州餐饮业的格局如铁板一块，层次分明，想突破层级难上加难。

这几年深圳作为经济特区发展迅速，各项政策都比广州宽松，杜家豪便动了念头，想来深圳商业中心地带租一间价格实惠的铺位，趁深圳餐饮业还在野蛮生长、天下未定的时期，抓紧来占一块属于自己的疆土，争取更大的突破。

在旅游中专读书的妹妹杜家美告诉他，要想以更便宜的价格拿到好地段的店铺，必须让对方相信自己财力雄厚，开了这家店必火，紧接着还要开更多连锁加盟店，更大利益在后头。

杜家美帮哥哥借来了一套价格不菲的行头，果然把崔总唬得不轻,他眼睛里冒着热情的光,脸都笑烂了:"杜总,真是太巧了!我们在市中心最繁华地段有3000平方米旺铺,大部分都租出去了,只剩一间最好的铺王,恰好就是您要的200平方米!您说这是不是缘分?"

杜家豪听了这话眼睛一亮,立刻坐直,把咖啡放到茶几上。

崔总脸上堆满笑容,做了个手势:"不急、不急,明天再带您去看!您刚刚到,让我们先尽一下地主之谊!"

刚上班不到三天的秦安彤被崔总叫来陪杜家豪吃饭。在去往东海渔港的车上,崔总叮嘱秦安彤,这个客户就交给她跟,一定要把东门附近偏僻街角那间一直没租出去的铺面忽悠给杜家豪,还得让他付旺铺的租金。

"这个单就是你来公司的入门考试,签成了直接转正加薪,签不成就走人吧!"崔总严肃地望着前方,语气令秦安彤的心一下子揪到了嗓子眼儿。

那天晚上,崔总频频暗示秦安彤向杜家豪敬酒。秦安彤打起十二分精神,充分发挥了能喝酒的特长,实行劝酒之术。杜家豪原本不善饮,但秦安彤端着红酒杯走过来,唇角刚开始勾起,笑容还没展示完整,杜家豪就已经不知不觉喝了一口酒;秦安彤流光溢彩的眼神刚在杜家豪脸上一扫,杜家豪就把一整杯酒干了。酒席刚开始没半个小时,秦安彤都没怎么劝,放在杜家豪面前的那瓶红酒就快见底了。

崔总看到杜家豪的反应,已经心领神会,不再催秦安彤劝酒,而是故意跟酒席上的另外两个客户聊得热火朝天,抛下挨着坐的秦安彤和杜家豪让他们两个人交谈。杜家豪是广州土著,连省都没出过,也没上过大学,普通话说不好,面对口齿伶俐的秦安彤竟然一句话也说不出来,脸憋得通红,一双手在大腿上蹭来蹭去。

秦安彤看到他局促的样子，内心暗笑"土鳖"，觉得他真不像一个在全国各地开了十几家连锁店、资产千万的大老板，就算没受过很多教育，世面总是见过的吧？怎么会面对一个20多岁青涩的小姑娘就手足无措、语无伦次呢？

崔总不是没看出杜家豪的破绽，但他才不管这个"大老板"是真的假的，只要能让他签约并付够押金和首年租金，哪怕他是杀人重犯正在被通缉也无所谓。各种土豆刷金粉装金疙瘩的事情崔总见得多了，待之云淡风轻，你骗我我骗你来回都是骗，谁收到钱谁才是最后赢家。

饭局结束，假装大醉的崔总舌头不利索地对杜家豪说："杜总，麻烦您把秦小姐送回宿舍，女孩子一个人走夜路不安全。当然，如果你们还想继续下一场，我支持！"

说完，他摇摇晃晃地搭着司机的肩走向停车场。

东海渔港门口只剩下秦安彤和杜家豪两人时，秦安彤还紧张了一下，但看着杜家豪那张典型广东佬高眉阔鼻的脸已经被酒气染得通红、眼神迷离地在秦安彤脸上扫来扫去，十足一个土包子猥琐男时，秦安彤心里一股火不由得冒了上来，当着崔总的面对杜家豪还满脸堆笑，崔总一走远，她转过头就换成了一脸冰霜。

杜家豪仍直勾勾盯着秦安彤的脸，舌头打结："秦小姐，我……我送你回、回宿舍吧？"

秦安彤冷冰冰地迈步下台阶："不用了，谢谢，我自己回。"

喝了一肚子酒晕乎乎的杜家豪还以为秦安彤在客气，赶紧抢先跑到路边拦出租车。不巧相继过去的两辆出租车都有人，等第三辆终于停下时，杜家豪回头却发现秦安彤已经登上刚刚停下的一辆中巴。

杜家豪对着中巴招手："哎！秦小姐！"

中巴车从他旁边驶过，杜家豪看到坐在窗边的秦安彤冷冷地看了看他，目光移向前方。

秦安彤这前后大变脸的态度，让杜家豪回到酒店辗转反侧疑惑了半宿。

第二天中午，秦安彤拿着饭盒刚要去楼下食堂吃饭，崔总的电话打来，语气十分生气，叫她立刻去办公室。

秦安彤推开门，崔总就冲她吼："为什么今天杜家豪拒绝签这份租约？"他举起一张纸给秦安彤看。

"他……早上打电话来约我今天下午去看场地……"秦安彤嗫嚅回答。

"不是说尽量不要看场地吗？借口那里修路进不去，给他看些照片就行了啊！之所以让你把他哄迷糊了，就是因为场地不能看！"崔总急得直跺脚。

思忖片刻他拍了拍脑壳："下午你带他去东门里咱们公司那间刚租出去还没开始装修的旺铺看吧，反正广州佬对深圳也不熟，搞不清哪里是东门里哪里是东门外。你呀能不能……"崔总在秦安彤脸前用手做了个爪子一样的手势，"稍微用一点女性的魅力？昨天我看出来了，他对你挺有意思，你钓钓他，啊？钓一钓，哪怕签约付了钱再翻脸呢？咱们公司十几个销售员，干的都是帮房东往外推销商铺的生意，都是俊男靓女，你想想为什么？啊？为什么！"

下午两点，商铺空荡荡的毛坯房里，地上堆着一些建筑垃圾。秦安彤站在地中央，手里拿着一份空白租约，注视着杜家豪的举动。

杜家豪在场地里到处查看了很久，又去门口站着往马路上来回看，隔一分钟抬腕看看手表。

过了五分钟，他走进来对秦安彤说："这里也不旺啊！"

秦安彤："怎么不旺？现在是上班时间，等下班后和周末，这里旺得人都走不动！"

杜家豪抬手挠了挠头："每个平方1000块租金吗？"

秦安彤迟疑了一下："是的。"

杜家豪翻着眼睛算了算："那每个月就是20万！有点贵哦……"

秦安彤深呼吸了一口气，走到杜家豪面前，眨巴着涂了一点淡紫色眼影、睫毛又卷过的黑亮大眼睛直勾勾地盯着杜家豪。杜家豪的脸和脖子像被烤了一样，立刻就全红了。

秦安彤目光如水，尽量让自己的声音娇柔起来："杜总，这是我们公司最旺的一个铺面了，之前好几个客户来看过，都嫌贵没租。今早我也跟崔总争取过了，想给您再降一些租金，但崔总说房东那边实在不好说话，反正这个铺不愁租，您不要有的是人要。可我还是想租给您，这样以后我就可以做您的客户专员，跟您经常联系……"秦安彤边说边上手轻轻整理着杜家豪的衬衣和领带，她可以明显地观察到杜家豪的胸膛在衬衫下面剧烈地起伏，不禁心中偷笑。

"啊！好！那太好了！以后你可以经常来我这里食饭，我不收你钱！我我……我做的三丝炒米粉和咖喱鱼蛋街坊都话好赞！你来广州也可以去我家茶餐厅，我老豆在那边做菜，佢一定中意你，佢……佢识做好多北方菜，佢祖上山东人来的，你中意食咩？我做俾你食……"杜家豪慌得不行，仅懂的几个普通话词汇根本应付不了了，情急之下粤语词源源不断地流淌出来。

秦安彤看着杜家豪的窘态，实在忍不住扑哧一下笑了出来："我不是北方人，我是重庆人！"

看到秦安彤突然绽放的艳丽笑容，杜家豪越发慌乱，脸红得像喝醉了，他觉得被一个漂亮女孩子这样脉脉含情地看着，还是说实话的好："重庆啊？那我会做辣子鸡！你可以来试试合不合你口味，我……我在广州那家店其实很小，50平不到，四五张桌子。但、但我两父子手艺都好好……"

秦安彤皱起眉头："等等！你不是广州杜氏餐饮集团董事长吗？你家不是在广州有十几家杜氏茶餐厅连锁店吗？"

"那不是真的，都是我妹教我的，她说这样才会让你们给我更多优惠，名片也是她帮我印的……"

秦安彤的脸立刻沉了下来，退后一步，把已经拿在手上的租约又放回包里，再抬眼看杜家豪的目光已经十分冷淡："那你别租这间铺了，你说对了，这间确实不是旺铺，崔总叫我骗你的！"

杜家豪又环顾了一下四周："啊？这样啊，那这个铺位租不出去你会被罚吗？"

秦安彤低头拉好包链："如果你不签，老板明天就会炒掉我。"

杜家豪忙去抓秦安彤的包："啊！那我马上跟你签！这里位置虽然偏了点，但我努力一点也能赚回来！"

秦安彤轻轻抹开杜家豪的手："跟你说实话吧，这个铺位的真实租金只有每平方三百，但老总让我跟你签一千。这不是什么旺铺，根本就是个没人流的死角，这样的合同你签了会亏死！"

杜家豪向秦安彤伸出手："如果不签会让你丢工作，我签！你放心啦，我有办法赚钱的！"

秦安彤看了杜家豪一会儿，嘴角微微翘了一下："杜总，你不用可怜我，被炒掉大不了再去找别的工作嘛。你就是签了合同，我也不会跟你怎样，你别想太多！"

杜家豪愣愣地盯着秦安彤："啊我不是……我不是想对你怎

样……你在深圳有亲戚朋友吗？如果没了这份工你会不会没地方住？"

秦安彤快步走向门口，听到这句话她迟疑了一下，但很快头也不回地回答："那是我的事，你别管了。马路对面就是东门步行街，那里才是深圳最旺的地段，想去租铺开店就找房东直接谈，找我们这样的公司只会坑你！"

杜家豪跟着秦安彤走出门口，看着她的背影走向前面路口，等到了一个绿灯，迈着快速的步子走过马路。他久久地盯着那个穿着西装短裙、双腿细长的背影消失在街道拐角，感觉整个世界仿佛突然没了声音。

孟瑶找了个休息日去蛇口看望李志伟，她事先没打招呼，想装作路过进门看看。但来到设计院宿舍，却被告知李志伟已辞职一个月，去向不知。

她呼李志伟的BB机，李志伟很快回了，问她的位置，说马上来接她。

在全都是握手楼的湾厦村里，李志伟带着孟瑶七绕八绕。很多楼还在建，搭着脚手架，他们不得不小心翼翼、战战兢兢地从架子下通过，绕过地上的污水和建筑垃圾。

来到一栋小楼前，他们沿着狭窄的楼梯往上走，孟瑶边上楼边探头往楼梯旁边开着门的房间里看。这里跟设计院宿舍是一样的，每间房里都摆着几张双层床，床上挂着蚊帐，空中挂满正在晾晒的衣服，地上杂七杂八放着打工仔的生活用品。

在这些房间门口李志伟都没有停，继续带着孟瑶往楼上走。

两人上到了楼顶，楼顶上有些横七竖八的水管，竹竿支起来几条绳子，绳子上晾着些衣物。李志伟走在前面撩开这些，孟瑶眼前出现一间红砖砌墙、石膏板盖顶的简易小房,门是一块铁皮,用铁丝随意拴住。李志伟解开铁丝钩,走了进去,孟瑶也跟了进去。

屋里一片黑暗,孟瑶适应了一会儿才看清楚,这房间只有6平方米左右,放了一张单人床,靠边有小桌和板凳,桌子上扔着几个吃过的方便面碗。靠墙放着李志伟的旅行包和塑料水桶、洗脸盆,盆里放着毛巾、牙刷等洗漱用品。房间中央地上支着一张绘图板,绘图板脚下堆着一大团塑料布。

孟瑶压制住自己失望和难过的情绪,假装平静地四处参观:"这房间……会不会很热啊?"

李志伟弯腰把挡住路的小桌搬开一点:"热吗?反正我白天也不在这里,就晚上睡一睡。"

孟瑶跟着李志伟往床边走:"租金便宜吗?"

"才要了我四百,不错吧?"李志伟回头对孟瑶笑了笑,孟瑶看到他帅气的脸比以前黑瘦了许多,T恤的肩膀处还破了个洞,心一阵酸楚,眼圈就忍不住红了,泪水涌出眼睛,她赶忙装作抿头发转过身去。

李志伟却还是看到了孟瑶眼睛里的水光,顿时瞪大眼睛:"别难过啊!我现在形势有多好你不知道!在步行街装修的那家店现在开业了,好多店主看了都说好,来联系我,我又接下了三家,现在有六个工人日夜倒班做。等这些活做完,我这第一桶金就赚下啦!"

孟瑶的声音有点鼻塞,用手指迅速划掉眼角的泪滴后注视着李志伟:"那你接下来打算干什么?"

"开装修公司!继续揽更大的工程!明年这时候,我要让蛇口,不!整个南山区的老板都知道我的公司!"李志伟兴奋地指点着这个寒酸的空间。

孟瑶为自己的失态有些不好意思，转悠着打量屋子里的陈设，看看绘图板上正画着的图，又去看床头一个简易小书架上立着的几排书，都是些跟商业装修设计有关的书籍。

趁孟瑶看书的工夫，李志伟找了个垃圾袋把桌上、地上的垃圾迅速收起来。

孟瑶随意抽书翻看几页，再放回去。抽到第三本的时候，便看到书里夹着一张大学录取通知书，盖着清华大学的印章。

李志伟拎着装满的垃圾袋走过来，见她拿着当年的录取通知书，不好意思地抬起手臂擦了擦脸上的汗："录取通知书还留着，我太虚荣了！"

孟瑶连忙把书合上，放回书架里："你是我在深圳见到的第一个清华生。"

李志伟叹了一口气："清华我是靠贫困生贷款读下来的，毕业后最好的结果也就是去大城市找个设计院工作，只能顾好自己，帮不上还在山里过苦日子的爸爸和哥哥。之所以决定来深圳，就是想试试能不能干大事业。"

孟瑶点点头："那天你说的话我一直在琢磨，如果只是找个安稳的工作，那来深圳还有什么意义？我当初离开老家时想得很简单，就是想过不一样的生活，但怎样才是不一样，还没有想过，直到你跟我说那些！"

李志伟笑了："来深圳的人里面，很多人像我这样想。这里是目前中国唯一能折腾出点不一样东西的地方！你找了这么长时间工作，有没有这种感觉？"

孟瑶用力地点头，两人相视而笑。

李志伟刚要再说话，外面闪电的光一亮，紧接着一声炸雷响起，吓了两人一跳。李志伟走到门口张望门外的天色，天光不知何时变得黑云压顶，不远处的海上闪电连连，海面上云层之间像跑着一条张牙舞爪的白龙。

那海上闪电的奇景，让两个在内陆长大的人看呆了，全然忘记了暴雨将至，直到第一滴雨像小石子一样狠狠地砸下来，他们才慌张地跑回小屋。随即无数雨点落下，暴雨倾盆。

进屋的孟瑶感到头顶有水滴落，她抬头看，那是天花板上滴下来的，房顶的石膏板有一条漏进天光的缝。李志伟慌忙去找了个水桶放在那滴水处。紧接着别的地方陆续进水，两人忙着找容器到处接水。

孟瑶想起那块绘图板，冲过去把地上堆着的塑料布拉起来裹住绘图板。此时她才反应过来，原来这块塑料布是干这个用的。

李志伟放了五六个水桶脸盆就放弃了，他抬头看着天花板，摇了摇头："不要管这些漏水点了，根本不够接的！"说完冲过去把墙上的电闸关了。

地上的桶和盆都漂在水里了。孟瑶和李志伟头顶着一块塑料布并肩坐在床上，孟瑶手里抱着电水壶的座以及自己的包，李志伟抱着自己的旅行袋。床太小了，塑料布更小，两个人必须靠得紧紧的才行，不知不觉他们就依偎在了一起。

外面黑云压顶，却被暴雨和闪电映得雪亮一片，没有开灯的屋里越来越黑。孟瑶眼睛看着窗外的一片白雾，身体感受着来自李志伟身体的触感。她的心跳得越来越快，仿佛已经跳到了嘴里，她不得不紧紧闭着嘴，怕心脏从那里跳出来。她感受到了李志伟正在看着她，那目光火热滚烫，她不敢转头看，怕会把自己烫伤。但她还是忍不住转头看了，待她的目光刚落到李志伟的脸上，便被李志伟凑过来的嘴吻住了。

孟瑶从来没接过吻,她在很多小说和电影、电视剧里看过接吻,但都不懂吻到底是什么过程。在两个人的嘴唇相接的时候她还企图故作老练,但当嘴唇之间突然多了一条湿热的舌头时,她的脑子轰的一声,整个世界仿佛都燃烧了起来。

外面瓢泼大雨下了很久,屋里的积水涨到了他们的小腿中部才开始往外流。他们在塑料布底下贪婪地一次又一次接吻,吻到喘不过气来就暂时分开,看着对方涨红的脸不约而同地微笑。

屋顶上落下来的水滴打在塑料布上噼噼啪啪,在他们的耳朵里是一曲美妙无比的交响曲。

三个月后,李志伟做完了步行街三个商铺的装修工程。找他做装修的小店主越来越多,直到签了一家两层800平方米的海鲜酒楼翻新装修项目后,很多装修公司老板就坐不住了。

李志伟做的装修工程从风格到质量都打破了此地装修行业原来的格局。

商铺装修市场的潜规则是尽量千篇一律,这样设计方近乎复印一样出图,设计成本低廉;施工趋于模式化,包工头闭着眼都能施工;大量集采使材料价格更实惠,材料商供货稳定,各方钱赚得都舒服。

李志伟的设计却极尽标新立异之能事,还不收一分钱设计费,材料是自己找渠道,成本压得实,做出来的效果又漂亮,价格又实惠。在一条商业街里,他装修的店十分显眼,比其他店铺招揽了更多顾客。

那个时候深圳正是开店潮,小店主们急三火四到处找装修公司,早开业一天多赚一大笔钱,遍地装修佬都赚得盆满钵满。萝卜快了不洗泥,装修界内达成的默契就是团结一致狠狠割一波韭菜。李志伟却打破了这个默契,这惹怒了大家,纷纷投诉到业内公认的老大、南水装建公司的董事长雄爷的案头。

一个晚上,李志伟在工地忙完,拖着疲惫的脚步往湾厦村走,走到半路突然被两个壮汉拦住,跟他说雄爷有请,然后半请半挟持地让他上了一辆奔驰车。

车载着李志伟来到雄爷金碧辉煌的办公室,40多岁、满脸横肉的潮州人、蛇口装修业老大雄爷满脸和气地坐在他对面。

雄爷是个讲道理的江湖老大。深圳没有多少本地人,几乎所有来这里混世界的都是过江龙,所以也就不讲本地外地,来到这块地头上,守雄爷的规矩就行。雄爷也不是为财,他家里在南水、湾厦有好几栋楼出租,名下有一家装修公司、一家货运公司,随随便便就日入几十万。

雄爷信佛,他愿意用自己的公正维持装修行业的秩序,所有装修公司的小老板都可以赚钱,但不能只许自己赚钱、不许别人赚钱。

业内一直流传着前几年一个不懂规矩抢了别人生意,还把别人围标的真相捅了出去,导致别人身败名裂的毛头小子后来少了一根手指头的传闻。

那年月深圳很乱,所有行业、所有人都在摸着石头过河,没有规矩就订立规矩,有规矩就打破规矩,大家都在向着四面八方野蛮生长,云龙泽蛇、朝野江湖,有官、有民、有匪、有贼,这一片沃土就是改革开放后第一批勇敢者的比武台。

面对雄爷深邃的目光和久久不语的注视,李志伟内心有一丝慌乱。但他稳定心神,微微鞠了个躬,便找了个雄爷对面沙发的位置坐下了。

进入蛇口装修行业,他老早就听到了雄爷的名头,却一直有意没去拜雄爷的码头。在李志伟的世界观里,深圳是他跑马圈的一块空地，没有什么土著、地头蛇、码头老大，他来了，他想要这个地方，他就去做。遇到阻拦，他自有信心去拔掉所有障碍。

雄爷看着这个身材挺拔、面容清秀、神态安静的年轻人，内心忽然涌起一阵感慨。自从总设计师在南海边画了一个圈之后，这些年他目睹了太多优秀的内陆人从全国各地汇集到这个小渔村，他们的野心和才智把雄爷祖上用脚一步一步丈量过的这个小地方迅速撑大了十倍百倍，像变魔术一样盖起一座座高楼大厦，源源不断的金钱变戏法一样涌进来，雄爷和他的乡亲们的腰包迅速鼓起。这让他们惊喜，也使他们恐慌：等这些外乡人羽翼丰满，会不会从他们手里夺走家乡？令他们沦为既没有话语权，又没有生存空间的底层人口？他们手里紧紧抓着越来越多、越来越好赚的钱，一边在肆意挥霍享受着从来没有过的豪阔生活，一边在用充满戒备的目光盯着这些外来人，担忧着自己的未来。

"李志伟？"雄爷用浓重的潮州口音普通话问。

"是的，雄爷，我是李志伟，清华大学建筑系本科毕业，来深圳一年，一直在做建筑设计，最近才开始做商铺装修。"李志伟用标准的普通话欠身谦恭地回答雄爷。

不知为什么，就这么几句普通话，便让雄爷迟疑了。

雄爷祖上世代在潮汕海域打鱼，随着家族人口越来越多，在原有的海域很难养家糊口，才拖家带口流浪到深圳香港之间的这片海域，在蛇口的空地上占到片地，盖房子安家。雄爷的文化程度只有小学，但面对这些操着外地口音，尤其是北京、上海口音的人，雄爷能立刻分辨出来。因为这几年的经历中，他见过的外地人里，这两种口音的人是成功率最高的，押宝在他们身上，稳赚不亏。

李志伟是个地地道道湖北大别山区长大的土伢子，凭着一颗急切想融入大城市的心,在读大学的五年时间里学会了地道的北京话,十句话之内,连真正的北京人都无法分辨出他是外地人还是本地人。这一口北京口音给他带来了很多便利,在深圳也经常能占到不少便宜,稍微见过点世面的本地土著和其他省份的人们,对这口音总会下意识多出点敬畏,这也是李志伟在外面闯荡多年积累下的一点经验。

就这么两句北京话,让原本打算威胁恐吓李志伟的雄爷一瞬间就改了主意,诚心诚意地和李志伟长时间恳谈。

李志伟知道雄爷最在意的东西无非是利益,目前这个稳定的商业装修市场让雄爷赚到了很多钱,大小装修商也都各自安于自己分到的一块蛋糕稳当长久地吃,如果能把李志伟这条搅乱稳定的"鲇鱼"撵出去,回到原来的局面,是目前大家都接受的结果。

那么如果留下李志伟这条"鲇鱼",未来的变局将会是什么样子呢?

片刻间,李志伟便定下了策略,就从这个角度跟雄爷好好分析分析。

接下来的一个小时,雄爷耐下心来听李志伟说那些他理解起来很费劲的世界装修流行趋势、国内市场需求态势、客户与装修队相爱相杀的博弈论。李志伟告诉他这个局面已经到了必须改变的时候了,内陆的设计、施工力量已经形成气候,大批高水平的设计施工队伍正在进入深圳,即使他李志伟不来打破这个稳定的局面,紧接着也会有别的更多的人来打破,与其跟这些人一个一个斗争,不如从现在起就接受新风格、新价格、新市场划分,主动形成新格局。主动总比被动好,而且主动改变之后,他雄爷仍然是这个江湖的老大;不主动,未来的老大是谁可就难说了。

最后李志伟提出自己的条件:做任何工程利润都有雄爷一成,

雄爷不再干涉他的设计风格、价格、材料采购渠道。

一成纯利对雄爷来说是少了些,但雄爷相信了李志伟的"改变"理论。那个时代深圳的所有人都信奉改变,相信只有新的东西才有生命力,即使是雄爷这样没什么文化的土著,也都积极地拥抱任何改变。毕竟从前深圳不是特区的时候,他们忍饥挨饿了很多年,是改革开放让他们拥有了今天的财富。

改革开放,成为"土著"和外来人一致的神圣信仰。

有了雄爷的照拂,李志伟越发大展拳脚,很快接下了南水步行街整体改造工程。这个工程做得有口皆碑,让他在蛇口彻底打开了局面,把业务扩展到了南头,先后做了新梦溪酒店、花月楼大酒家、欧洲城等上百万的大项目。

到1994年底的时候,李志伟的"伟伦装饰"已经成为南山区高档商业装修首选合作单位,活儿接到手软。以前的竞争对手纷纷放弃敌意与他合作。

第五章

秦安彤第一个"靠谱"的工作，果然因为杜家豪没签约而迅速告吹。

当天她就失去了住处，拎着装洗漱用品的塑料桶站在路边无处可去，只好打孟瑶的 BB 机。

孟瑶指引她来到恒发服装厂宿舍，跟自己挤一张床住一宿，第二天再出去找工作。

孟瑶下班后带秦安彤去食堂吃饭，秦安彤化着淡妆、头发烫着大波浪，又没穿工服，在工厂食堂显得太扎眼，惹得同桌吃饭的几个男工挤眉弄眼地问孟瑶，这位美女有男朋友没有，能不能介绍认识一下？孟瑶嘻嘻哈哈对付过去了，吃完饭回宿舍的路上就埋怨秦安彤都失业了还化妆干啥。

秦安彤满脸不以为然："习惯了，每天打个粉底、描个眉、涂个口红不是很平常吗？你看看你们这些厂妹，灰头土脸跟尼姑似的，哪像个女人？"

孟瑶翻了个白眼，想跟她辩解不许化妆是服装厂的规定，化妆品蹭在布料上是不允许的。但想到她刚丢工作，心情正差，别惹她那暴脾气为好，也就算了。

谁知睡到半夜就出事了。

孟瑶被一阵拍门声惊醒，看到外面乱七八糟几道手电筒的光晃来晃去，一个男人的声音在外面叫："有人举报你们宿舍里有人留宿非本厂人员，开门，我们要检查！"

孟瑶愣了两秒钟，突然想起下午食堂里那几个男工挤眉弄眼的笑容，可能就是他们使的坏。她赶紧摇醒秦安彤，让她穿好衣服。同宿舍的另外三个女孩子也都醒了，坐在床上的蚊帐里很不高兴地唠唠叨叨。

孟瑶打开门，门外站着三个保安，手里的手电筒迫不及待地往屋里照，屋里几个女孩子尖叫起来纷纷咒骂。

孟瑶挡住门口跟他们交涉，说自己的妹妹没地方去来住一宿，明天就走。保安毫不通融，一定要秦安彤马上离开。

脾气暴躁的秦安彤早都拎好了塑料桶和行李箱，拨开门口的孟瑶就要自己走。

孟瑶拉住她，转头去床上拿了外套和钱包，又走到门口拎起秦安彤的行李箱，拉着秦安彤的手离开了恒发服装厂。

其实这种事其他宿舍以前也发生过的，谁还没个老乡亲戚偶尔来落一下脚呢？要么是给保安塞几块钱、一包烟、两张饭票，要么是全宿舍的人都闹起来要保安别管闲事，保安见寡不敌众也就放弃了。

可是今天孟瑶同宿舍的另外三个女孩子全程不仅不帮孟瑶，反而牢骚不断，抱怨影响了她们休息。孟瑶不知为什么会这样，也许是因为她平时没有注意跟这几个人搞好关系，更大的可能是因为秦安彤外形太扎眼了，让她们不约而同地心生嫉妒。

对交往不深、萍水相逢的同事们不必寄予太多希望，也不能要求人家为自己出头行侠仗义，这是孟瑶来到深圳以来体会最深的一件事情。这里的人都是无根无基，大家都是刚刚能顾得好自己的生存，没有能力也没有义务帮陌生人。在深圳这个陌生人的汪洋大海里，每一点温暖都是稀有而可贵的，这也是她这辈子每一次想起从梁芝华家里逃出来那夜，李志伟那一声"你留下来吧",心里都会猛地一颤的原因。

而此刻愿意拉起秦安彤的手,跟她一起走出恒发服装厂,走向陌生的黑夜,也是孟瑶从李志伟的那一声接济中承接下来的一念坚守。她暗暗要求自己,今后在自己愿意帮助的人遇到同样的绝境时,自己一定也要伸出援手,绝对不能置之不理。

那天夜里她俩手拉着手在工业区昏黄的路灯下走,心里都慌成一团。孟瑶没想到每天白天坐公交车进出的这个看上去人不少的工业区,夜里竟然一个人也没有,两个路灯之间距离非常远,中间有一段绝对的黑暗,几乎伸手不见五指。路两边只有接近工厂才有建筑,其他地段都长满了比人还高的荒草。荒草丛淹没在不怀好意的黑暗中,仿佛隐藏着无数恐怖。

孟瑶拉着秦安彤深一脚浅一脚地好不容易走到下一个厂门前,门口两边的一两家杂货店、大排档已经关了,只有一盏昏黄的路灯有气无力地发着微弱的光。孟瑶越走越慌,很快迷路了,盯着虽然立在那里却没什么用的"厂区一路""厂区二路""厂区十路"的路牌茫然不知所措。

秦安彤倒是一如既往地心不在焉,嘴里不停地骂着些脏话,见孟瑶站在路牌下四处张望,她索性一屁股坐在马路边,把塑料桶往旁边一放,抬头对孟瑶说:"慌什么?现在夏天,晚上也不冷,咱俩就在这坐一晚上不得了?"

孟瑶低头看秦安彤:"你可真没心没肺,不冷是不冷,被蚊子围攻你受得了吗?还有老鼠、蝙蝠、蟑螂、蛇……"话还没说完,秦安彤已经嗖地一下站起身抱住孟瑶了。

孟瑶努力往四个方向仔细看,终于看到一百米外有一处路边的灯光,于是让秦安彤跟她走到那个地方去看看。

走到灯光前,孟瑶看清楚那是一家已经没有客人的大排档,老板夫妻俩正在收拾桌子准备收摊。

孟瑶看了看秦安彤,秦安彤跟她对了一下眼神便低下头,那意思是让她上去说。孟瑶心里叹了口气,看来心高气傲的秦安彤是真的很难在任何时刻说出求人的话,在两人短暂的交往中,孟瑶清楚地了解了她的个性。

孟瑶走上去跟老板夫妇说了一下情况,请求他们能收留一宿。老板立刻拒绝了,说没有地方,他俩也是挤在后面堆菜备料的一个小间睡的。老板娘上下打量了一下穿着工服的孟瑶和体体面面的秦安彤,眼神里倒露出了怜惜的神色:"你们要是不嫌弃,就把这几张桌子拼一起睡在塑料布底下吧,好歹能挡挡蚊子!"

孟瑶千恩万谢,帮着两口子把桌子上的剩饭菜收拾干净,又擦了擦桌子。大排档每天收摊都是把桌子堆在一起,用一大块塑料布蒙起来,第二天开张只要掀开塑料布即可。

两个人躺进塑料布里,又闷又热。没过一会儿,好心的老板娘又从缝隙里塞进一瓶驱蚊花露水。

两人窸窸窣窣地在塑料布里动了一会儿,往身上喷了些花露水,便又躺在散发着油腻味和菜味、酒味的胶合板折叠桌子上不动了。

过了几分钟,孟瑶听到秦安彤抽了一下鼻涕,她知道这暴脾气的重庆妹儿在悄声地哭。她的心也很是酸了一下,但想到秦安彤既然已经难过了,自己就一定要撑住,两个人一起哭解决不了任何问题。

"快点睡,明天早上天一亮就会有中巴车,你去人才市场再找个工作,我这里有500块钱,你拿去找个旅馆住。别住那种十元店,不安全,住个好一点的。"孟瑶咬了咬牙,让声音显得无比平静。

"不要你的,我也有钱。"秦安彤鼻音囔囔地低声说。

孟瑶用手抚了抚她的胳膊,秦安彤稍微动了一下,身子下面单薄的折叠桌就晃了一下,吓得她不敢再动了。

"我想家了。"过了好久,秦安彤又冒出一句。

"那咱们也不能回。"过了好久,孟瑶又强调,"就是不回,无论怎样也不回。"

孟瑶的这句话,莫名地给秦安彤心里注进了一股力气。她闭上了眼睛,努力让自己睡去。

秦安彤后来又换了几个工作,每天奔波于人才市场和招聘单位之间,晚上住在十元旅馆,肮脏、混乱,渐渐地她再也不怕了。她也不再怕深夜在人烟稀少的马路上流浪,不再怕大老鼠、大蟑螂、醉汉、流氓、露宿街头的无家之人,这些深夜的流浪,把她从思乡的痛苦中拉出来,从心底接受了自己作为一个漂泊者的身份。

秦安彤之所以找工作格外不容易,是因为她不肯放低标准,一定要做"白领丽人"——求职目标只集中在老板秘书、公司行政主任、公关经理这几个职位上。虽然她相貌姣好、聪明、口才好,却始终是个中文系毕业的,英语差了点,电脑水平也一般,而且她还个性倔强,外貌气质上时时刻刻流露出心高气傲,这让她本人和她目标职位的要求差距过大,求职过程就格外艰辛。

孟瑶曾经劝过她:"跟老板一起陪客户吃饭喝酒,并不等于让你出卖色相,你要靠察言观色、能说会道、善解人意的能力在客人间周旋。要放低身段,灵活掌握。"秦安彤也懂这个道理,但实际操作起来却始终不习惯。她经常冥思苦想自己到底想做什么、擅长做什么。当孟瑶放着本专业财务不做、去车间当打版工时,秦安彤一百个不理解,但当她看到孟瑶很快把这份工作干得如鱼得水,不到一个月就出师转正,成了独当一面的打版师傅时,她才隐约明白了一些道理。

随后她改变了找工作的策略,开始从那些董事长秘书、行政部经理之类不切实际的岗位转向行政部助理、市场部文员这些更具体的事务性岗位。

三个月后,终于在华侨旅行社一次大规模招聘中,面对公关、文秘、导游、客服专员的岗位时,她选择了级别最低的客服专员,很快通过了。

她决心从低做起,把与人打交道的技巧学明白学透彻,然后再从这个基础一步一步向上攀爬。

干了没几天,她就感到客服专员是她干得顺手的工作,因为事先知道这是服务性质的工作,就是要为顾客解决问题、排除烦恼的,所以无论是接电话还是当面沟通,面对多么愤怒、素质低、不讲理的顾客,她都尽量谦恭、殷勤。她发现自己不是脾气不好,而是取决于工作性质,当工作性质被她预设为会对她有侵犯性的时候,她会先采取防御的姿态,导致侵犯无法避免、工作也做不好,而如果预先将工作设定为服务性质,需要把姿态放低,那么她也会用耐心、谦恭去将工作做好。这个领悟对她至关重要,她终于明白了防御不需要表现在外面、拒人于千里之外,心里明白就行了,正确的职场处世之道是把一切都放在心里,用心去化解各种侵犯,而不是把情绪堆在脸上,以工作无法进行为代价去对抗侵犯。

经历过这初级职场进化后,不到一年,她就被擢升为客服部主任。

这擢升让她的上司坐不住了。

秦安彤被升为主任后,原客服部主任苏姐升任计调部经理。

华侨旅行社是一个大公司，计调部和导游部是公司内最大的部门，其领导是经理级，比其他部门的主任高一级。计调部是旅行社事务最多、最庞杂的部门，它的工作是其他各部门工作的枢纽、发动机和总协调器，很容易出现"吃力不讨好"的现象，干好了是分内事，干不好被所有部门骂。

苏姐是非常想升职的，但不愿意去计调部做经理，她想去行人部做经理，工作省心又有权。但怕什么来什么，偏偏被发来了计调部，她想把原来很得力的秦安彤带过来，这样在新部门就有了自己的势力，干起活来能迅速打开局面。

但行人部跟秦安彤谈话，问她愿意去计调部当副经理还是留在客服部当主任时，秦安彤却选择了留下，理由是自己刚工作不到一年，还不是很熟悉，需要再多锻炼锻炼。其实她内心的想法是自己好不容易在客服部干顺了手，这个小部门容易出成绩，做好了直升到大部门做经理，好过在苏姐手底下干，干好了是苏姐的成绩，干坏了替苏姐背锅。

秦安彤这个决定惹怒了苏姐。她觉得秦安彤一年就从新丁干到主任是自己带出来的，自己的人就应该成为自己的羽翼，想自己飞？没那么容易，能把你扶起来就能把你废掉！

于是，自从秦安彤当上客服部正职主任后，出现的状况逐渐多了起来，投诉的顾客增多，投诉的事情也越来越棘手麻烦，活开始不好干了。

八月，一个深圳退休老干部团报了泰国五日游，苏姐给安排的全陪是两个以前一直带低价团的导游，地陪导游则是一位以跟商家合作卖东西著称的"宰客王"，投诉率高居全公司榜首。

此人常年在泰国生活，从不收国内各大小旅行社地陪费，只靠带团去买东西赚钱。那些价格低廉的本地土特产精油皂、泰丝、驱蚊水他不感兴趣，专门带顾客去交通不便的地方买缅甸玉，那是他家亲戚开的店。

顾客不在他亲戚的店消费，他就不开车，把顾客扔在深夜无人的黑洞洞旷野忍饥挨饿。这个地陪导游因被顾客投诉次数太多，公司早就把他拉入了黑名单，但自从苏姐当了计调部经理后，她悄无声息地又起用了这个烂人，目的就是为了整秦安彤。

很快苏姐的目的就达到了。退休老干部工资普遍不高，这种单位组织的团就是福利性质，工会拿出经费组织老干部出去开眼界，吃住相当简朴实在。老干部们几乎空着手上飞机，一路只听从组织安排，自己的钱一分也不想花。

他们这样一群人被宰客王带到山区荒无人烟的地方，只有一间孤零零的商店，卖的全是价格几千上万的"玉镯""玉佩"，不买就不让走，大巴不开，不管吃喝。热辣辣的热带七月，一群六七十岁的老年人头顶只有几片芭蕉叶遮挡阳光，在空地上站了几个小时。宰客王嚣张地数落、恐吓他们，把好几个老人气得犯了病。回国不到三天时间，一个个愤怒的投诉电话便像炸弹一样飞往客服部。

秦安彤连续几天都加班，奔走于计调部、导游部、财务部之间。秦安彤去导游部问为什么又起用了宰客王，导游部回复她旺季团太多，泰北地陪全都调去了曼谷，泰北实在没人了。秦安彤去财务部申请退款赔偿，财务部又把球踢回计调部，说计调部不出处理结果，退款、罚款都操作不了。秦安彤去计调部找苏姐要结果，苏姐又把球踢回导游部，说导游部用人不淑，得让他们内部先出处理结果，计调部才能下结论。

一个星期过去，事情没有一点进展，顾客愤怒地一起冲到旅行社总部要说法，客服部五个姑娘被老头老太太们围着又哭又闹拉拉扯扯了一整天，搓磨得狼狈不堪，秦安彤还被泼了一脑袋茶。

但三个部门始终默不作声，给不出任何答复，令秦安彤无计可施。

几天后，旅行社接到了律师函。老干部们的能量不可小视，这次事件最后的结果是，华侨旅行社被罚停止东南亚团营业半年、罚款五万、全行业通报。

老总发了火。这类事故每年也出几次，比这严重的都能大事化小，这次为什么闹这么大？几个部门都给出了自己脱责的理由，只有客服部说不出来。苏姐旁敲侧击地加料，说以前客服部遇到过比这更棘手的案子，也没有这么差的结果。

老总一怒之下把秦安彤降职为副主任，调去计调部，工作由苏姐安排。

于是秦安彤又落到苏姐手里了。

苏姐35岁，职场留给这个年纪的女人的时间已经不多，不快点爬到安全的位置，一旦被年轻人取代，就前功尽弃了。

计调部是旅行社负责设计旅游线路的部门，设计线路不光是地图上画几条线、安排好时间就完事了，而是要把景点配套的吃、住、行等一切服务都同时协调联系好，配合成本和利润设计好价格，拿出一整套方案。通常每人负责的都是一片地区的线路设计，线路间有重叠，这样项目之间可以互相借助，但苏姐派给秦安彤的几条线路区域跨度特别大，无法借助项目间的重叠节省工作量。秦安彤不得不每天埋头在地图和电话簿里，为北京七日游、西双版纳一日游、马来西亚十日游、鼓浪屿三日游这种山南海北十三不搭的线路联系每个节点的吃住接待。好不容易做出来的方案，又经常被苏姐以各种理由驳回重做，工作量跟别人不是一个量级，KPI考核却跟别人拉在同一水平线上衡量。每周周会上她都因为考核成绩靠后被批评,每天都得加班,在电脑前敲到深夜。

事已至此,秦安彤终于反应过来这是被苏姐整了。

但她不打算闹翻在台面上,也不会去向苏姐低头求放过,而是硬起脖颈来顶上,索性周末也不休息了,越发精心设计每个方案,力求成本、效率、利润都达到最优。

过了一段时间,销售部门反馈,几条经她重新设计的冷门线路开始好卖了、赚钱了,财务部门把这些线路扭亏为盈的数据专门写了报告,递到老总案前。

秦安彤竟然完成了在苏姐眼里不可能完成的任务。

苏姐立刻意识到自己的失策,赶紧把秦安彤的工作又做了调整,让她去做春节期间深圳本地旅游的设计。这是全旅行社最不可能赚到钱的线路,因为春节期间深圳几乎90%的人都会返乡过年,整座城市接近空城,很多旅游景点和服务设施都因为服务人员缺乏不得不关闭,逆人流来深圳旅游的游客也寥寥无几。

秦安彤的KPI又被推到了绝境。

每天早上秦安彤打开电脑的时候,都感觉自己像在绝地求生。这次,就连总是鼓励她的孟瑶都开始劝她:"不行就再换个工作吧。"

但秦安彤不甘心,她长这么大还没认过输。

某天,秦安彤路过华强南时,偶然看到"杜氏茶餐厅"的招牌,莫名觉得这个名字有点熟悉,便走了进去,果然看到杜家豪正在里面招呼客人。

杜家豪到深圳开茶餐厅已经大半年了。

去年他听从秦安彤的建议,去闹市亲自找旺铺的房东洽谈,总算在华强南租到了理想的店址。但餐厅装修到一半时,在广州的父亲突然中风,不能工作,还必须有人随时照顾,广州的餐厅开不下去了。

杜家豪索性关了广州那家小铺面，带着父亲租了一套房子住，经营深圳这家倾注了他家全部积蓄、位于繁华地段商场一楼的茶餐厅。

妹妹杜家美此时也中专毕业在深圳找到了工作，在一家旅行社做导游。祖祖辈辈在广州生活的这家人就这样移居到了深圳。

杜家豪再见到秦安彤时，没有想到自己会如此激动。这两年来，他经常想起在同一座城市生活的秦安彤，设想如果某一天秦安彤走进这个饭馆，他该怎样跟她打招呼。

但当这件事真正发生时，他还是傻了，笑容僵硬。

两年没见，秦安彤比以前瘦了、黑了，神情有些疲惫倦怠，长的大卷发也变成披肩直发，但那双单眼皮大眼睛却还是闪闪发亮，在杜家豪的眼里，她散发出的光芒依旧五彩斑斓。

秦安彤第一眼并没有认出杜家豪，毕竟上次见面还是两年前。她打量了一下站在她面前这个穿着厨师围裙、搓着手满脸通红的年轻人，愣了半天才想起那张"广州杜氏国际餐饮集团总裁"的名片，忍不住笑了。

这条路并不是秦安彤上下班的必经之路，但自从再见杜家豪之后，每当她在公司被如山的压力压得心情烦闷时，便下意识往这条路上走，拐进这家餐厅。她也不知道为什么。

那个年代快餐厅能赢得顾客青睐不容易，必须真正做到价廉物美。香港著名的"大家乐"快餐厅在20世纪80年代末就打入深圳，但几十年来它硬是做到了"东西不好吃但价格很贵"，生意一直不好却坚持不退场，仿佛它的目的就是在广东这个人人口味刁钻、崇尚性价比的地区对顾客发出嘲笑。即使到了2023年的今天，你仍能看到很多"大家乐"的招牌，没人知道是雄厚的资本还是天性倔强使它坚持至今。

而杜家豪的"杜氏茶餐厅"秉承了广州街坊茶餐厅的平易近人，每天都有特惠餐、套餐免费送饮料、一折老火靓汤、特价海鲜等五花八门的优惠，这样的餐厅在务实的广州可以说俯拾皆是，但在消费往往极尽奢华浮夸之能事的深圳就显得很稀缺。

90年代的深圳，每月工资两三千块钱的写字楼白领虽然个个衣着光鲜，但每天吃饭仍要顾及自己腰包的真实状况，所以，虽然楼上有世界名牌的专柜，旁边的对手是大名鼎鼎的客家王、湘鄂情、南海渔村，但"杜氏茶餐厅"以高档餐厅的品质、食堂级的价位很快给自己赢得了大批忠实顾客，每天到饭点都有很多人在门口排队等位。

秦安彤在生意火爆的杜氏茶餐厅却总能有位，无论她是卡在饭点来，还是晚上12点前。

客满的时候，杜家豪就会在柱子的拐角空位给她加一张小桌，然后亲自下厨给她炒一盘辣子鸡、一碗蛋炒饭，配的汤花样百出，有时黄豆海带龙骨汤，有时西式蘑菇奶油浓汤。凉爽的傍晚端给她的丝袜奶茶格外香热，炎热的中午端给她的石榴苏打格外凉爽。亲自把饭菜饮品端给她后，他就立刻躲回厨房，边继续忙活，边从上菜的小窗频繁地看，看她吃完，看她望着窗外发呆想事，看到她开始拿包起身要离开时，他才赶忙跑出来，追上去说声再见。

秦安彤这几年的打工生涯，经常遇到冷脸、鄙视，经历的都是对自尊的碾压和对忍耐力的挑战。她从重庆出来的时候是漂亮高傲的重点大学毕业的天之骄女，然而，几年里被人蔑视过中文系的学历、质疑过英语不好，甚至连长相都被当面嘲讽："你还真以为你挺漂亮啊？长得跟金龙鱼似的！"

这些都像一记一记的重锤，把她的高傲一锤一锤地砸低，她逐渐接受了自己不过是几百万深圳打工者当中毫不起眼的一员，平凡得不能再平凡了，满身都是毛病，并没有什么出众之处这个"现实"。

但在杜家豪眼里，她是个重要的人、意义非同寻常的人，每一刻都光芒万丈。

杜家豪是个其貌不扬的餐厅小老板，每天在灶火热油中打拼自己的生计。他在秦安彤面前每每自惭形秽，觉得自己永远都配不上她，在她的面前他总不由自主地想表现自己，只要她的目光能在自己身上多留一刻，也能心甜好一阵子。

爱上一个人的标志是：在她面前自己是泥土，是低到尘埃里的花儿；在他的目光里能感受到世间难得的温暖与被宠爱的感觉。她是他唯一的神明，他全心全意地崇拜。他是她唯一的力量源泉，她只能在他那里得到信心和快乐。

这样看来，他俩就是相爱了。

苏姐对秦安彤的打压越来越狠，因为她发现越是给秦安彤安排困难的工作，便越是能激发出她更强的潜力，让她表现更突出。季度考核时，计调部六个人做了全部工作的60%，剩下的40%被秦安彤一个人做了，而且质量明显好于其他人。在别人那里永远不可能赢利的春节假期深圳本地游线路，居然赢利了。

当人事部经理手里拿着秦安彤的考核表陷入思考时，苏姐眼冒金星。

旅行社工作庞杂烦琐，特别需要工作人员头脑反应快、精力旺盛，因此公司老总特别爱用年轻人，对能力强的年轻人一旦发现必迅速重用。计调部的工作是烦琐之最，这几年由于深圳本地对新马泰旅游团的需求迅猛增加，那边针对中国人的服务资源却跟不上。这几条线路屡屡出麻烦，旅行社焦头烂额，苏姐确实感觉自己有点应付不了。这个节骨眼上如果秦安彤露出太多锋芒，未来肯定会取代苏姐。公司里一个萝卜一个坑，别的部门也不会让位置出来，苏姐估计只有被辞退这一条路。

苏姐决定先下手为强。

她派给秦安彤一个菲律宾三日游线路的计调项目，却没有告知她当地地陪已经换了旅行社，原来那家旅行社因结算问题刚刚闹掰，虽然合同还没到期，但双方都清楚不会再合作了，只等一个月后合同到期。

计调部各管几条线，每个人只知道自己线上的事情，秦安彤去做这条原本不归她管的线，部门内的同事也都看出苏姐对秦安彤的排挤之心，没人敢提醒她地陪旅行社已换的事。所以直到秦安彤做好了全部的计划，也得到了苏姐和导游部的签字批准，销售部已经卖出去七八个团、马上就要出团的时候，导游部发传真去菲律宾旅行社联系却被对方拒绝，导游部才跑来计调部兴师问罪。

苏姐自然找秦安彤问责，秦安彤拿出跟地陪旅行社的合同，苏姐把之前做菲律宾线路的同事叫来，那同事竟然撒谎说自己提醒过秦安彤，跟这家旅行社的关系已经闹掰了，正在冷处理。

那一刻秦安彤呆住了，转头盯着那个言之凿凿说谎的男同事看，男同事面不改色心不跳，甚至还平静地瞥了她一眼，一脸不屑地转身走了。

那个上午，计调部平时跟秦安彤亲热谈笑、一起招呼着去食堂吃饭、迟到互相帮忙打卡的那些男女同事都瞬间变了脸，纷纷站出来踩秦安彤，控诉她不配合、不认真、爱说谎，甚至出卖部门利益去讨好其他部门……那些人看上去就好像跟秦安彤积怨已久，好不容易找到这个机会发泄，从内心到脸上都透露出真实的愤慨。秦安彤看呆了,她仿佛来到了一个完全陌生的平行世界。

苏姐向人事部发出了一份要求处分秦安彤的文件,第二天人事部批了下来,调秦安彤去食堂任采购员。

如果依着秦安彤以前的脾气,这时候她早该一张辞职报告扔到人事部走人了,但这次她却想较较劲,看看那些她素昧平生、接触不深的人还能对她干出什么事,于是她神态平静地收拾了东西搬到食堂去上班。

苏姐很意外,担心她背后有大靠山,随即去四处打听了一番,发现这姑娘确实没什么背景,就是从人才市场招来的。那她坚持个什么劲呢?

秦安彤去食堂当采购员第一天,先把账查了一遍,第二天去人事部对经理说,这个活儿她接不了,上一任采购员账面上有很多问题需要解决。

人事部经理也是个有耐心的人,把已经调去导游部的上一任采购员叫来,让两人当场对账。秦安彤把一沓沓单据和账本摊在人事部的大办公台上,找出问题账一笔一笔询问前采购员。

人事部经理的办公室里逐渐弥漫起生肉、蔬菜等复杂气味,经理轻轻皱起了眉头,前采购员也被问得张口结舌,手忙脚乱地在单据里翻找。

这时,只去食堂上了一天班的秦安彤拿出一张她一夜没睡整理出来的单子,有单独说明也有汇总,最后结果是账比单据多2129元,目前账上余额跟库存现金余额是强行做平的。

前采购员没想到秦安彤会去一笔一笔核对单据,按照惯例,交接时只要账面余额跟现金余额相符就行了,过去的单据即使对不上也并不很要紧,谁还去查那些过去的旧账?即使以后上头查出来了,也不是现任的责任,而是前任的责任,她秦安彤何必较这个真呢?

这个道理秦安彤懂,但她就是不想顺从地接下这份工作,一定要搞出点动静来,把人事经理的注意力吸在自己身上。她想不明白苏姐为何一直整她,但看计调部所有同事争相帮苏姐踩走自己那个劲,隐约感觉到苏姐是想压迫自己辞职。

既然都已经被踩到食堂这个没法更低的位置了,就只能利用一切机会搞出动静,偏不如苏姐的意。

人事部经理让前采购员暂时别去导游部上班,回食堂去把账整理清楚再说。然后对这几个月在客服部、计调部、食堂都搞出了大动静的秦安彤沉默半晌,说:"你回食堂先把采购工作干起来,等他把账理好再交接。"

人事部经理看着秦安彤走出办公室的背影,心里叹了口气。

他其实心里明镜似的,这几个月冷眼旁观着这个十分能干的姑娘被苏姐揉面团一样恶狠狠地搓来捏去,原因和结果他都清楚,但他并不打算干涉,毕竟双方都没给他好处。当一个公司人事部经理的首要素质就是不能让别人看出自己在想什么,以及站哪一个派系,这样才能防止自己被别人当枪使,最后成为被炒掉的那个人。

虽然,老总前几天刚找他谈话,让他物色一个有培养潜力的年轻人,明年初接替苏姐。苏姐已力不从心,性格跋扈,且因为资历老,等级和薪水都升得太高,已成为公司的负资产了。

那天下班时,秦安彤刚走出办公大楼,苏姐就追出来叫住了她。

秦安彤回头看着这个35岁的女人,她看上去还精力十足,留着一头干练的短发,圆圆的脸上一双黑溜溜的圆眼睛,眼神十分灵活,不说话的时候很是热情温和,一说话却平白立起两只角,变了三角眼，显出几分尖刻来。

"秦安彤，我劝你还是辞职吧！"苏姐嘴角微微翘起，露出一个得体的微笑，"我承认你非常能干，我已经很能干了，但没有你强。我26岁进这家公司，一直拼命表现自己，那时候深圳只有国旅和华侨两个旅行社，华侨只有三个人，老总、曾副总和我，我是华侨的元老！元老，知道吗？"

她暂停了说话，跟旁边擦肩而过的其他下班同事微笑点头打招呼，眼神变得很暖、很温柔。

同事走远之后，她的目光转回秦安彤脸上，那笑容立刻又变得冰冷锐利："老总是一个非常懂用人的人，这一行需要年轻人，年轻人精力旺盛、吃得了苦。我在这里干九年了，超过30岁的员工只剩下了我，其他人一过30岁他一概不留，我靠什么留下来的你知道吗？"

她环顾了一下周围，下班的人走得差不多了，身后已空，她转头看秦安彤，突然收起脸上全部的笑容，眼睛里射出一股肃杀的光，声音也变得冷冽。

秦安彤下意识地把一只脚暗暗地往后挪了挪，让自己站稳。

"整走所有可能取代我的人，让我无可取代，他就没法炒掉我！"苏姐慢吞吞甚至有些轻描淡写地说出了这样一句话。

饶是性格泼辣的秦安彤，也被她如此直接狠辣的言语震得内心一惊。

后来的很多年，这句话给她带来的影响都深刻地存在着，提醒她人与人之间的争斗可以直接到什么地步。

"今天我就把话撂在这里，你别再寄希望于折腾，只要你一天不走，你的麻烦就一天没完，只会越来越麻烦。你还年轻，换个工作就换个天地，跟我这个没什么前途的中年妇女争什么呢？

我一个月工资九千,你一个月三千,我刚买了房子,每个月要还四千块钱贷款。我儿子才六岁,老公工资也很低,为了保住这份工资,我会拼命。你考虑清楚,跟我斗值不值得!"

苏姐说完,转身离去。

秦安彤站在原地一直盯着她的背影走过马路融入对面的人流中,直到眼睛被火红的夕阳刺得酸痛,才收回眼神。

今天,秦安彤遭遇了成长以来最无理却最直接的打击,打得她一时间失去了思考的能力。

秦安彤在路边慢慢走,不知不觉就走到了杜氏茶餐厅的门口。她愣了一下,站在门口犹豫要不要进去。隔着擦得干干净净、上面贴着各种优惠海报的玻璃窗,她看到杜家豪正穿着雪白的厨师围裙站在一张桌旁跟坐在那里的两位顾客聊天。

那两位顾客仰头看着他的脸上满是笑意,不断点头,应该是在夸菜好吃,杜家豪小眼睛笑成了一条缝,回答着什么,心情显然愉快至极。

晚霞在道路尽头的高楼后面正在努力散发出最后的火红光线,透过落地窗照在那张桌子旁的地面,映红了那三个人的全身,显得温暖宁静。

秦安彤鼻子一酸,泪水竟瞬间涌出眼眶,流过整张脸,噼里啪啦地砸在地面上。

这是她来深圳两年,经历过无数次艰难困苦之后,第一次让眼泪痛痛快快地流出来。

杜家豪应酬完客人,转身要回后厨,却感到窗外仿佛有人在看着他。而当他望向窗外,只看到熙熙攘攘来往不绝的行人。

那一刻,他心里突然升起一种莫名的惆怅,冲出门外,四处张望。下班高峰期的街头到处是人,几家商铺放出的音乐喧嚣热烈，五颜六色的霓虹灯在人潮的缝隙中随着夜色的降临逐渐明亮起来。

那种惆怅的感觉，久久地在他心里徘徊。

第二天中午饭点到来之前，杜家豪坐在厨房里思考了很久，起身扎上围裙打开灶炒了个加足料的海鲜炒饭，又把隔水炖了三个小时的一盅玉竹莲子乌骨鸡汤也装进保温桶，跟副厨打了个招呼就拎着保温桶出门了。

他坐公交车来到秦安彤公司楼下。以前他曾经在中午秦安彤吃完饭回去上班时偷偷尾随过她，得知了她工作的地点正好在他去菜市场采购的路线上，便经常在早上八点多骑着电动三轮车去菜市场采购回来的中途来到这楼下，期望能看到秦安彤。

他看到过几次从公交车上挤下来的秦安彤急急跑向楼门口，边跑边从包里翻出工卡，他看到她头发跑乱了，脸色也有些憔悴，他心里想着这个女孩如果每天能喝一碗滋补的靓汤再上班，气色一定会比现在好。

今天中午，秦安彤心不在焉地走出楼门，脑袋里回响着刚刚苏姐带着几个公司中层去食堂吃饭时、瞥了她一眼故意扬声说的那句话："牛排就是要捶，捶烂了烤才更入味、更好吃，你不捶服了它，它根本不知道厉害！来来！尝尝咱食堂的烤牛排，这味道，绝了！"

她深吸了一口气用来抵御鼻子发酸的感觉，瞥了一眼玻璃门里映出的自己，头发有些蓬乱，仓皇而沮丧。她抬起头，一眼看到十几步之外站着一个眼熟的男人，手里拎着一个保温桶正在对她笑，那是杜家豪。

那天中午，秦安彤和杜家豪坐在楼下广场的长椅上。杜家豪打开保温桶，变戏法一样拿出装在不锈钢碗里的炒饭，饭里大虾、贝肉、鱿鱼粒比米饭都多，温暖的香气直向秦安彤的脸扑来。饭盒最底下是热腾腾的炖盅,散发着鸡汤的鲜甜气息。杜家豪把这些依次放在长椅上,从保温桶的套袋里掏出包在餐巾纸里的一双筷子和汤匙,递在秦安彤手上。

这还不算完,杜家豪还从保温桶套袋的底部拿出一块餐巾,交给秦安彤,让她铺在腿上,防止汤汁饭粒落在西装套裙上。

来来往往的人们好奇的目光并没有打扰到这顿豪华午餐的进行。虽然离车流不断、尘土喧嚣的马路不到十米,远近店铺嘈杂的音乐声不绝于耳,午间觅食的上班族们不停在身边走过,但秦安彤专注地端着碗吃得香甜,同时听杜家豪讲餐厅里的趣事,两个人笑得前仰后合。

那饭菜汤的香气像一个无形的罩子,把秦安彤稳稳地罩在中间,外面是残酷的世界,里面是她的安稳天堂。

一星期后,秦安彤向人事部经理递上了辞职报告。人事部经理掂着报告沉吟了一分钟,说了两个字:"同意。"

他并没有告诉秦安彤老总已经批复了不再跟苏姐续签合同的文件,提升秦安彤为计调部经理的文件也已经在走流程了。

秦安彤是个人才,就这么走了固然可惜,但这姑娘太锋芒毕露了,留下过不了几年难免再变成第二个苏姐,让他继续头疼下去,搞不好连他都能取代。他想寻觅一个性格更柔和一点、好控制一点的,毕竟能干的年轻女孩在深圳还有很多。

杜家豪向秦安彤求婚的那天,天空飘着细细密密的小雨。秦安彤正在收拾自己办公桌上的东西,手机突然亮了起来,杜家豪发短信让她下楼。

秦安彤气喘吁吁跑出楼门,看到杜家豪穿着整整齐齐的西装、戴着领带站在对面,手里拿着一个小小的红色丝绒方盒子。

秦安彤愣了一刹,脑海里把自己从在重庆坐上火车来深圳到现在所经历的每一天迅速翻了一遍。"就这么决定了吗？"她在心里问自己。

停了一秒钟，她便跑到杜家豪面前，握住了那个小盒子。

秦安彤去人事部走离职手续，看到女文员同时打印出两份离职工资结算单来，一份是她的，另一份是苏姐的。她的脑袋嗡地一下子，声音颤抖着问："怎么，她也辞职了吗？"

女文员哼了一声："是被炒掉的！她能主动辞职？"

女文员看着脸色变得十分苍白的秦安彤，充满同情地压低了声音："你现在去找老总要求留下，就能当计调部经理！跟你说实话吧，你升计调部经理的文件已经在走流程啦！"

秦安彤心跳如鼓，但她看看不远处人事部经理办公室那半掩着的玻璃门，很快冷静了下来，有点明白是怎么回事了。

那一瞬间，她不光明白了这件事，也明白了好多事。看来，这所谓的办公室政治、职场争斗，人与人都只是棋盘上的棋子，吃别的棋子、被吃、被借力打力、被声东击西。但棋子再怎么样也只是棋子，放在棋盘上看似杀气腾腾，离开棋盘也不过就是个木头疙瘩。

但对她自己来说，她是人，是有血有肉、有自尊、有情感的人，她要挺直腰杆过自己的人生。

她对女文员感激地笑笑，悄声说：不用了，我决定走了。

秦安彤答应了杜家豪的求婚，把要结婚的消息告诉了孟瑶。

而此时，装修生意做得顺风顺水的李志伟趁着一个大酒楼项目赚了80万的当口，拿出40万在蛇口榕园买了一套90平方米的三房一厅，也向孟瑶求婚了。

1997年7月1日，杜家豪在餐厅门上挂了个"东主有喜，休息一天"的牌子，两对新人在这里举办了一场婚宴，他们同天结婚。

第六章

陈国威每天早上醒来,都要花一分钟时间想一下自己现在身在何处,是洛杉矶,还是香港、广州、深圳。

父母带着他坐船从蛇口连夜偷渡去香港的时候,他只有6岁。那时父母在广州工作的大集体纸盒厂关门了,满大街都是"批林批孔"的大字报和游行队伍,父母没了活路,又不敢做小生意,便把最后的20块钱塞给蛇头,蛇头带着他们搭送菜的拖拉机到深圳,在赤湾码头上船,趁夜色驶到香港。

那时偷渡去香港的广东人太多了,没办法,没饭吃,要活下去。到了香港倒也好找活干,这种黑工比本地人人力价格低好多。但都只能做零工,每天赚的钱刚够吃一天的饭。

陈国威父母找到个给上环海味街南北行送货的活儿,一天能赚50港币。

儿时的记忆在陈国威的脑子里模模糊糊,也许是太苦了,一个小孩只能选择遗忘来逃避这种苦难的记忆。在当时几十万"人蛇"(香港人对内地偷渡客的称呼)中,他们一家算是幸运的,偷渡过去没两年赶上英女王寿诞大赦,竟然给入了籍,陈国威8岁的时候按时上了小学。

父母住窝棚,一天打三份工,每天深夜回家冲凉的力气都没有,倒在床上就睡。这样辛苦赚到的钱就能让陈国威穿着干净的白衬衫、西短裤,打着小领带每天神气地去上学,当然这主要是香港义务教育制度的福荫。

到陈国威上中一（初中一年级）时，父母用攒下的第一桶金加银行低息贷款开起了自己的小杂货店，申请上了公屋。到了那时，他们才感觉自己终于直起腰来成了堂堂正正的香港人，并在离开故乡广州10年后以参加亲戚婚礼的由头返乡探亲。

那次回广州，16岁的陈国威被一记"天雷"击中了，雷声响起在父母带他去老屋隔壁邻居杜家做客的时候。

杜伯一家在巷口开了家茶餐厅。以前杜伯跟陈国威父母都在街道纸盒厂工作，杜伯在食堂做饭、陈国威父母在车间里糊纸盒。厂子倒闭后，杜伯便在巷口支了个摊子卖肠粉。

1976年，虽然全国都还处在斗私批修的热潮中，但广州毕竟是中国的南大门，偷偷摸摸做小生意的人一直没断过。杜伯靠自己的厨艺硬是在老婆去世后养大了一子一女，到1986年个体户遍地开花的时候，他都已经攒够开一家小餐厅的钱了。

虽然茶餐厅不大，只有四张桌，但好在是自己家的祖屋，不用交租，靠着起早贪黑、早餐直落夜宵地卖力打拼，杜伯赚下的家业已经成为街坊翘楚。

陈家回来探亲，杜伯很高兴，特意关店一天在餐厅炒了一大桌菜招待他们。陈国威见到了发小杜家豪，小时候跟他一起爬树跑街的阿豪比他大两岁，已经上高中了，又黑又壮，一笑小眼睛就眯成一条缝，露出一口雪白的牙齿，已经炒得一手好菜。陈爸爸尝了他做的"葱姜炒花蟹"，直呼青出于蓝，将来必超老爹。

阿豪见到已经完全长高、抽条的陈国威也不见外，伸出抡马勺练出来的健壮的胳膊给了陈国威一个亲热的葱姜味拥抱。

当穿着寻常居家棉布碎花连衣短裙的杜家美从狭窄的楼梯上走下来时，陈国威一眼看到，感觉头顶像被雷击了一样。全世界失去了声音和画面，只剩下那一个身影，那是属于他人生的第一个"天雷"。

杜家美那年13岁,身材还没开始发育,留着一头长长的及腰长发。

杜家美的漂亮,是被香港TVB电视台认证过的。她10岁的时候TVB一部电视剧要在广州拍几个镜头,导演想在当地找个跟郑裕玲搭几秒钟戏的小女孩,他偶然在杜伯的餐厅吃了碗炒粉,就看上了那个给他端上炒粉的小尖脸上有一双黑黑大眼睛的芭比娃娃般的女孩。

戏就在离杜伯家两条街远的茶楼上拍,当时附近街坊倾巢出动都去看了,站在五米开外隔离线那边,大家清楚地看到了郑裕玲!巨星!郑裕玲蹲下看着阿美说话,阿美落落大方地眨巴着长长的睫毛说着台词。才拍了三条就过了,郑裕玲还在阿美的脸蛋上亲了一口。

那部剧半年后便在TVB上映了,能收看香港电视台的广州人几乎全看了。杜伯的街坊们到处预告阿美的参演,半个广州的人怕是都知道了,那个几秒钟镜头播放的时候几乎全广州人都屏住呼吸看洋娃娃一样的阿美。

后来杜伯的小餐厅还热闹了一阵子,好事者川流不息来这里看10岁的"茶餐厅西施"。

这几秒钟的镜头可以说改变了杜家美的人生。在那之前她还是班上学习成绩名列前茅的好学生,那之后她便立志走艺术的道路,将来要当演员、明星,央着杜伯给她报了少年宫的舞蹈班、声乐班,把大部分精力转移去了学这些,文化课能混就混了。

13岁的杜家美,跳舞声乐已经学了三年。陈家一家三口来家做客时,她正在楼上准备下午去少年宫舞蹈班提交形体课的申请。爸爸在下面喊了三遍开饭了,她才换下练功服,穿上条旧裙子,趿拉着拖鞋磨磨蹭蹭走下楼梯，脸上还挂着细细密密的汗珠。

陈国威目不转睛地看着这个皮肤雪白、眼珠漆黑、头发油亮的漂亮女孩，她的下巴精致得令人窒息，举手投足优美得仿佛仙子。

16岁的陈国威就像《美国往事》里的面条从门洞里偷窥到黛博拉跳舞一样，就在那一刻爱上了13岁的杜家美。

爱情只有一见钟情这一种开始，不是从一见钟情开始的爱情都不是纯粹的爱情。爱上一个人有很多理由，但只有第一次相见被强烈震撼、被深深攫住的感觉才能决定后来的发展。

这爱情来得那么突然，让陈国威之后的很多年一直迷迷糊糊。

回到香港后他就开始给杜家美写信，从"今天天气好好"到"晚上星星不多"，每隔两天就寄一封精心封箴的信去广州。陈国威从小就性格优柔寡断，有选择困难症，所以他习惯了跟着感觉走，这种习惯深刻影响着他的人生，也影响着他的感情发展。

13岁的杜家美也早熟，学校和少年官里到处是追求她的男生，她每天像仙鹤在鸡群里一样傲然走过这些人面前。但陈国威和他们似乎不太一样，他头上有香港人的光环。虽然这"香港人"是掺了水分的，但当杜家美读着那竖行排列、繁体字写就的陈国威的来信，内心就有一股特别的感受油然升起。十封信她会回一封，但回信她都会写了撕撕了写折腾好多次，认真措辞、认真写字，似乎这封信不仅代表着她自己，也代表着国家尊严。

高三毕业，陈国威接到了南加州大学软件工程专业的录取通知，他把好消息告诉母亲之后便买了去广州的车票，急迫地要把这个捷报跟杜家美分享。因为阿美在几次来信都表达过："好希望你去美国读大学啊！""如果我有一个在美国读书的男朋友，那是一件多么美好的事情！"

果然，当他见到阿美时，阿美的眼睛里似水的柔情比平时浓度高了无数倍，她竟然主动凑上来用双臂围上了他的脖子。

那天，他便得到了人生的初吻。

15岁的阿美当然仍是个单纯的女孩，但她从骨子里认为自己将来必定非同凡响，属于她的一切都应该是高级的，这个已经走上"高级"通道的男友理所当然地被纳入了她的人生。

紧接着，该上高中的杜家美毅然放弃高考路线，去考艺术类中专，她想早点踏上明星的道路，"成名要趁早"。无奈考试还是失了手，最后只上了一家旅游中专，学导游专业。

她对此毫不在意，随便读个什么学校都可以，反正她将来必定要踏上星途。而且如果这个在常青藤名校读书的香港男朋友毕业留在美国，干一份硅谷工程师的工作，拿到美国公民身份，再结婚把她带出去，那么她无论怎么折腾都会有一份优越的生活保底。

在杜家美面前，人生的道路一马平川，她可以踏着优美高雅的舞步轻轻巧巧地走上去，把这段路途舞得一片辉煌。

80年代末，陈家位于上环的南北行的生意正做得风生水起，陈国威的父亲却突然得了急病去世，紧接着母亲的身体状况也越来越差，独立支撑店铺把陈国威送去美国上大学后便支撑不下去了，她把铺子兑给别人，凑了凑手上的积蓄，买了套房子留给陈国威，溘然长逝。

陈母这辈子尝够了在异乡孤零零无人帮衬的苦，临终前叮嘱儿子毕业后回中国发展，国内改革开放越搞越好，一定更有前途。

彼时正是美国互联网产业飞速发展的时期，硅谷富豪每天冒出一片，到处是奇迹，遍地是机会。陈国威固然谨遵母亲的遗嘱，但他自己却觉得待他过几年毕业回中国，肯定也能赶上比美国晚几年的中国互联网产业崛起的头一波大潮。

那时候,中国的改革开放是全世界瞩目的大事件,世界各地的华人都密切关注着。如果能赶上这波大潮接着潮势让自己人生攀上一个高峰,那将是难得的机遇,更何况振兴的是自己的祖国、自己的民族,光耀的是自己的祖先,这是每一个血管里流着华夏血液的人都愿意奔赴的选择。

1993年,他毕业后便回到了广州。

可是,陈国威花了一个月时间跑了政府机关、国企、私企、外企了解互联网发展状况,很是失望。只有政府对外交流的个别部门偶见使用互联网,根本没有推广到企业、民间。外企的内部网络虽然使用得很普遍,但仅限于传递内部数据。广州人对接入国际互联网都没有太大兴趣,大多数人对国际互联网一无所知。

广州是一个遍地大小工厂的城市,90年代起改革开放渐入佳境,各企业有充沛的劳动力资源,有内单有外单,日夜开足马力揾钱。服务业兴旺发达,几百块钱人工到劳动力市场喊一嗓子就能带回一车人,完全不需要在提高效率、缩减成本上做文章,也就不需要互联网这种增效工具。无论是私企的老板还是国企的领导,对此都提不起兴趣。

在任何时代的历史发展进程中,事物只能应运而生。东西再好,生得不是时候也不行。比如雅虎网,90年代初在美国它创造了互联网业第一大奇迹,搜索引擎、广告、邮箱、网络商务做得风生水起,但进入中国时间过早,每一步都无法踩到点子上,落得个虎落平阳的尴尬境地,扑腾了几年就黯然没落了。它刚刚没落,中国互联网的春天就来了,踩着它死在沙滩上的尸体诞生的新浪、搜狐、百度就赚得盆满钵满,成长为直到今天仍然风光无限的巨头。

时也运也。

陈国威回国就卡在这样一个尴尬的时间点上，举目四望，英雄无用武之地。

陈国威在广州到处碰壁了几个月后，见杜家豪来深圳开餐厅，他就又跟来深圳碰运气。第一天去人才市场找工作，就发现居然有十几个软件公司在招程序员，他立刻两眼放光：啊！原来中国互联网的星星之火在深圳！

他立刻冲进了一家软件公司，这公司一穷二白，只有三五条好汉歃血为盟，嗷嗷叫着要为中国互联网事业开天辟地、杀出一条血路，工业软件、商业软件、教育软件研发齐头并进，往所有的篮子里都放了鸡蛋。陈国威跟其他好汉一起每天加班加点写程序，饿了啃方便面、渴了喝自来水，经常几天几夜不睡，胡子头发老长像个野人。

其实在那个时段，深圳跟广州差不多，都处在低端制造业爆发时期，人力密集型企业对生产效率要求低，但深圳是特区，各种政策比广州更宽松，经济环境更自由多态，才吸引了计算机人才更多地集中在深圳蓄力创业，并不是深圳的互联网环境比广州更好，只不过是愿意为梦想拼一把的人集中在此地而已。

三四个月过去，陈国威加入的公司写出来的各类软件推向市场，到各个公司工厂推销，乏人问津，只有财务软件偶尔能卖动，客户开出的价格也跟打发叫花子一样。几条好汉瞪着血红的眼睛相顾无言，几杯浊酒碰到一起喝干，便作鸟兽散。陈国威又找了第二家，第二家散了，进第三家……三年过去，做过的公司都死了，深圳的第一个互联网小浪潮宣告结束。

那时，张朝阳、马化腾、史玉柱都在干着同样的事、碰着同样的钉子，夜深人静的时候同样捏着瘪了的啤酒罐，对着星空怒吼自己的青春是否还要这样继续打水漂。

陈国威基本上算是在香港长大,对自己的身份认同是香港人,但在美国读软件工程专业的四年,改变了他的世界观。他深深地认同互联网终将把世界无远弗届地连接起来,未来人类将不再有国籍和户籍,也不再画地为牢,依靠交通工具和互联网能实现肉体和精神的极大自由。所以他无论是在美国,还是在香港、广州、深圳,走到哪里都投入地生活下去,努力让自己融入当地,适应当地环境和政治,成为当地人。

只要能在当地成就自己的事业,身份在他眼里并不重要。

但杜家美不想让他这样。陈国威在深圳漂的这段时间,把杜家美气得不行。

陈国威没有留在美国就已让她极度失望,打碎了她对未来的全部梦想。无奈她再怎么哭得梨花带雨,也无法推翻陈国威母亲的遗嘱。她退而求其次希望陈国威去香港找一份跨国企业高级白领的工作,把她带去香港入籍;或者再退就是广州大型外企的高级白领,也可在广州本地生活得体体面面。

可陈国威却这两个都不选,执意去深圳找些刚成立的草台班子软件公司,干没几天就散了,工资都拿不到。一个散了又进第二个,第二个散了又进第三个……他整整一年时间都扔在了深圳,三天两头联系不上,再见到面就蓬头垢面好像个在深山过了几个月的野人。

杜家美要崩溃了,她要的根本不是这样的陈国威。虽然这个男朋友仍然像当初一样热烈地爱着她,眼神比小时候更柔情似水,形象也比以前更帅,但她缺的不是这个,如果她要的那些美好前景他给不了她,那这些条件她也没兴趣。

陈国威虽然热爱杜家美,却没当过一天百依百顺被女朋友掌控的恋爱脑男人，对自己事业的规划一直是他最坚守的原则，母亲的遗嘱也只是恰好跟他的规划相符合而已，否则他一样能毫不犹豫地背弃。

两个人的矛盾就这样迅速加剧了，很快升级到互不理睬、一两个月不联系的地步。

香港回归那天，杜家豪邀请在深圳的陈国威参加他的婚礼，不仅因为陈国威是他的发小好友，还为了缓和陈国威和妹妹紧张的情侣关系。

杜家豪也不理解为什么在美国读了名校回国的陈国威始终不找一份工作安稳下来，但他相信聪明的陈国威绝对不是池中物，早晚会干出名堂。而且陈国威对阿美一往情深，却在事业上有自己的主见，这在虽然文化程度不高但骨子里有着广府传统大男子主义的杜家豪看来是一件天大的好事，男人太听老婆话是不会有什么大出息的，越是妹妹这样心比天高的女孩子，越需要一个镇得住她的男人，所以他一直在努力撮合妹妹跟陈国威和好。

陈国威应邀来到了婚礼现场，他想跟阿美心平气和地谈谈。

他不甘心找个朝九晚五的稳定工作，一心要抓住机遇创业，这一切努力都是为了让杜家美过上更好的生活。可杜家美根本不理解，她想要的只是一个拿着安稳高薪的丈夫，组建一个中产阶级家庭。这样的家庭陈国威在美国见过很多，这种生活在美国可以过得平静长久，但在急速发展的中国不可能。

今天的中国如同一条不停有支流汇入、不断变宽变深的大河，人们在这条河上有两种选择：一是给自己造一艘船，驾驶它，尽可能多地捞取河里的鱼虾，当船靠岸的时候收获满满；二是在河里游泳，在划水求生之余吃鱼虾果腹，最终虽然也能到达目的地，却两手空空，没任何收获。

陈国威想当一个有船的人。

婚礼全程杜家美都对陈国威不理不睬，丝毫不顾及对婚礼气氛是否有影响，全程挂着个脸连笑容都没有，这让父亲和哥哥十分尴尬。这个女孩从小就这么任性，母亲去世后，父兄两个男人带大了她，总是可怜她幼年丧母没有蒙受过慈爱照拂，对她溺爱有加，要星星月亮都去给她摘下来，把她从小惯得像个公主。

婚礼全程杜伯都忙着找话跟秦安彤的父母、孟瑶的母亲聊天，以分散他们对冷着个脸谁也不睬的杜家美的注意力，格外心累。

陈国威看到与他同龄、学历也不相上下的李志伟才来深圳奋斗两年，已经成为身家几百万的装修公司老板；学历远远不如他的发小杜家豪也在两三年间把父亲经营了二十多年的街坊茶餐厅开到了深圳繁华街区的中心位置，生意红红火火。而自己从美国回来后白折腾掉一年时间，至今一事无成，看不到任何希望，不禁心情越发低落。

婚礼流程是秦安彤设计的，基本上就是每个人讲几句话、互换戒指、新人向大家鞠躬，然后就喝酒吃饭了。

李志伟家里农忙，哥嫂没有来，只有爸爸来了，李父是一位看上去比年纪老很多的朴实忠厚的老农，不善言辞，操着浓重的湖北口音说了几句大家都没太听懂的祝福语就坐下了。

孟瑶妈妈普通话很标准，讲话动了感情，不停哽咽，说了一大段一个人带大女儿的艰辛不易，引得在座者纷纷抹泪。

秦安彤父母都是机关干部，沉稳淡定，说话也略带官腔，但秦妈妈说到女儿出嫁也失态落泪了。秦爸爸看着白胖恬淡的一副中年机关干部模样，讲了几句话也突然情绪崩溃，捂着脸哭了起来，秦安彤更是哭得梨花带雨，一家三口抱着哭了半天。

秦家三口哭得动情，孟瑶妈妈也跟着抹泪，杜家豪和杜伯只得过去握着他们的手安慰。

全场唯一从头至尾没有掉一滴泪的人,除了根本没进状况的杜家美,就只有另一位新娘孟瑶了。

即使是在自己母亲哭得像个泪人一样讲述孤儿寡母相依为命的经历时,孟瑶也只是把母亲的手放在自己手里轻轻拍拍,脸上带着淡淡的微笑。

孟瑶不是不爱哭,但只有当下的苦难才能引出她的悲伤,为过往的苦哭一场她认为是不值得的,她一直是一个可以用理性把感情牢牢控制在堤坝里的人。

反而是新郎李志伟,在所有父母讲话的时候都数度含泪。轮到他讲话时,他讲起了自己去世的母亲,因为长期在水田里种藕采藕,罹患了严重的风湿病,去世前的几年是在长期卧床、疼得睡不着觉中度过的。他说他妈妈最大的遗憾就是没有看到他娶媳妇,妈妈说:她的二儿子最有出息,考上了全国最好的大学,得找一个啥天仙一样的媳妇呀?这是她最惦记的事儿了,简直死不瞑目!

说到这里李志伟泪如泉涌,李父也抬手抹去从脸上沟壑里横流的泪水。孟瑶拿起桌上的纸巾,半蹲下来为公公擦眼泪,又把纸巾塞到丈夫手里,顺势紧紧握住了他的手。

陈国威看着这些场景,内心唏嘘不已。

这些亲人之间的生离死别,他全都经历过,现在他连可以拥抱哭泣的亲人也没有了。他下意识地把目光投向杜家美,对方也正注视着自己,见他望过去便立刻转移了视线。那一瞬间,陈国威心中有一丝凄楚。这个女孩子就是他此刻在这个世界上最亲密的人了,然而她望着他的目光,却比冬日寒风更冰冷。

后来,趁着别人热火朝天聊天的时间,他把桌上的酒喝了一杯又一杯,放在椅子后边的空酒瓶很快摆了一排。

婚宴结束已是晚上,陈国威摇摇晃晃走出餐厅,外面下着小雨,远处庆祝香港回归的焰火已经怒放在半空,城里远远近近响起的欢呼声连成了片。他站在雨中呆呆地看了许久那些焰火,每一朵都灿烂华丽至极,就像他心里那些燃烧过又幻灭的梦想,一股凄凉之意油然而生。他抬手拦了一辆的士去皇岗口岸,路上拿出手机发了条短信给杜家美,告诉她自己回香港了。

杜家美站在茶餐厅门口等陈国威。她心里并不像脸上那样冰冷,这么多年的感情不可能说分就分,她只想给陈国威的压力再大一点。陈国威能在婚礼出现其实她心里还是松了一口气的,如果他愿意听话去美国或在香港、广州找个安稳高薪的工作,她马上跟他结婚都行。这个婚礼并不是没有触动她,她也想像哥哥和秦安彤一样互相温暖,像李志伟和孟瑶一样同舟共济,但她觉得陈国威比李志伟和杜家豪起点更高,没必要从低做起,完全可以直接找一份高薪工作,以后再找机会创业,未来定会比李志伟和杜家豪更有成就。

但杜家美等在餐厅门口,左等右等也不见陈国威,却等来他的一条告别短信。

她气愤地对那条短信喊:"你滚!滚了就别再回来!"

陈国威回香港后,跟几个中学同学聚会,大家谈得最多的就是李嘉诚的小儿子李泽楷要搞一个空前庞大的"数码港"项目。"小超人"以一纸方案便套到了港府免费的64英亩土地,再利用这个重大利好圈到了更多土地资源和投资,然后开始盖楼销售;下一步的计划就是招揽世界各地的互联网企业进驻数码港,大力发展香港的互联网事业,立志几年内将香港建设成东方硅谷。

陈国威的同学们大多刚毕业不久,对这个能增加很多投资、就业机会的项目亢奋不已,纷纷讨论自己能以何种方式加入其中。

陈国威说起自己是否要把手上父母留下来的房子卖了去数码港里开个互联网公司,一位从事房地产的同学却摇头叹气:"你不要对李二公子抱太大希望,他家的基因就是卖楼,搞个高科技概念也只是为了包装他的楼!不信走着瞧!"

接下来的几天里,陈国威跑去数码港工地现场看情况,又去这楼盘的销售部门坐了坐,打听出这楼盘根本没有面向全球数码企业推广销售,客户什么行业的都有,只要来办公、投资的人给钱就卖,什么"全球互联网企业一网打尽""东方硅谷",确实只是几句口号,不过又是为写字楼林立的大香港增添了一群更高档、更昂贵的摩天大厦而已。

陈国威又一次失望了。他站在父母留给自己的唯一遗产——那套位于尖东黄金地段可以望到蔚蓝色维港一角的房子的阳台上,一脸茫然。

某天,他突然接到同学庄启明的电话,约他喝咖啡。

庄启明是他来到香港后交到的第一个朋友,那时他还是个怯生生的"蛇仔"。第一次被老师带到教室介绍给大家的时候,陈国威听到底下好几个不小的声音喊他:"蛇仔!"放眼望去,投向他的几乎全是嘲笑、蔑视、冷漠的目光。

庄启明是那个唯一友善地看着他,并用手拍了拍身边一个空位示意他坐过去的男生。放学后,庄启明站在教室门口,等他走过身边的时候跟他并排走,很随意地问他:"你住边?睇吓同我顺唔顺路。"

很长时间里,他只有庄启明这么一个朋友。后来上了初中、高中,情商高、善交际的陈国威逐渐混得如鱼得水,但跟庄启明仍然亲如兄弟。

庄启明性格温良，他母亲早逝，父亲抚养他长大。父亲原本在香港有一家货运公司，一度规模还不小，有近50辆货柜车，跑深港运输生意。撒切尔夫人跟中国政府签署了香港回归协议以后，老头对香港前景产生了巨大恐慌，开始迅速缩减自己的生意，腾出钱来转移到加拿大去，很快办了移民，回归前半年就跑去西温买了栋别墅住进去。那时这种香港人为数还不少，一般都持有双重国籍，资产也是移走一部分留下一部分，两边押注，持观望态度。

庄启明跟他父亲看法则完全相反，他大学学的是商科，满脑子"变革中才有商机"的思维，内地热火朝天的改革开放让他兴奋不已，他对香港回归的前景十分乐观，一直关注着深圳的发展，跃跃欲试要参与进去。趁着老头子变卖资产往加拿大移，他要来一笔钱到深圳注册了一家货运公司，租下一个货场，付了十台货柜车的定金，只等着车一到位就开张。

就在这节骨眼儿上，跑到加拿大买房装修的庄老头出了事，在新买的别墅卫生间洗澡时一跤跌倒、不省人事，半个小时后才被来搞卫生的钟点工发现送到医院，诊断为中度脑溢血，并发中风。

庄启明闻讯急三火四赶过去照料。温哥华的医生医术还不错，救回了老头的命，术后效果也还算好，脑子清醒，勉强能说话，但半边身子动不了。医生说身边离不了人，努力复健的话，将来有望恢复行走，但三五年内别指望了。

庄启明没有兄弟姐妹，也还没有结婚，总不能把老头扔给保姆照料，势必要去加拿大住上几年。可深圳这边的生意又马上就要启动，100万资金投进去了，贱卖掉肉疼，也不甘心。

像热锅上的蚂蚁一样无计可施的关头，正工作无着的陈国威回到了香港,令庄启明顿时眼前一亮。

当庄启明把深圳的物流公司委托给陈国威经营的计划跟陈国威和盘托出后,陈国威第一反应是笑了。

他只是个刚刚毕业不久的软件工程本科毕业生,对物流运输、企业管理、商业贸易这些知识几乎一无所知,让他去经营一个物流公司,这想法要多荒唐有多荒唐。可庄启明说毕竟陈国威算半个内地人,在内地有些人脉,而物流运输这个行业在美国也是跟互联网紧密捆绑发展的,既然陈国威目前无法正面进入互联网行业,那么何不尝试一下侧面突破呢?

这说法倒让陈国威有点动心。

"阿威,我一天也不能等了!老爸现在在加拿大请了一个护工暂时照顾,人家已经不太乐意了!你就帮帮我吧!"庄启明几天都没睡了,眼睛里全是红血丝,"如果你肯接手,我愿意送51%的股份给你,所有经营都由你一个人说了算,只要给我分红就可以。做没了,赔的是我的本金;做大了,你愿意跟我继续分成也可以,也可以把我那一半买回去,让它全部成为你的资产,我毫无怨言!"

庄启明甩了一份早就打印好的空白协议到桌子上。

陈国威诧异地看着庄启明,庄启明低下头沉默了一会儿,再抬起头看陈国威的眼睛里竟然有些泪光:"没办法,这是我第一次创业,我真的不甘心就这么完了!投进去的钱固然是一个重要原因,更重要的是我赌这次内地的改革开放有机会能大发展,内地将来会比香港强!"

陈国威苦笑:"可你不该找我啊!你觉得一个学IT的能把物流公司做好吗?我除了写程序什么也不懂!"

"阿威,无论什么行业,当老板都是管理而已!"庄启明眼睛突然亮了起来,"你从小在这方面就天赋异禀,记得当年你家的南北行,我经常放学后去玩,你老窦出去进货,留你一个人看店。旅行团上门来买东西,十几个人在店里转悠,有两三个客人趁乱抓一把参片、偷一块花胶,你立刻送空胶袋上去给他们,请他们把东西装起来,让他们不得不买单。那时你才13岁啊!"

陈国威想想自己这几个月到处找工作的经历,没一个称心如意的,要么去银行、保险公司做内网维护,要么就去公司、工厂做机房建设,都是些毫无建设性的体力活儿。香港还不如深圳,深圳起码还有一批不服气的年轻人在屡战屡败地努力,香港却只是在美国公司给搭建的各种网络环境上躺平,没人去创新、创造。港人的注意力全在房地产上,炒房炒得如火如荼。真想在互联网项目上找到机会,还是得去深圳。

他佩服庄启明创业的决心,思索良久,终于点了点头。

第七章

做装修以来一路顺风顺水的李志伟，却在金富豪商场的项目上遭遇巨大困境。

这家商场位于南山区核心路段，一共五层，建筑面积1万多平方米，是当时南山区最大、最豪华的商场，投标的时候全省有点名气的装修公司几乎都来了，做出来的方案一个比一个漂亮。

李志伟下定决心一定要拿到这个项目，让自己挤进深圳装修头牌行列。见做设计这块自己没有绝对优势，便转向投标，砸进大笔钱去搞关系，掏对手们的底牌、摸甲方的标底。

第一轮，他买通了甲方评标小组中的一位财务人员，提前看到了投标的七家公司中三家的设计方案，根据这三家的优劣势调整了自己的方案和报价，又拿着自己的方案和半真半假的"内部消息"劝退了剩下四家中的两家，得以让自己成为最终入围的四家之一。

第二轮，他再给那位财务人员塞了2万块钱，得到了甲方这轮的最高承受价格是2700万的信息，根据这个信息把自己的方案从3200万压缩到2695万，开标时其他三家只有国金装饰的2640万比他低，另外两家比这个价格高的就都淘汰了。

第三轮甲方只提了一个要求，在原来的基础上再压压价，谁压得更低就用谁。李志伟一咬牙，把本来就已压缩得没什么水分的方案又通过降低材料档次、压缩施工质量挤掉60万。开标时，国金装饰对这个跌穿地心的价格徒呼奈何，直接认输，拱手把项目让给了李志伟。

工程招标一味以低价为主旨，对甲方工程质量的伤害是显而易见的。在20世纪90年代这么干的甲方还不多，大多数甲方希望自己的项目做得漂亮优质，经得起时间的考验。无奈很多施工单位看准了甲方的这种心态，漫天要价，磨刀霍霍向肥羊，装修工程的利润率普遍高达200%。这种乙方如果再遇到目光短浅、缺乏专家把关的甲方，那就很容易走向"价低者得"的投标结果。

金富豪商场的甲方就是这样一个对装修行业知之甚少的土豪，他为了防止自己被宰，只能出此下策。

说到底，这是一场甲方的冒险。甲方压价太狠，便导致坚守原则的乙方退出，留下的中标乙方只能是一些企图浑水摸鱼的施工单位，最后做出质量低劣的工程，让甲方利益受损。甲方在价格方面留有余地，固然能让工程质量得到一定程度的保证，但也给那些无良乙方更多榨油水的空间，最后也有可能得到一个没少花钱但质量仍然很差的工程。

久而久之，装修市场便出现了以"口碑"这个无形的标准制衡的机制。一家装修公司做砸了一个工程，一瞬间消息便会到处传遍，被市面上所有的甲方鄙视，再也接不到工程。你在一个项目上吃相太过难看固然能赚到一笔大的，但以后再想接活儿就难比登天了。

真正的市场经济，完全靠信誉调节，没有信誉的企业自然会被市场淘汰。懂这个道理的企业老板会珍惜羽毛，不在一城一地孤注一掷地争抢，谨慎地恪守自己的原则，细水长流地经营。

可惜李志伟刚入此行，对这种规则还不是很理解，且前期靠着大刀阔斧吃进雄爷的势力范围，得了太多甜头，雄爷的消极妥协态度也让他没有感受到太多阻力，以至于他索性把不择手段占领市场当作最有效的发展手段，管他有什么副作用，先占了再说。成者王侯败者贼，成了市场老大，把规则制定权拿到自己手里，做什么都是正确的了。

拿到首期款500万后，金富豪商场装修工程择了个吉日，放炮舞狮烧香祭神，风风光光开工了。李志伟一头扎进现场，开始了废寝忘食的工作。

李志伟忙的这段时间，孟瑶也天天加班到很晚。

恒发服装厂今年接的单都很大，打版车间每天三班倒都忙不过来，而在这个关头，打版车间主任王师傅的爹在老家病危，他必须赶回去。刘老板火速任命孟瑶为打版车间副主任，让她带四个打版工顶住。

四个打版工里有三个是学徒，还不能独立工作，他们切的所有版孟瑶都得再检查，多数都要再返工。为了不阻碍全厂进度，孟瑶和另外一个成手师傅基本揽下了全部打版，夜以继日地干活。

开头一个月，孟瑶申请了一个宿舍的床位，把行李搬到宿舍，每天能多睡一两个小时。可是过了一个月她回家，见李志伟几乎也不怎么回家，崭新的房子因为没人住变得灰头土脸，心里疼得慌，后来她还是坚持每天再晚也回家睡，早上再忙也在家吃早饭，让房子里有人气。

这个新房、这个家，在孟瑶心里是最珍贵的东西，她见不得它受一丁点委屈，即使再忙再累，她也要坚持一天擦一遍家具，两天拖一遍地。

正在这最忙的时候，人事部经理于天华带着自己的弟弟于天明找到孟瑶，让孟瑶收于天明为徒学打版。

于天华在恒发服装厂虽然只是个人事部经理，但他什么都管，大到接什么单、定什么价格，小到食堂吃什么、不吃什么，他都能一锤定音,上去就管,不讲道理、不管级别部门,语气强硬,比老板还有气势,没有一个人敢对此有异议,就是这么霸道。

为什么呢?因为他是恒发服装厂第一元老。

刘老板10年前只身一人从香港来到深圳开厂时,招的第一个员工就是于天华。恒发服装厂的工商手续是于天华跑上跑下办的,厂房是他租来的,招工人、买设备、培训员工,都是他一手操办的。在香港人刘老板普通话听不懂、说不利索,两眼一抹黑的时候,于天华帮他打点了一切,后来又鞍前马后尽心竭力地帮刘老板搞生产搞经营,把一个只有40个工人、注册资金100万的小厂迅速发展成为300多个工人、2000多万资产、在深圳多如牛毛的服装代工厂里也排得上号的著名大厂。他立下了汗马功劳,刘老板对他几乎无条件信任。

于天华,福建莆田人,今年40岁,初中毕业就进当地的国营服装厂当工人,不到5年时间就凭过硬的缝纫技术干到了车间主任。

莆田这个地方出裁缝,二十世纪七八十年代就有大批裁缝走向全国各地,以做缝纫活儿谋生。于天华也出生于裁缝世家,格外聪明能干。但也是脑子太过活络了,他当了车间主任后手脚不干净,总爱顺些衣服回家,往外卖赚外快,没多久便被厂里发现开除了。

那时恰逢80年代末,深圳建立经济特区。失去了工作的于天华立刻投奔深圳,在人才市场遇到刘老板,帮刘老板创立了恒发服装厂。

于天华铁了心要以恒发服装厂为基地,建立完全属于自己的事业。他这些年陆续开了三家服装店,在厂里到处安插自己的亲戚老乡,让这些亲戚老乡长期偷尾单货、瑕疵货,拿出去放在他店里卖,赚了不少钱。但这不是他计划的终点,只是个起点。他的长期计划是用开店赚来的钱开一家自己的服装厂,找机会偷恒发服装厂接下的大牌服装的版,自己生产山寨货在国内卖,赚取暴利。

关于于天华这些鬼鬼祟祟的勾当,厂里早有风言风语了,但没有一个人敢捅到刘老板那里去。于天华这人太狠毒,搞不好不仅扳不倒他还被他整了。莆田人在深圳很抱团,得罪了于天华可不是砸了饭碗、丢了工作那么简单,被人卸掉一只胳膊一条腿都有可能。

这些风言风语孟瑶也听过一些,她心里清楚得很,于天华塞弟弟进车间就是奔着那些原版来的,但她没有拒绝的资格。莫说她只是个刚从工人提拔上来的车间副主任,就是跟于天华平级的其他经理,也无可奈何。

孟瑶只能接下于天明当学徒,每天画版切版的时候都让他跟其他学徒一起在旁边看着。

这于天明根本就没把心思放到学手艺上,处心积虑只想偷版。他试探了几次,都被孟瑶装作无意打断了。但每天忙成这样,孟瑶哪有精力时时刻刻防着这个贼?没有实证又不敢跟别人说,她只好经常把于天明支出去采购材料。那些欧美当季最新款的版都是客户买了高额保密险的,厂家如果泄密会赔得底裤都没了。

深圳多如牛毛的服装代工厂承接了大量国际订单,几乎所有的国际大牌都在深圳有生产线。一家家看似破烂简陋的服装厂,生产出来的货却都是Gucci、香奈儿、拉夫劳伦、皮尔卡丹。这些货出了工厂直接上船,运往世界各地,中国本土的消费能力还没达到消费这些高奢品的水平,但也足以让那些钱包略有些鼓的白领小资动心,于是泄露款式也越来越频繁。尾单、瑕疵单、老鼠单被从厂里倒卖出来成了市面上的抢手货,南山车公庙、南油甚至逐渐聚集起的外贸服装销货市场,就把这些店开在工厂边上,一到周末,白领小资对这些店趋之若鹜。

外贸尾单是指厂家比订单多做出来的少量产品,预备出现质检不合格后补上,价格能达到正品的三分之一。瑕疵单是质检阶段被淘汰下来的产品,按瑕疵的大小定价,最高也能卖到正品价格的十分之一左右。老鼠单是厂内人直接盗窃出来的合格成品,最高能卖到正品的七八折。还有厂里人偷拿出来的成品出去仿制的山寨货,那种质量通常很差,价格就便宜得没底了。

随着外贸服装代工厂在深圳越开越多,这些"外贸货"也逐渐漫山遍野出现。月入四五千的写字楼小白领,花一两千元就能穿上香奈儿专柜卖一万多的正版洋装套裙,风情万种地在蛇口海上世界广场徜徉,引来无数艳羡的目光。

一开始这漫山遍野的外贸货并不能影响远在地球另一端的欧美时装市场,大客户们甚至都不知道,便不怎么追究。没多久,随着互联网普及,信息全球共享,中国这边总能抢在欧美前面出现当季最新款。这些信息迅速传到了大客户们的耳朵里,严重影响了欧美市场的利益,大客户们再也坐不住了,纷纷收紧对代工厂的管制。

后来,聪明勤奋的中国人已经从偷、仿,进步到学而有成,纷纷创立掌握欧美大牌神韵的中国时装品牌,八九十年代的代工潮里走出了中国改革开放后第一代服装设计师赵卉洲、罗峥、李红。

俗话说"授人以鱼不如授人以渔",世界工厂时代给中国人留下的最大遗产,就是学习吸收了太多好东西,可以发扬光大成自己的事业。

像于天华这样心怀叵测和有着巨大野心来到深圳的外地人太多太多了。

于天华早就在西乡租了个小厂房，从厂里挖了几个技术工人，仿制从厂里偷出去的款型，产量大概一个月一千件，卖到广州的白马服装批发市场。但仿款没有直接从原版扒下来的还原度高，无法冒充真货销售，始终卖不了太高价格。于天华的很多老乡在干把山寨货通过假报关单洗成原装进口货的勾当，他们怂恿于天华做高仿货，直接卖真货的价，那样才能暴富。

最近厂里正在生产法国"野鸭"牌高档西装，在市场上可以卖到一套一万多人民币。这个牌子在香港和深圳商务人士中相当受欢迎，在国内尚未有专柜，想买就得远赴欧洲。如果能拿到一套版回去自己生产，找在海关有关系的老乡把货洗成原装进口货，一套成本三百多元的西装就能摆到大商场的品牌专卖店卖一万多，那可是名副其实的"一本万利"，而且西装的生产程序相对于五花八门的女性服装更简单，更适合于天华的小工厂。

这次他真的动心了，他打算赚到这一大笔钱，就跟刘老板提辞职，回莆田去开自己的服装厂。安插于天明此刻进版房，就是要偷到一套野鸭西装原装纸版，这是他这个重大计划最重要的一步。

但孟瑶严防死守，让于天明在长达一个月的时间里一直没能得手，眼看这套版的生产周期就要结束，原版将随生产出来的成品一起运回法国，副版同时全部销毁，机会就要没了。

于天华被孟瑶激怒了，一个小小女工竟敢挡他的财路！这是他通往创业之路的绊脚石，他决定干脆利落地搬开。

李志伟这边也是越来越麻烦，超低价竞标得来的工程，从一开工资金便捉襟见肘。李志伟原本打算按照装修这一行的潜规则，先低价拿下工程，然后在工程进行当中找各种借口改动预算，临时向甲方要求加钱。

一般来说，在工程进行时遇到实际问题，需要调整当初的方案，因此造成的成本上升是会有的，但这种事情应该很少发生，一旦频繁发生，甲方立刻便会感到不对劲。刚开工没几天，李志伟就陆续提出：水管不能按原设计走、电路必须加几条、弱电强电都得增加配电柜、地板防水不行必须重新铺设防水层等，不到一周时间，需要增加预算的变更就增加了十几条。

甲方不是吃素的小白兔，登时警觉，你提出变更？好，那你变更后增加的费用必须严格用在变更项目上，一分钱也不能转移到其他项目。现场的监理每天紧紧盯着那些变更施工，一旦出现与方案不符的情况就叫停、上报。

这让李志伟太难受了，根本无法把变更增加的钱用到别处去，当初为了压低成本而不得不压低报价的材料就无法买回来，只能用低档材料顶上去。这样随着施工的一天天进行，质量低劣的材料越来越多，处处都有隐患，工头们不停跟李志伟诉苦、报告问题，李志伟心里清楚得很，但他只能这样做下去，没有回头路了。

他感觉自己每天都坐在火山口上，这火山随时爆发。他企盼自己能像以前一样幸运地躲过去，只要拿到尾款之前别出事，以后山崩地裂他都可以躲得老远。

虽然工程验收是道关口，但大不了再破费一笔，塞10万块给那个投标期间帮助他的甲方经理，多半会睁一只眼闭一只眼，让他平稳过关。

好不容易做到了工程结束，他提心吊胆地陪着验收小组走验收流程，被他在一顿海鲜大餐上塞了10万块红包的甲方经理也如他所期在验收单上签了字。李志伟长出了一口气，就等着300万的尾款落袋平安了,没想到危机却在商场开业那天爆发。

放完鞭炮、舞完狮之后,几百个对这个南山区最豪华的商场充满好奇的顾客蜂拥进去,几分钟就挤爆了店铺的玻璃隔断。这玻璃隔断规范规定厚度必须在12毫米以上,为了压缩成本,李志伟给换成了5毫米。5毫米厚的玻璃怎么经得起人们的依靠、拥挤呢?

随着一个姑娘的惊呼声,一大块1.5米高、1米宽的玻璃瞬间崩裂,碎成齑粉,全都散落在穿着真丝短连衣裙的姑娘后背上,崩出了血花。

目睹这一场景的其他人吓坏了,纷纷四散跑开,于是挤爆了更多玻璃隔断,现场尖叫不断,踩踏无数。

当天晚上,这起事故上了电视台的新闻。第二天一早,派出所的两名警察就从公司把李志伟带走了。

孟瑶发现自己怀孕,是在金富豪商场出事的前几天。

早上拿着现出两条红线的验孕棒发呆的孟瑶,心里像被一根搅棍来回搅一样一团乱麻。她其实并不想这么早生孩子,工作太忙,她作为孕妇很难有足够的休息时间和良好的环境,而且李志伟干起事业来如狼似虎、不择手段的架势也让她担忧,总觉得现在还不是他们要孩子的时候。

她经常听到李志伟给那些包工头、甲方关系打电话,围标、意思意思、有好处等词汇不绝于耳,都让她听上去无比别扭。孟瑶不喜欢这种不正当竞争,但心里知道市场上目前就是这个风气,指望李志伟在一片浊流中做一股清流也不现实。她相信李志伟干这些是为了拿到工程,真正做起来一定会认真对待、全力以赴,在一项项优质工程上实现抱负、展示才华。

但金富豪商场的整个施工过程走完,她明白了这是一个恶性循环,只能越来越糟地进行下去,根本没有拨乱反正的机会。这让她对李志伟的前途更担忧了。

李志伟见孟瑶久久没从卫生间出来,走进去看,正看到她拿着验孕棒对着镜子发呆。他看了一眼验孕棒上那两条显眼的红杠,内心一阵狂喜,冲上去抱住了孟瑶。

他作为一个湖北山区贫苦农民的儿子,学业有成、事业兴旺、成家生子是他人生三大目标,如今30岁不到就已经成就了两个,怎能不让他喜出望外呢?

李志伟喜滋滋地接过那条验孕棒翻来覆去看了半天,才抬头看孟瑶,注意到她脸上的犹疑之色,不由得诧异地问:"你怎么了?怀孕还不高兴吗?"

孟瑶摇了摇头,想说出自己的担忧,但看到李志伟只睡了三四个小时,眼睛还爬满血丝,不想给他增添负担了,转而伸出一只手臂环住他的脖子,在他肩上轻轻地说:"我有点害怕……"

李志伟双手圈住她的腰:"别怕,咱们去最好的医院,找最好的医生,一定生一个最优质、最健康的儿子!"

孟瑶立刻推开他,脸上带着薄嗔撅起了嘴:"怎么就儿子了?你不喜欢女儿?""女儿更喜欢啊!女儿长得更像爹!儿子我还怕长得像你呢!"李志伟伸手指刮了刮孟瑶的鼻梁。

"像我有问题吗?"孟瑶不服气地转头看了看镜子。

那镜子里男帅女靓,般配得不行。李志伟却对着镜子认真地评价起来:"你虽然很漂亮,但眉眼浅了些,如果男孩长得像你,就缺少了些男子气概,有点柔弱。我虽然脸长了点,但眉眼、鼻梁、脸部轮廓都很深刻,这就是通常说的'希腊脸',无论是男孩还是女孩都注定在人群里很扎眼,令人过目不忘!"

孟瑶嘴撅得更厉害了："吹吧你就！女孩长得像你两条又粗又黑的眉毛、有点鹰钩的鼻子，好看才怪呢！"

李志伟闻言双臂又箍紧了孟瑶："怎么？鹰钩鼻子你不喜欢吗？这可是性能力特别强的人才长的啊！"

孟瑶立刻红了脸，虽然结婚已经快半年，她仍然不习惯夫妻间这种略显孟浪的调笑，无言以对，扭来扭去想要挣脱李志伟的双臂，反而被李志伟彻底抱住，低头吻住双唇。

李志伟越来越粗重的呼吸声在洗手间里回荡着，孟瑶隔着薄薄的睡衣感受到了他心脏的有力跳动，不由得耳红心热起来。

吻了好久，几乎要喘不上气来的孟瑶终于推开李志伟。李志伟吹着口哨，迈着轻快的脚步出门去买早餐了。

金富豪商场出事那天，李志伟被派出所带走了。他在警车上给孟瑶打电话，让她别担心，只是去配合调查。

可是孟瑶心情沉重，预感到绝不会这么简单。

虽然第二天李志伟就被放了回来，但公司办公室立刻都被贴上封条，账户也冻结了。半个月后，处罚决定拍在李志伟面前，罚款180万，公司无限期停业整顿。

李志伟四处奔走去收其他项目还没结完的尾款来凑这笔钱，但他心里并没当一回事，沉寂一阵子怎么着还不能重新出来干了？正好孟瑶刚怀孕这段时间需要照顾，他就当放假了。

经过两个多月没日没夜地赶工，恒发服装厂法国"野鸭"西装的订单生产已经接近尾声，最后一批版已经裁剪好送到缝纫车间，连续加班的孟瑶终于可以缓口气了。

一个难得不用加班的晚上，孟瑶拖着疲惫的步伐背包下班，走到厂门口却被保安拦下，说有人举报她窃取公司保密资料，要搜身。

已经有六个多月身孕的孟瑶被这阵势搞蒙了，想都没想就把包交给保安检查。保安从里面拿出一包装在塑料袋的东西，打开一看是一套 Prada 西装套裙的原版。

孟瑶去保安手上看了一眼便愣住：这套版是去年一个订单剪错了的废版，因为王师傅想拿来当徒弟们的教具，便没有作废，一直锁在王师傅的办公桌抽屉里。王师傅还在老家办丧事未回，她也没有抽屉钥匙，怎么可能出现在她的包里呢？

正值下班时间，保安和孟瑶的争执被看热闹的工人围得水泄不通，没多久，刘老板就在于天华的陪同下匆匆赶来。

人丛中挤出一个打版车间的学徒，他指证，亲眼看到孟瑶今天收工的时候把这套版装在包里了。

刘老板没有说话，内心思绪复杂。王师傅回乡一时半会回不来，版房孟瑶挑大梁，此刻如果炒掉孟瑶，生产会大受影响。但这样在厂门口突然爆发的事件，人证物证俱在，不处理怎么行呢？

刘老板手里掂量着那包纸版，思忖片刻，说："孟瑶，你是不是拿错东西了？这是一套废版，你打算带出去当废纸用？"

孟瑶听出刘老板这是在给自己台阶下，只要她承认拿错，这事基本上就没了。然而她也明白，刘老板此刻面沉似水的表情，虽然貌似给她台阶，但对她的信任已不复存在，等忙完了这个旺季，王师傅回来，或者请来了其他成手打版师傅，必定还会毫不留情地把她炒掉。

孟瑶直视着刘老板，摇了摇头："我没有，这东西根本不是我放进包里的，有人诬陷我！请您报警，让警察来收集王师傅抽屉上的指纹，查出到底是谁拿的！"

场面僵住了，刘老板脸色更难看了。

站在刘老板身边的于天华阴恻恻一笑："孟瑶，我早就怀疑你有问题了，当初入职恒发服装厂就心怀不轨吧？你老公很有钱，经常开宝马车接送你，你是财经大学本科毕业生，我在人才市场亲自招的你，当时问你干不干财务，你说不干，只想去版房学打版，这事我印象还深着呢！当时我就不懂你图个啥，当工人一个月这点工资，还不够你家宝马车半个月的油钱吧！"

这句话立刻引得在场的工人们议论纷纷，更是在刘老板心上砸了重重的一锤。版房是服装厂最重要的两个部门之一，另一个是原料仓库。仓库存有从国外进口的主料、辅料，版房存有客户提供的原版，这些都是容易被商业间谍觊觎的重点。如果孟瑶进厂的目的真是偷版的话，那多能干也不能留。

刘老板彻底冷了脸："孟瑶，你被开除了，去财务部结算工资！保安，全程跟住她！"

孟瑶看了看刘老板，又转去看于天华。看于天华这一眼时间有点久，她想看看这个人会不会被她看到心虚。

于天华跟她目光接了一下，轻蔑一笑，从鼻孔里无声地哼了一声，转头走向厂门口。这样的阵仗他见过多次，早已处之泰然。接任孟瑶的打版师傅他已经替刘老板请好了，是从别的厂挖来的一位资深打版工。这人除了从刘老板手里拿一份工资外，还会从他于天华手里再拿一份，因为于天华同时也雇用了他做自己服装厂的打版工。以后恒发服装厂的版就是他于天华的版，他会彻底成为恒发服装厂的附骨之疽。

孟瑶心里掂量了一下要不要此刻把于天华在外面偷开商店卖从厂里偷出来的成品、偷开工厂挖走厂里的熟练工、唆使于天明潜入打版车间意图偷版等事公之于众，虽然没证据，但起码也让刘老板心生怀疑。但转念又一想，既然刘老板已经炒掉自己，那自己说的一切在他眼里就都是抵赖、诬陷，不仅不会扳倒于天华，还会让他在刘老板心目中的地位更稳固。

孟瑶闭上嘴，看向刘老板清癯苍白的脸的眼神带上了几分怜悯。她心里明白，这一走，野鸭西装的原版是真的保不住了。

回家后，她左思右想，还是给刘老板发了一条短信，告知他这几天她一直在提防于天明偷版，被陷害也是因为她成了于天华的绊脚石。即使他不信任她，也要留意于天华、于天明两兄弟。

短信发出去没有回音。但孟瑶安心了，她做了自己能做的最大努力，见到即将陷入危险的人没有袖手旁观，她觉得没有比这更问心无愧的了。

第八章

孟瑶被恒发服装厂辞退的时候，秦安彤也怀孕七个月了，再过两个多月就要临盆。

秦安彤从华侨旅行社辞职那天，被保安盯着收拾东西，去财务部拿最后一个月的工资时还被扣了一千块钱，说是"工作失误导致部门损失"。

秦安彤在财务部受到的待遇跟人事部截然相反。人事部那边的文员不仅把公司原本要提升她取代苏姐的信息透露给她，还力劝她留下，财务部这边却没有一个人正眼瞧她一下。

这里的所有人她都曾亲密地打过交道，每次她来这里都带着外面回来的导游们送给她的糖果、水果，每张桌上她都扔几个，以示招呼。那些会计出纳从来没为难过她，每次嘴甜舌滑的她来财务室都掀起一个热闹的小高潮，大家纷纷品评她新做的发型、当天穿的衣服，夸她有品位会打扮。她也把这个办公室里的人高矮胖瘦一个不落地花式夸一遍。

这里没有她的好友，但大家都是远离家乡的打工人，几乎都能一见如故，很快亲热得像多年老友，这是深圳人的一种默契。那时大家去卡拉OK几乎都会点一首歌——《萍聚》，这首歌唱出的是所有打工人的心声："别管以后将如何结束，至少我们曾经相聚过。不必费心地彼此约束，更不需要言语的承诺。只要我们曾经拥有过，对你我来说已经足够。人的一生有许多回忆，只愿你的追忆有个我。"歌词把人生如萍、聚散无定、情来缘去、漂泊无依的情绪表达得十分到位。

但那天秦安彤来到财务,拿着人事部批复的辞工结算单分别找了三个人签字。这三个人脸都冷得能结霜,没有一个人抬头看她一眼。这个最后给她钱的小姑娘前天还拉着她的衣袖亲昵地问:"这千鸟格的西装套裙在哪个商场买的?还有别的颜色吗?周末你带我去买一套好不好?"那天就垂着眼皮用冷漠的声音一板一眼地告知她:"我这还有一张老总签字的罚款单,要扣除一千元!"

秦安彤面无表情,全程沉默地走完一切流程,只是在她伸手去接小姑娘手上递过来的钞票时,故作无意地让翘着的无名指上戴的一克拉钻戒恰到好处地晃了一下小姑娘的眼。

小姑娘微微露出吃惊的表情,抬眼看了看她的脸,又迅速盯回那颗杜家豪特意去香港周大福老店买的切工极好的白金托八心八箭钻石。

秦安彤给她留了恰恰好内心"哇"地惊叹一声的时间就缩回了手,把一沓钱随意扔在装杂物的纸箱里,抱起纸箱走向门口。

她知道姑娘的目光必然狠狠地聚焦在她的后背,她在韩国师傅的店里花两千块钱烫的最时髦的"新娘卷"大波浪头发一定随着她的走动闪烁着晶莹的光,她从小姑子杜家美那里借来的香槟色香奈儿短裙套装一定恰到好处地露出了又直又细的三分之二根长腿。

她昂首穿越这明明所有人都跟她很熟,此刻却没有一个人抬头跟她目光相接的办公室,走进走廊。

在走廊里她如愿地听到了里面出纳小姑娘迫不及待的惊呼声和跑向其他人工位的脚步声。

秦安彤目不斜视地走过了30米长的办公室走廊,内心发出鄙弃的冷笑声。她知道等到中午大家去食堂吃饭的时候，更多的信息会在那个空间炸裂开来，因为她早上跟食堂接替她工作的那个文员透露过更多细节，比事实放大了几倍，包括她的开豪华餐厅、身家千万的新婚丈夫，深广两地都拥有价值不菲的住宅等。这些信息对平均年龄只有25岁、单身、绝大多数租住在挤迫的城中村自建房里的广大"深漂"来说，几乎每个字都是射向心脏的利箭。

秦安彤可不是什么大度宽容的人，她此刻只想让这个公司所有人都难受。

那天走出办公大楼，她就上了等在楼下的出租车，杜家豪在车里等她，两人直奔蛇口码头。

杜家豪早就订下了澳门葡京酒店的新婚套房。他要提前预支蜜月旅行，安慰秦安彤被职场惨败伤得鲜血淋漓的心。

开往澳门的渡轮劈开雪白的浪花，这一路的海深绿得仿佛盛夏的森林。秦安彤站在船舷，久久地盯着海天一色的远方，脸上绽开着一个灿烂的笑容，泪水却不听话地总也止不住。

杜家豪从身后抱住她，在她耳边轻轻地说："别看了，看多了会晕船的。"

秦安彤在浪涛声的喧哗中号啕大哭，她觉得自己是一个失败者。杜家豪越发抱紧了这具哭得颤抖的身体，他在内心发誓要一辈子保护她，绝不让这世界的任何浪涛再打到她身上。

秦安彤在这坚实的怀抱里停止哭泣，她软软地蜷在那双常年抡炒锅练出来的有着健美肌肉的臂膀里，等海风吹干脸上的泪水，幸福感便渐渐浸满心脏。

婚后，秦安彤便住进了杜家。

中风的杜伯说话还不利索，坐在轮椅上。秦安彤每天悉心照料，上午下午推着轮椅带他到楼下花园散步两次，扶着他离开轮椅慢慢地走。这样的运动有明显的效果，杜伯从严重的歪斜跛跄，很快就进步到拄着一根手杖能行走了。尤其在半年后，听到儿媳怀孕的好消息后，老头更是喜出望外，三两天说话就开始利索了，越发起劲地复健，争取孙子出生后就能由他照顾。

秦安彤嫁进来没几天工夫，就把家里收拾得换了个模样，地板、家具、厨房处处擦洗得纤尘不染，给行动不便的公公装上了马桶边的扶手、淋浴间的扶手。

每天夜里杜家豪拖着疲惫的身体回到家打开门，秦安彤都第一时间接过他手上的包、递上一块热毛巾，拖鞋放在脚边，热茶放在桌上。早上，杜家豪六点半就得起床去进货，当他洗漱完毕走到饭厅时，秦安彤已经把昨晚就煲好的粥摆在桌上了。这样的家庭生活杜家豪从来没体验过，他第一次感受到了家有女人的幸福。

但杜家一直是有一个女人的啊！在秦安彤嫁过来之前，杜家美在这个家里可是做了二十几年的"主妇"。

杜家美的人生规划中是完全没有"家庭主妇"这个身份的，哪怕是顺便照顾一下父亲和哥哥，她也不愿意。

虽然只是个中专毕业的小导游，但普通人的任何一种生活都从来没进入过她的视野。她随时准备好了做演员、当明星、嫁进富豪家庭，做导游这个工作也是为了增加认识这方面人脉的机会。

家务一点也不能干，那会把手做粗、把皮肤做坏；厨房不能进，油烟会把脸上的毛孔撑大，会让眼底出现红血丝。爸爸和哥哥经营的餐厅她从没去过后厨，家里的厨房做饭时她也绝对不靠近，只要进了家门，胳膊和腿上就会涂好润肤露、用保鲜膜包起来，确保身上的每寸肌肤都随时莹润如玉。

虽然她只是个茶餐厅小老板家的千金,但她坚信属于她未来的机遇都必然只是在影视剧里出现的、普通人想都想不到的那种。

秉承着这种人生观,杜家美虽然是家里唯一的女人,却从没干过任何家务,每天在外面疯玩,回到家衣来伸手饭来张口。这些年来,家里的一切家务都是杜伯和杜家豪两个大老爷们儿在操持餐厅的同时,天一扫帚、地一抹布地糊弄过来的。秦安彤嫁进这家时,面对的就是一个比难民营好不了多少的环境,除了杜家美那间小小的卧室略微整洁外,其余地方的油腻和灰尘几乎结成了厚厚的壳。

在各种集体宿舍、出租屋辗转了四年多的秦安彤,骤然又得到一个家,久违的安全感和温暖让她格外踏实,为这个家做出的任何努力对她来说都不算什么,每天做家务都哼着歌。

秦安彤嫁进家门,刚开始的时候杜家美还很享受被新嫂子伺候的日子,但眼看着父兄对秦安彤越来越喜欢,秦安彤的肚子也在父兄期待之中如愿鼓起来了,杜家美开始感到不舒服。

秦安彤作为一个孕妇,自然成为家里大家都要关心照顾的核心,杜家美的做派便在父兄的眼里逐渐显得不顺眼,回家晚,一进家门就鞋子乱甩、包乱扔,吃完东西把果皮纸屑随手往桌上一放,吃完饭碗撂下就走,这些行为都给秦安彤增添了很多工作量,父兄便看不过去。父亲不痛不痒地说几句还好,哥哥心疼老婆,说得就重一些。被说多了,高傲的杜家美当然不舒服,开始给秦安彤脸色看,轻一句重一句地敲打嫂子。

这些秦安彤倒不往心里去,她明白"再厉害的小姑也会出嫁,再晚进门的嫂子也是当家人"的道理,从来不跟杜家美计较多一句少一句的输赢。

但是,陈国威让杜家美和秦安彤之间的矛盾迅速升级了。

陈国威回香港这半年，开头一个月杜家美每晚抱着电话跟陈国威煲电话粥，催促陈国威要么在香港、要么来深圳找个高薪金领工作，尽快稳定下来。一天天过去了，陈国威却既没有在香港上班，也没有回深圳的意思，杜家美就暴躁了，发了两顿脾气，不再接陈国威的电话。

恰好这时，有个跟着她带的团去了一次泰国的富家子弟阿龙对她一见钟情，回来后对她展开猛烈的攻势。她想着陈国威这么不靠谱，有个备胎也好，便经常跟阿龙去K歌、看电影，接受阿龙送的各种名贵礼物。

父亲和哥哥都劝过她，但任性的杜家美根本不听。不到半年时间，她和阿龙关系迅速升温，有一次秦安彤竟然撞见两人在楼道里接吻。

秦安彤对杜家美跟谁谈恋爱并不在意，她过门时间短，跟陈国威甚至都没说过几句话，完全不了解。杜家美跟阿龙恋爱，她就以为杜家美跟陈国威已经彻底分了。直到陈国威从香港回到深圳，风尘仆仆地拎着行李箱敲开杜家的门，杜家美先是佯作生气不理陈国威，陈国威只哄了两句杜家美就转怒为笑，揽着陈国威的脖子，两个人在客厅里紧紧拥抱，秦安彤这才看傻了眼。

接下来杜家美的做法就让成长在干部家庭、习惯正统教育的秦安彤越发理解不了。在杜家美带深圳本地旅游线路的两个月中，她星期一、三、五跟陈国威出去看电影、喝咖啡，星期二、四、六跟阿龙去蹦迪、K歌、泡夜总会。秦安彤越来越频繁地撞到她深夜回家在家门口，不是跟陈国威接吻，就是跟阿龙拥抱。

秦安彤忍不下去了，这简直是在挑战她的道德底线。几次欲跟杜家豪谈谈，但丈夫几乎一周七日无休，在餐馆工作一天，深夜回家累得倒头就睡。公公抱孙心切，每天忙于复健，兴致勃勃的状态下她也不忍扫他的兴。她爱杜家豪这个人,觉得自己对这个家有了责任,小姑这样下去会玩出火,必须劝诫一下。

但她几次试图跟杜家美谈一下这件事,都被杜家美冷淡地拒绝,根本没有交流的意愿。

在杜家美眼里,秦安彤就是个平庸的打工妹,起点低、资质差,相貌平平,只能靠努力工作讨生活,这种档次的女人根本看不到更高处的风景,怎么有资格指点她的人生?

"阿嫂,你养好胎最重要,其他的事就不要太操心了。"每次秦安彤想开口跟杜家美聊几句,杜家美都淡淡地回答。

秦安彤在自己的人生轨迹里,已经是一个骄傲、自信的存在了,没想到竟然遇到了根本不把她放在眼里的一位更高段位的主儿,且总是如此平静冷淡地将她推开,这真把秦安彤刺激得不轻。

她决定让这个广州妹尝尝重庆人的火暴脾气。

一个星期天的早晨,秦安彤起床梳洗完毕后就去厨房做早餐,公公出门锻炼去了,杜家美还关着门沉睡。可当秦安彤做好早餐端到餐桌上时,却刚好看到杜家美关门离家的背影。

回家、离家都不打招呼,这就是杜家美的日常习惯。秦安彤至今仍然搞不懂,杜家这样一个门边供奉着关老爷的传统广州家庭,为何会培养出杜家美这样完全无视家教的女孩子。根据平时杜家三人相处的状态,她得出结论——这纯属是惯出来的。杜伯和杜家豪对这个从小没妈的女孩无原则的溺爱造就了今天这个局面。

秦安彤带着不快独自坐在餐桌旁吃完了早餐。

下午,门铃响了,秦安彤打开门,门外站的是陈国威。

秦安彤那天其实脑子里经过了短暂思想斗争,如果按照利益算,肯定是不管杜家美的事对她有利。她只是一个刚进门不到一年的嫂子，杜家美的事闹得再乱，有她父兄管，她插上这一手只会搞坏姑嫂关系，几乎没有第二种结果。无论杜家美选择跟陈国威还是阿龙谈恋爱，秦安彤都注定是"恶人"，还可能招致公公和丈夫的不满。但她从小的家教不允许这种事情发生在家人身上，父母教她的都是做人要正直、诚实、专一、问心无愧。看到是非颠倒、阳奉阴违的事情发生在身边却装不知，秦安彤做不到。

何况，杜家美在她面前表现出的轻蔑、无视早就令她恼火到无法忍下去了，她得给杜家美点厉害看看。

那天，秦安彤把陈国威带到杜家美的卧室，陈国威看到枕边放着的一沓杜家美和阿龙近期拍的亲密照片，整个人就蒙了。

秦安彤把杜家美和阿龙交往这近半年的事告诉了陈国威，让他跟杜家美好好谈谈，早做选择。

陈国威如雷轰顶。还没等他消化完眼前这场打击，刚坐阿龙的跑车去南澳游泳的杜家美便兴致勃勃地回来了，哼着歌脸红扑扑地打开自己的房门，看到陈国威站在房间里，手里拿着她和阿龙抱在一起亲嘴、周围几个朋友起哄的照片，挺着八个月大肚子的秦安彤站在旁边，眼神冷冷地审视着她。

陈国威冷冷地看了杜家美一眼，把一沓照片扔到床上，一声不吭从杜家美身边穿过，走向门口。

杜家美追上去拉他，被他甩开。陈国威夺门而出，猛地关上的门差点撞到杜家美的前额。

杜家美跟陈国威交往十年，对他的了解不可谓不深，她知道陈国威骨子里的骄傲比自己更甚。从被人人歧视的偷渡客成长为常青藤名校毕业生，这一路都是靠他的聪明才智和超越常人的意志力走过来的，他对自己的自信几乎超越绝大多数人，否则也不会毕业后长达一年宁愿到处碰钉子也不愿放弃最初的目标。

杜家美、秦安彤、陈国威，这三个人的骄傲激烈地碰撞到了一起。

那是个大多数年轻人都很骄傲的时代，因为社会给了他们自由发挥的机会，成功的路有很多条，答案并不只有唯一的一个，他们可以比上一代人更自信也更张扬地活着。

杜家美站在被陈国威关上的门后。陈国威那个冷冷的眼神让她明白，这个男人不会再给她机会解释和挽回了。

失去这段经营了十年的感情其实她并没有多么难受，之所以一脚踏两船，是因为她早就对自己的感情做出了选择，那就是要为前途服务。如果不能对前途有帮助，再好的感情分手也不可惜。

杜家美比同龄女孩都早熟，她太早被自己的美貌启蒙，那种荷尔蒙分泌峰值时期对火热爱情的渴望、对异性肉体的欲望都提前到来，在13岁时就开始谈一场轰轰烈烈的恋爱。以前她和陈国威偷尝禁果也预支了激情，到该成家立业的年龄她反而没了动力。

尤其是跟阿龙交往了之后，她其实早已在潜意识里就已经不想跟陈国威再继续下去了，只是缺一个拿到台面上的理由。

但秦安彤的悍然揭穿、陈国威冷冷而不屑地沉默离去，仍然狠狠地刺伤了她的自尊。

杜家美转过头，对站在客厅里的秦安彤怒目而视，一股热血上头，她忍不住冲上去推了一把秦安彤。

秦安彤后退数步，后腰撞在冰箱上，她眼前一黑，靠在冰箱门上慢慢滑坐在地上。

秦安彤双手撑着地板企图站起来，试了几下没成功。肚子太笨重了，没有一个高处的扶手，她很难站起来。她看到杜家美气呼呼地向她走来，以为是来拉她起身的，便把手伸向对方。

杜家美冲过来想抽秦安彤一个耳光，一个在她心目中还是个"外人"的人竟然在她的家里让她如此难堪,这怎么能忍?但冲过来看到那个扎眼的大肚子,她才反应过来自己竟然推了一个孕妇,心里顿时害怕了。见到秦安彤向她伸手,要她把自己拉起来,杜家美怒火顿时又升起:仗着你是孕妇,怀着我们杜家的种,就想踩我一头?以为我不敢动你?这股气顶在心头,便不管三七二十一,反正你已经坐地上了,无论有什么后果都得算我头上,那索性让你好好尝尝本姑娘的巴掌!

于是杜家美气急败坏地冲过来对秦安彤的脸没头没脑甩了一顿巴掌,嘴里骂着:"死北姑、衰八婆!"

杜伯中午12点从复健中心回家,一到门口便看到家门大开,杜家美不见踪影,秦安彤鼻青脸肿地背靠冰箱坐在地上,表情痛苦地喘着粗气。

这场景吓得杜伯差点中风复发,哆里哆嗦给杜家豪打了电话。杜家豪飞奔回来,将秦安彤送到医院。

秦安彤在床上躺了一个多月保胎,总算平平安安顺产下了一个白胖的男孩,取名杜天泽。

陈国威和杜家美就此分手,再也没登杜家的门。

改革开放的大潮刚刚席卷中国的那个年代,有钱人如雨后春笋一样一夜冒出一片,他们把这个社会的一切都改变了。

杜家美对物质的欲望一天比一天强烈,家有三家工厂、两间豪华酒店的阔少阿龙就踩在这欲望的敏感点上,她把这开着玛莎拉蒂、家住宫殿一样的别墅的公子哥当作解救她的方舟。虽然阿龙身高只有一米七,满脸凹凸不平的痘印,相貌平平无奇甚至有些丑陋,跟外形高大斯文的陈国威相比高下立见。但杜家美早已不在乎这些了,有钱猪狗当凤凰,无钱蛟龙变泥蛇,好看的脸不能当饭吃,女孩得趁着美貌鼎盛的年纪为自己找个金饭碗,跟着一个无钱无能的穷小子有情饮水饱只会后悔终生,这种想法早就劫持了她的全部价值观。她没读过多少书,唯一的条件就是长得漂亮,也只能把这个条件利用到极致,去换取她想要的一切。

跟阿龙正式谈上恋爱后,杜家美很快辞了导游的工作,靠阿龙的关系进了一家演艺公司,开始在一些影视剧里演些有名字、没名字的小角色,开始了她的演员生涯,奔着当明星的梦想去了。

第九章

金富豪商场的事故，并没有李志伟一开始想的那么容易过去，反而越发酵影响越大。

交了工商局180万的罚款之后，公司无限期停业，三年内不许以李志伟为法人代表注册装修类企业，这几乎是行业内最严厉的惩罚。

李志伟搞装修这五年，虽然做了很多大小工程，但都要靠低成本的方案去竞争才能中标。90年代中期深圳飞速发展的时候，全国的优秀设计、施工单位都向深圳涌来，任何一个项目都要经过残酷竞争，没有常胜的王者。但那时并非每个工程招标的要求都是价低者得，很多工程的甲方更追求质量和档次，往往从出高价的竞标者里选择，这种工程油水就非常丰厚，吸引了大部分高水平设计施工单位。这就让招标要求价低者得的那些工程相对竞争小了很多。

而李志伟作为一个刚进这行没多久、业绩积累不够的从业者，这种油水丰厚、靠设计施工单位长期积累的信誉竞争的工程没有他的份，只能靠多做低成本工程努力冲量，在甲方那边混个脸熟，把资本积累雄厚，将来才有机会加入更高级的竞争集团。

这次的"金富豪"其实就是李志伟冲到更高级竞争集团的一次绝佳机会，只可惜他没有把握住。

金富豪商场的尾款一分钱没拿到，中间自己掏腰包垫进去的钱就确定打水漂了。李志伟卖掉宝马车，刮掉公司账户里的最后一分钱，才凑够了180万罚款，偿还了欠供应商的款项。

一开始，李志伟自信这点挫折打不倒自己，重振精神出去找项目。他拉了个包工头合伙，用包工头的身份证注册了一个新公司出去揽活儿。但那些甲方不傻，跟他接洽后都会去侧面打听背景，一问到"金富豪"，这个接洽也就到此为止了。深圳装修这个行业说大很大，几百家大中小公司如过江之鲫；说小也小，三打听两打听就能问出一个人的背景、经历，除非整容、换身份，否则谁也甭想潜下去重新做人。

这接不着活儿的日子，一晃就是小半年，李志伟开始发慌了。

他过过太多苦日子，但一直在苦日子里，人是向上的，斗志只会越来越强。一旦过了几天好日子，再向下跌落，遭受的心理打击就格外大。这四年他赚了几百万，钱都买了房子、车子，寄回老家让父亲哥哥盖新房，日常花销也大手大脚，家具只买实木的，电器只买进口的。请客吃饭动辄上万，以前想的是以后会赚更多，花的钱都是投资，便没有多少积蓄。过了半年只出不入的日子，存款流水一样减少，这怎能不让他慌起来？毕竟已不是一个人过多苦的日子都能忍耐的时候了，他有孟瑶，还有即将出生的孩子。

孟瑶倒是对生活的落差安之若素。原本她对李志伟突然暴富、花钱大手大脚就不以为然，自己也从未把消费水平按照李志伟的要求提到很高，毕竟她只是一个服装厂的打版工。

每当李志伟沮丧颓废的时候，她都会说：没关系，你慢慢找机会，等我生完孩子就出去再找个服装厂工作，也能应付日常生活。

李志伟听了这种话，心里格外不是滋味。他多多少少对孟瑶是有俯视感的，毕竟他是清华毕业生，孟瑶只读了个二本。他来深圳找工作从来没费过力，在人才市场只要把简历拍在桌上，所有招聘单位都会扑上来抢。而孟瑶和秦安彤找工作所经历的艰辛痛苦，到了能把秦安彤打击到黯然嫁人的程度。他从来不屑给人打工，一开始就立志要创业当老板；孟瑶想找个专业对口的工作都难，不得不降低标准去当工人。

再怎么降也不能降到让孟瑶养活他的地步，这是他的底线。

他开始早出晚归，努力争取拿下海达集团一栋商办综合楼的装修工程，这是目前唯一一个打听到了他的背景也没有表示出拒绝的甲方。

与海达集团总经理孙兰兰打交道的这段时间，他发现拿下工程的秘诀其实就是拿下老板。

跟这半年来李志伟主动出击处处碰壁不同，孙兰兰是主动找上李志伟的。

孙兰兰，湖南人，父亲孙大英80年代就来深圳闯荡，贩卖过茶叶、服装、建材，乘深圳扩大基建的东风也做起了房地产，背着贷款盖起两栋高层写字楼，几天便卖了个精光，孙大英顿时跻身亿万富豪的行列。

孙兰兰高中毕业便跟着父亲闯深圳，这个看似柔媚、长了一双笑眼的湘妹子，性格却十分狠辣，杀伐决断、敢想敢干，从开茶叶铺子时期就是父亲的得力助手，做大之后更是走一步看十步，甚至比父亲更具经商头脑，这几年孙大英几乎把一半领导权都卸到了女儿肩上，自己分心去钻研打高尔夫球。

孙兰兰第一次认识李志伟是在一个建筑商组织的饭局上，当时李志伟清华毕业生的名头震惊四座，英俊的外表、谈笑自若的气质也让孙兰兰移不开眼睛。那天晚上回家后她激情地为自己的终身做了一个规划，一定要拿下这个李志伟，嫁给他，生一个有清华生基因的儿子，改善祖辈的血统。

　　李志伟倒是对她印象不深，只记得一个身材丰满、长了一双弯弯笑眼的30岁左右年轻女人，坐在一众建筑商、包工头子中间，对他天花乱坠的演讲频频点头。虽然在所有人中她看上去最年轻、最低调，但那些戴着大金链子和瑞士名表、咋咋呼呼的暴发户却对她礼敬有加，丝毫不敢对她开一句跟其他女性坐一起经常张嘴就来的黄腔。

　　李志伟因金富豪商场做砸被全深圳装修市场抛弃后，孙兰兰主动打来电话，殷切地问候他，约他去自己的办公室见面。李志伟挂了电话后回忆了许久，才想起这个女人显赫的名头和引人注目的身家。

　　一个下午，李志伟来到位于地王大厦的海达集团，秘书引他走进孙兰兰的办公室。

　　李志伟环顾了一下四周，墙上挂着唐朝的《簪花仕女图》、凡·高的《星空》和几幅真草隶篆书法，"这都哪儿跟哪儿啊！"他内心吐槽。

　　孙兰兰中等个头，微胖，白皙，小圆脸，一头染成酒红色的小卷短发，一身浅蓝色BOSS套裙，坐在红木大班台后面。

　　李志伟走到孙兰兰面前，含笑伸出手去："孙总，您好！"

　　孙兰兰握住李志伟的手，一双眼睛却盯在李志伟脸上，半天没说话，白皙的脸颊现出两个深深的酒窝。

　　那天他们相谈甚欢，孙兰兰向他讲述了自己要做一个大型商业办公综合体的计划，李志伟则对这个项目立刻做出了详细的设计意向建议，甚至对孙家持有的另一片更大的郊区土地提出了建设住宅加商业中心的建议，孙兰兰全程听得如醉如痴，含情脉脉的眼神始终在李志伟脸上流连不去。

从那天起，孙兰兰便隔三岔五约李志伟见面，或在办公室聊天，或去酒楼包房吃饭，或去KTV唱歌。

李志伟一门心思为拿到工程而应酬，孙兰兰却醉翁之意不在酒。李志伟做砸了金富豪商场的事，业内人人皆知，她也知道这个工程给李志伟做有风险，至少会让合作的施工单位和材料供应商不放心，于是只把工程当山羊面前的胡萝卜，一直吊着李志伟若即若离，一时让李志伟觉得希望渺茫、还得用力争取，一时又让李志伟感到胜利在望、也许明天就能签约。

就这样，李志伟一天到晚不见人影，怀着孕的孟瑶每天加班，回到家冷锅冷灶，只好泡个方便面吃完就自己睡了。

就在这个当口，孟瑶突然被工厂辞退。

孟瑶拖着疲惫的步伐心情低落地回到家，打开客厅的灯，看到沙发和桌上还是昨天她没空收拾的乱放的衣服、吃剩的泡面盒，一阵沮丧袭上心头。她坐在沙发上，歇到因怀孕格外疲倦的身体稍微缓过点了，才扯过包拿出手机给李志伟打电话。

李志伟在喧嚣的酒吧，正跟孙兰兰以及一圈沙发上坐着的男男女女掷骰子喝酒，他看了一眼手机屏幕，走出包房，到走廊上喧嚣声小了很多时，才接起电话，告诉孟瑶自己有应酬晚点回。

孟瑶听着手机对面传来的歌房K歌的背景音，心里顿时烦躁起来，她想立刻告诉李志伟自己被炒掉了，心里堵得慌，让他回来陪她，可张了几下嘴也没说出来。李志伟以为孟瑶说完了，便挂了电话。

孟瑶坐着发了会儿呆，终于还是歪在沙发扶手上，眼皮发黏不知不觉睡着了。

不知睡了多久，她被人推醒，睁开眼睛看，李志伟坐在她旁边。李志伟靠近她，把她抱在怀里。

孟瑶闻了闻，李志伟身上一股酒气，引得她不由得想呕，她吞了几口唾沫，把恶心的感觉咽了下去，困倦乏力地躺在李志伟的胳膊上，看着他的脸："你天天应酬，每天都半夜回来，我回到家都是没人的！"

李志伟也疲劳地把头仰靠在沙发靠背上："唉，我也想早点回家陪你啊！可现在必须花时间去搞这些人脉。这活人家给你也是做，给他也是做，不去搞关系，咱就什么项目也拿不到！"

孟瑶叹了口气，把自己被刘老板炒掉的事原原本本讲给李志伟听。李志伟几乎想都没想："那正好在家养胎！生了孩子就带孩子。什么时候在家待腻了，想干什么我给你投资，开服装店、裁缝店都行！只要能满足你的兴趣爱好，咱们不为赚钱！"

说完李志伟把孟瑶的脑袋轻轻挪到沙发上，起身去门口把刚才他进门就放在那里的一个纸箱搬进来，放在茶几上，笑着对孟瑶说："你猜我给你买了什么？"

孟瑶看了看那纸箱，外面用牛皮纸特意蒙了一层，看不清盒子上的字。在李志伟的催促下，她起身去剥开牛皮纸、打开了纸箱。里面是一台淡绿色折叠式"胜家"机械缝纫机。孟瑶惊喜，这可是原装进口的高档货，市面上时价 3000 多块。

孟瑶开心得简直想跳起来，可笨重的身子只允许她原地扭了扭。

李志伟爱抚地摸了摸她的头发，转身走向卧室的淋浴间洗澡。其实，他是不想让孟瑶看到他几乎再也掩饰不住的焦虑的神色。

可是，随着孙兰兰吊李志伟胃口的行动一步步升级，孟瑶越来越难见到李志伟了。

孙兰兰早就打听到了李志伟已婚，家中妻子正在怀孕，但她得到李志伟的决心已定，不信没有钱拆不散的夫妻。她给李志伟放了些落实的甜头，让李志伟为她画了全套的装修图，付给李志伟20万设计费，同时又勤于打听李志伟在别处洽谈什么项目，用尽手段使李志伟谈不成，只能寄希望于自己这边。

已经画完方案图、施工图的商办综合体，离施工可以说只差一步之遥了，李志伟怎么可能放弃？于是越发尽心尽力地陪着孙兰兰吃饭、喝酒、K歌、到处见人应酬，相信自己已成为孙兰兰的合作伙伴。

孙大英拿到图纸后，核算了一下成本收益，还是觉得这栋楼以简装修的状态整体卖出去比花钱装修自己经营要稳妥，便打消了装修的想法，把重点放在了手里拿了三年一直未有动作的那片城乡接合部土地上，打算在那里建一个住宅小区以及周边商业、办公配套设施。这个计划他酝酿了多年，也准备了多年，决心把这个项目做成自己的招牌，成为像碧桂园那样一夜成名的明星地产商。

孙兰兰并没有把这些透露给李志伟，李志伟还在为商办综合体努力争取，每天陪孙兰兰喝酒、K歌，只要一有机会就催孙兰兰赶紧签约动工，或者提出更新的建议，力图让这个项目尽善尽美。

直到有一天，他俩在KTV喝酒喝到后半夜，两人醉眼迷离，孙兰兰抱住李志伟一通狂吻。李志伟趔趄了一下本能地推拒，对方力气太大，没有推开，他只得任其亲个够，才慢慢地将她推离自己的身体。

"志伟，只要你跟老婆离婚，跟我结婚，我有10万平方米的住宅小区项目给你做，到时候你不仅给我家做项目，还是我家的顶梁柱，我爸的事业将来肯定全都交给你！"

孙兰兰脸色绯红，目不转睛地盯着李志伟。

李志伟蒙了，好半天才反应过来，他退后一步，对孙兰兰摇头："不可能的，孙总，你别开玩笑！我老婆马上就要生孩子了，我不可能离开她！"

　　孙兰兰逼近一步继续凝视着李志伟："真的吗？金富豪商场出事已经一年了，你一单工程都没接到，如果没有我帮忙，你觉得你还能翻身吗？你在深圳无根无基，白手起家，又栽了这么大个跟头，你想花多长时间东山再起？还是抱着你的老婆孩子继续喝西北风？"

　　李志伟被她逼得退到门口，拉开门逃了。

第十章

孟瑶八个月身孕的时候，李志伟已经常常夜不归宿了。

李志伟从孙兰兰那里逃走后，找了个建筑设计院的工作，每天朝九晚五。设计院给他开的薪酬不低，每月基本工资8000块，设计费提成8%，这个提成比例能让他年终奖至少能拿到20万。这个工作换任何处在李志伟目前境地的人来干，都应该是满意的，旱涝保收、安安稳稳，养活一个不上班的妻子和即将出生的孩子毫无问题，从今以后每天坐在干净整洁有空调的设计室里画图，他和他的家庭在深圳就是妥妥的中产阶级。

但李志伟不可能满意。他一天比一天坐不下去，每天对着电脑的时候，内心那团火烧得他心情暴躁、口干舌燥。他想过的不是这种生活，过这种生活他就不来深圳了。当初他撕破这种安稳未来的保证、赤手空拳来到深圳，是为了打拼出另一种未来。

得到那种未来并不容易。他的清华建筑系文凭只能把他送到中产阶级这个位置，再往上就无能为力了。在频繁跟各种老板交际的那段时间里，他见过太多文凭比清华还强、家世显赫优越、聪明才智也在他之上的人，他们尚且在各行各业里竭尽全力拼搏。他，一个湖北贫困山区出来的孩子，毫无根基与恤助，偶尔借个校友之力还要殷勤巴结，打通关节全靠钱开路，想突破自己现有的层级向上升，难上加难。那些起点比他高得多的人，野心也不在他之下，他们都没有停在原有的地方，也在向上突破，他不仅想追上他们，还想超过他们，冲向所有人都难企及的更高峰。

他想达到的目标，是"破层"。

如果当初他只是考上了一所普通高校，可能这辈子平平凡凡也心满意足，没准还为自己从田里拔出了脚、在城里有了安稳工作、娶到了城里的老婆、生了城市户口的后代沾沾自喜。

但老天爷偏偏让他考了个高考状元，给了他一张清华文凭。这张文凭就像一道龙门，他越过了它，就不能再做回普通的鲤鱼，只有做成功的龙和一败涂地的龙两种选择。

苏兰兰的表白就像一粒火星掉在了李志伟欲望的干柴堆上。

要想超越那些起点比他高的人，他必须弯道超车，苏兰兰恰巧是一条优秀的赛道。

但他难以舍弃孟瑶，孟瑶是他这一辈子遇到的第一个深爱的女人。即使抛开两人情感的契合，只从现实考量，孟瑶也是那种最理想的妻子，真实不俗气，坚定有力量，可以共度贫寒，也可以安享富贵。李志伟出身贫苦，上大学时就见识过很多趋利避害的女孩子，虽然那个时候的社会没有现在这样崇尚物质，但面对爱情和前途的算计考量也并不比现在更单纯和理想主义，甚至在经历了漫长的贫穷之后，面对中国社会突然出现的大量有钱人，很多人对曾经笃信的道德观、价值观背弃得很迅速、很彻底。

一个愿意在男人一无所有时托付终身，并且不是选择依附而是共同奋斗的女人，在任何年代都稀有珍贵。

孟瑶对李志伟说过的最重要的话，就是那句："我可以挣钱养你。"这句话既让李志伟难受，也让李志伟震撼。

在设计院工作的那些日子，他每天对着电脑埋头画图，内心却时刻在天人交战。

就这样煎熬了一段时间，内心的惊涛骇浪把他心灵的堤岸拍击得千疮百孔，孙兰兰恰到好处地在他下班的必经之路上把车停在他跟前，同他打招呼，问他有没有空一起吃晚饭。

他没有拒绝。

那天孙兰兰穿了一件天蓝色真丝绣花中式盘扣衬衫，领口开得恰到好处，雪白的脖子上戴着一串硕大圆润的珍珠项链。李志伟倒向她怀中时，那些珍珠像是太阳系八大行星，在他大脑的宇宙中迅速公转。

孙兰兰答应了他的条件，等孟瑶生下孩子、身体恢复后再提离婚。

从那天起，李志伟就变了，下班后很少按时回家，借口从"加班""同事聚会"到"谈项目""多交际找机会"，回来得越来越晚，甚至经常彻夜不归。孟瑶打电话给他，他经常不接，偶尔接起，也是醉得舌头都不好使了，语焉不详地吭哧了半天，说句"早点睡，别等我"就挂了。

孟瑶心里空落落的，孕期激素分泌异常让她总是心情抑郁，这怀孕期漫长得仿佛没有尽头，其间只有一件事让她高兴了一下。

有一天刘老板突然打电话过来，劈头就向她道歉，说当初开除她是冤枉了她。她走后，于天华和他的弟弟于天明偷走野鸭西装的纸版、布料和贴牌，撬走后来请的打版师傅，在外面开了家服装厂，大肆生产贴牌山寨货，卖到全国各地，引来品牌商起诉，让刘老板赔了一大笔钱，还丢了几单长期合同。

刘老板报警，于天华跑掉了，至今还没抓获。

刘老板告诉孟瑶，王师傅从老家回来后，听说他炒掉了孟瑶，曾经非常愤怒地为孟瑶说过话，但被于天华的阴谋论逻辑蛊惑的刘老板怀疑王师傅跟孟瑶是一伙的，把王师傅也炒掉了。

后来的打版车间被于天华把持，陆续丢了不少原版，幸而出来追究的只有法国野鸭一家，如果都追究起来的话，刘老板恐怕要赔到破产。

刘老板诚恳地问孟瑶愿不愿意回去继续打版，薪水可以加一倍。经过这次事故后，他不敢相信任何熟手打版师傅了。

孟瑶谢绝了刘老板，告诉他自己怀孕八个多月了，身子不方便，生完孩子也要哺乳，恐怕好长时间都上不了班。

刘老板说可以等："我这辈子没有冤枉过别人，如果不向你补偿，我过不了自己良心这一关。何况打版车间现在只能用你当初带出来那几个徒弟，手艺不太行，现在是各服装厂的生产旺季，我天天去人才市场高薪招都招不到打版师傅。"

于是接下来的一个星期，孟瑶挺着随时可能生产的肚子，每天去恒发服装厂，继续教那几个徒弟。她无法弯下腰像以前一样趴在桌上切版，便把纸挂在墙上讲解。一个星期后，她组织了一场考试，挑了两个成绩好的交给刘老板，并嘱托他们有问题随时打电话问她。

在深圳这个1000多万外来人口从四面八方汇集而来的城市，人似浮萍，乍来乍去。人们对与陌生人短暂的情谊通常不寄予什么希望，即便结交到特别谈得来的知己，也在心里做好随时分别再也不会相见的准备。久而久之，便都不过多付出热情，更尽量不付出信任，所有相聚当下尽欢，过了便忘记。

在这样的城市里一个人如果意外地遇见信任，会感动到立刻背上负担，总想着赶紧还上这份人情才好。

如果遇到爱情，那种剥离欲望后还能沉淀下恋恋不舍深情的爱情，就更加小心翼翼。爱情的刚需是长久，在这座移民城市，长久太稀缺、太珍贵了。

在家待产的孟瑶仍然每天难得等到丈夫回来，她惦记着他重新拿到装修工程的努力有没有进展，但都找不到机会见他问问。

即使他偶尔回趟家,也基本是醉醺醺地倒头就睡。话越来越少、关心也越来越少。以前再忙再累都随叫随到地给孟瑶按摩浮肿的小腿和手指,现在已经很久没做过了。

孟瑶每次看着他熟睡的神态都不由得心疼,这个心怀宏大理想的男人像刚刚展翅高飞,就被一块石头打落到地面的鹰,沮丧、落寞在这一年里淹没了他。给他点时间吧,他愿意归于平淡,她就陪他过小康生活;他愿意重新创业,她就做他的最佳辅助。

可是,命运不给孟瑶这个机会了。

离预产期还剩半个月的时候,孟瑶对李志伟说,希望他能多在家陪着,一旦她发动了可以马上送她去医院。

原本宋慧英早在两个月前就强烈要求来深圳照顾即将待产的孟瑶,但顾及李志伟的面子,孟瑶从未把他的公司早已倒闭的消息告诉妈妈,也不想让他每天颓废醉酒、意志消沉的一面暴露给妈妈,便以各种理由一直挡着妈妈来深圳。她想着等自己生了,那时李志伟的项目也有眉目了,再接妈妈来深圳照顾月子,起码李志伟就有正当的理由忙于事业、早出晚归了。

李志伟答应了孟瑶的请求,也确实按时下班回家了几天。可是周末正在吃晚饭的时候,孙兰兰一个电话打过来娇嗔地发脾气,李志伟便放下饭碗抓起手机就跑出了家门。

半夜,他喝得脚步踉跄回来,孟瑶给他打开门,差点被浓烈的酒气熏了个跟头。孟瑶去扶他,被他一把推开。

孟瑶看到他涨红着脸、眼神迷离地不停喘着粗气,吓得立刻离他远远的,生怕意识不清的他伤了肚子里马上要降临的孩子。李志伟被一肚子酒闹得难受,不肯倒头睡觉,在客厅里一边歪歪斜斜地走来走去,一边口齿不清地大叫大嚷。

孟瑶战战兢兢地倒了一杯水端在手里,跟着他想劝他喝一口,他根本不理。

好不容易,李志伟歪在沙发上睡了过去,扔在茶几上的手机响了。孟瑶接了起来,里面传来一个女子喝醉了的声音:"志伟,你怎么借着撒尿跑了?真没出息!又回去陪你那大肚婆了吧?别忘了啊,她生完了你就得跟她提离婚,敢说话不算数,等我收拾你吧!"

孟瑶惊呆了,握着手机的手如同打摆子一样剧烈地抖了起来。她张口想说话,却嘴唇抖得发不出声,嘴张合了几次才勉强开腔:"你你你……你是谁?"对方好像没听见,又或许是根本不在意她这句问话,自顾自挂了。

孟瑶感觉身体里的血像一下子流了个精光,全身冰冷僵硬。

对这一场婚姻,她只准备了感情,其他什么准备也没有,没有人告诉她婚姻这条路未来会有背叛、欺骗、隐瞒和伤害。一见钟情并迅速坠入热烈汹涌的爱河的她完全来不及思考利弊,只有全力以赴一种选择。而把事业看得比天都大的李志伟也给她不可能有闲情逸致去拈花惹草的感觉。虽然这四年来李志伟几乎天天泡在酒桌、KTV、夜总会这些应酬场所,但她都清楚那是为了事业必须应酬的局,他俩的感情那么好,他那么精心地经营这个家,他们在一起的前途是那么可望可知的幸福美好,他怎么可能移情别的女人?

她却没料到,李志伟恰恰会为了那比天大的事业,宁可投向别的女人的怀抱。

手机仍然握在她手里,盯着屏幕,她愣了好一会儿,扑上去推歪靠在沙发靠背上酣睡的李志伟:"志伟!你醒醒!你醒醒!"

李志伟睁开仍然黏黏糊糊的醉眼,眼神混浊地望着孟瑶,他眼里的孟瑶很模糊,也很遥远。

"志伟,你这个手机里的兰兰,是谁?她说你要等我生完孩子就离婚,这是怎么回事啊?"孟瑶颤颤巍巍地把手机举到他面前,嘴唇开合了无数次,才勉强把这几句话磕磕绊绊地说完、说清楚。

李志伟醉得很,完全无法思考,孟瑶的声音传到他耳朵里也时有时无。他合上眼睛,继续睡。

孟瑶的眼泪不受控制地流个不停,她软弱无力地摇着李志伟的一只胳膊,只能轻微地摇得他动一动,却花尽了她全部的力气。

"这是不是真的?你告诉我啊!兰兰是谁?为什么?你到底是为什么啊!"孟瑶哭叫着,泪水把蓬乱的头发糊了一脸。

神志不清的李志伟突然又睁开眼睛,他刚才只听清楚了"兰兰"两个字,心里立刻好像被一大块从天而降的巨石砸中了,猛然一阵剧痛。他一把推开孟瑶,大吼:"去你娘的!你快点滚吧,别挡了老子的路!"

李志伟推孟瑶的一把力气很大,本来就全身瘫软的孟瑶被推得倒退几步坐在地上,那几句话字字清晰地传进孟瑶耳朵里,她顿时感到天旋地转,全身失去了力气,昏了过去。

孟瑶陷入梦境,她深一脚浅一脚地跑在漆黑的荒野,四周响着各种冷笑声和哭叫声,身上的疼痛从各个部位袭击着她,恐惧却催着她不能停止奔跑。她不知道自己要去哪里,也不知道应该找谁,漆黑的世界不见尽头。

第二天早晨李志伟醒来,醉意已无。他揉了揉眼睛坐起身,看到昏迷的孟瑶倒在他脚下,身子底下的地板上流了一大摊水,和着血。

他大叫一声连忙跳起身。

李志伟把孟瑶送到医院急救。医生说昨夜孟瑶早产了,但因为昏迷过去,胎儿没有力气出来,长期缺氧,已经死在子宫里了。

医生在急救室做了剖官产手术，把一个死婴抱给李志伟看，那是一个浑身青灰色的男孩。

李志伟顿时崩溃，蹲在地上抱头大哭。

孟瑶住院期间，李志伟全程陪在床前，他把和孙兰兰的关系和盘托出，哭着告诉孟瑶自己的动机就是觊觎孙家的巨富，他根本不爱孙兰兰一丝一毫。他恳求孟瑶给他几年时间，他去跟孙兰兰虚情假意混几年，拿到孙家的家产立刻就离开，回来继续跟孟瑶团聚。

孟瑶面无表情地注视着眼前这个男人，内心却惊愕无比。看着他那被激动的情绪牵动的脸部肌肉，她感到无比陌生，这不是她认识的那个李志伟，从每一个表情到说出的每一个字，她都不认识，就像从来没见过一样。他的脸在她面前逐渐远去，声音也逐渐模糊，她回忆起昨夜那个梦境，啊对，她现在应该还在那个梦里，荒野、黑夜、迷途。不，不对，梦境才是现实，之前的一切才是梦境，那个城中村楼顶的漏雨的破屋里，和她依偎着接吻的男人，那个跟她热烈地相爱，每天你侬我侬、山盟海誓的男人，怎么可能是真的呢？现实怎么会那么甜蜜、那么美？现实就应该是冷、硬、残酷、黑暗，是一堵能把一切撞碎的南墙。

她想着想着，强压着心脏的颤抖躺下去，把冰冷的还在疼痛着的身体缩进散发着消毒水味道的被子里，双手在被窝里握成拳，牙齿在闭紧的嘴里咬死，告诉自己：挺过去，一定不能在这个黑暗的现实里倒下。

她配合着治疗、吃饭、睡觉，只是没有开口说过一句话，沉默着一直到出院。

出院后的第二天，李志伟早晨醒来没有看到孟瑶，他跑到客厅，看到茶几上摆着两份已经签好孟瑶名字的手写离婚协议书，内容很简单——感情破裂，放弃一切财产分割要求。协议书上放着一枚婚戒，旁边摆着家里的全部钥匙和存折。

李志伟心猛地一沉，脑袋里一片空白。

片刻后他到各个房间查看孟瑶带走了什么，发现除了手机和几件换洗的衣服，只少了那台他送给她的胜家折叠缝纫机，还有她来深圳时背的那个帆布旅行袋。

果然她来的时候一个包，走的时候也是一个包，多出来的，只有那架缝纫机。

李志伟拨打孟瑶的手机，显示机主已关机。

他呆立在客厅中央，感觉自己的心脏一点一点裂开、碎成无数块，每一块都在颤抖着流血。那些血如同一股洪流在他身体里奔涌，却冲不出身体的牢笼，于是在所有部位疯狂地拍打，拍打得他无一处不疼。

他蹲在地上，低声哭号起来。

孟瑶特意选了一个深夜离开，是因为她刚来到这座城市的那天便经历了深夜。她不怕深夜，也不怕黑暗，在黑暗的夜里向着光明的清晨走，总是一个好意头。

肚里的胎儿没了，身材依然臃肿，她背着包，拎着缝纫机，时而上坡、时而下坡地一步一步走了出去。

第十一章

梁芝华这几年过得太不顺了。

香港货柜车司机阿财在深圳包二奶两年后，被香港的老婆发现了，她找了几个人在香港把阿财打了个半死，又叫深圳这边的朋友上门把梁芝华赶走，翡翠花园房子的东西一律不准带，只准带走四五件贴身衣物。

梁芝华也不是没有预料过会有这种事发生，单枪匹马在深圳漂了这几年，她也积攒下几个遇到急事能帮一下忙的朋友。

翡翠花园是香港人在深圳包二奶的一个大本营，梁芝华在这里结识了几个二奶，这些人有的有钱，有的漂亮，但有文化的几乎没有，梁芝华是她们之中唯一一个大学本科毕业生。她用她认知边界比较宽阔的优势经常为她们答疑解惑，因此也结下了一些交情。被赶出来后，她在一个小姐妹的房子里借住了两天，那个小姐妹要给她再介绍一个香港人。

二奶的市场有其潜规则，30岁以内姿色不错的女孩子不愁找下家。梁芝华本想东家住几天、西家混几天争取赶紧找到下家就过渡过去了，没想到她爸爸学校的一位丁老师出差来深圳，梁老师托这位同事带了些土特产给女儿，到了深圳打梁芝华的BB机联系。

梁芝华约了丁老师在小区的花园里见面，本想三言两语把她打发走就算了，可是丁老师十分八卦，看到花园里走来走去的女孩子们都打扮妖艳、穿着暴露、举止轻佻，心里便有几分狐疑。

再加上对改革开放前沿阵地的深圳特区充满好奇，一屁股坐在花园凉亭石凳上不走了，事无巨细地打听。

偏巧梁芝华借住的那个小姐妹就在这个节骨眼上带了个40多岁的香港老板来介绍给梁芝华，也没事先跟梁芝华打招呼。那老板的说法是"想看看素颜的，这年头女人化妆技术太高"。他们直接就走到了梁芝华和丁老师面前。

这突发状况，饶是机敏玲珑的梁芝华也一时没反应过来。香港老板盯着梁芝华色眯眯地上下打量，一双绿豆眼停在高耸的胸部就不动了，忍不住吞了几下口水。丁老师看了看这老板，看了看脸通红手足无措的梁芝华，看了看穿着吊带上衣、超短裤，同样胸部高耸、眼珠子乱转的那位小姐妹，再联系一下内陆广泛流传的富有深圳特色的那些故事，心里就全明白了。她笑了笑，手在带来的绿豆糕、豆角干上按了按，对梁芝华说："那就不耽误你忙了，我晚上的火车就走，再见。"说完转头就走了。

梁芝华心里清楚，完了，这点秘密算是保不住了。

果然，两天后梁芝华就接到了父母呼她立刻回电的BB机留言。她找了个报刊亭把电话打回家去，爸爸破口大骂、妈妈放声大哭，说家里祖宗八代的脸都叫她丢光了，要她赶紧回去，深圳不能待。

梁芝华那张很擅长撒谎的嘴巧舌如簧地辩解了好久，说那只是自己去看望前同事，前同事现在当了二奶，也想拉她下水，她根本不愿意。可是父母根本听不进去，只说再不回家就在家死给她看。

挂了电话，梁芝华陷入了纠结。回想她来深圳这五年，刚开始满怀激情地打算在这里找个好工作干下去，无论是升职加薪，还是攒钱创业，都是想踏踏实实干出点样来，好不辜负自己那张得之不易的大学本科文凭。但工作太累、诱惑太多，不知何时她就放弃了初衷，歧路亡羊地走上了这样一条歪歪斜斜的道路。为了钱吗？梁芝华深入地审视自己，她出身教师之家，虽然不富裕，但也从小不愁吃穿，不像她那些二奶小姐妹一样，多数出身农村，对贫穷避如蛇蝎，对金钱如饿虎扑食。当初一念之差当了阿财的二奶，只是因为那时的工作太苦了，她急于摆脱，让自己喘一口气。给阿财当了两年多二奶，阿财虽然粗鲁猥琐，但脾气还算好，要求也不多，并没有让她日子难过，稀里糊涂地就这么过来了。

其实这两年里她看小区里其他小姐妹的生活，有经常挨打被虐待的，有需要达成生孩子要求的，还有经常被抛弃、频繁换主的，最多的是男人给不够钱、天天跟男人用尽手段抠钱出来的，各自的甜酸苦辣都一言难尽。梁芝华每次跟她们聚在一起听着这些故事，独坐的时候便越来越后悔自己怎么走上了这条路，她本该有更正大光明的前途。

站在报刊亭前，她的眼前仿佛出现父母仍坐在家里客厅电话前的场景，母亲哭得神昏气短，父亲气呼呼地在屋里走来走去，唠叨着不该让这唯一的女儿来深圳。丁老师在学校的教师办公室里五官满脸乱飞地跟围了她一圈的其他老师讲她的深圳见闻。这个初中语文老师想必是用上了生涯全部的夸张词汇，再加上她对深圳光怪陆离、灯红酒绿生活的羡慕嫉妒恨，把梁芝华的二奶生涯描绘得污秽不堪。明天父母上班后，即将面对全校密密麻麻、饱含着满满嘲笑和鄙视的目光的洗礼。

梁芝华想着想着，感到胸前发热，低头一看，原来不断流下的热泪已经湿透了前襟。

她从包里拿纸巾擦眼泪，无意中把通信簿带出来掉到地上。她俯身去捡，通信簿正好打开在孟瑶BB机号码那一页。

孟瑶找到恒发服装厂工作后曾给她打了个电话，礼貌性地告知了自己的现状，让她有事联系。梁芝华心里一动，又丢给报刊亭老板五毛钱，拿起电话听筒。

跟孟瑶这一通电话，让她得知了孟瑶在这两年半里做了什么。她进了工厂当工人，提升了车间副主任，谈了恋爱，结了婚，还刚怀了孕。孟瑶再也不是当初刚来深圳那个胆怯柔弱的小姑娘了，她的声音里充满乐观、自信。

梁芝华本意是想让孟瑶打个电话回家帮自己掩饰解释一下，但到最后也没法开这个口。当孟瑶问到她现在怎么样、是否还住翡翠花园的时候，她脱口而出："没有，我也在找工作了。"孟瑶愣了一下，随即情绪更高地回了一句："好！太好了！"

挂了电话后，梁芝华挺直了腰杆，她真的打算再出去找工作了。给家里打了个电话赌咒发誓自己在干正经事，爸妈不信可以来深圳看。爸妈犹豫了，毕竟他们对自己的女儿存有的信任让他们本能地对丁老师添油加醋的描述半信半疑，再加上还有一分"为自尊而战"的气堵在心头，见女儿赌咒发誓，便又松了口，说还有三个月放暑假，放了假就来深圳对她做全面审查。

在接下来找工作的过程中，梁芝华住进了50块一天的旅馆，每天一大早起床去买份特区报，啃着包子挤中巴去人才市场和招人单位面试。她把花2000多块染烫的最新亚麻色离子烫剪短，染回黑色；不再化妆，每天涂个润肤露就出门；收起所有性感暴露休闲的时装，只穿牛仔裤、旧T恤；不再找文秘、公关相关工作，只攻销售、文员、采购，甚至往一些仓管、行政方面的工作遍投简历。

她下定决心从头做起，踏踏实实地回到当初走的那条路上去。但就在一个自行车厂的销售工作刚有眉目、人事部打来电话让她去公司谈待遇的关头，早上一觉醒来，她发现旅馆房间门敞开着，包和行李箱都不见了，只剩下床上的一身衣服和地上的一双鞋。

丢失的包里有她的银行卡，卡里是她这几年全部积蓄花剩下的4万多。还有身份证、边境证、BB机、毕业证等对她来说无比重要的一切。

她的脑子轰的一声，眼前发黑。

站在地上想了不到一分钟，她就穿好衣服，发疯一样冲出门奔向就近的工商银行，要求冻结银行卡。柜员跟她要身份证，她拿不出来。在柜台前愣了片刻后，她又转身奔出银行，冲向派出所。

没了，什么都没了。走出派出所的她，摸了摸口袋，那里面只有昨天拿五块钞票买了一瓶水找零的两块钱，连坐中巴车都不够。她抬头看天空，阳光仿佛比刚才刺眼得多，晃得她睁不开眼。

她花了五毛给自行车厂人事部主任打电话，说了自己的情况，人事部主任甩了一句"没有身份证可办不了入职，等你补办好再说吧"就匆匆把电话挂了。

放下电话，梁芝华本能地打算再拨个电话给父母，请他们帮自己在老家补办身份证寄过来，可是拿起听筒，又想起丁老师。补办身份证的可能性恐怕是不大了，父母倒是会借机再次要求她赶紧回老家。

回家，是绝对不行的。

梁芝华慢慢放下听筒，眼前被阳光晃得什么也看不清的世界又渐渐清晰了起来。她四顾了一下这里，离翡翠花园大概有五公里远，天气不热，要不了一个小时，她就能走到那里。于是她迈开步子，向着那个方向走去。

回那里是容易的，找个小姐妹借宿两宿，费不了多大事就能再搭上个香港男人，怎么过不是过。

刚走了几步，一个20多岁皮肤晒得黝黑的男人手里拿着一大卷纸拦在她面前："小姐，想找什么工作？我是职业介绍所的，我们这里什么工作都有！"

梁芝华停住脚步看着他。男人看有戏，随即打开那卷纸，纸上密密麻麻写满了各种招聘信息：某贸易公司招聘秘书，起薪4000；某电子厂招聘会计，起薪2500……

梁芝华了解这种职业介绍所，他们被称为"黑职介"，专门坑那些刚到深圳什么也不懂急于找工作落脚的新人。套路是先给你展示大量的看似把握十足的工作机会，许诺面试成功退一半、面试不成全退，然后收你100~500块钱不等。你拿了他们写的地址去见工，那些用人单位要么根本不招人，要么就是人事部门先跟这些黑职介串通好，放出虚假信息，经过一番所谓的笔试面试后宣布不予录用。当你奔波了一圈毫无收获，回去跟他要求退钱的时候，他花言巧语又给你一个信息，让你再白跑一趟……等你筋疲力尽全部落空，气愤地回去坚决要求退款时，他会耍赖加威胁，几个彪形大汉突然出来将你赶走。

这种黑职介门前常年围着两群人，一群是来要回自己血汗钱的人，一群是一无所知的崭新求职者。那群被骗钱的人会告诫求职者别上当，但求职者看着门口公告板上密密麻麻的求职信息眼神发直，那里有着此刻对他而言最重要的东西：工作。他可能已经经历了好多次挫折磨难，口袋里连明天的饭钱都快没了。深圳市人才大市场每天有太汹涌的人流，一个职位的竞争者太多，连挤到摊位前都很难，绝大多数人去那里折腾多日都颗粒无收。职介所则号称求职者花钱享受的是VIP的服务，工作人员会告诉你

"这个职位目前只有你一个人去"。这种诱惑对求职者来说仿佛是在饿了三天的人面前摆着的一碗香喷喷的蛋炒饭，什么劝谏、警告他都听不进去了。

梁芝华跟着男青年走到职介所，看到门口一群人围着正在吵架的两个人，吵架的内容不用听也大概猜得到。男青年带着梁芝华绕过这群人走进去，来到里面。一个30多岁的矮胖女人正在一张长桌后面忙碌着，扯下一张又一张便笺纸从一个厚厚的破本子上抄下"招聘信息"，一只手交给长桌对面的求职者，另一只手从每个拿到便笺纸的求职者手里收100、200、300的钞票，丢到身前的抽屉里。屋里挤满了等着把钱给她的求职者，她忙得都站起来了。

黝黑男青年带着梁芝华挤到桌前，刚要说什么，站在人群中的一个脸色极其难看的高大男人一眼看到黝黑男青年，立刻冲过来揪住他的领子往外拽："就是你！我等你半天了！说，我的钱到底退不退？"他叫嚷着把黝黑男青年往门外拉，几个好事的人跟着他们也走到门外去了。

矮胖女人面无表情地看着这一幕，也就停了一秒钟，便继续低头进行翻破本子、抄便笺纸、收钱一条龙作业。偶一抬头，她看到梁芝华隔着桌子站在她面前，默默注视着她。她脸上立刻挂起职业微笑："小姐，你要找什么职位？我这里有月薪五千包吃住的白领工作！"

梁芝华转头看了看外面，那个黝黑男青年已经被高大男人揪着领子转圈打了。

"你这里，男的干不下去吧？"女人扯了扯嘴角，没有回答，但脸上露出无奈的神情，摇了摇头。

"我想在你这里干，行吗？"梁芝华接着道。

梁芝华晓得，这些黑职介里的工作人员只能是女性，因为男人再怎么愤怒也基本不可能打女人，女人被骗了也大概率不会动手，只会哭闹。

女人停了手上的动作，上下打量一下梁芝华。她目前确实缺人手，之前不敢招外人，怕走漏风声被警察抄了，只敢喊几个老乡帮忙。但这些老乡中的女人因为她给钱少，陆续都找到别的活儿走了。男人则一个接一个地被打成猪头，也没法干了。现在几乎只剩下她一个人，钱虽然赚不少，但完全忙不过来。外面正在被打的是她的亲弟弟，本来她让弟弟出去跑业务收集招聘信息（其实就是收集那些公司工厂的电话号码和地址，回来编造假招聘岗位，掺上真电话、地址用来骗钱），但昨天最后一个留守的工作人员也被打跑了，今天弟弟不得不留下帮她，也是被人上来就揪着打。

女人叫梁芝华等一会儿。梁芝华便挤到墙边，静静地注视着这屋里屋外的喧嚷。

中午吃饭时间，职介所里人才渐渐少了起来。脸被打肿的黝黑男青年拿了两个盒饭回来跟女人一起吃。

女人边吃边跟梁芝华谈。"一千一个月，包吃住。"女人倒是开门见山。

"好。"梁芝华一秒钟都没等，立刻答应了。现在哪怕不给她工资，只要有个吃饭住宿的地方，她什么工作都可以做。

从此梁芝华便在黑职介干了下去。她口甜舌滑，长得又好看，能把处在各个阶段的受骗求职者都安抚下去，即使最后多次上当、愤怒回来要求退全款的那些人，她也能拿出她手上为数极少的真实信息塞过去，然后亲自打电话给招聘单位联系人，当面确认信息真实性，让求职者情绪平复下来，希望再次点燃，拿着她给的信息再次踏上求职之路。

绝大多数求职者到这一步如果再不成功，基本上气也就泄了，毕竟梁芝华的表现会让他感到信息都是真的，是自己能力不够才失败。希望破灭再加上对自己的否定，让他失去再为这一两百块钱吵架的动力。

梁芝华深谙人的这种心理发展过程，还颇为花心思研究了各种求职人的心态：找销售工作的男人、找财务工作的女人、找文秘工作的女人、找技术工作的男人等，以及各省人不同的特点，然后"对症下药"，见什么人说什么话，把那些珍贵的真实招聘信息用到最合适的地方，同时，闲下来时她还挨个往那些被他们掌握了人事部门电话号码的公司、工厂打电话，耐心地打听他们要不要招人、招什么人。这还真让她搞到了不少真实招聘信息，甚至很多大型外企都把自己的招人信息交给她，这让她手上的筹码越来越多，她巧妙地暗示给求职者，单独多给她钱就可以提供这些信息，于是她开始接私活了。

这么干很快就被女老板发现，但女老板也奈何不了梁芝华，这确实是梁芝华靠自己的本事搞来的信息，而且这些让求职者入职成功率提高的信息能让职介所名声变好，带来更多顾客，也算有益无害，她也就不追究了。

女老板难得遇到这么能干的员工，很快就把梁芝华工资提到了三千，还给梁芝华另租了一间单人住的城中村出租屋，不再让她和自己的另外两个亲戚挤在一起住了。

放暑假后，梁芝华接待了来深圳检查的父母。父母看了她住的城中村出租房，朴素简陋；又视察了她工作的职介所，看到了她工作时熟练精干的样子，以及老板和同事们对她的称赞之语，终于放下心来，拍了不少照片带回去堵同事们的嘴。

梁芝华终于又走回了"正轨",她计划等攒下一笔钱之后就拉出去单干。职介所不需要太多本钱,租个小屋、雇两三个员工即可。

为了尽快实现这个计划,她向女老板提出三点增收建议:第一,把那些大公司真实招聘信息大大提高价码,从300块提到500块;第二,塞给那些小工厂、公司的人事部主管的钱不要一两百块请喝茶意思意思了,干脆明码标价、计件付费,一条招人信息一个价钱,让对方多劳多得,刺激积极性;第三,不再承诺只要交钱给职介所就无限次提供信息,直到应聘成功为止,而是只限五条,付钱后五条信息给到应聘者手上,五条都不成功就"撒哟娜拉",钱一分不退。

女老板面对这大刀阔斧的三条建议十分犹豫,嗫嚅着跟梁芝华说这也太狠了吧,会不会出啥事?

梁芝华冷笑着说:"人不狠立不稳。我抽空去街上考察过其他职介所,都是打一枪换一个地方,只要那些公司、工厂人事部门的关系捏在手里,跑到哪都不愁立刻重新开张!钱赚到手里才是真的,你这个破屋子、破牌子没有任何意义!"

女老板嘀咕自己这个场所是花五万块在工商局注册过的商业信息咨询公司,法人代表是自己,出了事自己要负责的。

梁芝华眼珠一转:"那要不你把法人代表让给我?出事我给你顶着,利润你分我三成?"

梁芝华之前计算过,以每天的顾客流量来算,实行这三点举措后营业额起码可以翻五倍。这种黑职介在市面上多如牛毛,虽然派出所也没少抓,但都是今天进去明天出来,封一家开一家,打一枪换一个地方,根本抓不完。

两年多前孟瑶刚来深圳时,求职市场还很规范,大部分求职者都去罗湖区的人才大市场，少部分去各区劳动局下属的人才市场。这半年来兴起的这种黑职介通过行贿，从政府主导的人才市场抢走了大量招聘信息，甚至导致那些单位在正规人才市场只是走走形式，到真正面试环节只招收这些黑职介介绍来的人，因为单位是从黑职介手里收过真金白银的。这就大大降低了正规人才市场的信誉，给黑职介增加了很多口碑。

那个年月啊，涌来深圳求职的年轻人太多了。改革开放的深圳就像一个巨大的旋涡，向开放程度较低的内陆不断散发着虹吸效应，每天吸收消化着成千上万的各级人才，加工着他们青春的梦想和野心。这个旋涡成就着梦想也粉碎着梦想，成就着传奇也制造着悲剧。

女老板盘算了几天，竟然答应了，真带着梁芝华去工商局办理了过户手续。这个女老板来自江西，刚来深圳时也是在厂里流水线打工，换工作花钱买了一次黑职介的信息，被骗，然后发现这是个生财之道。下一份工作又碰巧发现打工的工厂人事部主管是她老家的亲戚，从亲戚手里拿到不少招工信息出去卖，一个星期就赚了两千。从此她就一发不可收拾，通过老乡这张网到处收集招工信息，又跟其他黑职介学会了欺骗造假，索性用赚到的第一桶金——五万块注册了一家信息咨询公司，正式支摊干了起来。不到一年工夫，赚了五十多万，挤进了深圳传奇故事的序列中。

这半年时间，因为干得太热火朝天了，女老板的黑职介被公安查处了两次，但因为这种买卖证据不足，被坑的求职者手里的证据无非是所谓咨询费的收据和写给求职者的招聘信息的字条，每一单金额都十分微小，受害者们又流动性太强，一两单、十单八单的投诉如沙中之水一样很难被收集到一起，派出所确实对这些无处不在的蟑螂无可奈何，所以只能是抓住训诫一顿就放了。

即便如此，女老板还是用赚来的五十万去别处开了家发廊，一旦那个买卖做大，她就可以摆脱黑职介这种行走在犯法边缘的营生，洗干净上岸了，所以这一阵确实有把这个买卖包出去只拿钱不再亲力亲为的想法了。梁芝华一提议，正中她下怀。

老板甩出来的一个包袱，落到梁芝华手里却成了她创业的基石，她立刻豪情满怀、大刀阔斧地干起来，决心赚到下一个五十万。

她内外兼顾，白天坐镇职介所巧舌如簧卖出一条接一条真假掺杂的招聘信息；晚上到处奔波，利用她以前翡翠花园二奶朋友圈的关系到处联系，收集更多信息。那些二奶的"老公"大多是从香港来深圳开工厂、公司的老板，正是需要经常招人的群体。梁芝华通过二奶们直接搭通老板的关系，再去人事部门要信息，不仅痛快，而且经常还能省下给人事主管的"咨询费"，这简直让梁芝华如虎添翼，干得越发热火朝天。

一个初春的上午，她嚼着刚买的包子站在路边等中巴，要去八卦岭一家工厂拿信息，突然看到一个坐在公交站铁长椅上的人面孔似曾相识。

这是个很年轻的女人，头无力地靠在站牌上合着眼睛，面色吓人地苍白，嘴唇呈现出淡灰色，怀抱着一个帆布旅行包，脚边放着一个折叠拉杆车，拉杆车上放着一个皮面木箱。

梁芝华开始只是无意地一眼瞥过，心里一动，又把视线移回女人的脸上端详。这一端详她的心就被揪得一紧，不由得走到那人跟前去，对着脸切近仔细审视。终于她失声叫了出来："孟瑶？"

她还记得那个帆布旅行包，那夜孟瑶从翡翠花园她"家"里仓皇逃走的夜里，孟瑶手里唯一的行李就是这个鼓鼓囊囊的半旧黑红格子帆布包。

如今，这包瘪瘪的，应该没装多少东西，被有气无力的孟瑶紧紧地抱在怀里。

听到有人呼唤，孟瑶缓缓睁开眼睛。

视线刚开始是模糊的，一阵眩晕后，她逐渐看清了正俯身看她的是一个年轻女人。她的脑子缓慢地运转着，哦，她好像是梁芝华。

"孟瑶？"她听到对方有些惊讶地叫着自己的名字。

"芝华姐。"她回应着，同时嘴角勉强牵起一丝微笑。

她太累了。刚刚经历了一场浩劫的身体还没有恢复，她就迫不及待从李志伟的家逃出来，刚开始觉得自己有足够的力气，但走了没有一公里便虚弱得一步也迈不动了，耳鸣头晕，眼冒金星，身子软软地直往地上瘫，强支撑着找到一条公交站的椅子，她像见到救星一样连忙扑上去坐着，从深夜坐到清晨，公交站逐渐聚集了越来越多上班的人，公交车来来去去。而她浑身没有一点力气，只能瘫坐在长椅上一阵清醒一阵迷糊地耗费着时光。

偶尔有好奇的等车人把目光落在她身上，她想让坐姿体面一点，但稍微挪动一下身体，便感到下身一股接一股的暖流涌出来。她知道那是产后的恶露还在排，里面还有血。她不敢再动了，只能继续坐着。幸而站牌前等公交的人都匆匆忙忙，来了车就忙不迭挤上去，换了一拨又一拨。她的下身越来越疼，疼得内脏都在颤抖，却只能努力维持着外表的平静，她动不了了，就像一条被甩上岸的鱼。

就在这个时刻，听到一个声音在叫她的名字。

梁芝华脱下外套给孟瑶围在腰上，遮住她早已湿透的裤子，然后搀扶着孟瑶慢慢走回自己的住处，这里离她住的皇岗村只有十分钟的步程。在这十分钟里,孟瑶的脚步只能说在一步一步地挪,梁芝华感觉自己手中的孟瑶抖得像八九十岁的老太太。

进了房间,孟瑶见到床便迫不及待扑了上去躺着。

梁芝华放下另一只手拖着的拉杆车和帆布旅行包,拖了个凳子坐到床边,看着趴在床上一动不动的孟瑶手足无措了一阵子,又跳起来去找暖瓶倒了杯热水,端着水杯走到床前,她又不知道该不该叫孟瑶起来喝,呆立地看着孟瑶一动不动的后背良久不敢动。直到看到那后背动了一下,似乎孟瑶撑着胳膊打算翻身过来,梁芝华才端着水杯坐到凳子上去,小心翼翼地问:"喝口水?"

孟瑶翻过身来,慢慢坐起,背靠着墙看梁芝华,脸上吃力地牵起一个笑容。她脸色好一点了,起码嘴唇从浅灰恢复到了苍白。

梁芝华把水杯递过去:"你这是怎么了?要去医院吗?这离医院还挺近的,走路去也就十分钟。"

孟瑶摇了摇头,环顾了一下房间。这是一个10平方米出头的小单间,陈设简单,床对面的简易布衣柜里面衣服挂得满满的,都要溢出来了。地上靠门边摆着的鞋架上的鞋子也满得溢出来了。

孟瑶感受了一下自己的身体,头晕和耳鸣都消失了,只是下身黏糊糊的。

"姐,卫生间在哪?"梁芝华指了指阳台上。

孟瑶下了床,去旅行包里取出一包卫生巾,扶着墙慢慢挪去卫生间。

从卫生间回来的孟瑶元气恢复了不少,她接过那杯水边喝着边把自己的经历讲给梁芝华。

梁芝华听得惊心动魄。她想不到仅仅两年半时间,如此脚踏实地、努力上进的孟瑶竟然在婚姻上栽了这么大一个跟头,这颠覆了她刚刚建立起来的"走正路,踏踏实实生活,总会过上越来越好的日子"的信念。

深圳这个地方比她想象中要乱，生活的复杂程度远超她的想象。

"看来，女人还是要自己多搞钱，靠嫁人、靠男人是靠不住的。尤其是在深圳，谁都信不过！"听完孟瑶的叙述，梁芝华这样总结了她的感想。

孟瑶看着梁芝华疲惫地笑了笑，她内心的苍凉悲怆，远非梁芝华这段总结能概括得出，但梁芝华的总结，她全都认可。

孟瑶在梁芝华这里住了下来，这给了她宝贵的休养生息机会，其间她给妈妈打了个电话。

其实怎么跟妈妈说这个变故，是孟瑶这些天最纠结的心事。孟瑶的婚姻给妈妈带来了极大的荣耀和安全感，孟瑶办婚礼前曾经带着李志伟抽空回了一趟承德，李志伟高大帅气的形象、高考状元的历史、清华建筑系的文凭、深圳公司老板的身份都让宋慧英极其满意，完全超出了她对女儿的期许。小两口在家住了三天，宋慧英几乎脚不沾地地带着他俩到处显摆，这很大程度上消除了她守寡多年被人瞧不起的愤懑，所过之处无不被艳羡的目光包围。孟瑶在深圳的婚礼虽然办得很简单，但宋慧英吩咐拍照的人多多拍现场照片，她带回去洗了好多份送给亲朋好友。孟瑶在深圳的"成功"在宋慧英的大力宣传下，激励了不少亲戚中还在读大学的年轻人，他们以孟瑶为榜样，决心毕业后也去深圳闯出一片天。

孟瑶怀孕后，宋慧英曾想过来深圳长住，但她是过敏体质，深圳湿热的气候会让她起湿疹，孟瑶婚礼她只在深圳住了一星期，身上就一片一片地起红疹子，痒得睡不着觉。于是她只好三天两头打电话过来，让孟瑶把孕期的各种感受事无巨细汇报给她，她按照孕期的推进对孟瑶做出相应的指导，并早已准备好一旦孩子落地,她立刻收拾东西过来照顾月子。

现在孩子没了,家也没了,一切都跌落到谷底,这巨大的变故将给妈妈造成巨大的打击,孟瑶该如何启齿?

"其实,你现在最好的选择是赶紧回老家,让你妈照顾你,把身体养好。"梁芝华这样劝孟瑶。

孟瑶看着梁芝华,缓缓而坚决地摇头:"不,我绝不回家。"

梁芝华和孟瑶四目相对,梁芝华知道她和孟瑶也许世界观不同、价值观不同,但对待"要不要回家"这个问题,这六个字是她俩唯一一致的答案。

撒谎能力强的梁芝华于是帮孟瑶编了一套说辞,让她说胎儿在出生时不幸去世,妈妈如果非要来照顾,就说她和李志伟心情不好,已经去东南亚旅游散心了,等身体恢复得差不多再回承德看妈妈。孟瑶斟酌了一下这个谎言,觉得虽然也会让妈妈伤心,但比真相的打击轻多了,于是择日给妈妈打了电话。

宋慧英听到这个坏消息立刻哭得说不出话来,哭了一会儿才想起来女儿应该更伤心,于是勉强收了眼泪安慰女儿说:"你还年轻,身体恢复好了还可以再生,照顾好自己别落下病就行。"

挂了电话,宋慧英独自坐在沙发上唉声叹气了半天,但想想女婿那么优秀、女儿还很年轻,很快就会再报喜讯的。想到这她又搬出放在茶几下的一本相册,翻看着女儿结婚时那些照片,心情逐渐好了起来。

而电话的彼端,挂了电话的孟瑶面对的还是铁硬的现实。她站起身感受了一下自己的身体,恶露不尽的感觉还在,身体像一个底漏了的容器,冷风嗖嗖地从下身往里灌,但在温暖的房间里睡过两晚,四肢就比前天多了些力气,腰酸也减轻了些,走路不再轻飘飘没有根一样,她觉得自己甚至可以出去找工作了。

梁芝华每天早出晚归，起劲地经营着职业介绍所。她曾经打算给孟瑶推荐工作，但也对孟瑶坦诚相告，她这里真实信息不多。孟瑶很惊讶怎么还可以这样操作，梁芝华把这里面的弯弯绕绕跟孟瑶说了说。孟瑶担心这里的法律风险，问梁芝华会不会经常被人打。

梁芝华得意地笑了笑："所以这个只能女人做，干这么长时间我遇到的最大危险就是被人揪住领子。在街边谁敢打女人？只要我哭闹一下，就保证他再也下不去手！何况我还能勤换地方，这个职介所在我手下已经换了两次地方，换地方、换电话，没仇人再找得着！"

孟瑶看着梁芝华容光焕发的样子，暗叹了一口气，想劝却不知道说什么好。

"我干这个只为赚第一桶金，等赚到50万就收手，拿钱去开家服装店，服装店赚到钱后开贸易公司。深圳啊，就是个能让人实现理想的地方！孟瑶，咱们以后就靠自己，不靠任何男人！"梁芝华神采飞扬、咬牙切齿。

孟瑶看着梁芝华恶狠狠的样子，也在心里咬了咬牙，对！不管怎样，一定要尽快恢复身体，重新开始生活！

半个月后的一个下午，孟瑶出去买了趟菜，再回来就发现房门大开着，门口堆了很多东西。

孟瑶心里一沉，连忙跑过去看，见都是梁芝华的衣服、鞋子、行李箱等东西，还有她的缝纫机和旅行包，东西还在继续往外扔。

她冲到屋里，见是一位50多岁又高又胖的中年妇女在里面折腾，此刻正双手端着清空了的布质简易衣柜往外走。

孟瑶拦住她："你是谁？为什么扔我们的东西？"

胖妇女看了孟瑶一眼，放下衣柜，开口说话声音大得要命，一口潮普："我是房东啦！今天收回这间屋，不租啦！赶紧收走你们的东西，我马上打扫锁门！"孟瑶脑袋嗡的一声："为什么突然不租？我们不是签了半年的租约吗？"

胖妇女上下打量一下孟瑶，没好气地问："你是谁？不是我的租客啊！"

孟瑶指了指门口那堆东西："你的租客是梁小姐，我是她老乡，她跟我说过租了你半年，每月房租没少你的，凭什么提前赶她走？"

房东翻了个白眼，冷笑："你还问我？她在街口开的黑职介刚刚被阿sir抄啦，她们一干人都被拉去差馆吃牢饭啦！晦气！传出去以后我都租不掉！"

梁芝华被警察抓了？孟瑶连忙拿出手机拨她的电话，果然关机。

房东不耐烦地往门外走，边走边扯着大嗓门："快点把你们的东西拿走，不然我就找人来当垃圾清理掉！"

孟瑶追出去又吵了一会儿，铁石心肠的包租婆毫不通融，只甩下了三千块据说是梁芝华交给她的押金，然后从随身的包里拿出一把新锁，将收拾一空的房间锁上，扬长而去。

孟瑶愣愣地望着包租婆肥厚的背影消失在楼房拐角，默默蹲下将一地的衣服和鞋装进皮箱里。那晚，她拖着梁芝华的三个皮箱和自己的两件行李，去街口找了家十元旅馆住了下来。

她接到了梁芝华打来的电话。电话里梁芝华语气沮丧，说这次可能要蹲一两个月。她给了孟瑶一个电话号码，说是她的小姐妹，刚在深圳买了一套房，可以收留孟瑶。

孟瑶联系了那个女孩子，去蛇口跟她见了面。那是一个新加坡富商包养的二奶，湖南人，来深圳七年了，攒了20多万首付买下了属于自己的房子，但不敢让富商知道。房子也没装修，打算再跟富商敷衍两年，多抠出点钱来还贷款，再把房子装修了，就摆脱二奶生涯上岸自己做点小生意。

孟瑶听着女孩子跟她第四五次念叨自己的计划，心里烦得不行，把梁芝华的三个皮箱交付给她，孟瑶便告辞了。

即使自己目前状况再狼狈，她也不愿意住在这个女孩子的房子里。

孟瑶不是个心肠柔软的滥好人，甚至在大多数事情上是个比一般人都坚持原则的执拗的人。来到深圳这几年里，她见识过很多世界观不同、价值观不同的女孩子。刚开始的时候她会为这些与自己迥异的人感到惊讶、不解，比如刚来深圳第一天就见识了梁芝华给香港人当二奶，后来她还曾在找工作的过程中认识了一个河南女孩，白白净净很丰满，说话声音特别好听。她乐观幽默，孟瑶对她很有好感，但突然有天她跑来找孟瑶，拉孟瑶去夜总会坐台当"三陪"，说自己的远房表姐在那里当领班，坐台这活儿特赚钱，一天最少三百，如果肯"出钟"则一千起，上不封顶。

孟瑶简直惊呆了，还以为对方跟自己开玩笑，看了对方足有一分钟，看不出对方有一点开玩笑的意思。对方还认真地告诉她这个活儿很难应聘成功，要不是她表姐能帮忙内推，以她的条件根本应聘不上，拉孟瑶过去也要跟表姐说说好话，否则很难被留下。

孟瑶以为这姑娘不懂什么叫"三陪""出钟"，便将这两个名词用直观通俗的语言详细解释了一遍。没想到那女孩听完点点头："这些我都懂啊！不就让男人睡一下吗？有什么大不了？去工厂打工一个月才一两千，干这活儿一天就一两千，一个月能拿一两万哎！"

孟瑶忘了后来怎么把这个姑娘打发走的,从那天起她不再回这个女孩的任何BB机留言,随着下次搬家换工作,干脆利索地跟她断绝了往来。

这样的女孩,这样的人,在那个时代的深圳遍地都是。来到深圳,孟瑶极大地开阔了眼界,见到了形形色色的人,他们跟自己有巨大的不同,那种不同如隔沟壑、如隔山海。但在这个每时每刻都在变革的时代、在这个新兴的繁华城市,这形形色色的人都要挤在一起生活、做事业,共同造就一个时代、一座城市,久而久之,跟不同价值观、世界观的人和谐共存便成了每个来到这座城市的人都要做的功课。

反而是志同道合的人难以相遇,所以孟瑶格外珍惜与秦安彤的友谊。

自己的惨痛经历,她跟隐瞒自己妈妈一样,也同样一直隐瞒着秦安彤。

两人各自结婚后的这段时间里,无论是见面还是通电话,她都感到秦安彤有怨气。干得正起劲的旅行社工作被小人捣鬼炒掉,一口恶气始终没地方出,白领丽人的远大理想夭折,落草为家庭主妇;结婚后烦心事不断,公公有中风后遗症离不开人照顾,小姑跟她关系不好经常惹事。

秦安彤在丈夫、公公、小姑面前努力做贤妻,只有在孟瑶面前卸下人设,吐出自己的满腹牢骚。

秦安彤几乎没什么时间跟她见面,往往坐下刚聊几句就频频看表,不是要回家带公公出去复健了,就是要回家给小姑做饭了。孟瑶感到秦安彤其实并没有甘心进入现在这个阶段,完全无法适应这种生活,因此她很少跟秦安彤交流婚后日常,反而最常说起的是工厂里的工作,毕竟她工作中的烦恼也能很大程度上让秦安彤体会到一点做家庭主妇的好处。

而对于孟瑶在工厂里遇到的大事小情，秦安彤都会认真地给出意见和建议，无论是劝孟瑶隐忍还是鼓励她跟恶势力勇敢争斗，都看得出秦安彤打心眼里想让自己从职场得来的经验教训对孟瑶有帮助。

孟瑶和秦安彤当初都怀着闯一番事业的梦想来到深圳，这么快进入婚姻都不在她俩的计划之中，但孟瑶找到了自己喜欢的事业干得起劲，秦安彤则是饱受挫折被迫在事业的路上中途而废。

孟瑶离开李志伟后，第一个想法便是去找秦安彤哭一场，但思忖再三她放弃了这种选择。秦安彤也快临产了，家务繁重，再加上身体不适，情绪上的波动会对她非常有害。于是孟瑶接到秦安彤电话都是敷衍了事，逃避见面。后来不知秦安彤陷入了怎样的忙碌中，竟然把孟瑶的预产期都忘记了，长达三个月一个电话也没打过来，这反而让孟瑶松了一口气。

孟瑶从李志伟家里出来时，只带了自己离职前最后那个月的工资，3900元。房子是李志伟全款买的，她不想要。李志伟给她做家用的存折上有20多万元，以前她基本没动过，想留着给李志伟应酬打点使用，离家出走时更是想都没想过这笔钱。跟李志伟一起生活了一年，日常开销几乎都是用的孟瑶的工资，她是认真兑现了在李志伟没有收入时"养他"的诺言。而这3900元钞票她一直放在信封里没动，想留作在恒发服装厂工作的纪念。

离开家的那个凌晨，她想都没想只拿了这个信封走，因为这里面装的是完全属于她自己的钱。

离开家、割断这段感情的感受都太过惨烈，很长时间里她根本无法触碰，只能逃避。她急切盼望能有一份新的、忙碌的、哪怕把她压得抬不起头来的工作或生活，让她彻底投入进去。

如果不能这样，那她宁愿身体继续经受痛苦，好转移对这段记忆的关注。

　　离开梁芝华后，她到城中村租了一间房住下，原本打算再去找工作，但想着身材还臃肿憔悴，体内还有炎症未消，光是找工作的奔波就够她喝一壶了。正踌躇时，一次她去马路对面的药店买消炎药，在门口见到一位路人手里拿着一条裤子左顾右盼，还进药店问，门口那个做缝纫活的摊子去哪了。店员告诉他有好一阵子没见了，路人失望地走了。

　　孟瑶站在那里稍加考虑，便决定明天在这里摆个缝纫摊。

　　她仍旧记得自己来深圳的初衷，要过不一样的生活。拿着大学本科文凭当工人，结婚又离婚，怀孕又流产，这些都是她以前没法预计的人生，沉浸其中的时候会感受到失落和悲伤，但跳出来看，这跌宕的生活又何尝不是她当初想要的丰富经历呢？既然到了这个地步，那就体验得再深一些吧。

第十二章

陈国威接手庄启明的"启明物流"后,发现这就是个大坑。

庄启明投入的100万港币,全花在买四辆货柜车上了。庄启明解释说他当时接了个香港公司每天运货到盐田港的大单,因为父亲突发急病,他不得不跑到加拿大照顾耽误了签约,单跑了。

陈国伟接手后,四辆簇新的货柜车很快到货,停在车库里睡大觉。公司一共有20名员工,没有业务、没有日常工作,每天上了班大家就坐在车库门口大眼瞪小眼。到月底要付这20个人的工资和房租水电,收入为零,支出为每月20万。

这就是陈国威面对的局面。

陈国威花了一段时间考察深圳物流市场,发现大件物流市场已经趋于饱和。蛇口和盐田两个大港每天吞吐量上百万吨,为这两个港口服务的物流公司有十几家,都经营了十几年,有雄厚的实力,形成了地盘势力,针插不进、水泼不入,想在这个市场插进脚去简直太难了,没有过硬的关系基本没希望。

反而是小件快递市场这些年遍地开花,以顺丰为代表的大大小小的民营快递公司几乎把国企邮政特快专递的生意抢光了,市场需求还远未满足,陆陆续续有更多的物流公司加入。

90年代的深圳是个外贸发达之地,这里集中了全世界40%的玩具、60%的服装、70%的珠宝、80%的钟表生产量。这里的工厂不仅要承担出口产品的生产,也承担着国内这几类消费品的生产。

深圳被称为"山寨之城"不是没道理的，因为它能从就近的香港拿到全世界最新的产品设计，为了最快地仿造出来迅速占领市场，每天都有源源不断从香港带到深圳的样品。这些样品通常由香港人过关的时候顺便带过来，送到深圳工厂，工厂马上开模生产。这个需求量大起来以后，由深圳工厂员工的香港亲朋好友带过来的样品就供不应求了，"深港快递"应运而生，顺丰速运就是凭借这种业务起家的。他们雇用一些有深港两地通行证的人专门通过海关往来带货，收取不菲的带货费。受这个业务启发，很快他们又承接深圳市内文件传递业务、海关手续代办业务、市内小件货品收送业务，这就是深圳特有的快递公司的雏形。

发展到接近 90 年代末，这种快递公司已经遍布深圳，他们几乎覆盖了国企邮政特快专递的所有业务，快递员骑着摩托车背着大邮包在城市里穿梭，通过城际火车、大巴将网络延伸到整个广东省，他们专收专送，收取着比 EMS 贵一两倍的价格，完全超越速度又慢、服务水平又低的国营快递，在广东省空前繁荣。

但快递公司的交通工具都是摩托车、电动三轮，人工收送件是其优势，大货车根本用不上。陈国威现在手里一毛钱也没有，卖掉这四辆货柜车吧，起码亏损 50 万；不卖掉吧，又用不上。

形势所迫，陈国威只能硬着头皮去接洽大件货运的业务，每一单都要从别人现成的地盘里往外挖，求人、送礼、降价，多零碎的活都肯接，搬家、零担货运，什么都干过。给蛇口海鲜市场的小摊贩东家送一筐鲈鱼、西家送一箱海带的时候，陈国威想起自己父母刚刚偷渡到香港时就是给南北行送货，不由得苦笑。没想到他去美国深造一回，兜兜转转回来又干上了跟父母一样的营生。

就这么干了两年，核算一下大货车的成本总算赚回来了，陈国威毫不犹豫地把这四辆祖宗卖了，钱拿在手，买摩托车、电动三轮车，招人，正式进军小件快递业务。

一个天阴欲雨的早上，陈国威在皇岗路上逛。这里集中了一些快递公司的收件点，他这些天没事就来这里观察他们的操作模式，学习进入这个行业。

陈国威学习能力特别强。一个他完全陌生的行业和局面，如果他想进去，总能用各种方法去考察、研究，然后寻找到其内在运行逻辑，先从理论上把自己变成这个行业和局面的内行，然后找突破口进行小规模尝试。小规模试验成功后，再开始全方位行动。

程序员思维，就是陈国威在这个世界上求生的法宝。

雨点开始落下，陈国威看了看天，以头上乌云的厚度，今天这场雨必然小不了。马路对面的顺丰快递中转点走出两个人把外面堆着的纸箱往屋里搬，陈国威也走到就近的药店屋檐下避雨。

药店门口支着个缝纫摊。一个女人正埋头用缝纫机车着一条西裤的裤脚，旁边站着的一位中年男人应该是这条裤子的主人，一边等一边避雨。

陈国威瞟了一眼便转过头去，心里却划过一丝奇怪的感觉。他为这种感觉诧异，又仔细回味了一下，再次转头去端详那个埋头缝裤脚的女人。

女人虽然扎着个丸子头，但过多的碎发还是垂了下来，不时影响着她的活计，她不得不腾出一只手把掉下来的头发捋到耳后。这时陈国威看清了她的面孔，认出这竟然是多年前参加杜家豪、秦安彤婚礼时的另一位新娘——孟瑶。

陈国威在药店门口认出孟瑶时，孟瑶已经在街边摆缝纫摊半年多了。

陈国威参加李、杜共同举办的那场婚礼时见过一眼孟瑶，但因为那时他心情不好，对这个新娘没有多少印象。

后来他又有机会第二次见到孟瑶，那是某次去杜家找阿美时，孟瑶去看望刚怀孕的秦安彤，跟秦安彤坐在一起，谈一些工厂里的事情。

在陈国威眼里，杜家美、孟瑶、秦安彤是三个年龄差不多的女孩子，杜家美就像温室里精致娇美的鲜花，时刻端着高贵娇柔的姿态，不食人间烟火；而孟瑶、秦安彤则更像在野外迎风冒雨自在生长的树，朴素结实，如同大街上来来往往的无数普通人。

那次见面，陈国威才记住了孟瑶的名字。

可药店门口的孟瑶，憔悴萎靡的形象令他格外惊讶。他走到低头干活的孟瑶跟前，斟酌了半天措辞才开口："请问，你是孟瑶小姐吗？"

听到有人叫出自己的名字，孟瑶身体一震，立刻抬头看陈国威，她想不起这个瘦高、五官单薄、戴着一副金丝边眼镜、浑身上下充满理工男气质的青年是谁，眼里露出迷惑的神色。

"我是陈国威。"陈国威的普通话说得很好，但还是带了一部分港腔。"杜家豪的朋友，参加过你们的婚礼，后来在杜家也见过你，记得吗？"陈国威温文地笑着看孟瑶。

哦，孟瑶想起婚礼上那个郁郁寡欢的男青年——杜家美的男朋友。之前她就听过秦安彤跟她抱怨过杜家美劈腿的事，后来在杜家跟秦安彤、杜家美同桌吃饭时，杜家美冷言冷语地怼秦安彤，这个陈国威总是温和地岔开话题，眼里带着些歉意频频看秦安彤和她，给她留下了很好的印象。

她微笑着向陈国威点点头，说了声："想起来了，你好。"然后继续低头干手里的活儿。

孟瑶在这个偏僻的路旁摆摊，就是不想遇到熟人，不管怎样，她现在这个形象跟熟人相遇还是有些尴尬，解释起来又说来话长，有些能说、有些不能说，十分麻烦。刚刚陈国威叫出她的名字，让她着实心里一惊。但一看这人不熟到让她想了半天才想起来的地步，心里也便松了一口气。

她低头干了一阵子活儿，再抬头陈国威已经不在了。

天黑下来，雨更大了，她估计今天不会再有什么生意，便收拾东西起身回城中村。

她一手拖着装缝纫机的小轮车，一手抱着装辅料的袋子，没办法打伞，就这样踏进雨里，尽量踩着没积水的路边往回走。

雨很快打湿了她的全身，但也没让她的脚步加快一点，只要缝纫机和辅料包都套了塑料袋，那她也不在乎被淋得透湿。

空无一人的马路上被雨点打出白烟，远远近近只有她一个人在走。

"走再快也没用的，反正总是要被打湿。"她心里缓缓地想。大雨里她感觉呼吸有些困难，但这是错觉，氧气并没有少，只是人在暴雨中总是本能地不太敢呼吸。

她脑子里出现了一些暴雨的片段，一间破屋里地面积了好多水，她和他依偎在一块塑料布下面望着外面一片白茫茫的天地……

她摇了摇头，张开口用力呼吸了几口，肺里立刻涌进了大量新鲜空气。

"下雨并不阻碍呼吸嘛！"她想。以后她也要记得，即使走在更大的雨里，该呼吸还是要勇敢地呼吸，该向哪个方向走也要坚定地走，克服了恐惧，就一往无前。

但是雨忽然就没有了，她抬头看，模模糊糊地看到一个人把伞举到了她的头上。她抹了一把眼睛上的雨水,看清楚那人是陈国威。

"我在附近办事,回来的时候又遇到你了。"陈国威笑着跟孟瑶说。

其实他刚才已经回了公司,思前想后又下楼开上车来到这里。

"你住哪?我送你回家去。"他尽量让自己的声音显得平静和诚恳。

在大雨的噪声中,这两句话其实孟瑶听得不是很清楚。她只是稍稍犹豫了一下,便继续低头迈步前行。陈国威以为她同意了,便举着伞往前走。

陈国威跟着孟瑶在城中村横七竖八的狭窄巷子里深一脚浅一脚地走了很久,才来到一栋小楼的楼道里。陈国威以为还要上楼,没想到孟瑶掏出钥匙打开了狭窄的楼梯角落一个用砖头砌起来的房间的门,伸手进去打开灯。

陈国威从外面看向那房间里面,不禁深吸了一口气。

这只是个顺着楼梯的走势将楼梯下面的空间砌起来的小房间,里面摆一张单人小床后只剩下一尺宽,几乎再放不下任何东西,高度就连孟瑶一米六几的个头都站不直,更不用说一米八几的陈国威了。

从梁芝华的出租屋被赶出来后,孟瑶租了一个月城中村6平方米的单间,月租金500元,只住了一个月她便觉得住不起,问房东有没有更便宜的,房东向她推荐了这个楼梯角,这个只收200块。

孟瑶站在门口,对陈国威抱歉地笑笑:"不好意思,没法请你进去了。谢谢你送我回家,再见!"

陈国威站在原地没动,想说点什么,又不知该说什么。而孟瑶站在门口,也不打算继续说话。

陈国威只好甩了甩伞上的水滴,转身欲离开。他走了几步,还是站住脚,回头问仍然在目送他的孟瑶:"孟小姐,你不是结婚了吗?我记得你老公是做装修的老板啊,你怎么……怎么……"

"沦落到这个地步,是吗?"孟瑶嘴角牵起一丝苦笑看着陈国威。

陈国威看着这个笑容,突然意识到以他和孟瑶的关系,问这个问题显得太唐突了。她生活状况出现如此大变,必然经历过异乎寻常的痛苦,跟亲人朋友恐怕都难以启齿,何况是只见过两面的陌生人呢?他顿感尴尬惶然,口中连称"对不起",摆了摆手,转身走到门口撑开伞,快步走向雨中。

孟瑶目送着他的背影在门口消失,转身回到房间里关上了门。

那天晚上,陈国威躺在床上辗转反侧,久久不能成眠。

在这个世界上,所有人都要经常面对陌生而境遇惨淡的事物,路边饿得皮包骨头的流浪猫狗、大雨中裹着塑料布瑟瑟发抖的残疾乞丐、天桥下露宿的流浪汉。有些事物你只消举手之劳就能帮他解决问题,比如摔倒的孩子,你扶起他拍拍土;迷路的老人,你把他送到警察手中。但有些事物需要你付出更多,甚至改变你现有的生活,比如把流浪猫狗带回家养,帮助经济陷入困境的朋友。多数人面对这样两难的事都会叹气摇头,无奈地走开,心里难受一阵子,然后忘记。

只有少数心地格外善良的人才会本能地伸手去相援,完全不考虑需要再付出什么,即使这次援助给他带来更多麻烦,他也无法抵御最初那一刻的不忍。

陈国威就是那少数特别善良的人。

从他看到孟瑶的第一眼起,那个光鲜亮丽、身家百万的装修公司老板的新娘子和眼前这个憔悴苍白的街边缝衣妇两个形象就在他心里来回切换，挥之不去。那天，他折返去送孟瑶回家可以说还有很大程度是因为好奇，而目睹了孟瑶寒酸的住处后，好奇则全都换成怜悯。半年前他在杜家见到孟瑶，偶尔听到几句孟瑶和秦安彤聊求职、辞职、工作中遇到的烦恼和开心，他当时觉得女孩子就应该这样踏踏实实地生活。杜家美活得太不接地气了，一直把自己当未来的女明星塑造。陈国威在美国读书时疯狂地爱着杜家美，但回来后经历了广州、深圳、香港那两年多求职颠簸，他从天之骄子、美国海归跌落到"职场毒药"，已深感人生不易。可能有的人有的阶段会比较幸运，顺风顺水，但不能以为自己真的拿到了命运宠儿的剧本，人生没那么简单。从某种程度上说，即使杜家美没劈腿阿龙，他和杜家美也注定会渐行渐远。

他希望自己是一个踏踏实实生活的人，用自己的人生去贴着时代的浪潮真实地经历一切，而不是找个安全的位置做旁观者。虽然安全，却错过所有真实的感受，那样的人生并不值得过。

见过孟瑶后，接下来的几天，陈国威无论是在公司工作，还是下班吃饭、回家休息，脑海里都不时浮现着孟瑶在大雨里慢慢走的样子和那个只有两平方米的楼梯隔间。

终于，他坐不住了，又出现在药店门口孟瑶的缝纫摊前，对她说，自己租了一套离公司更近的房子，现在住的单身公寓当时交了一整年的房租，现在还剩半年，房东不肯退租金，所以他想当二房东，找个租客住完这半年。

孟瑶连忙摇头："我租不起！"

"先欠着，等你有了钱再付。"陈国威拖过药店放在门口的一个塑料凳坐在孟瑶面前，他想了好几天怎样才能不伤自尊地让她接受帮助，决心今天一定要说服她。

"那怎么可以？谢谢了，我现在住的地方还行，房东每个月只要 200 块钱，就是个睡觉的地方，怎么住都行。"孟瑶更坚决地摇摇头，把掉下来的鬓边长发抿到耳后，继续踩动缝纫机干活。

陈国威犹豫了一下，走到缝纫机边收拾孟瑶装辅料的布袋子，拉上拉链，又抓住缝纫机的板子，示意孟瑶停手。

孟瑶吃惊地抬头望他，对他这样唐突的行为感到意外。他迟疑了一下，咬了咬牙，既然做出来了，就得硬着头皮做到底。他强硬地收起缝纫机，做了个手势要孟瑶跟他走。

孟瑶拉了拉抓在陈国威手里的缝纫机，发现对方抓得死紧，根本抢不过。

陈国威把这些东西都放到自己车的后备厢里，又以命令式的口气要孟瑶上车，载着孟瑶回了那个楼梯间小房，让孟瑶收拾了其他的东西，半强迫地帮孟瑶搬了家。

陈国威租的单身公寓在一个商品房小区的三楼，40 多平方米，家具家电齐全。

"我一天最高收入才 50 多块钱。"孟瑶站在房间里，打量着屋里的家具电器，"连你这里的物业费也付不起。我知道你是看我住得太差了，但谢谢你，我不觉得差，反而……挺……挺满意的……"

她吞了差点说出口的"过得越苦我越安心，现在只有让身体痛苦心里才会好过些"。但看着陈国威平静注视她的那双充满善意的眼睛，她终是鼻子一酸、眼圈红了，转头过去让眼里的泪滚下来。

"你就当我借你钱，以后赚钱了还我，好吗？你一个女孩子住在那个地方太不安全。虽然我们不算朋友，但总算有过一面之缘，你遇到困难，我看到却不帮忙，心里过不去。"陈国威的港普说得有些费劲，但他露出诚恳的神情，努力让孟瑶感受到他的诚意。

这是一番没有经过任何措辞的话，陈国威心里这么想嘴上就这样说出来了。他不是一个能言善辩、擅长做表面功夫的人，如果想表达清楚自己的意思，只会选择直来直去。

已跌到人生谷底的孟瑶，也放弃了当初涉世未深时羞涩内向的少女外壳，蜕变成一个冷静真实的女人。她接受了陈国威的好意，但说好了一旦有能力便偿还房租和其他费用。

陈国威非常适度地表达了自己接受孟瑶的决定，然后急匆匆地走了。

他跟孟瑶一样害怕跟对方深度交流。去一个与自己只是萍水相逢、几乎可以算陌生人的女人的世界里碰触对方痛苦的记忆，不仅对对方是一种残忍，对自己也是一种难以处置的折磨。

接下来的半年，他都没再见过孟瑶。一来因为他忙，卖掉货柜车后开始转型小件快递，雇了十几个快递员和两个业务员，边收送件边推销。他自己每天跑写字楼和工厂，利用自己香港人的身份接洽深港传送业务。二来他也不想打扰孟瑶，帮人要适可而止，不能让人误会自己另有图谋。

孟瑶住进单身公寓后，仍然每天拖着缝纫机去附近路边小店屋檐下开摊。

一天中午，发廊老板凌太太不小心被车门夹坏了旗袍的前摆，着急去谈事情的凌太太不想回家换衣服，就去路边服装店买了一条裙子换下旗袍。走出服装店，刚好就看到孟瑶的裁缝摊摆在旁边店门前，抱着试试看的想法，她留下旗袍让孟瑶帮忙修补一下，然后就去办事了。

一个小时后，凌太太回来拿旗袍，看到孟瑶的手艺她惊呆了，补好后的旗袍几乎完好如初，破口都找不到了。凌太太问孟瑶是怎么做到的，孟瑶告诉凌太太，她用绣花的绷子把破口处绷好，然后配同色的丝线从里到外顺着布料的纹路缝，只要跟原来的线走向一致，缝到一模一样并不难。

凌太太看了半天，惊叹道："这不就是晴雯给宝玉补孔雀裘的手法吗？原来真的有啊！"孟瑶笑着跟凌太太说，布料织造都是有纹路的，虽然有点技术含量，但更需要细心。她妈妈从她出生起就开裁缝铺，设计、裁剪、修修补补，她看多了也就学会了。

凌太太从此对这个路边裁缝摊念念不忘。过了几天，当她的发廊需要设计制作十套工装时，她立刻想到孟瑶，把孟瑶找来问她能不能包这个活儿。孟瑶看了看发廊的环境，略作思索，便下笔在纸上画出男女装两套草图，根据凌太太的意见做出修改，两天后就做出了样装拿给人试穿，定稿后一星期就交活儿了。

那发廊工装穿在员工身上，员工满意、老板满意，连客人都连连端详、赞不绝口，发廊营业额都跟着上升了。

凌太太如获至宝，在同行中到处宣传，一时间很多发廊都跑去找孟瑶做工装。孟瑶生意盈门，连续接了六七个发廊八十多件工装的活儿。

她没时间出摊了，每天夜以继日地在家里干活。旧客介绍新客，又有酒楼、职校、工厂的工装找上她设计制作，活越来越多，她一个人干不过来，就去找跟她一样在街上和商场里摆摊的裁缝，把活分包给他们。

时隔近一年，孟瑶终于进入了她最想要的状态：一头扎入繁忙的工作。从早到晚她挥汗如雨地在裁剪台和缝纫机之间忙碌着，饿极了才出去买个盒饭回来吃，干到深夜眼花了看不清针线才倒到床上睡觉。

在这样的生活里她逐渐感到了轻松，甚至经常干着干着笑了起来。

孟瑶所住的那套房，房租、物业、水电一直都挂在陈国威的卡上，陈国威设置了自动扣款，半年过去，忙得脚不点地的他把这件事和孟瑶这个人几乎都忘记了。突然有一天，他接到孟瑶的电话，说要还钱给他。

他挂了电话想了半天，才想起孟瑶是谁。

中午，陈国威来到孟瑶的出租屋，一进门便惊讶地看到四十多平方米的一室一厅里堆满了纸箱、纤维袋，门口到房间只留了一条一尺多宽的小路。孟瑶带着他往客厅里的餐桌方向走，边走边解释最近接了个做工装的活儿，材料有点多，过几天做完送走就腾出地方来了。

在餐桌旁落座，陈国威仍然惊讶不已地到处打量，然后目光落在孟瑶脸上。

"你这是接了多大的一个单？"陈国威问。

"那是前阵子做完还没送走的二十套厂服。"孟瑶指着两只装满衣服的纸箱，"那是十五套酒楼服务员、十套厨师、两套领班服装的备料，刚买回来，马上就要开始裁剪缝制了。"孟瑶又指了指几个纤维袋。

陈国威把惊讶的目光转移到孟瑶脸上，发现孟瑶的气色好多了，脸颊有了血色，眼睛里也有光润，头发都比以前有光泽了。他的目光又挪到桌上，桌上有一盒盒饭，饭盒盖开了一半，露出里面的土豆炖牛腩和清炒莴笋，从早晨到中午一直忙得错过了两顿饭的陈国威不禁吞了一下口水。

孟瑶注意到了他这个表情，也瞥了一眼那个饭盒："我忙起来午饭都忘记吃了。你也还没吃吧？"

陈国威点了点头。

"冰箱里有菜，我去给你炒，你等着啊！"孟瑶说完便起身向厨房走去。

陈国威连忙摆手:"啊不!等你说完事我马上就走,出去路口的饭馆随便吃点就完了,你忙吧!"

孟瑶头也不回地说:"很简单的,我也要吃饭,马上就好!"说完已走到冰箱前,打开门取出一袋肉菜,转身走向厨房。

陈国威感到孟瑶平静淡然的声音像有一种不容反抗的力道,让他不由自主地就放弃了不同意见。

孟瑶在厨房炒菜、煮饭的声音响了起来,陈国威起身在物料堆积的房间里绕来绕去参观,他看到不仅客厅里,卧室里也有一摞一摞的成品、半成品衣服靠墙摞着。那台缝纫机上还有正在加工的衣服。整套房子简直就是个小型服装厂。

没多久,孟瑶就端了清炒黄豆芽、莴笋炒牛肉和一碗米饭上来,又把那盒土豆炖牛腩和米饭拿去热了热,放在自己面前。

陈国威好久没吃过住家饭了,这一餐吃得香甜,不知不觉把两盘菜都吃了个精光。

孟瑶等他吃完,拿出一个小本子,上面记着这六个月的房租、物业费、水电费等数目,拿出一沓钞票来按数交给陈国威。陈国威犹豫了半天,想不出什么理由拒收这笔钱,只好接过揣进口袋里。收好钱后他又环顾了一下四周,实在压不住心中好奇,于是问道:"你干这些活赚了多少钱?方便告诉我吗?"

孟瑶笑了,说:"没多少,只赚了一万二。这些都是做小生意的老板的单,不好意思跟他们多收,就当打开市场吧。"

"打开市场?那你接下来就要开服装厂了吧?"陈国威眼睛一亮。

孟瑶愣住了,这个她还真没想过。送走陈国威后,她坐在缝纫机前竟把这句话琢磨了好半天。

离开孟瑶家的陈国威一路也想了很多。

这半年里他忙于建立快递公司的网点、招快递员、拓展业务，每天脚不沾地，因为对这个行业不熟悉，所有这些都干得磕磕绊绊，没一次顺利的。在接手庄启明这个公司前，他没接触过物流行业，接手后几乎一直被动地为了生存找到什么活儿干什么，转型快递公司后也始终在找生意、找市场、找出路，看着别的快递公司怎样做，自己就怎样做，像只无头苍蝇，当没少上、亏没少吃，钱却没赚多少。从某种程度上说，他的处境比他半年前遇到的孟瑶好不了多少，本来心气颇高的他被打击得不轻，每天都在萌发着"不想干了"的念头。可是今天看到孟瑶从街边小摊硬是干到这个规模，不仅还上了半年的房租、水电费8000多块，还即将打开更大的市场，甚至有了开工厂的潜力，这给他的震撼可不小。

他琢磨着，孟瑶身上那股子韧劲恰恰是自己最缺的。从那天起，他也开始振作，更有耐心地去钻研，力图做些什么让自己在这个行业里取得主动地位，让自己的快递公司能从低价竞争这个斗兽场里脱离出来。他用程序员思维给快递员编出更快捷简便的收送件路径，核算出比同业更低的价格，干了一阵子，竟真的打开了局面，"又快又便宜"的口碑让启明速递名声大噪。

快递江湖上顺丰是最快的，但价格最高。启明不比顺丰慢，但比顺丰便宜，自然利润就低了很多，而且因为成本无法在全国布网，只能局限在广东省内，所以把省内业务做精做专便成了启明速递的最大挑战。陈国威利用自己在香港的人脉，致力于拓展香港与深圳之间外贸样品传递的市场，在顺丰把重点转向全国布网后，把这一块原本在顺丰手上的业务抢到自己手里，给每一位老客户配一个专属快递员，专收专送，能一个小时送到的不会拖到两个小时,实行VIP级别精细化的服务,短期内就建立了良好的口碑。一段时间后,启明速递也积累起资本,现金流有模有样地滚动起来,到2000年,启明速递在广东省内的营业额竟然排到了仅次于顺丰之后的第二名。

然而,此时的顺丰已经开始在全国各地布网、在华东创建基地,准备把业务推向全国了。这意味着启明速递如果不扩大业务范围,只守着深港业务这一条线,将没有未来。陈国威来到一个十字路口,是走向全国,还是固守本地,是迫在眉睫的生死抉择。

此刻,犹豫不决的陈国威又想起了孟瑶。

早上八点,孟瑶起床洗漱完毕便坐在缝纫机前,准备开始一天的忙活。突然门被敲响了,她打开门,见陈国威站在门口,手里提着一袋早餐。

"你不吃早餐就干活吗？"吃饭的时候,陈国威不解地问孟瑶。

"不吃,饿了再吃。早饭、午饭、晚饭都是这样。"孟瑶回答。

"据说刚起床就应该吃早餐,否则容易得胆结石。但美国人不这样认为,他们跟你习惯一样,饿了才吃,不管什么时间。"陈国威把袋子里的小笼包、油条、虾饺一样样拿出来堆在孟瑶面前,可孟瑶只吃了一碗皮蛋瘦肉粥都已经饱了。

"美国人得胆结石的多吗？"孟瑶已经放下了勺子,可禁不住陈国威还在把小笼包、虾饺一个一个地往她的碗里夹,勉为其难地又吃了几口。

"那我不知道。我在美国的那四年每天都忙于读书,两耳不闻窗外事。"陈国威大口大口地吃着小笼包和虾饺。

不知为什么,这虽然是他跟孟瑶的第五次见面,两人几乎没有交流过任何彼此的人生经历、生活背景,但他莫名地在孟瑶面前非常放松，没有形象负担，也没有交流负担。只是他蹩脚的普通话让他有点难堪，比如"两耳不闻窗外事"的"耳"字他就说不好，拿不准是发"饿"还是"哎"还是"义"，试了好几次都没成功，气得用筷子直戳盘底，把孟瑶逗笑了。

陈国威说，他住的地方路口的快餐店关了，改成了洗衣房，他没地方吃饭了，能不能来孟瑶这里搭个伙，每天一起吃晚饭，中饭如果有空也过来吃。

其实上次孟瑶把钱还给陈国威时就跟他说，让他把跟房东签的合同转到自己头上，以后房租、水电都由孟瑶直接跟房东交，不麻烦陈国威了。但陈国威忙起来全忘了，后来的几个月钱还是在他卡上自动扣着。孟瑶无奈，也不想总烦人家，给人一种找借口缠上去的印象。

因为梁芝华曾给港人当二奶，孟瑶心里对跟香港人打交道总有忌讳，何况陈国威这么个单身年轻男人。

陈国威也不知道自己为什么想到了这么个理由来找孟瑶。上次在孟瑶这里吃过一顿饭后，陈国威确实惦记上了这味道。自从父母去世后，他好久没吃住家饭了。以前跟杜家美拍拖的时候，每次他上门，杜家都会做一桌丰盛的饭菜招待，那里有他童年的味道、父母的回忆，他内心深处其实非常贪恋那种家的感觉，也成了他虽然跟杜家美感情越来越差却好长时间拉扯不断的一个原因。

陈国威这个男人，性格软绵绵的，多愁善感却又被动封闭，童年给他留下的缺口，这辈子都很难有情感将之填满。每次见到那些童年时求而不得的东西时，就会下意识想要，比如眼前这一桌热气腾腾的住家饭。

而且，孟瑶这里堆得满地都是的物料、她默默低头坐在缝纫机前干活的样子，以及缝纫机单调持续的声音，都能给他带来踏实的感觉。也许是孟瑶那心无旁骛、低头向前的态度,给了他这个时常犹豫不决的人以决心和自信,也许还有些别的莫名的原因,总之自从上次离开后,他就经常琢磨怎样找理由能再来、经常来。

听到陈国威要过来搭伙,孟瑶迟疑了,停下吃饭,注视着陈国威。

陈国威见状慌忙说如果不方便那就算了。孟瑶摇摇头,笑了:"不是不方便,而是我自己都经常没空吃饭,怕忙起来想不起给你做饭。"

陈国威大力摇头:"你每天工作量这么大,一定要吃饱饭!这么说的话,我还真的要过来跟你一起吃饭了,这样能督促你也按时做饭、吃饭。"这话说完,他又立刻反应过来自己似乎又越界了,尴尬地说了声对不起。

孟瑶端起水杯来喝,她不知怎么回答陈国威。

本来她不想跟这个年轻的香港男人有更多来往,一直以来,她心里很感激他的善良。关于他和杜家美的事秦安彤也曾经跟她说过一些,秦安彤嘴里的陈国威就是一个痴情、单纯、迟钝的傻小子,孟瑶现在还不知道他跟杜家美已经分手了,她和陈国威之间的关系远远没达到可以互相交流私事的程度,陈国威也至今没打听她和李志伟的事情。现在忽然他说要过来跟她"搭伙",她心里本能地升起了一些戒备。但转念一想,房租、水电一直都没转到她这边来,人家又不好意思直说要钱,她再像上次那样拿出账单来一笔一笔跟人家算,也不好看。可能他是想用这种方式,解决两人之间零碎的财务问题吧。

这样一想,孟瑶就觉得通了。于是她积极起来,开口说:"好!以后你就过来跟我一起吃午饭和晚饭,我每天上个闹钟提醒自己买菜做菜。你喜欢吃什么?给我个菜单,我每天去采购,不会做的，我去学！"

陈国威笑了："我不挑吃的，什么都可以。虽然我是广东人，但上次吃你做的北方菜，也觉得很好吃。你吃什么我就吃什么好啦！"

从那天起，陈国威每天至少会过来吃一顿饭，早饭自己解决，中午有时忙，在办公室吃盒饭，就给孟瑶发条短信，晚上他肯定过来吃。孟瑶把过去两个月欠陈国威的房租、水电算了一个每天的金额，按照那个金额买菜做饭，伙食标准顿时升级了，每天鸡鸭鱼肉海鲜不断，为此还换了个更大的冰箱。

两个人逐渐也有了交流。吃饭的过程中，孟瑶把跟李志伟离婚的过程告诉陈国威，陈国威也把和杜家美分手的经过告诉孟瑶。渐渐地，他们还会讨论社会新闻、娱乐八卦，交流彼此做的生意和每天的见闻心得。两个人都喜欢有话直说，厌恶虚与委蛇，都比较固执，性格都外柔内刚甚至有些逆反，聊到心有灵犀之处，他们会不约而同相视大笑。

这种相知建立在萍水相逢的基础上，就显得格外难得。他们在彼此或落魄，或沮丧的阶段相遇，又因为个性的相近很容易就互相理解了，把各自的痛不可当的记忆不知不觉云淡风轻地说出来，痛也就淡了许多。

孟瑶的缝纫活儿干得好，有主顾一个介绍一个给她拉来更多活计，她每天忙得不可开交。这种生活是她以前渴望过的，把头埋在机械的手工作业里能够让人忘记一切，用几十件衣服换来金钱的小目标又是那么容易实现，这样一个接一个的小目标连接起来，生活变得无比充实、忙碌。

那段时间是孟瑶的治愈期，她把一切痛苦都抛到了九霄云外。

第十三章

杜天泽满月时，秦安彤才发现自己已经彻底联系不上孟瑶了。

这半年她就感觉不对，怀孕后期每隔几天就会跟孟瑶通一次电话，感觉对方说话含含糊糊，说不了几句匆匆挂了，跟以前说话干脆利索的性子完全不同。孟瑶预产期比她早一个月，她本想掐着孟瑶预产期的日子去家里探望，最好能陪着孟瑶去医院生产，可偏巧她那段时间又被杜家美打伤，不得不卧床保胎。

出院后，她打过几次孟瑶的手机，都显示关机。等坐完月子再打，就显示对方是空号了。那时她身子不方便没法出门，再后来带孩子忙得昏天黑地，把这件事丢到脑袋后头去了。

直到杜天泽百日宴前，她意识到必须找到孟瑶，便要杜家豪开车带自己去孟瑶家，这才发现孟瑶和李志伟的房子已经易主，新房主对前房主的情况一问三不知。

这对秦安彤而言简直是晴天霹雳。

孟瑶怎么跟她一个招呼都不打就消失了呢？秦安彤绞尽脑汁想还有什么渠道能找到孟瑶，才发现她与这个来到深圳后交到的最亲密的朋友的联系方式竟然那么脆弱：除了手机号码和家庭住址，再无其他。不知道李志伟公司的名字，没有李志伟的联络方式，更没法联络到孟瑶远在老家的母亲。

从此秦安彤的心就空了一大块。在这个全是异乡人的茫茫人海，朋友间一旦松开手，就再也找不到了。在她心目中，孟瑶就像这个人海里的一块浮板，当她被汹涌的波涛冲击得快要绝望时，可以抓住喘口气。

如今这块浮板不在了,她时常有没入水中无法呼吸的窒息感,再加上哺乳期的枯燥、疲劳,以及"好好一个女人沦为日夜喂奶的奶妈"的烦躁,都快把她逼疯了。终于在天泽刚满百天时,她投出了自己的简历准备重新找工作。

她如今已不是当初那个孤苦无依的"深漂"了,有了家做后盾,她又重拾进职场拼搏的信心。堂堂四川大学中文系毕业生,没在职场拼出点成绩来,这辈子始终不能甘心。

杜家豪也不忍让那个他一见倾心的光彩夺目的女子在自己手里沦为煮饭婆,于是百分百支持老婆的决定,给家里请了保姆,让秦安彤从繁重的家务中解脱出来。

没过多久,秦安彤就找到了一家旅游地产公司开发部经理的职位。

原本这家信诚旅游地产是以总经理秘书招秦安彤入职的,但她入职当天刚好有一批香港客户来公司考察桂林的度假村项目,老总程子源要给他们讲解,人事部经理把秦安彤安排在一旁做服务工作。程总是浙江人,不懂粤语,公司唯一一个懂粤语的员工又出差了。就在大家都不知所措时,秦安彤开口:"程总,我懂粤语,我来给您翻译吧!"

本来语言能力就很强的秦安彤,嫁入广东人家庭一年,凭着对杜家三人日常对话的留意,已经把粤语学了个七七八八。一是为了跟杜家交流再无隔阂,二是她觉得多学一门语言没有坏处。果然,秦安彤仓促上阵,不仅从容地承担起翻译工作,还不时附耳提醒程子源香港客户的一些民俗忌讳和喜好,让程子源跟客户的沟通更加顺畅愉快。七八个香港客户在听完程子源的沙盘讲解后,都兴趣十足地跟着财务经理去了会客室,听接下来的投资收益讲解去了。秦安彤又帮财务经理做翻译，陪着财务经理按了一个多小时计算器。那些客户事无巨细地了解讨论，最后大部分都签了投资协议。

接待工作进行到下午三点多才结束，程子源邀请秦安彤一起去食堂吃饭。

程子源三十五六岁，浙江温州人，工商管理科海归硕士，长着一张温厚与聪明调和得恰到好处的脸。

程子源详细询问了秦安彤的履历，得知她曾在华侨旅行社做过客服部经理，第二天就把她调往开发部做经理，负责推广项目、全程跟踪客户需求的工作。

信诚旅游地产从温州搬过来还不到一个月，人员还没有完全就位。之所以要搬到深圳来，是因为深圳市场更大，而且前面有一个更大的市场——香港。这个旅游地产租售模式要想向更大规模发展，必须对这两个市场进行充分开发。

2000年，刚刚经历了亚洲金融危机的香港房地产受到重挫，大批香港人一夜跌成"负翁"。手里还握着些现金的人急于翻盘，转而把注意力移到正欣欣向荣往上走的内地房地产。深圳当时处于被香港民间资本关注的中心，同时全国各地的地产商也都涌到深圳，或买地开发，或以深圳为窗口向香港人推销内地房产，使深圳掀起了房地产的一个小高潮。那年，深圳隐隐露出了日后"房地产之都"的气象。

秦安彤进了信诚旅游地产后才了解到，这家房地产公司所经营的"旅游房地产"是个什么概念。

经历过下岗潮的阵痛，21世纪初，全国各地的改革开放都加速了，人们的工资从每月两百多一下子涨到了一两千，在贫困线上挣扎了多年的中国人第一次尝到了富裕的滋味，他们要旅游，要去看看祖国的河山和世界。旅游业一下子繁荣起来，原本只给外国旅游者服务的风景区酒店立刻显得供不应求。

程子源以前在浙江做旅行社，在这个行业里他敏感地觉察到全国人民钱袋子鼓起来的速度。他创建了信诚旅游地产，不到两年时间，投资兴建的度假村、酒店便在国内30多个旅游点遍地开花。这些度假村和酒店都由信诚旅游地产持有产权，经营收益都归信诚所有，这让信诚短期内赚到了非常可观的收益，然后立刻把赚到的利润投入新的建设。这样迅速扩张，第三年信诚的项目便从40多个猛增到150多个。由于发展速度太快，资金跟不上，银行对房地产的放贷政策趋于保守，信诚很难及时从银行贷到款，程子源便瞄准了深圳、香港这两个富人集中的城市，推销他的"入股建设"方案，以入股分红的方式筹集民间资金。

秦安彤被派到的第一个工作，就是去桂林的度假村工地解决项目组和当地村民的分歧。

信诚桂林度假村计划在桂林郊区建设十栋度假别墅、一座酒店，目前已经进行到挖基坑阶段。因为土地的边界跟当地农村的农地接壤，农民想多占便宜，千方百计"碰瓷"，什么"你们切断我们的水沟啦""你们挖到我们甘蔗田的根啦""你们挖开了我们的坟地，动了我们的风水"等，没完没了地投诉、要钱。项目组经理比较单纯，一开始为息事宁人真赔了几笔，农民看到有人成功讹钱，立刻一哄而上，更多人向项目组涌来。项目组慌了神，向总公司求援。

秦安彤飞机一落地便打车直奔当地港澳办，把信诚的项目投资方几乎都是港澳同胞的事跟他们讲了讲，然后带上港澳办的干部去找旅游局，讲了一番"港澳同胞在本地投资带动旅游"的道理，再带上港澳办、旅游局的干部去找公安局。三方干部一起到项目现场，跟当地村民开了个座谈会，跟当地百姓陈清利害。

其实当看到公安局的大盖帽和警服时，下面的村民激动的情绪就已经开始趋于平静了，更何况三个部门的干部很会说话，每句话都能敲到村民的心坎上。台下坐着的村民脸色有所缓和，后来大家都笑了起来，气氛融洽。

会议结束后秦安彤把她在深圳就指示项目组人员在桂林当地采购的包含腊肉、茶叶、米、油的"大礼包"逐一发放给村民，村民们喜气洋洋地抱着礼包回家了。秦安彤晚上又安排三部门干部在市里最好的海鲜酒楼吃了顿便饭，也向他们赠送了她从深圳带来的海味干货礼包，他们都满口承诺以后会经常来工地巡视，遇到问题及时解决。

这场风波就这么平息了。

要不是以前刚到华侨旅行社客服部的时候，有无理取闹的顾客提出退款要求，束手无策的新手秦安彤被苏姐指点过一句"多找警察叔叔帮忙"，她也不会如此干脆利落地处理这次事件。

苏姐。

不管跟这个女上司之间后来发生过什么争斗，秦安彤都得承认，某种程度上苏姐得算是她的师父。入职了信诚之后，秦安彤做每一项工作几乎都要先想想苏姐，苏姐怎么做的、苏姐怎么说的。苏姐就是她职场的第一个标杆，当初她被苏姐整得那么惨其实就是她预交的学费。而她从苏姐处学到的东西给她带来的巨大进步，也让她感受到了自己当年那咄咄逼人的进取心对前辈构成了什么样的威胁，她不得不承认，苏姐当初对"弑师孽徒"进行清除是合理的。

解决了问题的她格外高兴，请政府干部吃完饭回酒店，一路哼着歌，觉得自己在职场奋斗这条路上升级到了一个崭新的境界，今天的她已不是昨天的她了。回到酒店兴奋得睡不着，泡在浴缸的热水里反复地琢磨自己到底悟透了什么真理，想来想去也想不明白。

泡到有了睡意，她起身擦干身体，去卧室准备睡觉，拉窗帘的时候发现——外面下起了大雨。

她迷迷糊糊倒在床上准备入睡，突然一个念头进入脑海，不由得眼睛瞪大，睡意全消。

她想起白天去看工地时，刚挖的基坑边上有很大一片是松软的红土，问项目经理有没有准备护坡的沙袋。项目经理说不清楚，叫来施工队负责人问，说天气预报最近都没雨，沙袋还在十几里外的一个仓库没运过来。

她立刻起床，穿上衣服给项目经理打电话，对方已经睡得迷迷糊糊。秦安彤问他下这么大雨，基坑是否有防止塌方的措施？对方回答那是施工方的事，他不管。

秦安彤的火气腾地就上来了，她没再说什么，挂了电话自己穿上雨衣去了工地。

她来到基坑现场，看到大雨中没有任何防护措施的基坑边坡的土正在逐渐滑进中心，坑里的积水水位不断上涨，而施工方却仅有一两个值班人员在慢悠悠地往边坡上扔沙袋。照这个状态，边坡很快就会垮塌，所有泥土全都滑进坑里，半个月来挖坑的成果明早就会化为乌有。

秦安彤叫来了项目经理、施工方负责人，让他们赶紧派车去仓库拉沙包，同时派人去附近村里先借些沙包应急。白天刚刚搞好的与村里的关系，现在立刻派上了用场，村委书记亲自打开村里的仓库，让工人们搬出300个应急沙袋。

大雨，深夜，秦安彤跟30多个工人一起站在及膝的红土泥里传沙袋，一层一层地压住正在下滑的泥土，几次差点有人被泥浆卷入坑底两米多深的积水中。她的心脏一直在狂跳，恐惧使她全身发抖，但她一直站在泥里，和工人一起用沙袋与滑坡搏斗。

沙包少，雨势大，30多个人一度几乎被水没过膝盖。秦安彤嘶吼着，指挥工人把沙袋往水势高的地方集中，她明白，一旦水淹过了膝盖，沙袋就没用了，人必须撤离，滑坡势不可挡。直到天刚放亮，雨势小了些，施工方又增援了十几个工人和一车沙袋，形势才逐渐稳住。

天空大亮时，雨终于停了，她从红泥里拔出已经没有感觉的两只脚，向坑顶走去，随口问旁边的工人一个沙袋多重，那工人告诉她：20斤。她放眼看了看整个基坑边坡，这一宿她和30多个工人反复搬运了至少500个沙袋。

走到坑顶，她看到撑着一把伞、身上干干净净的项目经理正等在那里。这个20多岁的小伙子从昨夜不情不愿地被她从被窝里喊出来到现在，脸上一直都挂着事不关己的表情，此刻竟然笑容灿烂地看着秦安彤说："秦姐，辛苦了，我请你吃早餐吧？"

秦安彤表情严峻地看了他几秒钟，问他："广西多雨，这样的情况肯定经常发生，以前你们怎么处理的？"

那男孩一脸无所谓地回答："垮了再挖呗，多几天工期而已！"说完甚至轻佻地撇了撇嘴。

秦安彤听完这句话，盯着他长达十秒钟，才默默地走了。

回到深圳，她把两件事都向程子源做了汇报，然后说这个项目经理必须炒掉。假如基坑垮塌，重新再挖，公司成本要增加十几万，工期要增加几天，这种话竟然就轻飘飘地从他嘴里说出来了，做事如此不负责任的员工不能要。

程子源沉默了一阵，点了点头。

走出程子源办公室,秦安彤在走回自己办公室的路上,细细反刍自己这件事做得妥不妥。

她漏掉了一件事,就是这个年轻人可能有背景。如此年轻又如此稚嫩,就被安排到中层管理岗位,这人很可能有不小的靠山。但她潜意识里就想拿这个吊儿郎当的年轻人所犯的轻佻错误开刀,做自己职场的垫脚石。她早在去桂林之前就想好了,一定要干净漂亮地解决麻烦,而且还要尽量在解决旧问题的同时发现新问题,这样才能在程总面前充分显示自己的能力,缩短晋升过程。

但漏掉的这层考量会不会对她产生负面作用呢?她算了算,应该不会。她只是向程子源建议,采不采纳由程子源决定,她作为刚进公司、对人情世故还不够了解的人不会被苛责。而且提出这样的建议只能说明她对公司十分负责,指出弊端提前预警,只会给老板更多好感。

给不给年轻人学习进步的机会呢?"凭什么给?犯错误就要付出代价,一切教训都只能退下去咀嚼回味,先把赛道让出来给更优秀的竞争者!"秦安彤理所当然地这么想。

这几乎还是三年前的自己,那个在职场上凶狠锐利的自己,被苏姐教育后甚至升级了。她深吸一口气,过去的锐气和豪气已尽数回到胸中。

没过几天,秦安彤便被任命为公司的项目巡回视察专员,要把全国的项目全都视察个遍,越过所有部门主管和副总,直接向程子源汇报。

桂林项目部经理被直接开除。她后来得知,这个年轻人是程子源表舅的儿子,大学刚毕业,打算在项目上捞点经验就回信诚总部接受重任。程子源坚决炒掉了他,气得他孤身一人跑去西藏旅行,整整半年跟家里断了音信,表舅一家差点疯了。再出现时这家伙骨瘦如柴,大病一场,说什么也不肯来深圳,回温州考个公务员上班去了。

表舅一家从此恨上了程子源,更恨秦安彤,那股子恨意跟当初秦安彤恨苏姐简直一模一样。

后来秦安彤得知,信诚旅游地产里起码有三分之二员工都是程子源的亲族,远远近近都能拉上关系,但秦安彤不管这些。她后来又踩了好几块这种垫脚石,劈削剁砍毫不留情,斗志昂扬地进入命运向她开启的第一扇大门。

第十四章

孟瑶站在服装厂的残垣断壁前,有一种飞身跃下万丈深渊的眩晕感。

这个厂房是村里的产业,原来包给一个村民开服装厂,后来村民炒股发了财,厂子不开了,二十台缝纫机也扔在那里不要了,村里便把厂房拿回来继续招租。孟瑶看中了那二十台半新缝纫机,但村里开价一年租金30万,她当时手里只有干了两年缝纫零活攒起来的12万,村主任想都不想就把她拒绝了。陈国威要借给她20万,她也想都没想就拒绝了。

最后她能想到的唯一办法就是追着村主任死缠烂打,请求签一个分期付款的协议,分三次付,每次付10万。村主任不同意,她就每天都去村主任家坐坐,跟村主任老婆聊天。

村主任老婆抱怨她家大别墅落地大窗上陈旧的金黄色锦缎的厚重窗帘又脏又难看,很难清洗。孟瑶第二天就跑去买了布料,做出两扇浅驼色丝绒机绣山水落地窗帘,带着两个工人去村主任家,把旧窗帘卸下来换上新窗帘,客厅顿时焕然一新。

村主任老婆喜欢得不行,又带着孟瑶把楼上楼下其他房间都看了,孟瑶记下尺寸,很快又做出其他窗帘、床罩、古筝罩。村主任家里的布艺用品虽然不多,但占的面积都很大,一旦风格和材质换新,整个房子的气质就都变了。村主任老婆从来没想过家里能有这么漂亮,住了这么多年的祖宅村屋,第一次有城里人别墅的调调了。

做到这个地步，村主任也很难抹得过面子，就这样孟瑶得到了一年30万租金分三次付款的合同以及那二十台缝纫机的所有权。

华富电子厂五百套工衣的订单是发廊老板凌太太的朋友介绍给她的，也是她迄今为止接到的最大订单。她算来算去，一个人在交货期前无论如何也干不完，这两年她在街边、商场、路边店里联络的那七八个裁缝加起来也很难吃下这么多，她必须开个工厂了。

做这个决定前，她几宿都睡不着觉，脑袋里转来转去都是"开工厂"三个字。前些年在深圳的生活虽然过得颠沛，但只要找到工作就能踏实稳定，以一个外来妹赤手空拳的身份，开工厂当老板从来就不在她的考虑之内。直到去年她的生活被彻底颠覆，她的想法才变了。

她要努力站起来、站稳了，更蓬勃坚实地活下去。

去劳务市场招了十几个熟手缝纫工，以前认识的那七八个裁缝也被她说服，带着工具过来了。她在村里租了几间房把二十个人安排了住处，工厂就这么开起来了。

上周村主任来到她厂里，看了看简陋的车间里二十个工人在缝纫机前忙碌，机器的嗒嗒声响彻简陋的空间，又来到只有一把椅子一张桌子的办公室，坐在椅子上，叹了口气。

孟瑶并没有留意到这声轻叹，忙着拿暖水瓶给村主任倒水："达叔，不好意思，没有茶叶，您凑合喝口白开水吧！"

村主任接过搪瓷缸，眼睛看着孟瑶，嘴巴张了几下没发出声音。孟瑶这才看到村主任脸色不对，愣了愣，忙说："是不是要交租？我这单做完就能收到一笔款，大概3万，我先给您2万行不？"

村主任连忙摆手:"孟小姐啊,你知道的啦!隔邻那片地被海达地产拍下来建住宅楼、商场啦!我们村违规占了这块地红线里的一块,现在他们让我们还出来。你的厂房就在范围里啦!"

孟瑶愣住。她知道旁边海达的工地已经动工了,她还乐观地想如果附近盖起了商品房,村民们会不会都放弃城中村自建小楼去住大厦。村里有更多的房子腾出来,她就可以多租几栋做车间了,没想到等来的是要把她赶走的消息。

她冲到窗前往那片地看,村主任也跟着她走到窗边:"你放心,剩下的租金我不要了,之前你付给我的10万我也还给你,好不好?"

"村主任,你知道我搞这个厂不容易,订单不断,我一天也不能停工啊!"孟瑶急得声音发抖。

村主任叹气连连:"孟小姐,我也不想赶走你啊,可是这地已经卖给海达了,他们天天来催,我也没办法啊!"

说完村主任跺了跺脚,转身逃似的走了。

孟瑶追到走廊上,眼见着村主任的身影在走廊尽头消失,大脑里一片空白。过了好一会儿,她飞一样奔回车间,站在门口大喊:"今天加班!加夜班!"

当天晚上和第二天早上,陈国威打了两个电话给孟瑶,手机都关机。陈国威跑来工厂,看到孟瑶套着两个黑眼圈,眼里全是血丝,坐在一台缝纫机前跟二十个工人一起在赶工,车间一角已经堆了小山一样的衣服。陈国威站到孟瑶跟前,孟瑶始终没抬头。50多平方米的工厂车间里嗒嗒声响成一片,所有人面无表情地埋头干活。

陈国威不得不伸手在缝纫机上敲了敲,孟瑶才抬起头,呆呆地看了陈国威一眼。陈国威做手势让她出去说话,她摇摇头继续低头车衣服。陈国威只好抓住她胳膊把她拉起来,半拉半扶地把她拖出车间。

"你疯了吗?"站在走廊上,陈国威看着孟瑶熬红了的眼睛,吃惊地问。

"村主任要拆这栋厂房,厂开不下去了,我得把这五百套工衣的订单赶完,这可是我的第一张大单!"孟瑶一开口就感到疲惫,一瞬间她浑身的力气都没了,差点软倒在地,伸手撑住了墙。

"啊?为什么?不是刚签了合同才两个多月吗?签的可是三年的合同,违约他要赔啊!"陈国威见孟瑶晃了一下,急忙去扶,孟瑶却自己撑住了墙,陈国威欲扶的手只好收了回来。

"没空解释了,赶工要命!他们随时会来拆!"孟瑶摆了摆手,抬脚往车间走。"哎!那你现在也应该出去找厂房,这边拆了那边好有地方去啊!"陈国威在后面喊。

孟瑶站住脚,没有回头。

"起码这二十台缝纫机、二十个工人得有地方安置吧?你现在是厂长,得考虑整个厂的事啊!"

孟瑶站了一会儿,缓缓回头看陈国威。她现在头晕得很,回头都不敢猛回:"拿不到这笔订单的回款,我去哪租厂房人家会租给我?"

尾音还没落,孟瑶的背影便消失在车间门口。

陈国威对着那空门口呆呆地看了一会儿,只好转身走了。

下午三点,孟瑶还在和工人们一起如火如荼地赶工,突然感到地面开始微微抖动,大家抬头面面相觑,都搞不清楚这是怎么回事。有个女孩子跑到窗边向外看,大喊:"挖土机来了!"

孟瑶跑到外面去的时候,已经有一个戴着安全帽的男人脖子上挂着哨子、手里拿小旗,站在门口跟几个人指指点点地商量,先拆哪后拆哪。见孟瑶跑出来，那人用旗指着她："赶紧撤人撤东西啊！给你们一小时时间，一小时后就开拆了！"孟瑶走到他跟前说村主任通知明天才拆，怎么今天就来了？房子里的东西根本搬不完。那人盛气凌人地挥了挥旗子："赶工期，来不及了，今天必须拆！你那点东西我们都看过了，不就是几台缝纫机、一堆箱子板子吗？赶紧搬赶紧搬！别跟我废话！"

跟着孟瑶跑出来的几个工人一听这话，立刻就要回头往车间跑搬东西，孟瑶怒气冲顶，叫住他们，转头对拆迁负责人说："说明天拆只能明天拆，我的活儿还没干完，今天不能拆！"

负责人傲慢地看着孟瑶，一字一字地吐出口："今天必须拆！"

几天来的愤怒积压到了孟瑶的喉咙口，她恶狠狠地瞪着负责人，眼睛不眨地盯了好一会儿，转身一言不发带着工人们回厂房里去了。

负责人被她瞪得有些发慌，直盯着她的背影消失在厂房门口，大门关上了，才回过神来，掏出手机给村主任打电话。

村主任急匆匆地跑进厂房，又表情尴尬地跑出来，给拆迁头目点烟、解释。车间里二十台缝纫机的嗒嗒声一秒也没停过。

其间，挖土机开动了，挖铲在窗前晃来晃去，甚至还去撞了两下墙。村主任又急匆匆跑进厂房，很快又满头大汗地出来，继续跟拆迁头目低三下四地商量。偏巧这个拆迁头目也是个倔脾气，牛眼一瞪，寸步不让。

天黑下来了，拆迁头目让人牵来了电线，挂起一只一千瓦灯泡，把厂房照得雪亮，一副"不仅不会撤，还随时开干"的架势。缝纫机的声音在傍晚时分停了，村里饭馆的伙计骑着自行车来送盒饭，被这架势吓坏了，从车上跌下来，慌慌张张拎着一摞饭盒跑进厂房。

临近午夜12点，五百套工衣总算都做完了，工人把衣服包装好装进箱子，问蹲在地中央发呆的孟瑶要不要把机器和货都搬出去，搬出去的东西打算放哪，要不要他们直接运过去。

孟瑶抬起头，工人们看到她已经双眼底都是红血丝，整个脸瘦了一圈，黑气浮现。她站起身微笑着摇了摇头，让工人们赶快回去休息："这两天加班辛苦啦，天亮了就来领工资和加班费！"

工人们看着这个瘦弱女大学生一样的三十出头的女老板，又看看外面那些虎视眈眈的挖土机，有些犹豫。孟瑶立刻明白了他们的顾虑，明天这个厂房都不在了，她还会在这里发工资和加班费吗？她得要大家信她。村主任退给她的10万元已经到银行账户上了，她还没空去取，现在手上一分钱也没有，怎么办呢？她四处环视，厂房里除了二十台缝纫机、一张打版台和五十箱衣服，一无所有。

有了！她冲过去打开一个纸箱，拿出里面的工衣，往二十名工人的手里每人塞两套。工人们蒙了：这不是后天就要交的货吗？给我们干吗？孟瑶边挨个塞边解释："这个做抵押，拿这个来换薪水和加班费，少一块钱你就别还给我！"

工人们都知道这五百件工衣的货一件多余的也没有，少一件老板都没办法向客户交货。她拿这个出来当抵押品，那是百分之二百的诚意啊！大家纷纷推辞，表示信得过老板，不用抵押，明天过来拿工资就可以。但孟瑶坚持把两件工衣按在工人手里："一定要拿着！你们是我缨禧服装厂的工人，我没有辞退你们，工厂还在，等找到地方就重新开工！"

工人们看着孟瑶发红的眼睛里灼热的眼神，一个个伸手接下了衣服。

第二天，陈国威在外面忙了一天，傍晚时才跑到孟瑶的工厂来看。当他赶到的时候，厂房已经是一片废墟。一排五台挖土机停在旁边休息，拆迁工人们坐在远处的杂货店前吃盒饭。

陈国威四处寻找孟瑶，终于在原来厂房的门口位置找到了她。她坐在一大块混凝土上，目光平静地看着这一切。

"衣服呢？机器呢？桌子、椅子呢？"陈国威跑到孟瑶跟前，气喘吁吁地问。

孟瑶默默地看着陈国威。两年来同桌吃饭，她对他已生出特别的感觉，也能朦朦胧胧感到他对她也跟以前不同了。但生活的压力压得两个人喘不过气，他们都怕一旦不小心释放出这种喜欢，却没有足够的精力去证明、维系、发展，这份情感就晾在那冷却了、风干了、死亡了。只要不去揭破它，它就不会消失，反而会更加蓬勃地每天在身体里碰撞、颤抖、生长，枝枝蔓蔓四处延伸。

陈国威看到孟瑶转头对他疲惫地笑笑，脸上灰扑扑的，像是好几天没洗。

陈国威没说什么，紧挨着孟瑶坐下去，一只手放在她的手背上，跟她一同看着厂房的废墟被夕阳镀上一层金红，直看到最后一抹余晖在地平线消失，也没有说一句话。

夜色漫上来了，拆迁工地装上了一盏大灯，照得亮如白昼。挖土机发动起来，工人吹着哨子催促他俩赶紧走，两人才起身离开。刚走上村里的小路，挖土机便一铲子挖起了他们刚才坐的那块混凝土。

"村主任找了个车，把货和缝纫机都装上了，说我搬到哪里他就免费给我送过去。凭良心说村主任对我够好了，他也是没办法。"孟瑶找了个路边洗拖把的水龙头洗了把脸，边走边掏出口袋里的纸巾把脸擦干。

陈国威跟在她身后,看着她的动作。这个年轻女人不化妆、不涂防晒,穿着十几块钱布料做的灰色工装,一头及腰长发为防卷进缝纫机里,用一个跟尼姑帽差不多的兜帽兜起来,领子处晒黑和还没晒黑的皮肤界限分明。这样的人本该显得十分落魄,但她一举一动都透着果决和自信。

她摘下兜帽,甩出一头长发,回头冲他一笑:"吃点什么呢?我饿了!"

这一笑,把陈国威跟在后面愣神了一路脑子里想的乱七八糟想法全都击飞了,他快走两步跟上去与她并肩:"我请你,吃好的!"

"路口那家大排档的炒米粉吧!"

"能吃更好的吗?江海酒家的晚茶?"

"你看看我这样——"孟瑶抻了抻自己衣服的前襟,力气大了点,衣襟顿时腾起了一小片尘埃,"我就不去高档饭馆给别人添堵了。炒米粉挺好的!"

大排档黄黄的灯光下,炒米粉、炒花甲、苦瓜汤、蒸鲩鱼热热闹闹摆了一桌子,孟瑶的沮丧一扫而空,举起筷子两眼放光地巡视每一盘菜。

本来就什么也没有,失去了也就不必过多沮丧,患得患失只会给自己添堵,于事无补。

陈国威提起筷子,看到灯光勾勒出来的孟瑶侧脸的轮廓是暖暖的淡黄色,连在她身边的飘荡的空气中的灰尘都显得温柔无比,她在这光晕中香甜地吃着,每一口咀嚼都透着快乐。她在他面前丝毫不顾忌形象,食物在她的腮帮子上不停鼓起、凹进去各种形状,她偶尔望他一眼的眼神里只有轻松和喜悦,随即垂下去的长长的睫毛也弯出好看的光影。这个人,在这个画面里,简直像一位无瑕的天使。

陈国威看痴了,手里的筷子僵在空中好久不动。

孟瑶吃了大半碗饭才留意到陈国威的异样,停住,诧异地问他:"你怎么啦?"

陈国威像醒过来一样,不好意思地夹起一块鱼肉放进孟瑶碗里。

这让孟瑶也不好意思了。

第十五章

孟瑶的服装厂拆迁现场还在热火朝天地加夜班，厂房的四堵高墙都被推倒了，运渣土的车队开了进来，排队等铲车把渣土倒在车厢里，一辆辆开走。李志伟开着奔驰车赶到，下车后数了数渣土车的数量，挥手把现场指挥刀仔叫过来，问刀仔给渣土车一车结算多少钱。刀仔告诉他按照市价1000元一车。李志伟立刻变了脸色，怒冲冲地问："为什么不按之前说好的1200付？这附近没有渣土填埋场，要多绕50公里去惠州才能倒，你这让我跟运输公司老板怎么交代？"刀仔愣了一愣，解释说渣土行业都是这个价，1200太高了，没法报账。李志伟挥了挥手："照我说的做就是了！哪那么多废话！"说完上车，开着车绕着工地转了一圈看了看拆迁情况，就走了。

刀仔望着车的背影叹了口气，掏出手机给财务打电话，让会计重新给"鹏远运输公司"开张支票。

刀仔不知，鹏远运输公司的法人代表虽然是张鹏，但张鹏只占2%股份，剩下98%的股份都是李志伟的。

李志伟一边开车回市区，一边给海达广场的建筑商华新建设老板老王打电话，让他明天就把挖地基的队伍开进来，务必在一个星期内使这边基坑的进度跟上大工地的进度。老王很吃惊，表示一个星期肯定挖不完，人手设备都不够，且明后天将有大雨。

李志伟用不可置疑的口吻坚定地说："我不管你有什么困难，一个星期后，两个基坑必须进度找齐！"

挂了电话后,李志伟深吸了一口气。今时不同往日,现在他手握5个亿贷款、3000万现金,做占地10万平方米的海达商业广场、馨兰花园两个项目,有钱就是爷,这些建筑商、材料商、设计院恨不得跪在地上给他擦鞋。这个社会,永远是跟红顶白、狗眼看人低。

想到这他想啐口唾沫,又懒得拉下车窗,只能恨恨地哼了一声,大奔从村中狭窄的石板路上碾过。

路过村口时,那家大排档黄亮的灯光照着一桌一桌食客,李志伟完全没有看到其中的一桌边上坐着的人是孟瑶。

说来也怪,待车子开出村、驶上公路时,他莫名脑海里就出现了孟瑶的样子。孟瑶有一双丹凤眼,笑起来眼角越发斜飞入鬓,薄薄的嘴唇像花瓣一样合起又绽开。孟瑶又长又直、黑黑的头发在她转身的时候会飞起来,有时转得急了甚至会打到他脸上,抽得他一疼……

他摇了摇头,摇散这些想法,开始盘算华新建设要赶进度挖基坑,就要雇更多渣土车,这样他的鹏远运输就能多赚100多万。

从海达商业广场和馨兰花园项目里吃到更多边边角角,几乎成了他的主要目的。孙大英对他的不信任是骨子里的,即使他再献殷勤、表忠心,都很难驱散老头子对他的戒心。当然孙兰兰生下孩子后,自己在孙家的地位总能更稳一些,但彻底取代老头子想都不要想。

而且,现在他也想明白了,他李志伟绝不会一辈子吃软饭,更何况是掺杂屈辱的软饭。

脑海里突然又响起孟瑶那清脆的声音:"你看,我们就是拎着这一个包来深圳的,以后哪怕奋斗失败了,只要能装满这个包离开，我们就没损失什么，对吧？哈哈哈！"

李志伟的心像被钻头猛钻了一下锐利地疼。这疼痛使他不得不赶紧把车靠路边停下，大口大口地喘气才能缓解。

他压下了疼痛，却压不下猛然蹿到眼眶里的热泪。在艰难的呼吸中他呻吟般叫出"孟瑶"的名字，当听到这名字的两个音节时，他才感到好过一点，于是他又连续叫了好多声。

这些年来他经常在独处的时候轻声叫这个名字，来安抚自己马上就要崩溃的情绪，像做贼，也像毒瘾入髓的瘾君子。他总是说服自己现在所做的一切都是为了翻身，翻身后他会把自己得到的一切都送给孟瑶。无论这成功在多久以后实现，只要实现了，他立刻会去找回孟瑶，去痛哭流涕、剖心挖腹求得她原谅。

但理智告诉他，不可能了，他已永远不可能挽回孟瑶。两个人只要在一个路口分开，就会歧路亡羊，在越来越多的岔路上越走越远，从此不再有相聚的一日。

待自己一腔疯狂痛苦的情绪渐渐平静了，他抹了一把流了满脸的眼泪，坐正身体，把车又开上了路。

李志伟走进客厅，孙兰兰正在打电话。她满脸喜色，一只手抚着肚子，说话的声音也是格外甜美温柔："医生说有62天了，爸，我要去美国养胎，那边空气好，风景也好……你放心吧，我带个保姆过去，在那边请个中国厨师给我做饭……嗯，深圳这边项目都交给志伟好了……你经常过来看看！"

孙兰兰放下手机，转头就看到李志伟，李志伟迎上去抱住了她："老婆，给我抱一下儿子！"

孙兰兰皱起眉头，用力推开他："别碰！小心碰坏了！"

李志伟愣了一下，旋即笑："才两个月，哪有那么娇气？"

孙兰兰娇嗔地双手捂住了还很平的肚子："不怕一万，就怕万一，这可是我最珍贵的宝贝！这段时间最重要的事就是把他养得健健康康、平安落地。我已经买了明天的机票飞旧金山，在提前租好的别墅住，你在家要老老实实的啊！"

李志伟撇了撇嘴做委屈状："山清水秀的地方国内也有的是，怎么就非得去美国了？坐这么长时间的飞机我不放心！还有，我现在做海达广场项目忙死了，手下人没一个听我话的，根本使唤不动，什么都得我自己跑，还有馨兰花园都是你在负责，你现在走，这些怎么安排？"孙兰兰对他翻了个白眼："国内能跟美国比？看着这些穷山恶水刁民，我儿子心情能好吗？工作的事我爸安排好了，我走之后这两个项目都由你全权负责，但要每天跟他汇报，尤其是任何动用钱超过50万的事情，都要经过他亲自审批！你老老实实的，别打自己的鬼主意！"

李志伟听到这话，心脏都快跳出来了，但脸上依旧平静如常，握住了孙兰兰摸他脸的手，深情凝视着孙兰兰。

孙兰兰用略带讥讽的眼神上下打量了一下李志伟："你啊，也把自己看严实点，有人盯着你呢，那些歌厅、舞厅、夜总会的花花草草，你最好识相点别去碰，不然恐怕会影响你的前程啊！"

李志伟点点头，急迫地冲上去抱住了孙兰兰，用嘴唇堵住了她的嘴，吻得她透不过气来。

他不想让孙兰兰看到自己眼底那几乎已经掩饰不住的怨毒。

李志伟拿到跟孟瑶的离婚证后，一天也没等便跟孙兰兰办了结婚证。他横下一条心，既然妻离子散家破人亡，索性就加快步伐把这条绝路走到底。

按照他的判断，来自湖南小城的暴发户孙氏父女得到了他这个高考状元、清华高才生之后必然如获至宝，捧在手心里珍视，立刻请到公司里重用，从此依仗着他传宗接代、改善基因、振兴祖业。

可是结婚后，他却发现这父女并没有他想的那么简单。

孙大英手里握着深圳的好几块价格便宜时期买的地，还参与了两个城中村旧改工程，却至今还没在深圳独力兴建住宅小区项目，他时时刻刻都在关注着深圳的房价，沉住气等机会，要赚就赚个大的。年初他刚准备开建10万平方米的馨兰花园和海达商业广场，突然中央下达了"紧缩银根、暂缓基建"的政策，给深圳第一波上涨房价泼了一瓢冷水，这也是1997年亚洲金融风暴的余波，正在缓慢上涨的深圳房价应声下降了五分之一。孙大英立刻叫停了这两个项目，说要再观察一段时间。

李志伟认为这一波回调应该不会太久，可以利用这段时间把设计方案磨合好，一旦政策放开可以立刻开工，抢到先机。李志伟把这种想法在会上提出来，孙大英当着十几个公司高层的面严厉批评了他，要他多学多看，不懂的事就不要轻易开口。李志伟从来没有被人这样说过，有些愕然。

而从那时候起又发生了好几次类似情况，李志伟感觉到孙大英在向他传递一个信号：别想依仗你的身份让我直接高看你一眼，先给我干出点成绩！

无论是孙兰兰的丈夫，还是清华毕业生的身份，孙大英人前人后都并没有当回事，这从他手下亲信对李志伟的态度就能看出来。

李志伟在海达地产的第一个职位就是旧改事业部的经理助理，经理是孙大英在老家茶叶加工厂时的同事，无论是对房地产还是企业经营管理都不懂，脾气还特别大，派给李志伟的工作都是棘手的活计，李志伟做得稍有不如他意便是一顿臭骂。

李志伟完全没有预料到入赘孙家迎头遇到的竟然是这种情况，

很是蒙了一段时间。但他思考良久，决定用自己的方式让孙大英正视自己。他花了一个月时间把在建的两个旧改项目存在的问题梳理了一遍，趁公司例会的机会一条一条讲出来，用他特意选择过的表达方式，把那些错误讲得既严重又愚蠢，贬损旧改部经理的同时，又隐含着对孙大英用人的讽刺。

这段发言让旧改部经理满头大汗，孙大英的脸也从红变紫，终于忍不住拍了桌子叫停。

第二天李志伟便被提升为旧改部经理，原经理调去管食堂。

李志伟上任旧改部后没多久，又抓住工程部抨击，把工程部杀了个稀里哗啦，于是他又成了工程部经理……不到半年时间，除了财务部和人事部，公司的部门被他干了个遍，所有部门的毛病也被他挑了个遍，每天全力开火，把这个管理落后的家族企业轰个千疮百孔。孙大英在每次例会上都因为李志伟的发言面沉似水，所有高层都对李志伟的发言心惊胆战。

因为李志伟的搅和，每次例会结束后公司都会发生人员调动，那些在高管的位置上滥竽充数拿高薪拿了多年的孙家的裙带关系们，一个接一个地被罚、降职、炒掉，公司上下人心惶惶。公司的结构不得不重新构架，人事部每天马不停蹄出去招人，招回来的人继续被李志伟盯上，被他一通考查之后继续打叉否决。

公司上下都知道李志伟是董事长的女婿，虽然大家都跟董事长有远远近近的亲缘，但怎么可能与独生女的丈夫、未来孙家根苗的父亲比呢？董事长虽然表面对他疾言厉色，但实际上不可能把他怎样，于是他在公司里一柄长刀到处抡，抡到谁的脑袋上只能算谁倒霉。

李志伟也渐渐品出了这个味儿，不管孙大英表面上如何暴跳如雷，他都把大刀阔斧这一套贯彻到底。半年时间，公司这篓泥鳅竟然被他这条可劲儿折腾的鲇鱼整肃得焕然一新。

到这时候,孙大英开始对这个女婿刮目相看了,李志伟所揭露的那些公司弊端,是以前孙大英看不出来、意识不到的,革除弊端后,公司的效率比以前提高得不是一星半点,整套管理有了现代化的气象,他不得不承认高考状元、清华高才生确实有一套。

到年底,李志伟即被孙大英升为公司副总经理,仅在孙兰兰之下,统管公司所有项目的设计和施工。

但李志伟心里也感觉到了,孙大英对他的警惕永远都不会消失,他越是锋芒毕露、才华横溢,这忌惮就会越挥之不去。孙大英和孙兰兰,其实都对他迅速离婚、结婚的举动如鲠在喉。即使是一个智商平平的普通人都能感觉到不对劲,何况这对在生意场上摸爬滚打了多年的聪明父女?但李志伟认准,只要他表现出对孙大英的事业尽心尽力、对孙兰兰死心塌地的好,让他始终对这父女有用,这层芥蒂就迟早会被放下。

对以现实主义逻辑立于世界的人来说,对他们"有用处"比"有感情"有价值得多。

于是他加倍努力地经营跟孙兰兰的夫妻生活。刚结婚时,孙兰兰确实是一位温柔美丽又性感火辣的妻子,李志伟一度沉迷在她的温柔乡中。但孙兰兰毕竟从18岁起就对内管理公司、对外商务谈判,时间一长,控制欲、强势、霸道的本性就显露出来。她要李志伟床上如猛虎,下了床就立刻变成任她驱使、百依百顺的奴隶。她没上过大学,初高中也多半在跟父亲走南闯北做生意中度过,经常辍学,没文化就是她性格的底蕴,她对李志伟颐指气使的时候用的词都粗俗不堪,而李志伟高考时有三科满分,读了五年全国最好的大学里最强的系,他俩从根本上就不是一类人。

两个人之间的和谐相处全靠李志伟的忍耐。

这种生活一过就是两年。

李志伟用对工作锋芒毕露、对家庭百依百顺的表现，换来了孙大英对他的信任大幅度增强。他需要李志伟的这种锐气，更需要李志伟的才能，于是安排给李志伟的位置也越来越重要。

2002年初，政策松动，深圳房价又开始出现抬头向上走的迹象，孙大英决定启动海达商业广场、馨兰花园的项目，由李志伟负责设计和工程管理、孙兰兰负责成本和财务管理。

任命一下，李志伟立刻去黑市买了个身份证，拉做蛇口步行街装修时认识的店主张鹏，注册了鹏远运输公司，准备吸这两个工程的血。

他等不及攫取孙氏企业领导权后再收割全部利益，既然已付出妻离子散家破人亡的代价，他得获得更多才行，要早点布局，一刀一刀悄悄地割，一分钱也不放过。

他把这种恶狠狠的贪婪当作对孟瑶的补偿，虽然这两者并没有什么关系，但他总得对孙兰兰干点什么恶毒的事，才能稍微堵上他内心那个一直在流血的大洞。

孙兰兰赴美待产，馨兰花园和海达商业广场的管理权完全落入了李志伟手中，他终于尝到了如鱼得水的滋味。

他认真权衡过，是全力以赴把这两个工程做好做精、做成自己在孙氏集团立足并走向夺权的坚实基础，还是一心从这两个项目上揩油、养肥自己在外面的产业？

经过这两年与孙氏父女的交手，他感觉自己未来全面掌握孙氏集团的可能性不太大。孙兰兰虽然对他一往情深，但这个女人的控制欲是与生俱来的。结婚后无论家里小事还是公司大事，都要由她做主，丝毫不肯让步给李志伟，这种本性，恐怕一辈子都难改变。她对李志伟的崇拜止步于两人结婚，相处多了以后，光环褪去，发现清华毕业生也不过是聪明一点、见识多点，手里没权没钱，跟其他人一样玩不转。

只有钱，才能让人凌驾一切、掌控一切，人，不能没有钱——这个道理在经历了与李志伟的一场热恋后她终于悟得。

她用钱轻而易举便得到了与清华毕业生的婚姻，这说明只要她手里有更多钱，北大、哈佛、剑桥、牛津，没有她买不到的男人。

虽然孙兰兰明白了这个"真理"，但她无法克服的是她爱上了李志伟，无可救药地爱着。她还是渴望着在李志伟那里享受被爱的滋味，哪怕这爱情始终有着李志伟得到权力和财富后抛弃她的风险，她也宁可紧紧抱住那具没有灵魂的肉体得过且过。

而李志伟也很快明白了她的这种执念，放弃了彻底攫取孙氏集团的计划，转而蓄谋将其挖空摧垮，争取早日把自己的灵魂和肉体从孙兰兰令人窒息的爱中解救出来。

在这场你侬我侬、干柴烈火的"爱情"背后，其实一直耸立着冰凉铁硬的图谋和孤注一掷的疯狂。

孙兰兰在美国喜得贵子，出了月子便坐飞机回深圳，李志伟开车去机场接她。

一通对老婆孩子的亲热过后，开车回家的路上，李志伟听到后排座的孙兰兰说："我回来了，马上就接手馨兰花园和海达商业广场的财务管理，你让会计明天把账本送到家里给我看看。"

李志伟含笑点点头，扬声说："你看你，性子还是这么急！回来起码调一下时差嘛，儿子也需要适应适应！"

孙兰兰看看怀中正在熟睡的婴儿，白了李志伟的后脑勺一眼："你是不是搞了什么鬼不敢让我看啊？"

李志伟又笑："哈？你怎么会这样想？好好好，今晚我就让会计把账本给你送过来，你好好看有没有问题！"

孙兰兰眼角弯出个迷人的媚笑："我这不是给你减负嘛，这么大的工程都是你一个人在管，瞧你这大半年累的，又黑又瘦！爸也真是的，不让保姆多给你煲点汤补一补，就知道使唤人！"

李志伟笑着摇摇头："不用补，我身体壮着哪，不信今晚就证明给你看！"

孙兰兰愣了一下才反应过来，嘘了一声，压低了声音："你小点声，当心吵醒儿子！对了，让你想儿子的名字，想好没？"

李志伟："起名这么大的事，还是让爸来吧，他起的名福大，压得住！"

孙兰兰："别！你可是咱家文化水平最高的人，还是你起的更好。让爸起名啊，肯定土死了！"

李志伟笑了笑，真的开始用心琢磨。

可过了没一会儿，孙兰兰就在后头说："叫瑞琪怎么样？我给他在美国出生纸上落的名字是 Ricky Sun。"

"孙？"李志伟一怔。

孙兰兰赶忙说："就是随便那么一写，国内落户肯定是叫李瑞琪啊！"

李志伟没再说话，孙兰兰就把话题扯到别的地方去了。

这个话题他们没再讨论，过了两天孙大英在酒楼大排筵宴，李志伟看到门口的花牌上写的是"孙府长孙孙瑞琪弥月之喜"。

他在花牌前驻足几秒，深吸了一口气，漾起一脸笑容，走进宴会厅。

第十六章

站在恒发服装厂厂牌前的孟瑶思绪翻涌,全然没注意到刘老板是什么时候出现在厂门口的。

才两年多没见,香港人刘老板原来的一头茂密的乌发竟已稀疏花白,人也消瘦了很多,青灰色的半袖衬衣穿在身上跟套在竹竿上似的晃来晃去,看得孟瑶心里一惊。

孟瑶握住刘老板枯瘦的手,关切地端详着他的脸:"您怎么瘦成这样了?"

"胃里生了个小东西,下个月太太陪我去日本做手术。"50多岁的香港人刘老板语气尽量轻松。

孟瑶觉得,刘老板是她来到深圳后遇到的少有的好老板,因为他认识到错误能勇于道歉,而且是向一个普通女工道歉,这不仅在老板中是少有的,在她认识的大多数人中也不可多得。他们之间的信任用彼此坚守的原则证明过,在冲突与误会中也了解了彼此的人品。

孟瑶在那两年多颠沛的生活中,每年圣诞节都没忘记给刘老板寄圣诞卡,开厂遇到危机后第一时间想到的也是向刘老板求援。她问刘老板是否愿意帮她接下这二十个工人和剩下的订单,而刘老板听到她的请求后不假思索地要她尽快来厂面谈。

刘老板像父亲对女儿一样,挽着孟瑶的胳膊走向办公室。一路上他告诉她因为身体的关系,这个厂他恐怕开不下去了,打算卖出去,正在踌躇卖给什么人,孟瑶的电话碰巧就打来了。

"我打算卖100万。"刘老板说。

孟瑶心知,这家在深圳开了15年的厂子,设备、长期订单、商誉加起来,100万元真是折上又折了,但她昨天发完工人工资之后,卡上只剩15万元了。

"你跟我签个合同就行,先接手过去做。赚一点,还一点,五年内把我的股份都买回去就是了,买不完还可以延长。我本想把厂交给儿子,雇你做厂长,但他在英国的大学做老师,根本无意继承家业。我知道你的志向是有自己的厂,这个志向很好,我支持你。"刘老板的身体看来是相当虚弱了,说话气息孱弱,短短的几句话慢慢说了很长时间,但目光里的慈爱越来越盛。这目光让孟瑶想起父亲,不禁鼻子一酸,别过头去。

坐在窗边的刘老板望着窗外的厂房、仓库、进进出出搬货的工人,许久,他叹了一口气:"我做了一辈子服装厂,要不是身体不行了,真想做到死啊!"

那天,孟瑶看着夕阳下的刘老板白发纷飞,心知与他这辈子恐怕是难以再见一面了,内心百味杂陈,不由得紧紧握住了他那如当年同样身患重病、时日无多的父亲一模一样的枯瘦无力的手。

不到一个月时间,孟瑶就接过了恒发服装厂。这个曾有500多名工人的规模、深圳排名前三的外贸代工服装厂,今时已不同往日,随着深圳劳动力成本的提高,代工单也越来越少。交到孟瑶手上的恒发服装厂现在已经是一个必须以内销单养活自己的工厂了。

孟瑶根据自己的订单规模计算了一下,遣散了三分之二的工人。但她告诉这些人,工厂的规模迟早还会上去的,大家的资料会在厂人事部长期保留,如果哪天大家找工作的时候看到恒发服装厂的招工启事,还愿意到恒发服装厂工作,一定优先录用,起薪会比新人高一级。

　　孟瑶走在恒发服装厂的厂房里，过去的记忆和未来的设想塞满了她的脑袋。她感到不知何处吹来的一股大风在呜呜低鸣，这声音催得她有了莫名的不安感，仿佛有大事发生，令她心生恐惧。她在这个阴天的黄昏时刻感受不到日落的温暖，这曾经熟悉的厂区在空无一人的时候显得如此陌生，每一个黑洞洞的门口都仿佛有一只眼睛在冷冷地望着她。

　　此时，她看到远远的地方有一个人向她走来，那人边走边神色轻松地打量着四周的景色，当他的目光寻找到她的时候，脸上立刻露出一个灿烂的微笑。

　　陈国威的微笑瞬间把孟瑶的心温暖了。她望着这个男人，他带来了落日的温暖，驱散了她内心深处的恐惧。那一刻她的心里腾起一个清晰无比的念头：这个男人，是不是可以让她依靠呢？

　　她用力摇了摇头，甩掉了这个念头，对自己说：这是必须咬牙低头屏住气息开始拼一场的时候了，勇敢起来，孟瑶！

第十七章

在来到信诚旅游地产整整八个月时,程子源亲自签发了升任秦安彤为工程部总监的任命文件,全公司上下哗然。

在信诚这个只成立了五年便靠旅游房地产迅速扩张到十几亿资产、几家分公司、上下近千名员工的企业,迄今为止还没有一个人像秦安彤这样坐了电梯越级擢升的干部。

顿时,有风无影的传言在公司里迅速传播开来。

升职文件早上发出来,下午所有办公室里都在绘声绘色地谈论秦安彤爬上程总的床、做了程总小三的绯闻了。

周一上午开例会时,秦安彤来到会议室,程子源还没有到。她走向自己常坐的位置时,却发现那里已经被运营部总监坐了,她环顾了一下会议桌上的所有位置,除了程子源身边有个空位,其他位置都被人坐满了。那个空位旁边的财务部总监表情暧昧地笑着对她做了个"请坐"的手势,有人立刻低声窃笑,各种目光从四面八方向她投射过来,那些目光中有嘲讽、有探究、有鄙视、有嫉恨。

这些声音和目光她都感受到了,于是微微一笑,走到那个空位坐下了。

秦安彤来深圳这七八年里见惯了办公室里这些明争暗斗、泼污扣脏。华侨旅行社的经历让她总结出了经验:在公司里要让老板觉得你有不可取代的价值,你的地位才稳固。当你具有了这个价值之后,就要以泰山压顶的气势去压迫那些质疑你的人、企图打垮你的人。不害人,但也绝不能忍让害你的人。职场上的人,尤其是女人,必须掩盖起自己作为羊的真相,装上两只利齿扮成狼,以攻为守,方能守成。

秦安彤上任工程部总监后,大刀阔斧地更换了一批项目主管。信诚目前最主要的产品便是度假村,全国有30多个在建工程,只有5家已建成营业,所以工程部是公司最重要也最庞大的部门。信诚脱胎于温州老乡集资建立的联盟,秦安彤这一顿改革动了好多人的利益,去程子源那里投诉求情的人一拨接一拨。程子源顶住了压力,坚决支持秦安彤,换了这一拨人以后果然让之前问题不断、推进缓慢的各项工程都顺畅地运作起来了。

然而这也让他俩的绯闻越传越凶,传到程子源的家人都不淡定了。

公司例会正在进行中,突然会议室的门被推开,一个20多岁的男青年虎着脸站在门口,身后跟着几个准备看热闹的员工。

这个男青年是程子源的小舅子,被铺天盖地的谣言搞得受不了了,上门来兴师问罪。

程子源瞥了一眼小舅子,面色如常,转头跟坐在后面做会议记录的秘书耳语了两句,秘书起身走向小舅子。

小舅子环顾了一下会议室里所有人,一双小眼睛里射出寒光狠狠瞪着秦安彤,径直走向她。

程子源皱眉看向小舅子,小舅子却一眼也没看他。

在小舅子离秦安彤只有一米远的时候,秦安彤淡定地站起身,把桌上的笔记本合上,望向小舅子。

"你就是秦安彤?"小舅子站在秦安彤旁边,声音很低,眼神保持凶狠。

在场的人几乎都屏住了呼吸,偌大的会议室里呼吸相闻,大家几乎都感受到了一场肢体冲突即将来临的巨大压迫感。站在小舅子身后的秘书一双手忐忑不安地微微向前伸着,拿不定主意是马上拉住小舅子,还是再等等事态的发展。

秦安彤嘴角上翘,脸上挂起一个淡淡的微笑,注视着小舅子,没有回答,也没有给出任何动作和表情上的回应。

小舅子盯了秦安彤半天,却一直等不到秦安彤的回应,眼神里就逐渐多了些困惑。他转头又去看别人,把会议桌旁边坐着的另外几个年轻女性挨个审视了一番。

门口堵着的人有些骚动,开始有些低低的议论声。

程子源看着小舅子严肃地说:"宁成,我们正在开会,你先去我办公室!"

秦安彤应声坐下,又打开了桌上的笔记本。

这声"宁成"好像关了小舅子身上的某个开关,他立刻卸了劲儿,那股凶横的劲头一下子消失了。但他不甘心地还是把在场的五个年轻女性又挨个盯了一遍,才转身走出会议室。

秘书跟着他一起出去,顺手把门关上。门外看热闹的人失望地散了。会议继续进行直至完毕。

那天开完会程子源回到办公室,看到不仅小舅子坐在那里等自己,太太徐宁贤也等在那里,两个人都面沉似水地望着他。

徐宁贤是程子源青梅竹马的发妻,结婚10年,有一儿一女,老大刚上小学,老二还在吃奶。程子源面对姐弟俩兴师问罪的架势,心里也明白了他们是来干什么的,于是二话不说,拿出两份资料摆在他们面前,一份是秦安彤入职前后工程部业绩的记录,一份是秦安彤入职以来的考勤记录。这是他早就准备好,预备应付家族内对秦安彤升职质疑声音的。

秦安彤在担任巡视专员时马不停蹄地轮番跑全国所有工地,

亲自去每个现场梳理项目脉络，高效地解决问题、调换人手、调配资源，所有工程的进度比她上任前提升了四五倍，成本都有所降低，投诉纠纷次数大大减少。入职后秦安彤大部分时间都在出差，八个月内在深圳办公室的考勤记录不足二十天，且每天都在公司加班到晚上九十点钟才回家。

"一个上班八个月有七个月在出差的人，你们说我跟她在偷情？人家入职前三个月刚生了孩子，一开始还能天天跑回家喂奶，后来为了出差只能给孩子喝奶粉。宁贤，她的孩子比我们的孩子还小半岁，你该知道这个阶段当妈妈多不容易。你和宁成都在这个公司有股份，盈利有分红拿，有风险一起亏，公司请到了这样的人才，你们坐享其成，不该庆幸吗？如果你们确实容不得她，我等会就去和她谈，让她走人！炒个人还不容易？"程子源铁青了脸，把口袋里的手机掏出来扔在桌上。

徐宁贤姐弟对视一眼，两个人都有些慌乱。

程子源站在写字台边，越说越激动。这个公司并不是他个人所有，当初几乎是他程氏家族全族50多个家庭入股成立起来的，90年代初期从代建温州当地的机关单位宿舍楼工程做起，程子源几乎一步一个脚印兢兢业业地做大。头几年徐宁贤管财务，后来为了避嫌退出，皆因这家公司虽然程子源是法人代表，但利益属于程氏家族，经营管理被亲族们时时监控。

随着事业越做越大，程子源这些年背负着越来越大的压力。秦安彤砍掉的那些枝枝蔓蔓，都是程子源以前就想下手但下不了手的，这些他私下里也跟徐宁贤交流过，夫妻俩达成过共识。这汹涌而起的绯闻谣言也多半源自那些被砍掉怀恨在心的人。那些人来自入股的亲族，虽然工作没了，但公司的业绩增长也能给他们带来更多利益。这个账但凡会算的都应该能算清楚，但他们就是为了眼前出一口恶气，不顾长远。

如今这种谣言连徐宁贤也信了，还不顾身份亲自来到公司讨伐，这就让程子源感到格外愤怒。会议室的一幕让他难堪，幸亏秦安彤的机智挡住了徐宁成的鲁莽，没有让他陷入更尴尬的境地。

"这董事长我不想干了，明天召集董事会会议，你们选新的董事长吧。"背对着姐弟俩的程子源沉默了片刻，沉声说道。

这下徐宁贤姐弟俩终于慌了，立即起身劝阻程子源。

秦安彤回到家，好脾气男人杜家豪居然脸色也不好看。

秦安彤公司里的风言风语，早就通过那些经常来杜氏茶餐厅吃饭的员工嘴里传进了杜家豪的耳朵。他本来是一点也不信的，直到有一天去机场接秦安彤回家，看到程子源和秦安彤有说有笑并肩从出站口走出来，他一眼瞥见程子源气质不俗的形象，心里便咯噔了一下。从那天起他每见秦安彤晚上加班很晚回家，就再也笑不起来了。秦安彤出差还好，只要在深圳，他便心神不宁，临到快下班的时候百忙之中也要挤出时间去接秦安彤，偏偏秦安彤在深圳的日子几乎没有正点下班过，总要加班到很晚。杜家豪心烦意乱，菜都炒煳过几次。从来没被顾客投诉过菜品质量的杜氏茶餐厅竟然开始接投诉了，心烦意乱之下，他索性另请了大厨。

秦安彤感受到杜家豪的不安，但这种事不能解释，越解释越加深误会。她只能尽量安抚杜家豪。但适得其反，这反而让杜家豪越发疑心秦安彤心里有鬼，"无事献殷勤，非奸即盗"，越描越黑。秦安彤和程子源的这桩"绯闻"，全世界只有他俩知道这是不可能的，除他俩之外，所有人都觉得"这怎么不可能？顺理成章啊！他俩之间没事儿才不合理"。

杜家豪日复一日地心烦意乱，偏偏这时家里更大的危机爆发了。

杜家美怀孕了。

杜家美跟阿龙恋爱三年多，这三年里阿龙利用自己的关系将杜家美塞进一家影视公司，虽然拍了几部电影、电视剧，但大多粗制滥造，没有一部激起水花，杜家美也只是在里面演个女二、女三。但毕竟让杜家美接触到了表演，在并没有很高水准的拍摄过程中，她认真得近乎虔诚地学习着，对阿龙感恩戴德。而阿龙也利用她的这种心理肆意攫取着杜家美的青春美貌，两人迅速同居。杜家美虽然是个利益至上的姑娘，但内心仍然很单纯，以为靠自己的美丽和足够的诚恳，嫁入暴发户阿龙的家庭应该毫无问题。而做戏做全套的阿龙最初也确实让她感觉死心塌地了，甚至带她去见了家长。

阿龙的父母对杜家美十分满意，拿她当准儿媳妇接待，这让杜家美彻底放了心，踏踏实实地不再做避孕措施，很快便怀孕了。阿龙父母得知她怀孕的消息十分开心，把阿龙和她叫回家，商议筹备婚礼娶杜家美过门。谁知道阿龙却突然表示不同意，他说自己才20多岁，玩得正兴起，不想这么快结婚丧失一大片森林。

此言一出，全家人都惊呆了。

其实生性放荡的阿龙跟杜家美同居后根本没闲着，依旧在声色场所玩得飞起，此刻刚认识了一个18岁、小有名气的时装模特。18岁"卜卜脆"，她比杜家美年轻漂亮会玩。在这个时候让阿龙结婚，过当爹育儿的生活，他绝不答应。本来还想一脚踏两船玩得刺激点，没想到杜家美会逼婚，那索性就撕破脸分手算了。

阿龙瞬间变脸，冷冷地给杜家美甩过去两个选择：一、拿20万补偿费，走人；二、一分钱不要，走人。孩子爱生不生，生了自己养，他不给抚养费；不生随便打掉，他无所谓。

这对杜家美来说简直是晴天霹雳。她再怎么虚荣爱玩，终究是普通家庭养出来的小家碧玉，骨子里信奉结婚生子是人生正途，她跟阿龙父母大哭大闹，要他们劝阿龙回头。虽然阿龙父母对杜家美有好感，但毕竟阿龙是他们的儿子，一切当然以阿龙的决定是瞻。见杜家美可怜，阿龙父母只许诺额外再拿出 30 万做补偿。

杜家美咬紧牙关硬扛，一定要结婚，大不了拖到生，就这样又拖了两个多月。怀孕四个月，阿龙父母撒泼了，表示孩子尽管生，他家不会养。成龙都不养私生女，他家完全可以照葫芦画瓢。他家只是商人，且是男方，事情闹大了最多背个道德谴责。杜家美是演员，如果不想在娱乐圈继续发展，鱼死网破就尽管来。

这番威胁终于奏效了，杜家美哭着收下 50 万元回了家。

杜家笼罩着愁云惨雾，杜伯犯了高血压，卧床不起。杜家豪怕走漏了风声，让保姆放假回避。杜家豪催着杜家美去打掉肚里的孩子，杜家美则每天坐在窗边望着窗外发呆。

一个细雨绵绵的早晨，杜家豪起床后就发现杜家美不见了，衣柜被收拾一空。她留下一封信说为了保密去上海打胎，顺便在那边住几个月散心，有朋友照顾，让家人别担心。

杜家豪捏着这张纸，头疼欲裂。他自责多年来因为太忙没照顾好妹妹，纵容了她的任性，更没有阻止她犯错。可餐厅是一家人生活的支柱啊！每天天不亮就要起床、深夜才下班、全年无休就是他的宿命，他能怎么办？

穿着睡衣的秦安彤站在卧室门口，一动不动地望着杜家豪的背影。

第十八章

孟瑶检查完最后一批货，从车间出来时，天已经完全黑了。

她看了看表，连忙转身跑去食堂。食堂里吃饭的工人都少了很多，正常班的工人晚饭早吃完了，上夜班的那批还没到放饭时间。她跑去后厨问师傅还剩什么菜，看到菜盆里还有不多的炒西葫芦、麻辣鸡丝就想装饭盒里带走。可是师傅无论如何也要给她现炒个新的，简直是深圳速度地点着了大灶给她炒了一份回锅肉、一份焦熘丸子。

孟瑶拎着几个饭盒小跑着回到自己的办公室，坐在椅子上喘息未定，陈国威就出现在门口。

五年过去了，他俩还一直保留着每天至少在一起吃一顿饭的习惯。

陈国威的快递公司借着2003年初的非典把利润做起来了。那段时间香港非典闹得特别严重，深圳也出现了几个病例，政府要求工厂停工、商店停市、居民居家隔离。隔离后各家需要的生活用品，全靠快递公司在商家和居民中间传递。那时兴起的购买方式主要是商家塞传单进居民门缝，居民打电话给商家，商家委托快递公司送货，快递员收了钱还给商家。

还有一种购买方式是网购。那时候的网购，全都是深圳论坛版主组织的团购，版主开个帖子说明卖什么、价格多少，大家在下面跟帖加入，然后私信给版主留下收货地址，通过电话银行操作付款，由快递公司从商家收货，送货上门。这种销售方式往往价格十分优惠。

两种非实体购买方式都在支付这一块有风险,电话购物风险在快递员身上,他们拿了货和钱如果中途卷款跑路,商家和顾客就都傻眼了。而网购虽然也会发生无良版主收钱之后不发货的情况,但版主一般都会在网站备案自己的身份资料,跑路的风险就小了很多。尤其是购买计算机配件、耗材,内地其他城市很难买到,深圳的版主去华强北几分钟就买齐了,格外具备优势,所以网购相比电话购物发展壮大的速度快了很多。

陈国威也在关注着这个新商机,在带着快递员们每天收货送货的过程中,他无时无刻不在琢磨着怎样做个网购平台。

他在美国读书的时候,亚马逊书店的网购模式已经在美国兴起,教授还专门在课上给他们讲亚马逊书店的操作系统,按理说把亚马逊的模式直接搬进国内就可以了。但以陈国威这几年在内地的经验来看,亚马逊书店最重要的支柱——信用卡支付在内地推广不开,信用卡消费对大多数中国人来说还很陌生。

陈国威是个典型的程序员,思考一件事过于注重逻辑缜密、面面俱到,他需要把这件事的所有细节、难点,以及它们之间的逻辑关系都想通理顺,然后才能下结论、动手去做,这样浪费了大量时间。就在他犹豫不决的半年里,刘强东在北京创立了京东多媒体网站;美国的亚马逊收购了中国的卓越网,改名为"亚马逊中国",把美国的网络书店照搬进中国。陈国威一下子把两个先机都错失了。

但这并没有让陈国威放弃。他去看了京东多媒体网站,发现虽然有了注册域名和专门的网页,但底子还是论坛团购模式,还是要通过拨打银行电话进行转账汇款,笼罩在商家和客户头上的风险仍然没有解除。而亚马逊中国的模式则完全照搬美国的信用卡付款,那时候中国只有高端的商务人士才拥有信用卡,但高端商务人士有几个人会去网上买价格只有几块、十几块的书呢?亚马逊书店每天的成交量少得可怜。

支付方式!这是目前网购模式里最卡脖子的问题。什么支付方式才是所有中国人都能用、既方便又安全,还能同时保障买卖双方甚至物流第三方的利益呢?

陈国威设想的方案,始终建构在物流企业作为买卖双方中介人基础上的思路。他能想到的抵消物流企业中间侵吞货物和货款风险的方法是押金,买家把钱打给快递公司,快递公司收到钱之后去找卖家拿货,验货无误把货送到买家手上,整个过程完成后,快递公司再把钱打给卖家。为了防止快递员卷货卷款跑路,每建立一笔交易,快递公司即在政府监管的中间账户存入一笔押金,待交易顺利完成才退回。

陈国威太执着于"一手交钱一手交货的交易行为是通过物流实现的,因此这个中间人只能是物流"这个逻辑。就在他想破头也无法从这个方向实现突破时,天空一声巨响,阿里巴巴的支付宝上线了。

陈国威打开支付宝一看,眼前一黑,当场后悔得在桌上咣咣撞头。

人家马云这个支付宝啊,根本没考虑什么渠道、平台这些复杂的东西,它就虚拟了一个资金池,买方把钱付到资金池里,卖方看到钱到达资金池里就可以发货;买方收到货后验证货物满意,便给资金池一个许可,资金池立刻将钱付给卖方。如果买方不满意、要退货,卖方即使不同意,他也是没法拿到钱的。相反,如果卖方发了货,买方收到货不肯付钱,这个钱在资金池里买方也拿不回来。资金池只在中间起一个担保支付的作用,而这一个

"担保支付",一举解决了买卖双方互不信任的问题,让网络商务一步跨上了新台阶。

就这样,陈国威又失去了开发支付工具的先机。

在网购这块没机会了,陈国威转回物流领域,他开发了一个服务于物流的网上配货平台,从A地到B地送货的零担运输司机,为避免从B地空车返回A地,可以上这个平台寻找从B地运到A地的货物。这个平台软件在刚上线的半年里曾经很受欢迎,但随着综合电子商务平台的崛起,物流公司完全可以在这些平台上接到一系列的业务,需要自己操心回程配货的零担司机变得越来越少,这个软件在运行了一年后也无疾而终。

就在陈国威在一手快递公司、一手网络开发两手一齐忙活的时候,快递江湖发生了巨大的变化,顺丰租了几架飞机,开始用飞机送货了。

2003年前的快递江湖,是群雄并起、龙蛇混杂的江湖。在长三角、珠三角两个经济发达地区,各方诸侯纵横捭阖杀个不亦乐乎,外贸行业的旺盛需求,是快递业源源不断的动力。小快递公司们"萝卜快了不洗泥",买十几台摩托车,雇十几个人,租个仓库就开始干了。陈国威的"启明物流"在深圳五个区都有转运点,每个转运点配有一台小货车、十几个快递员,这在深圳就算规模比较大的快递公司了。深圳外贸厂家多如牛毛,每家快递抓住几个固定客户的函件收寄业务,就够吃好几年。

陈国威有危机感,他预感到了这个行业不久的将来必然会迎来大的升级,因为国际上的联邦快递、UPS覆盖全球的网络早都摆在那里了,迟早中国也会向国际标准看齐。但他看不准契机什么时候、以什么形式到来,在此之前,他不敢妄动。在这方面他吃亏太多,动早了,会跟1993年他从美国学成归来后一样,在国内折腾一通一无所成；动晚了，如果走错方向，也会像支付平台研发一样，白忙活一场。

也许是时代使然，也许是陈国威格外敏感，他时常感觉自己处在各种交叉路口，要面临各种抉择，选对了飞黄腾达，选错了满盘皆输。

陈国威那段时间经常跟孟瑶聊起这些事，孟瑶像听天书一样蒙。孟瑶埋头开她的服装厂，两耳不闻窗外事，她认为服装行业还没受到新技术的太大影响，只不过以前画服装设计图要手绘，现在有了CAD电脑绘图；以前手动切版，现在有了电脑切版机。

孟瑶现在主要做国产品牌服装，大部分内销，少数出口。产能有空闲的时候，就去买深圳一些新冒头设计师的设计方案，自己批量生产，试水销售，为此她请了几个销售人员去内陆批发市场推销。

有推销员看好这些服装，想自己回内陆老家去开店销售，问她服装品牌的名字。孟瑶在开服装厂的最初，去工商局注册名字的时候，脑子里便蹦出了一个词"缨禧"。当时注册成功后，她仔细想了想，才想起来记忆中妈妈曾说起过，姥爷也是做裁缝出身，年轻时在北京开过裁缝店，用姥姥的名字做店名。姥姥出身书香门第，闺名唤作"缨禧"。

在需要创立属于自己的品牌时，她也顺理成章又把"缨禧"注册成了商标。2000年，她付清了买恒发服装厂的100万，把恒发服装厂正式更名为"深圳缨禧服装制作有限公司"。

孟瑶的创业，一开始没有她想象的那么艰难。接下恒发服装厂之后，她只有50个工人，从500件的单子开始做起，积累下一点钱，便扩大一点规模，靠着一传十十传百的口碑，她逐渐扩大规模到300个工人、产能5000件。此时便遇到了第一个瓶颈——再继续做几百件的小单已经没利润了，大单需要自己出去找，而此时的深圳早已不是十年前遍地鸡毛小厂的时代，由于外贸代工红利的逐渐消退，小厂要么倒闭、要么被大厂兼并。一个缨禧这样中等规模的服装厂如果想生存下去，要么有自己独有的代工渠道，要么有自己独特的、有市场的品牌。

孟瑶去北京、上海、江苏、福建、广州等国内服装业的设计、生产、销售基地考察了一圈，发现找到独有的代工渠道不容易。现在深圳早已不是国内唯一的服装生产基地了，无论是外贸还是内销，江苏、浙江等地的产能和销量早已经跟深圳不相上下，就连隔壁的东莞，也有了跟深圳抢单的能力。深圳仅剩的比较大的优势就是设计：这些各地的服装业生产基地所生产销售的服装几乎都来自深圳的设计，深圳的设计力量依托香港的国际信息优势，更依托深圳过去代工时期积累下的各专业人才。

考察了一圈，孟瑶内心危机感大大加重，甚至悲观起来。回到深圳她左思右想，决定请几个设计师强化缨禧品牌的设计能力，建立自己的营销渠道，开自己的品牌专营店。

她把自己的想法跟陈国威聊了聊，陈国威立刻笑了起来，说："前不久你还说不懂什么是新技术浪潮、什么是产业升级换代。我现在就卡在这一关动不了了，现在你也来啦！"

孟瑶这些年也慢慢地更了解陈国威。他是一个从小被父母保护得很好的孩子，生活的颠沛都让父母承受了，他并没有吃多少苦，一路顺风顺水从国外读完书回来，直接就当上了老板，这让他几乎总在安全区里考虑事情，没有危机感，从未被逼到绝境。他这些年来优柔寡断，错失很多良机，也判断错很多方向，都跟他的成长经历有关。

孟瑶来深圳这十多年，只给自己总结出一个经验，就是认准一条路埋头走下去，稳扎稳打、不冒险。可是陈国威告诉她这个时代最重要的就是选择，一旦选择错误，沿着错误的方向走下去，走得越远损失越大。

陈国威的话吓得她一时不敢决策。此时她才感到自己毕竟是半路进入服装这个行业，完全不具备对整个行业的认识和评估能力，一时之间，信心跌至冰点。

她越来越贪恋跟陈国威在一起的状态，每天再忙也抽时间跟陈国威见一面，或吃午饭，或吃晚饭。实在没空，晚上回家前约在小区门口一起买瓶矿泉水喝，说说今天两人都干了什么，有什么烦恼快乐。看着对方脸上的表情从疲惫郁闷转成了微笑，分手后各自回家的路上心里都是甜的。

但她对自己的这种心态很是惶恐，她不想再投入爱情这场豪赌了。不去爱别人，就不会受伤，这是显而易见的事情。这五年来，她和陈国威互相都有了更多了解，她知道这个男人温文随和的外表下其实有着一颗相当执拗自信的心，他认准的目标排除万难也一定要实现，他决定不了的事情就是用刀架在他脖子上也无法使他决定。如果她轻易捅破了他俩之间的这层窗户纸，这条路恐怕比当初她跟李志伟的路走得更艰难、更凶险。

而这些年，他们的事业几乎一步紧似一步地压迫着他们无暇他顾，现在更是来到了十分重要的阶段，必须全力以赴迎接挑战，于是对感情他们都自觉地不往前推进一丝一毫。两个犹犹豫豫的人把这个难题推给了未来，安慰自己"相信未来总有办法解决"，现在只要还能开心平静地过一天，就先享受这一天。

就如此时此刻，陈国威走进孟瑶的办公室，加快脚步冲到洗手池旁边洗干净手，然后坐到办公桌前看着刚被孟瑶打开饭盒盖的几个香喷喷的菜、饭和汤，兴奋得搓搓手。孟瑶把筷子和勺子递到他手上,他迫不及待地先端起汤碗喝了一口,陶醉得眯起了眼睛。

他一边狼吞虎咽地吃饭,一边断断续续地说着今天他都干了什么。孟瑶一时凝神细听,一时又溜号起来,想着厂里的员工们都认为陈国威是她的男朋友,她也没否认过,食堂的师傅都知道陈国威爱吃回锅肉和焦熘丸子,每天在冰箱备着这两道菜的料,只要她一拎着空饭盒走进后厨就赶紧去炒。陈国威和她一起逛街吃饭时遇到熟人也介绍"这是我女朋友",走在街上经常有意无意地拉起她的手。

但他从来没向她正式表白过,那些试探性的举动一遇到她的犹豫躲闪便立刻后退。她完全感觉不到他们之间有当初她跟李志伟谈恋爱时那种澎湃的激情,有的只是平静清淡的温馨。虽然这种温馨感已足够温暖她被工作填得满满并没剩下多少缝隙的心,但她明白这作为一场恋爱还远远不够,到底为什么不够、差了什么、差多少,她想不清楚,也不敢去想,只能得过且过。

经过几个月的权衡计算,最终孟瑶决定先打造一个缨禧的深圳精品专卖店,放到高档商场的好位置,打开销售渠道再看。

于是她有空就去市中心的各个高档商场逛,这一逛竟然遇到了梁芝华。

梁芝华就在福田的一条步行街里租了个店面卖服装。她看上去还是那么漂亮性感,服装店也装修成美式乡村田园风,里面服装的风格都是适合女大学生、清纯少女的那种。她拉着孟瑶坐在柜台后,趁着工作日的下午没什么顾客,两人痛痛快快聊了几个小时。

五年前梁芝华的黑职介所被公安查抄,判了拘役三个月,那是深圳公安对这些越来越猖獗的黑职介一次忍无可忍的严打。出来后梁芝华找到小姐妹拿到孟瑶寄存在那里的东西，辛苦大半年赚来的七八万块钱被罚个精光，让她再次死了打工、创业的心，继续回到翡翠花园操起二奶旧业。

这回她是给一个在蛇口石油公司当高管的美国人汤姆做情妇，汤姆60岁，无儿无女，前几年跟美国的妻子离了婚，从此不打算再婚，拿着美国的收入在中国过逍遥快活的日子。他对梁芝华出手很大方，每个月打给梁芝华2万块生活费，还随随便便就给了20万让梁芝华出来开服装店。

这个高大强壮的美国老男人奉行及时行乐的人生宗旨，一年到头有假期就到处旅行。且因他工作是财务，理财方面也十分能干，在北京、上海、深圳买了好几套房子，每月光收租就好几万，再加上每月5万多人民币的薪水，他对梁芝华出手大方是有雄厚基础的。他跟梁芝华同居，与其他外国人和国内有钱人包养二奶的目的不一样，他只想让自己在蛇口有个舒服的落脚地，顺便解决一下日常性需求，因此他对梁芝华的约束十分宽松，倒是对梁芝华的生活品位和家务处理能力要求更高。他们租住在高档别墅区的一栋独栋两层别墅里，有宽大的美式和中式厨房，前院、后院有花园、鱼池，还养了一条金毛犬。

聪明的梁芝华很快通过读书上网，掌握了美式餐饮的各种做法，还学会了法式、意式餐点，中餐的制作能力也迅速提升到了让汤姆满意的程度，别墅里的软装布置也是土生土长美国人都挑剔不出毛病的美式田园风格。汤姆一年有三个多月的带薪假期，他不是回美国就是去世界各地旅行。这些离开中国的旅行他从不带梁芝华，去哪里他也不缺新结识或旧相知的女性伴侣，梁芝华也乐得轻松，利用这几个月经营自己的服装店。这家服装店她只用来打发时间，顺便赚点私房钱，等汤姆旅游回来，她便把店交给雇来的一个女孩子打理，回别墅全天侍候汤姆了。

现在的梁芝华早就不在乎父母的责骂了。父母的学校年初集资建房，学校负担三分之一，个人出三分之二，这三分之二就是12万，他们拿不出来，梁芝华抬手就是30万甩给父母，说："多出来的钱拿去装修吧！"

承德这几年在下岗潮的冲击下，增加了很多失业人口，社会经济受到很大打击。梁芝华爸爸妈妈虽然在学校里没有受到直接波及，但也被涌进来抢饭碗的更年轻的老师挤掉了原来的教学岗位，爸爸被挤去校办工厂管后勤，妈妈被挤去总务处管处置废旧课桌椅。不在教学岗收入就少了一大截，买房对他们来说几乎是根本够不着的奢侈消费，但这是退休前能从单位拿到的最后一次福利，过了这个村就没这个店了。他们千难万难地向女儿张开了口，看女儿出手如此痛快，他们虽然心里感觉不怎么好，但也不敢深究，毕竟沉甸甸的钞票拿在手里的感觉是那么美好。

房子到手之后，他们抽几天时间来深圳看梁芝华，恰逢汤姆假期回美国，梁芝华在漂亮优雅的美式小别墅里招待父母住了一个星期，跟父母坦言自己就是在跟一个60岁美国老头同居。父母没有表示出反感，甚至对这别墅的美轮美奂再三表达了欣赏。

梁芝华对父母的反应很是意外。

妈妈这次甚至跟她打听："汤姆每个月给你多少钱？"听到两万这个数字时，梁芝华观察到妈妈的瞳孔明显一震。沉默了一段时间，妈妈的眼珠又在屋里屋外扫视了一遍，喃喃道："要是能结婚，60岁生孩子倒也没问题……"

正在修剪花店送来的一束鲜花准备往花瓶里插的梁芝华一秒钟都没停就接话说："不会结婚的，一开始就说好了，就是男女朋友关系。"

梁芝华内心其实恶作剧般地想让妈妈尴尬,毕竟几年前妈妈是那么声泪俱下地指责她道德败坏、辱没家风。她还想看看爸爸是什么表情,转头看爸爸不知什么时候已经去了厨房,站在厨房中央背对着她们,他应该能听到她们的对话,却仍然一副正在专心欣赏窗外一棵樱桃树的样子。

"他还给了我20万开服装店,平时出手也挺大方,衣柜里那些名牌衣服、鞋、包都是他给我买的。"梁芝华边说边一眼一眼地看着妈妈的反应,她可不想让这个尴尬时刻那么快就结束。

妈妈抱着茶杯的手把茶杯转了好几圈了,坐在沙发上的姿势也调整了好几次,眼睛不知看哪里好了,咳了两声,打算再挣扎一下以保卫内心正在崩塌的那个堡垒:"那再过几年咋办?你都35岁了,他也不可能跟你过一辈子。"

梁芝华一枝一枝地把百合和鸢尾插进水晶花瓶里,慢条斯理地回答:"我攒够钱开店也好,投资入股朋友的公司也好,有钱干什么不成啊?"

"那你就不生孩子、不成家了吗?咱们梁家可就你这一根苗。"妈妈看着梁芝华的眼睛里有一丝软弱的祈求。

梁芝华停下插花的手,看向妈妈的眼睛里却只有平静:"跟男人生个孩子还不容易?只要有钱,什么都能做到,人就怕没钱。"

妈妈终于不吭声了。插完花的梁芝华深深地看了一眼妈妈,又回头看了一眼在厨房背对着她却什么也没做只是站在那里的爸爸,她听到自己身体里有个声音笑了一声,又长叹了一口气。

今天的梁芝华比以往任何时候都心思简单、情绪平稳,自从她把世间万种问题的解决方案都归于钱之后,世界在她眼里变得无比简单、无比清晰了。

但当她在服装店里听孟瑶讲自己的经历，梁芝华内心的平静还是被打破了。

在孟瑶面前，她像五年前一样，惭愧的感觉如排山倒海一样冲击着心灵。这个比自己小三岁的女人，曾被命运打翻在地踢到了泥坑里，却仍然顽强地爬起来走回原来的路，把路走得更宽更高。而自己却总在挖空心思抄近路、省力气，过一天算一天。

而过去的自己也顽强过、奋争过，只是倒下了便没爬起来，顺势滚入了舒适的泥沟。

孟瑶对梁芝华的选择一如既往地不以为然，但也一如既往地表示理解。她不会忘记初到深圳漂泊的苦，那种苦是每天逼到眼前的沉重负担，逼仄到人一点缓冲的空间都没有。今天坚持不下去，明天就只能走人，钢板一样铁硬的现实。任何企图穿透这道钢板的努力孟瑶都尊重，哪怕那人秉持的是与她背道而驰的人生观。

人总得活下去，为活下去所做的任何努力，可以被道德谴责、可以被法律惩罚，但在人性的层面，人与人都应该达成体谅。

孟瑶跟梁芝华又聊起了哪些衣服好卖、哪些不好卖；开在步行街的店和开在大商场里的店有什么区别；各种层次客户的喜好和关注点。梁芝华聊起这些来眉飞色舞，虽然她并没有在这个服装店上花多少时间，但她的聪明总是能让她看出其中一些曲折的门道。

梁芝华对孟瑶滔滔不绝讲了一番自己通过这两年多经营服装店对这个市场的心得，孟瑶忙不迭拿出本子来记笔记。以前她只管生产，跟销售无关，现在也要跳进市场的大海游泳，她太需要来自市场的知识了。

孟瑶花了几天时间逛遍了深圳所有的高档、中档、低档服装零售、批发市场，信心满满地回去布局她的品牌专卖店战略了。

梁芝华则回到她表面看上去优渥完美，实际上随时可能戛然而止的生活，但她的心情又开始躁动。她在深圳生活的十年里，只有孟瑶几次打扰了她原本认定的生活方式，像在平静的湖水中投入石子，激起涟漪不断。

那天跟孟瑶谈话到末尾阶段，她向孟瑶提出能不能入股孟瑶的公司一点股份，孟瑶思考了很长时间，最后回答她："芝华姐，对不起，不行。"

虽然孟瑶给出的理由是她的公司现在盈亏未知，风险很大，不敢让她冒险，但梁芝华心里清楚，孟瑶其实就是信不过她的人品。

"那我就自己干！"梁芝华当时心里咬牙切齿地对自己说。

第十九章

春节前信诚旅游地产的年会，董事长程子源的夫人徐宁贤也出席了，还亲自上台为年度优秀员工颁奖。当她把优秀员工十佳的最后一个奖座亲手发到秦安彤手上时，台下的几百名员工就明白，传了一年沸沸扬扬的程秦绯闻应该会平息了。

在整个年会过程中，徐宁贤和秦安彤一直坐在同一张桌旁，亲密地时时耳语。徐宁贤带来的4岁小女儿也被秦安彤熟练地抱在腿上逗弄。

大家都以为这场风波平息后，秦安彤必将更加青云直上，谁知春节刚过的第一个开工日，程子源派完了开工利市，心情愉快地回到董事长办公室，秦安彤便拿着一封信走进来。

"程总，我怀孕了，要辞职。"秦安彤神色有些愁苦。

程子源瞠目结舌地看了秦安彤足有一分钟，才反应过来："怀孕了你也可以工作啊，我公司不歧视孕妇！"

"我真的……要休息比较长的时间……这胎怀得不顺利，要保胎。"秦安彤不安地低下了头。

程子源下意识地瞥了一眼她的肚子，今天她穿了一件宽松款的薄呢上衣，秦安彤有些局促地立刻把手搭在肚子上。

"小秦，你来公司两年了，表现非常好，我一直觉得你能胜任更重要的工作。说实话，你辞职的要求让我有点失望，我可以不安排你出差，暂时调个轻松点的岗位，如果一定要休假，我给，不就是怀胎十月吗？你半年不上班，再回来我都接受！"程子源尽量让自己的眼神里多一些真诚。

所有公司里都是庸才多、人才少，能用到一个得用的人实在不容易，程子源脑海里甚至闪过"她也许是想加薪"的念头，刚要开口，就被秦安彤抢了先："程总，我怀这一胎身体不是很舒服，医生建议我最好全程休息，我是真的没办法了。我辞职不是谋求加薪，您也不用给我留位置，那样会影响公司的正常运作。生完孩子调养好身体，如果您还用得着我，我再回来，从普通职员做起都行。"

程子源哑口无言，又愣了半晌，才拿起笔在那封辞职信上签下了自己的名字。秦安彤拿着辞职信起身，神态愧疚地给程子源深深鞠了个躬，快步走出办公室。

她知道这样做会让发现她、赏识她、支持她的程子源有多失望，也知道自己可能错失事业发展的好机会，但她确实是没有别的办法了，这个孩子她必须生，而且必须辞职生。

半年后，秦安彤生下了一个漂亮的女儿，起名"杜美瑶"。

之所以起这个名字，是因为她终于和孟瑶重逢了。

孟瑶落魄的那两年多，切断了跟所有人的联系，只是和妈妈偶尔通个电话，撒谎糊弄妈妈说在上班，一切都好。妈妈着急要来看她，也被她以"跟李志伟在马来西亚旅游散心"的谎言搪塞过去。直到她的工厂开起来，生产上了正轨，她才找了个机会把妈妈接到深圳，跟妈妈坦白了一切。

妈妈难过得大哭了一场。母女俩相拥痛哭的时刻，孟瑶才把这两年多一直没能流出的泪水全都倒出来。能让妈妈在听到真相后更好地接受，快点度过悲伤，也是她这两年奋力把自己事业、生活搞好的最大推动力。

跟秦安彤联系，则被她推到更晚，因为她打听到秦安彤又怀孕了，但怀胎并不顺利，便不想给秦安彤带去情绪波动。她总是想着，这遭遇只是被以前连熟人都算不上的陈国威得知，便换来了陈国威巨大的同情，如果把这几年的遭遇告诉性情中人秦安彤，不知会给秦安彤带去怎样的冲击。毕竟当初两人一起办婚礼、一起怀孕，仿佛她的幸福与否，与秦安彤也有关联。她衷心希望秦安彤的日子甜蜜幸福，不要被自己的不幸影响一丝一毫。

孟瑶出现在秦安彤面前时，秦安彤尖叫了一声，随后捂着脸低声抽泣起来，泪水从指缝往外流。

不用孟瑶开口，她只看一眼孟瑶那张跟两年多前判若两人、仿佛被风霜反复淬炼过的脸，就知道她一定经历了不同寻常的痛苦。

孟瑶则微笑着看她的肚子："恢复得挺好啊，还没出月子肚子就这么平了！我流个产，过了半年那肚皮才下去的呢！"

秦安彤拉着孟瑶的手，坐在摇篮边，一边看着酣睡如天使的婴儿，一边讲这两年的经历，边讲边哭。两个人的手一直紧握着，在对方手上留下了深深的印记也不舍得放开。

在深圳，那些像浮萍一样在水上偶然相聚的人与人，可能一瞬之后便分开，各有各的方向，此生再也不见，爱过、恨过，都很快如烟飘散。也可能一见之下就牢牢牵住彼此的手，比血亲更亲密、比夫妻更牢固。因为一起吃过的苦、看过的世界，早已给她们塑造出同一段人生记忆，仿佛投胎再造，她们只有在彼此眼里，才能看到那个曾经的自己，是如何一步一步蹚过泥泞走到了今天。此刻，她们庆幸自己竟然还有重逢的勇气，没有在泥泞中跌倒再也爬不起来。

但她们也明白，未来的路还会一样艰险莫测，不知哪天会再面对突如其来的跌宕。

秦安彤又是在生下第二个孩子的百天后，再次入职了程子源的公司，但不是信诚旅游地产，而是信诚信托投资公司。

2004年底圣诞节前夕，孟瑶突然接到一份请柬，邀请她参加"信诚信托投资公司＆温州程氏宗族信托投资基金开业酒会"，落款是"信诚信托投资公司总经理　秦安彤"。

秦安彤怀孕生女的这大半年，程子源的事业发生了重大变化。他的家族成员们发现集资盖房卖房赚钱还是太慢了，不如直接买房炒房来得更快，于是集资成立了基金，交给程子源运作。2004年前后，这种"温州炒房团"开始盯上了深圳即将腾飞的房地产市场，程子源便是其中动手比较早的一个。

几乎从来没打扮过的孟瑶特意找了个美容院做妆发，在美容师的指点下配了几件首饰，盛装出席在凯宾斯基酒店举办的酒会。

圣诞节之夜，酒店的顶楼花园布置得奢华浪漫，城中精英人士盛装出席，衣香鬓影，觥筹交错。第一次出席这种场合的孟瑶努力掩饰着自己的紧张，总担心自己的连衣裙走光，或是耳环掉了一个。这些人里没有人认识她，她却一眼就扫到了好几个经常在电视、报纸上看到的名人，这让每天只在缝纫机和打版台之间打转的她更局促了。

才走进楼顶花园的钻石灯拱门，孟瑶就看到秦安彤向她走来。秦安彤穿了一条黑色紧身长裙，裙上镶了碎钻，深V领酥胸半露，白皙的脖子上戴一条醒目的钻石项链，高高盘起的头发突出了她精致的五官，一对同样镶了钻的大耳环在她脸旁摆来摆去，她远远向孟瑶走来时便满面笑容地张开了双臂。

秦安彤是当晚酒会的主人。公司董事长程子源虽然是老板，但全程十分低调，只讲了几句话，便把场子交给秦安彤。秦安彤也给孟瑶和程子源做了介绍，孟瑶客套了几句，放他们去招呼别的客人。

在满场商界名流、城中富贵面前,秦安彤落落大方地主持酒会,她向大家简单地介绍了信诚投资和程氏信托未来的发展方向——投资一切具有发展潜力的创新项目、开创行业先河的企业,并格外关注房地产行业发展。

主人和嘉宾陆续致辞后,酒会便在管弦乐队演奏的《蓝色多瑙河》中开始了。秦安彤和程子源穿梭在宾客们中间谈笑风生,不时举杯邀饮,兴之所至两人还上台跳了一支舞。

本来孟瑶打算坐坐就走的,她厂里今天在加大夜班,但一直找不到机会跟秦安彤单独聊几句,这样不告而别很不好。就在她坐立不安的时候,秦安彤笑眯眯地端着一杯红酒向她走来,脸上已经多了两朵红晕。

"你老板结婚了吗?"孟瑶迟疑地看着不远处正端着酒杯跟人聊天的程子源,又把目光落回秦安彤脸上。

"想什么哪?人家家庭幸福、儿女双全,日子过得好着呢!"秦安彤微笑的眼神在场上的程子源身上打了个转,又回到孟瑶脸上,收起笑容:"我在跟杜家豪办离婚。"

"啊!"孟瑶手里的酒杯差点推倒在桌上,慌忙扶稳,"为什么啊?"

"我跟程子源之间什么也没有,你信吗?"秦安彤淡定地把杯里的酒喝完,把玩着杯子。

"你说没有我就信,但是……"

"但就是好像有问题,对吧?"秦安彤看着孟瑶笑笑,"杜家豪也是这样想的。可我知道,这些都是借口,他只是受不了我的事业越做越好了。以前他支持我出去工作,不想让我在家做带孩子的主妇,是觉得我最多也就做到办公室白领,斯文体面就行,家庭经济的主要来源还是他。但现在我越做越大了，投资了十几个项目，扶植的企业马上就要上市，经常飞美国、日本，上电视被访问。公司配的车是凯迪拉克，几套十几万的交际服装都是公司出钱给订制的。他现在受不了啦，觉得这些都不是我靠本事换来的，而是别的。"酒杯的细颈在秦安彤的手指间滚来滚去，孟瑶担心这酒杯随时会被秦安彤捏碎。

"那你要给他安全感啊！毕竟你们有儿有女，感情基础又那么好……"孟瑶也不知道说什么好，感觉自己的劝说很无力。

"安全感我给他就有吗？让我给他安全感，这对他是一种侮辱吧？"秦安彤笑笑，手指离开了酒杯，"我爱过他，他也爱过我，这段爱情我们享受过了，这就挺好。以后如果为了爱情彼此束缚住对方，爱便成了枷锁，那才是遗憾呢！"秦安彤语气淡淡，眼神也平静而专注地望着远处的热闹。

孟瑶从吃惊到忧虑，紧紧地盯着秦安彤的嘴唇，这张嘴今晚说出的一切都让她感觉陌生，某些瞬间甚至让她想起她流产那晚的李志伟。

秦安彤也注意到了孟瑶惊恐的表情，轻轻一笑："你别害怕，我说的这些其实本质上都是借口，真正的想法是，不想让这份沉重的感情干扰到我干事业了。现在这份工作对我特别重要，我不想让任何事情拖累到它，我一定要把它干得特别出色，实现我的理想！"

孟瑶张合了几次嘴巴，脑子里换了好几次想说的话，最后她听到自己说出来的是："用借口就把这么幸福的婚姻结束了，你不怕将来后悔吗？"

秦安彤认真地看着孟瑶，半晌，平静地说："你说过，咱们来深圳，不是要过跟在老家时一样的生活。"

孟瑶沉默了。

秦安彤站起身："改天我们约个时间再聊。对了，你跟我来，我给你介绍几个商界举足轻重的大人物，会对你大有帮助！"

孟瑶本能地跟着站起来，又发现自己突然兴致全没了："下次吧，厂里今天赶工，得回去了。"

秦安彤定定地看着孟瑶，好像在想还要跟孟瑶说什么。孟瑶也看了秦安彤一会儿，不知该说什么好。

"我以后可能都是这个样子，应酬交际嘛，你跟我说过，就是把握分寸，达到目的就行。但是我……"秦安彤微笑着说，嘴角竟微微在哆嗦。

孟瑶环视了一下这个灯火辉煌的华丽屋顶花园酒会，目光又回到秦安彤脸上："你心里有数就行。"

"你哪天需要投资，找我。但我会认真审核你的资质，不会随便放水。"秦安彤的微笑终于稳住了。

孟瑶对秦安彤点点头："我会的。"

秦安彤转身便走，走了两步却又回来，手指轻拂，将放在桌边的那个空高脚杯拂落。水晶玻璃酒杯落地，摔了个粉碎。

这清脆的声音淹没在乐声悠扬里，除了孟瑶没人听见。

秦安彤对孟瑶微微一笑，又转身走了。

孟瑶愣了一会儿，也转身离开。走出酒店，打车回厂里的路上，她在出租车上哭个没完没了。她也不知道哪来的悲伤，但就是止不住奔涌而来的一腔眼泪。

第二十章

杜家豪万万没想到，他跟秦安彤的婚姻会走到离婚这一步。

作为一个骨子里传统老派的广州男人，他一直以把老婆、孩子、父亲、妹妹养得滋润光鲜作为自己人生的最大目标。与秦安彤结婚前，他勤勤恳恳地工作，让父亲和妹妹过着比街坊邻居都优渥的生活；结婚后他更是努力，用三年时间在餐饮名店如林的深圳硬是把"杜氏茶餐厅"从籍籍无名做到了"鹏城十大口碑茶餐厅"之一，仅靠200多平方米30多张台，营业额就跟100多张台的大餐馆打平，靠的全是他没日没夜玩命干。别人的餐厅做早市只做到早上十点，做午市、晚市只做到晚上十一点，做宵夜就只做夜间。他是早七晚三，从早餐的肠粉、油条做到宵夜的虾粥、鸡煲。只请了一个厨师跟他轮班，每天他都干满十二小时，除了午市后休息两小时，其余时间他全都在灶台边。

除了身体强壮、精力充沛，他自恃没别的特长，就只能用这一个特长闯世界。

在跟秦安彤确定恋爱关系后，他有过一段时间的自卑，毕竟秦安彤是四川大学中文系毕业生。90年代的大学生含金量高，更何况四川大学是全国排名靠前的重点大学。那个年代能考到重点大学的人大多数都得具备两个条件：一是在聪明、刻苦这两方面都出众，二是父母素质不会太低。像李志伟那样从贫困山区、文盲父母家庭里飞出的凤凰真的是凤毛麟角，极其稀有。

秦安彤的父母都是大学学历的机关干部，在婚礼上杜家豪面对这样高素质的岳父母简直诚惶诚恐，手脚没处放，整个人都傻了。所幸岳父母并没有因为他的学历低就低看他，反而因为他在广州得改革开放风气之先开餐馆创业，而对他充满敬佩，赞赏有加。无论是因为他们的女儿跟他真心相爱、让他们爱屋及乌，还是他们善解人意地给他一个心理平衡，都让杜家豪对这两个人立刻充满敬意。

婚礼前，杜家豪跟着秦安彤回了一趟重庆，杜家豪按照广州规矩向二老下跪敬茶并奉上18888元的彩礼红包。到了深圳的婚礼现场，岳父母把18888元的红包作为嫁妆原礼奉回，并把一套精装的秦安彤爸爸用毛笔亲笔抄写的《川菜大全》菜谱赠送给杜家豪。

杜家豪手捧着菜谱，泪水顿时盈满眼眶，这是饱含着多少对女儿女婿的爱和祝福，才亲笔抄写了这么一本厚厚的菜谱呀！杜伯坐在轮椅上从儿子手中拿过菜谱，翻看了两页也泪湿眼眶，在轮椅上向亲家深深鞠躬。

从各种角度看，杜家豪和秦安彤的婚姻都有一个完美的开始。

结婚后杜家豪在很长一段时间觉得自己幸福上天了。在秦安彤之前杜家豪也曾有过短暂朦胧的初恋，也追过街坊家的妹妹，但秦安彤跟她们都不一样，她那种既高傲又真诚、既泼辣又单纯的性格让他迷恋得无法自拔。杜家来深圳住的是租来的旧房，秦安彤住进杜家第一天，杜家豪去卧室拿装着亲朋送的礼金、礼品的盒子给她，出来却看到秦安彤已经脱下新娘的华贵礼服，换上日常旧衣，戴着胶皮手套跪在卫生间的地板上擦水锈。她一刻不停地忙活了两天，把租来的90多平方米的老公房打扫得到处光鲜亮洁，如同新房一样。

杜家豪享受到了每天无论多晚回家都有人递上一双拖鞋、一块冬暖夏凉的湿毛巾的待遇，而这个贤惠能干、仿佛有用不完的精力每天不停在家里忙活的妻子在床上又有无限温存热情，一双柔软的手臂像有魔力一样纠缠得他神魂颠倒流连忘返。她也将他领入了从前没有见识过的世界，她会带他去电影院看《侏罗纪公园》，附在他耳边给他讲解那些他看不懂的情节。她会在卧室里给他播放交响音乐《维也纳森林的故事》，让他闭起眼睛，在她的解说中想象莱茵河边的森林中有一片草地，很多青年男女在草地上快乐地跳舞。

她也会陪他起早去菜市场进货，本来他只是带她去看个新鲜，可40多斤装活鱼的水箱她二话不说搬起来就往外走。她会在菜贩称重前手疾眼快地挑出混在新鲜蔬菜里面的腐烂菜梗，口齿伶俐地跟菜贩压价，整个菜场的菜贩们都对他竖起大拇指，恭喜他娶到了这么一个漂亮又泼辣的老婆。

她去餐厅跟员工们很快就打成一片，作为新老板娘她会给每个员工发红包，中午吃饭的时候亲手给每人加个鸡腿。她从不盯着他赚多少钱，结婚第一天晚上，他把家里所有的存折都拿给她，被她原封不动地又锁回抽屉。睡觉前做的最后一件事是为瘫痪的公公倒了一盆洗脚水，蹲在地上亲手给公公洗脚、擦干。

杜家豪不敢相信自己一个平平无奇的广州仔能有这么大福气，每天上班路上都会不知不觉笑起来。在深圳开餐厅这两年也认识了几个同行朋友，以前羡慕那些人有妻子协助照料，现在再看那些人的老婆要么是又丑又粗劣的俗妇，要么就是一无是处只知道躺着花老公钱的美艳恶妻，只有他的老婆上得厅堂下得厨房，厅堂上是英姿飒爽的办公室白领丽人，厨房里是贤惠勤劳什么活儿都下得去手的贤妻。

他杜家豪何德何能娶到这么理想的妻子，一定是上辈子做了几百件善事积德修来的。

自从娶了秦安彤,他像换了个人一样,不仅工作生活都更加有干劲,连世界观、价值观都有所改变。以前他觉得妹妹杜家美长得漂亮,就该十指不沾阳春水,将来嫁个能赚钱的好老公,过上富裕的日子就是最好的归宿,而现在他经常以秦安彤为标准劝诫杜家美,唠叨杜家美不会干家务、不会关心照顾父兄、性格不好很难被大众喜欢,甚至都开始质疑杜家美的化妆打扮穿衣风格了,企图让杜家美学习秦安彤的气质。这简直戳中了杜家美的肺管子,说别的还能忍住不回嘴,竟然敢说秦安彤比她更漂亮更会打扮?爱情真的使人盲目吗?杜家美由衷地感到惊讶!

杜家豪唠叨完了也就完了,被妹妹一通冷嘲热讽大发脾气也一笑了之,却没想到这股火在杜家美心里憋到一定程度,居然导致她对秦安彤动手,差点搞没了她的亲侄子。

秦安彤卧床一个多月保胎,那一个月的经历深刻地改变了她,几乎从某种意义上说是她婚姻崩溃的伏笔。

被杜家美打倒后,秦安彤被送到医院,医生看着B超结果说胎儿已经滑到了子宫口,随时会生,但现在生的话胎儿的发育状况并不理想,有心脏畸形的风险,最好再保30天。而保胎这30天秦安彤必须严格平躺卧床,既不能坐起超过30度,也不能侧卧。大小便尤其是大便绝对不能用力,不能坐马桶,只能在床上以平躺的姿势排出。

这可让秦安彤遭了大罪,整整30天的平躺真是酷刑,为了大便不用力更是只能吃流食。

那行尸走肉般的一个月给秦安彤留下了噩梦般的回忆,后遗症就是她从此再不能平躺,只能侧卧睡觉,翻身的时候经过平躺这个姿势时都下意识紧张一下。

那一个月秦妈妈从重庆过来照顾她,杜家美则躲出去住了整整一个月不见人影。杜家豪父子满怀愧疚地跑前跑后打点,秦安彤根本没敢把真相告诉妈妈,只说不小心在家滑了一跤。秦妈妈心疼得日夜睡不着,看着秦安彤直挺挺从早躺到晚、吃喝拉撒都跟全身瘫痪一样不能自主就掉泪。她也只好以女人的经验开解秦安彤:女人生孩子就是要过一次鬼门关的,咬咬牙挺过去,前面就一片光明了。

秦安彤仗着一股狠劲,硬是把这一个月躺下来了,到了预产期去医院生倒是没费什么劲,感觉都没怎么疼孩子就出来了,紧接着催奶、喂奶,杜家上下一起进入了生活新阶段。

可是自从出院抱着孩子回家之后,秦安彤发现自己无论如何也睡不着觉了。

天泽一天要吃七回奶,白天妈妈除了到点叫醒秦安彤喂奶外都催着女儿休息,自己来照顾天泽,夜里秦安彤一定要妈妈休息好,自己定时起来喂奶。可是无论是白天还是夜里,困得死去活来的秦安彤却一沾枕头就精神,怎么也睡不着。一开始她以为只是太累了,多躺一会儿就能睡,可是后来发现完全不是那么回事,越疲劳越是心跳如鼓,闭上眼睛就能感觉到太阳穴的神经在跳,脑子里乱七八糟不知在流窜着什么念头,总之就是睡不着。这样的情况持续了一个多星期,只靠白天频繁瞌睡维持,脑袋总是处在浑浑噩噩、反应迟钝的状态。

她不敢跟妈妈说,妈妈也已经累到崩溃的边缘,血压高、关节炎等老毛病也都出来了。她开始劝妈妈回重庆,毕竟妈妈还有两年才退休,单位上还有一大堆工作,爸爸一个人在家也需要照顾。

杜伯的中风倒是康复得七七八八了,可是这个阶段,他作为公公几乎什么活都插不上手，只能干些力所能及的活来帮点外围的忙，比如每天把三餐做好，这对一个开了半辈子餐厅的老厨师来说是拿手活。但带婴儿、侍候产妇，对他来说是不可能的任务，甚至大多数时间他还需要回避。

自从生了孩子后，秦安彤在吃的这方面倒是享受到了顶级豪华待遇，每天光汤都不带重样的，鲫鱼木瓜汤、通草猪蹄汤、田七红枣炖走地鸡……为了让终日采买洗烧的公公开心，秦安彤每顿都尽量多吃公公做的美味饭菜汤水，吃到她甚至怀疑自己的失眠是被这些营养汤菜补出来的。

杜家豪整日忙于餐厅生意，用频繁往家跑的方式关心着自己的老婆孩子。秦安彤失眠是他先发觉的，心疼得他跺足捶胸，每天晚上他都搂着秦安彤用大拇指掐着她的风池穴助眠，可是改善甚微，秦安彤还是每天瞪着眼睛直到天明。

夫妻俩私下探讨，是不是妈妈在这里，家里进入了非日常生活状态，让秦安彤神经绷得太紧导致失眠的呢？确实，尽管妈是亲妈，但毕竟是跟公公和丈夫同住在一个屋檐下，全家都很拘谨，秦安彤的精神总也难以放松。

就这样过了两个多月，妈妈终于被秦安彤说服，回重庆去了。很快从重庆请来亲戚介绍的一位保姆，担去了妈妈的全部工作，晚上也能靠奶瓶给天泽喂奶，给秦安彤提供了整宿安眠的条件。

家里的状态松弛下来了，可秦安彤的睡眠仍未恢复，现在她连每天短暂的打盹都噩梦连连，半年时间就让她看上去老了十几岁。实在没办法了，她去医院做了一系列检查，医生告诉她："你得了产后抑郁症。"

难怪在失眠之余，秦安彤总觉得胸中有一股燥热的情绪时刻在鼓荡。她想放声大哭，歇斯底里地大骂，摔烂东西，砸破窗户把所有家具都从窗户里扔出去。这些古怪的冲动都被她用强大的意志力压着,才没有发泄出来。她觉得自己的身体就是一个钢铁外壳,里面装满破碎的情绪,什么时候崩溃,全看这个钢铁外壳能维持到什么时候。

妈妈回重庆不久,杜家美才回来,她自从把秦安彤推倒闯了大祸后,一直躲在外面住,跟杜家豪在外面见面,避免跟秦安彤碰头。这时候她已经跟阿龙在外面同居了。

她回来的时候,秦安彤正坐在沙发上给天泽喂奶,保姆在旁边拿着一块毛巾预备着擦漏出来的奶水。杜伯在厨房锅铲叮当地正在准备晚饭,杜家豪在餐厅忙晚市还没回家。

秦安彤听到门锁转动的声音便把目光投向门口,见穿着T恤牛仔裤的杜家美推着两个大箱子走进来,回身关好门,站在原地看着沙发这边。

头发蓬乱的秦安彤面无表情地继续喂奶,目光投向别处,并不与杜家美接触。

杜家美推着两个大箱子来到沙发前,在秦安彤脚下的地上打开箱子。秦安彤看过去,一个箱子满满当当地装着许多婴儿衣服鞋袜、进口尿不湿,另一个则装满进口婴儿奶粉。

秦安彤没说话。杜家美走近她,俯视了一会儿她的脸,一手抬起她的下巴,皱起眉头端详片刻,声音冷冷地说:"你怎么憔悴成这个样子?"

秦安彤头一歪甩掉了她的手:"那不是拜你所赐吗?"

杜家美"哼"了一声,迈步走向厨房,走到一半又转身回来,看着秦安彤说:"你还是出去找工作吧,别这么继续憔悴下去了。"

说完她走进厨房,提高声音对耳朵已经有点背且正在炒菜的杜伯说:"老窦!今晚吃什么啊?"

秦安彤恨恨地看着她的背影，心里蹦出几个脏字。

但那天晚上，秦安彤破天荒地睡着了。两个多月来，她睡了第一个囫囵觉。

第二天早上，她起床拉开窗帘，望着外面的蓝天白云，低头撸下自己肥大的睡裤，捏起肚子上一把肥肉颠了颠，深吸了一口气。

早餐桌上，她对端着一锅炖了一宿的甲鱼汤的公公宣布："爸，我要减肥了！这些全不吃啦！"杜伯闻言不由得瞪大了双眼，刚要开口劝，杜家美把甲鱼汤接了过去，放在自己面前，同时对秦安彤说："别喂奶了，以后我从香港给你带进口奶粉。"

说完好像突然想起什么，杜家美放下勺子起身去门口开了门，从门口报箱里拿出一份《深圳特区报》回到餐桌丢在秦安彤面前。

"找工作。"她指着那份报纸再次向秦安彤强调。

虽然杜家美一百个看不上秦安彤，但她比谁都清楚，能让秦安彤回到过去的状态的唯一方法就是工作。毕竟秦安彤自打进入杜家以来，只是裹挟着刚从职场退下的余威，就把杜家美的气焰从嚣张打到熄火，如果火力全开，其强大一定能碾压掉一切失眠症、抑郁症，杜家美莫名地信这一点。

一个月后，秦安彤成功减掉了十五斤体重，意气风发地又出去找工作了。

杜家豪很欣慰秦安彤终于又恢复了原来的状态，虽然天泽过早断了母乳。起初保姆劝秦安彤可以每天上午或下午回家喂一次奶，也可以在冰箱里存母乳，但都被秦安彤拒绝了。她希望自己是一个全力以赴的人，在她的原则里没有"既要，又要"这种看似兼顾其实根本实现不了的愿景。要么，就全力以赴做好一个母亲；要么，就全力以赴做好一个职场人。那些"既要，又要"的说法不仅是在为难一个职场中的母亲，也是在给一个普通人施加不必要的压力。能做好一面已经很了不起，做不好另一面也不是什么大罪。

在40多岁綦江籍保姆诧异中带有谴责的目光注视下，秦安彤平静地打开杜家美从香港带回来的澳洲奶粉罐，给天泽冲了他人生中第一瓶奶粉。

杜伯和杜家豪对此都顺利地接受了，杜家美连奶粉都没喝过几口，是杜伯和杜家豪用肉汤掺米汤喂大的，不也健康强壮、漂亮出众吗？

自从进了信诚旅游地产，秦安彤就开启了工作狂模式，一个月有二十天在出差，在家的十天也每天加班到很晚。杜家豪起初担心她的身体，可后来看到她比在家坐月子的时候精神和身体都好了很多，也好过离职后在家做家庭主妇的时候，火力全开的架势又回到了他刚认识她时的那种状态，他明白这才是她最想过的生活。杜家豪喜欢这种状态，这才是他心目中周身笼罩着光芒的那个女神一样的秦安彤。

在很长一段时间里，杜家豪以重入职场的秦安彤为傲，秦安彤的每一次被提拔他都与有荣焉，觉得妻子的军功章里也有自己的一半。

有一次秦安彤出差回来，他刚好有空，又恰逢买了一辆新的"丰田佳美"轿车，便开上车去机场接秦安彤。

那天秦安彤从西安坐飞机回深圳，在机场遇到从杭州回到深圳的程子源，两人在取行李的地方碰了面，秦安彤就顺便把自己去西安勘察土地的情况汇报给程子源。

特意穿了一身西装的杜家豪充满期待地站在接机的人群中，看到秦安彤和程子源拖着各自的行李箱有说有笑地并肩走出来。

那天秦安彤穿了一身浅灰色的西装套裙，头发绾了个髻，用发卡别在脑后，西装的翻领处是一抹淡粉色真丝吊带衫的蕾丝边，虽然极淡的妆容透着旅途的疲惫，但神采飞扬的笑容显得更加惹眼。而跟她并行的程子源修长匀称的身材没有一丝中年臃肿的感觉，利落的寸头则让他看上去比实际年龄36岁年轻至少3岁。白衬衫敞着领口，深灰色的西裤，西装上衣则被他挽在手臂上，手臂虽然隐在袖口系紧的白衬衫袖子里，但仍能在行动间让人看出手臂上的肌肉是锻炼过的，有着优美的线条。他的肤色略黑，却又戴了一副金丝边近视眼镜，这让他兼有了健美和斯文两种味道。

身高一米七二的秦安彤和身高一米八三的程子源走在人群中十分扎眼，好多从他们身边经过的旅客都特意再回头看他们一眼，站在围栏外接机的人们也有不少目光追随着他俩。

看到这个画面的杜家豪心里仿佛被什么尖利的东西扎了一下，然后一股酸涩的感觉便丝丝缕缕地钻了出来，蔓延到全身各处，脸上的笑容渐渐消失。

走出接机口的秦安彤马上就看到了杜家豪，扬手向他打招呼，拖着皮箱快步向他走来。杜家豪也赶紧在脸上重新挂好笑容，迎了上去。程子源看到了他，面带微笑地站在原处，等秦安彤带着杜家豪走过去给他介绍。

那天晚上在浴室洗澡时，杜家豪抹干净镜子上的水汽，端详镜子里的自己。因为厨房油烟的长期熏蒸，除了颠勺把胳膊练得比较健壮外，他全身的赘肉是很明显的，皮肤也开始松弛。本来就不以英俊帅气见长的脸，以前因为瘦还干练些，现在随着年龄的增长变得臃肿，就显得无神。他努力睁大眼睛，却丧气地发现无论眼睛是大还是小，都无法改变他五官平庸的布局。

他气愤地想捶那镜子一拳。

从一开始，秦安彤爱上的就不是一个帅气的杜家豪，他也从来没有为此自卑过。可当他第一眼看到程子源的那一刻，不知为什么，从没有在他内心站住过脚的自卑萌芽了。这令他有些暴躁、愤怒，却又不知这愤怒向谁、向何处发泄。

从那天起，杜家豪觉得自己跟以前不一样了，以前那个无时无刻不乐呵呵、见人先亮出一口雪白牙齿的敦厚的开心仔不见了。他整天忧心忡忡地板着个脸，干什么都满怀心事，以至于员工们见到他都下意识躲着走，生怕他找茬。但回到家他还是在门口一秒调整好表情，即使秦安彤不在家，他也要让父亲、妹妹和儿子第一时间看到的是他无忧无虑的笑脸。

秦安彤大部分时间都在出差，天泽出父亲和保姆照顾，杜家美偶尔回家短暂地抱抱天泽、跟天泽玩玩，侍候婴儿吃喝拉撒的事则根本不干，婴儿一哭她就像见了鬼一样，把孩子塞保姆怀里就跑。虽然杜伯带娃热情很高，但中风后残留的一点症状还是让他偶尔手抖，脑袋也经常迷糊，不敢把娇气的婴儿长时间抱在怀里，多数时间只能靠保姆。

以前秦安彤还没上班的时候跟保姆替换着带孩子，保姆的工作量不算太大，这算是秦安彤老乡的保姆还卖力听话，但秦安彤上班后，带娃的全部工作量几乎都落到保姆头上，就不太顺利了，这不行那不干的事儿逐渐出现，牢骚和唠叨也开始增多。这个40多岁的女人在带娃方面很内行，而且还有秦安彤重庆那边的亲戚担保，杜家人对她十分客气。时间长了她看准杜家人忠厚实诚，便逐渐欺了上来。两次要求加工资，杜家豪都满足了，再得寸进尺，干活越来越不主动，指使杜伯干一些自己不想干的活计，对杜伯说话越来越不客气，对婴儿也渐渐地不上心。终于有一天，她让杜伯踩梯子换灯泡，杜伯一脚踩空摔了下来，倒在地上动弹不得。她吓得不知如何交代，竟然没把杜伯扶起来叫救护车，直接收拾东西跑了。

中午杜家美回家吃饭，看到杜伯拖着一瘸一拐的腿正在给躺在婴儿车里大哭的天泽冲奶粉，才赶紧把老爸送到了医院。

幸好杜伯并没摔成怎么样，只是脚腕扭了一下，但保姆就这样一声不响地跑了，令杜家豪十分愤怒。他马不停蹄开始找新保姆，在这段空窗期靠杜家美请了几天事假顶着，可他不可能放心让杜家美照顾婴儿。杜家豪在餐厅心神不宁，一趟一趟频繁往家跑。

出差了一个多星期的秦安彤回到家，发现家里像被打劫了一样乱，一问竟然发生了这么多变故。杜家豪也不像以前一样无所谓地挥挥手说"没关系，我来处理"，而是史无前例地黑了脸。

那天他俩爆发了结婚以来第一次吵架。

杜家豪指责秦安彤找的保姆不靠谱，抱怨秦安彤出差也太频繁了，连一点照顾家的时间都没有。秦安彤则指出杜家豪的餐厅开这么大了，还是事事亲力亲为，甚至主厨的位置都不肯让出来，完全可以请一个经理帮忙料理日常事务，再请一个大厨管理后厨，自己抽身出来多照顾一下家里。

杜家豪吼道："我就是个开小餐厅的老板，手停口停，哪有那么大排场去雇用经理和大厨？你当我是身价上亿的房地产公司老板吗？瞧不起我你去嫁他啊！"

话一出口，秦安彤愣住。

杜家豪也被自己惊呆了，他完全没料到自己会脱口而出这么一句话。

后来新保姆还是请到了，从广州来的以前街坊家的大姐，脾气很好，跟杜伯很熟络，很快把家务和带孩子都干上了手，家里危机解除了。

又没过多久，杜家豪拿出20万来交首付买了一套150平方米带装修的新房子，很快搬了家。天泽开始磕磕绊绊地学走路，杜伯身体越来越好，杜家美跟阿龙热恋，即将有望嫁入豪门，杜家的生活看上去一片大好。

但杜家豪那天脱口而出的那句话却始终在两个人心头回响着。

杜家豪越来越觉得不舒服，他总是拿自己的餐厅去跟程子源的房地产公司比较，人家那是多大的生意，自己这算是什么？他穿上西装照镜子，总觉得自己周身散发着葱姜蒜的味道，喷多少香水都压不住。而程子源每天坐在高档写字楼的董事长办公室里，散发着进口香水味的男女下属们进进出出，谈着动辄几千万的项目，高下立见。自己的老婆秦安彤每天要在他和那男人之间切换，能没有心理落差吗？

于是当秦安彤风尘仆仆拖着旅行箱又一次从外地回到家，杜家豪看她的目光就夹杂了一丝探究、研判、怀疑的意味。甚至详细了解她的行程安排，询问跟程子源交谈的内容，旁敲侧击地打听程子源的背景、家庭状况。

久了，对杜家豪这些反常表现本来完全蒙在鼓里的秦安彤便也明白了。

起初她觉得好笑，这么个憨厚的男人竟然也会吃醋，这没准还给虽然没到七年之痒但已经被生活的烟火气熏得有些平淡的夫妻生活增加点刺激感，让日子过得更有滋味些，但后来她发现杜家豪表现嫉妒的方式跟别人不一样，这才让她不得不认真对待了。

杜家豪表现嫉妒的方式是，自己也干引发秦安彤嫉妒的事。

他俩那次争吵，秦安彤指出杜家豪的餐厅要想做大、做连锁加盟，必须请职业经理人来当店长、雇用专门的大厨，杜家豪虽然反应强烈，但心里是听进去了。在深圳开餐厅这五年，他确实积蓄了一笔可观的资金，是扩充规模的时候了，于是他准备回广州再开一家分店，然后以两家店为基础，引入加盟制，让"杜氏茶餐厅"开遍广东省、开向全国。

华强南这家杜氏茶餐厅请的店长，是一个25岁、大专酒店管理专业毕业的安徽姑娘戴佳佳。

杜家豪本意是想请个能吃苦、身体强壮、有餐饮管理经验的男人，毕竟店长这工作一天站七八个小时，迎来送往、管里管外，既考验耐心又考验体力。他面试了几个人之后，基本确定了要留下其中一个比较理想的男孩子，可是一眼瞥到戴佳佳的简历，她去年一整年都在"潮州王"做大堂经理。

"潮州王"是一家高档连锁海鲜餐厅，现在有一家就开在他的杜氏茶餐厅对面，薪水应该比杜氏高。为什么这姑娘要放弃这么好的职位跳槽到他这里呢？出于好奇他又额外面试了戴佳佳。

戴佳佳说她去年就是在对面这家餐厅当大堂经理。

"那为什么不做了呢？"杜家豪问。想着也许是犯了什么事被炒掉了吧，这事瞒不住，他只消去对面问一句就能搞清楚。

"更喜欢你家茶餐厅，觉得这里生意更好，未来发展也会更好。"戴佳佳瘦瘦的，白净的脸上长着一对丹凤眼，眉毛和嘴唇都细细长长的。

杜家豪的目光从简历上抬起望向姑娘的脸，见对方也正炯炯有神地看着自己。

杜家豪心里一动。

第二天他去对面打听了一下，确实戴佳佳是干得好好的自己辞职，并不是犯了什么错误，这姑娘没说假话。另外这家高档餐厅虽然装修高档、价格高档，但员工待遇却不怎么样，大堂经理月薪也只有四千多，还没有加班费。

"我们这什么岗位都干不久，老板忒抠，拿人当驴使唤！"东北口音的二厨接过杜家豪递过来的烟，点着吸了一口就开始发牢骚。杜家豪也不想打听更多了，一家做潮州菜的餐厅，却雇了个东北人当二厨，就凭这一点，杜家豪抽完烟往自家餐厅走的路上想：对面这"潮州王"开不长。

果然如杜家豪所料，这家当年在深圳开得遍地都是、风头一时无两的高档潮汕风味海鲜餐厅，在一年后连锁店相继倒闭，彻底退出了深圳市场。有传闻老板是兄弟俩，在澳门赌博输光了全部家产；也有传闻兄弟阋墙拆伙把事业毁了，真实原因不得而知。但杜家豪只消听个口音就能判断这家餐厅走不远，也是业内人士的直觉。

试用了戴佳佳两天，这姑娘果然很得用，手脚麻利脑子好使，嘴巴甜反应快，对前堂后厨的程序了解透彻，这两天活干得从厨师到服务员都表示满意，杜家豪便跟她签了正式录用的合同。

秦安彤出差回家，见新保姆把天泽打理得光鲜，公公也精神蛮好地在楼下跟几个老头下象棋，家里到处干干净净，心想总算是度过危机时期了，松了口气，心情愉快，便放下行李去餐厅。前几天她在电话中听杜家豪说请了店长也请了大厨，她也很关心餐厅现在的状况。

去到餐厅，现在是下午四点多，正是午市已休、晚市还没开始准备的当口。厨师和服务员休息的休息、坐在店里聊天的聊天，见秦安彤来了都纷纷起身打招呼，却不见杜家豪。问了人，说是在办公室跟新来的店长谈事情。

秦安彤脚不停步直接往后面的办公室走，远远地就听到里面传来女孩子清脆的笑声。她走到办公室前隔着一扇大玻璃窗，就看到杜家豪坐在办公桌上，跟站在他面前一个个子不高的女孩子聊着什么，满脸都是笑容。

女孩子秦安彤没怎么注意看，倒是杜家豪坐在办公桌上这个动作，让秦安彤产生了莫名的不适感。

这是一个轻佻的动作，杜家豪一向内向稳重，她从来没见过他这样。

她顿了一下，推开虚掩着的门："阿豪，我回来啦！听说你新请的店长上班了？是这位吗？"秦安彤脸上洋溢着轻松的笑容走了进去。

坐在桌子上的杜家豪愣了一下，立刻跳下地，迎向秦安彤，那女孩也转身看着秦安彤，脸上笑得很得体。

"您好老板娘，我叫戴佳佳。"女孩向秦安彤伸出一只手。

秦安彤握住了女孩的手，上下打量。戴佳佳穿着店里的工装，头发梳得干干净净，化了个素淡的妆，一副麻利爽快的样子，从头到脚都让秦安彤看着顺眼。

秦安彤对戴佳佳点点头，笑了笑："以后叫我秦姐就行，别老板娘老板娘的，咱们不兴那一套！"

女孩点了点头，又看向杜家豪："杜总，那我出去了。"

"好！……等下！"杜家豪突然叫住了转身要出去的戴佳佳，伸手去把她有点歪了的领结摆正，然后又端详了一下摆正了的领结。

戴佳佳愣了一下，转身出去，带上了门。

秦安彤也被这个动作弄愣了，半天没反应过来，盯着杜家豪无语良久。

其实那天杜家豪知道秦安彤几点的航班回来，也知道只要她回来都会到餐厅找他，和他一起吃完饭再回家，所以他掐着差不多的时间摆了个轻佻的姿势坐在桌上，就是想让她看见。

当初招店长特意招了这个女孩子，他也是计划好了拿这个刺激秦安彤，他的心思很简单：我杜家豪也不是扔出去没人要的货色，别觉得只有你能跟小白脸老板眉来眼去，我就不能给自己找个年轻漂亮的女下属吗？

他要秦安彤意识到自己也是有分量的，也是有竞争力的，他想让秦安彤有危机感。

秦安彤猜到了这一层，却只为杜家豪的小心眼感到可笑，她拉起杜家豪的手笑着说："带我去后厨认识一下新大厨！今晚尝尝他做的菜，我得看看他水平跟你差多远，差太远了可不行！"

被秦安彤拉着往后厨走的路上，杜家豪心里是愉快的，自己在老婆心目中始终是做菜最好的那个神级大厨。

秦安彤在他身边，他的心就安定，老婆的笑容、老婆的温柔、老婆的快乐都属于他一个人，一切都很安全、很完美。但只要秦安彤离开他的身边，不安感就立刻返回他身上。在他的想象中老婆也会这样对程子源笑、依偎、崇拜，说不定给程子源的还有他从来没见识过的另外一面，也许那一面更野性、性感、柔媚……这样一想他就立刻暴躁起来，如坐针毡。不行，他要千方百计把秦安彤的注意力更多地留在自己身上。

他频繁地搞出事，今天手割个口子，明天嘴巴烫个疱。这些还不够吸引秦安彤，他就频繁向秦安彤报假警，什么"店门被撬了""后厨失火了"，想方设法把秦安彤往餐馆引，引来了就让秦安彤目睹他跟戴佳佳在一起。

日子久了，秦安彤不得不注意到这个戴佳佳了。在秦安彤眼里，戴佳佳就像刚来深圳的她一样，是个刚入职场勤奋单纯的小女孩，看见她就像看到当年的自己，只想给她更多友善、鼓励，不要让她感受到丝毫冷遇和不公，更不想让她跟自己似的，无端背上跟老板有私情的黑锅，被同事嚼舌头根子，只要她这个老板娘不吃味，谣言就起不来。所以杜家豪越是搞事情，她对戴佳佳越是友善。

杜家豪这边却完全不开窍，秦安彤越是无动于衷，他越是搞得起劲，终于玩出了火。

其实戴佳佳辞掉对面的工作来入职杜氏茶餐厅，本来就是奔着杜家豪来的。

她的小姐妹在杜氏茶餐厅做服务员，她休班的时候经常来这里吃饭。听小姐妹说她们老板餐厅做这么大了还每天亲自下厨，对员工也特别好，粮高期准（广东话里薪水叫作"粮"，粮高期准就是薪水高、发工资日期准），还经常带大家去海边玩，是个有良心的好老板。戴佳佳尝了杜家豪做的菜惊为天人，再看到杜家豪本人穿着雪白的厨师装、戴着厨师帽出来，黝黑的脸上绽放着诚挚的笑容，对每一桌的客人都友善地点头招呼，微微弓着身谦逊地听取顾客的意见，魅力十足。戴佳佳也去几家餐厅打过工，没有见过这样不摆架子的老板。当杜家豪走到她的桌前，问她这盘芝士焗虾饭合不合口味时，戴佳佳被他略带沙哑的广普电得浑身发麻，竟然羞红了脸。

所以杜家豪是根本无须在程子源面前有任何自卑感的，在让女孩子一见钟情这方面，他不比程子源差。无论是高傲漂亮的秦安彤，还是青涩单纯的戴佳佳，他自身独特的魅力在她们眼里都立竿见影。

可惜他自己却从来意识不到这一点，还在利用戴佳佳刺激秦安彤的路上愚蠢地前进着。

玩出火是在一个夏天的晚上。前一天戴佳佳偶然发现厨房小工趁夜在往外偷冰柜里的牛肉，她冲上去拦下了，第二天白天跟杜家豪报告，杜家豪立刻炒掉了那个小工。小工遂找了两个老乡埋伏在后门附近，等晚上一点多下了夜班后堵住戴佳佳殴打。杜家豪听到呼喊声连忙跑出来，赶散了三个坏人，救下了戴佳佳。戴佳佳已经被打得鼻青脸肿、鼻孔出血，杜家豪把她带回办公室处理伤情。又委屈又疼的小姑娘，在杜家豪温柔地用酒精棉球擦拭伤口的时候，心跳如鼓，抵不住诱惑把头靠在杜家豪的怀里，紧紧抱住了他。

杜家豪被这一抱彻底搞蒙了，全身僵如木头，血液凝固。

等女孩柔软的嘴唇贴到他嘴唇上时，他才醒过来，挣开怀抱飞也似的跑了。

回到家，杜家豪像溺水的人露出水面，大口大口地呼吸，面色如土，吓得父亲都过来问他是不是路上遇到打劫的了。

杜家豪一夜未眠，悔得直捶床。

第二天一上班，他就把戴佳佳叫进办公室，宣布辞退她，让她立刻去找会计办手续。戴佳佳的脸上还肿着两个包，嘴巴嗫嚅着想说什么，杜家豪像赶苍蝇一样大力挥手，把她赶走了。

戴佳佳走后，他趁着秦安彤出差还没回来，火速又招了个店长。秦安彤回来发现店长换了个浓眉大眼的男孩，还觉得挺可惜，她对戴佳佳印象很好，对女孩子做管理职位也抱有更高的期许。杜家豪说戴佳佳家有急事辞职走了，但看杜家豪那慌乱的表情，秦安彤并不信这个说法。不过她也没往心里去，中年男人事业有成，有小姑娘往身上扑是可以预料的，杜家豪本质忠厚正直，她信得过。

杜家豪心里有鬼，生怕店里的员工看出来什么，也怕戴佳佳走之前跟大家说过什么，鬼鬼祟祟观察了大家好几天，发现没什么后续反应才渐渐放下心来。

经此一事后,杜家豪不敢再玩火了,想着自己妻贤子幼、阖家安康,无端端折腾个什么劲儿呢?餐厅生意越来越好,在广州刚租下来的铺面也开始装修了,马上事业就要上一个新台阶,大把的事情等着自己去做,自己却一门心思干些上不得台面的龌龊勾当算计自己的老婆,真是个没出息的东西!每念及此,他就找没人的地方扇自己俩耳光,然后整理好状态走出去努力做一个好老板、好丈夫、好父亲、好儿子。

广州分店月底就要开业了,杜家豪渐渐频繁地跑广州安排那边的事宜。就在他忙得不可开交的时候,有一天深圳店来了一位沉着脸的年轻人,坐下来就让服务员找老板出来,说有事跟他谈。杜家豪走出来坐在那年轻人对面,那人自我介绍说他叫徐宁成,是程子源的小舅子。

那天徐宁成跟杜家豪说的话,都快把杜家豪的脑袋炸开了。那小子字字句句杀人诛心,他说秦安彤进信诚旅游地产一天没过就破格提拔,短短一年内步步高升,在这个家族企业里一个外人这么好的机遇简直绝无仅有。姐夫对她的青睐和重用全公司都感到骇然,两个人经常关在办公室里一聊几个小时,秦安彤出差在外只要一个电话打到程子源手机上,程子源中断会议也要出去接听。上个月程子源去香港建立办公室,只带了秦安彤一个人,其间在香港住了两天两夜,孤男寡女不知干了什么。程子源经常夜不归宿,根本不管妻子儿女,姐姐徐宁贤目前就像守活寡一样煎熬……

这些听上去无比劲爆的信息,每个词都很尖锐,却没一条有切实证据,都是含沙射影,但把杜家豪狠狠地刺激到了。他完全忘了秦安彤上个月去香港根本不是与程子源两个人,而是带了一个会计、一个客户经理。当晚秦安彤入住希尔顿酒店，还跟同住的女会计一起拍了照片从QQ上发给杜家豪……

那天徐宁成点燃了杜家豪之后，转身便接了姐姐徐宁贤去信诚旅游地产找秦安彤的晦气，结果被程子源一通训斥把姐弟俩都搞熄火了。

杜家豪这边被点起的火却没人能熄灭，活都无心干下去了。他坐立不安了一整天，看着表到了秦安彤下班的时间就跑回了家。

秦安彤没想到在公司经历了一次风暴之后，回到家一场更大的风暴在等着她。

那天的愤怒是单方面的，杜家豪把自己对秦安彤的怀疑、对程子源的嫉妒、对自己生活的所有不安全感一股脑倾泻出来。他声泪俱下地讲述自己如何辛苦经营茶餐厅，努力让老婆、孩子、老爸、妹妹过上更好的生活。他没有高消费，没有业余爱好，从一家只有三张台的小餐厅开始，勤勤恳恳一滴汗珠摔八瓣做到如今，赚到的每一分钱都存起来交给老婆。整个衣柜里最值钱的衣服也才300块不到，全身上下最值钱的就是那个在周大福花3000块买的结婚素戒，而给秦安彤戴上的则是13000港币买的八心八箭钻戒。也许当初他没听周大福售货员的劝诫"婚戒一定要买成对的，否则不吉利啊"，就埋下了今天的祸患。他只想着让秦安彤光鲜亮丽就好了，自己随便怎样都行，哪知道竟然无形中对自己的婚姻下了一个不吉的诅咒。

他还唠叨这些年不知有多少女孩子对他倾心，追着对他示好，可他心里只有秦安彤一个，在秦安彤面前他就像一个整天摇尾讨好的狗、像她脚下的泥，卑微而殷勤地为她铺垫着美好的生活，衬托着她的光彩，他把自己的一切都奉献给了她，却换不来她的忠诚。

秦安彤几乎全程安静地听完了他的控诉，等他讲完了，情绪也渐渐平静下来的时候，冷冷地甩下一句："那你可以选择不过这样的生活嘛，何必委屈自己呢！"便走出卧室去洗手间洗澡了。

第二天一早，杜家豪起床去餐厅时秦安彤还在床上睡着。中午杜家豪回来看孩子的时候，发现秦安彤的旅行箱不见了，父亲说她已经去机场了。

那段时间，杜家豪过着痛苦难熬的日子，怀疑和悔恨轮番拷打着他，他想再跟秦安彤推心置腹地谈谈，秦安彤却回避与他交流。他了解秦安彤，秦安彤才不是一个会心平气和地跟他交流，给他机会忏悔、解释，或者自己哭哭唧唧地解释、认错的人，面对这种破事，她只有两种态度。第一，承认：我就是跟程子源出轨了，怎么样？不接受就离婚！第二，否认：我没有做过的事情，不需要解释，更不可能认错，你爱信不信，难受自己吞，不关我事。现在既然她没有承认，那自然就是否认，而这种冷冷的沉默的否认也昭示着她对杜家豪的失望。

杜家豪那一通控诉可不单单是冲着秦安彤和程子源的关系去的，还包含了很多对她的怨怼和不平。她一直以为和杜家豪的婚姻异常完美，从头到脚都仿佛人间幸福生活的范本一样，谁料想一个捕风捉影的绯闻就炸出杜家豪如泣如诉的这么一大篇怨言。于是她不仅为杜家豪对她的不信任感到失望，而且开始从根上怀疑自己的感觉是否从一开始就错了，这婚姻根本没有原来她以为的那么美好。

带着这些失望和哀怨，两人各自回到工作中。

杜家豪开始了广州分店的布场、招聘工作，当他面试店长一职时，看到简历愕然抬头，对面站着的面试人又是戴佳佳。

半年未见，戴佳佳成熟了很多，头发剪成齐耳短发，显得更加干练。她的眼神也不再羞涩稚嫩，多了几分坚定。

"你不合适。"杜家豪垂下眼皮声音低沉地说。

"杜总，我觉得我最合适，希望您能完全从客观的角度考虑这件事。"戴佳佳眼神毫不躲闪，也足够冷静。

"如果您不能常来广州，却需要这家店完全按照深圳店的规矩经营，那没有人比我更熟悉深圳店的规范了。您虽然是广州人，但这次回广州开店，还是想把在深圳学习到的先进管理经验、比广州优胜的特点带回您的家乡吧？您需要一个懂得深圳经营方式的人。"

戴佳佳平静地说完，看到杜家豪的眼神里开始出现犹豫，于是停了停，又补充了一句："我只是一个打工的，您付给我满意的工资，我给您提供您满意的工作，仅此而已。以前犯过的错误我保证不会再犯，如果再犯，您再开除我。"

杜家豪抬起头，默默地看着站在他面前的戴佳佳。

一瞬间他恍惚觉得，这女孩就像当年他第一次见到的秦安彤，那眼神里的坚定和冷漠，都像极了当年那个顽强求生的外省女孩。

沉默良久，他点了点头。

等他回到深圳后，秦安彤也出差回到了家。那几天杜家美和阿龙的婚约生变，不久秦安彤就因怀孕提出了辞职。

这大半年时间，秦安彤和杜家豪平淡地过着日常生活，他们再也不触及跟程子源和信诚旅游地产有关的话题，但秦安彤再也没回到当初怀杜天泽时那种全力以赴的家庭主妇状态。她每天都在学习，甚至比上班的时候还忙。她报了注册房地产评估师、注册精算师等函授班，每天朝九晚五准时上课；还报了雅思辅导班，周末都去书城大厦上课。由保姆照顾的杜天泽每天在家里乱跑乱叫，秦安彤就像没听见一样依旧全神贯注地看着手上的教材。她像换了一个人，浮躁和沮丧这两种情绪仿佛被她从身体里彻底除了根，她变得无比心平气和。

每天杜家豪下班她不再迎到门口递上拖鞋，但会把他脱下来的散发着厨房气息和汗味的衬衫拿去卫生间丢进洗衣篮。饭桌上，她再也不主动提起话题带动快乐轻松的气氛，而是神色平静地听杜家豪边吃饭边讲一天的见闻。偶尔两人都有空的时间，他们也会带着杜天泽去家附近的荔枝公园，或者去车程一小时的大梅沙海边。她也会对着蔚蓝的大海露出甜美的笑容，也会听杜家豪抱着她在她耳边说温柔的情话，但她不再像以前一样没心没肺地哈哈大笑了，那像重庆火锅一样沸腾的火红的情绪仿佛已经与她告别，这就是她的30、31、32岁。

而杜家豪则有意地一直在向秦安彤展示着自己对家庭的负责、对妻子的爱、对工作的奋斗和努力。他把自己在秦安彤面前的每一分钟都做成完美丈夫的展示板，时时刻刻无声地向秦安彤宣布：看，我做得尽职尽责无懈可击，你有任何对不起我之处，都是你的错，与我无关。

这种无形无影却无时无刻不存在的对秦安彤的PUA，秦安彤平静地承受着。那种她曾经熟悉的感觉又回到了自己身上：她的身体是一个钢铁外壳，里面装满破碎的情绪，她要努力维持这钢铁外壳的完好，不让那些情绪崩溃。

生完杜美瑶之后，秦安彤才有空跟杜家豪去广州看那家据说比深圳总店营业额高一倍的生意火爆的分店。

看到戴佳佳作为店长出现在店堂里，秦安彤瞬间好像明白了什么。她望了一眼戴佳佳看向杜家豪的眼神，又转头看杜家豪。杜家豪对她拼命摇头摆手，她却翘起嘴角露出一个冷冷的微笑。

那天，她决定启动跟杜家豪离婚的程序。

她知道这个女孩跟杜家豪之间也许并没有什么,但杜家豪这大半年对她的 PUA 一定跟这个女孩有关。是这个女孩的存在让杜家豪有了俯视妻子的底气:看,我对别的女人也一样有吸引力,不是离了你就没人要。

她内心对杜家豪还是与当年一样的回答:既然现在的生活你不满意,那你可以选择不过这样的生活,何必委屈自己呢?

杜家豪,我给你重新选择一次的机会。

第二十一章

2007年6月,海达商业广场和馨兰花园的建设终于接近尾声,只要拿到住建局批的许可证开始销售,就可以迅速回笼资金、解除巨大的还贷压力了。这几个月来孙兰兰瘦了一圈,每天都在工地上盯着催进度。前阵子比她还忙的李志伟倒时常不见人影,问他就说和别人在外面搞的运输公司出了点问题,去解决了。

这个运输公司的存在,早就被孙兰兰查出来了。李志伟也不藏着掖着,直言自己对孙氏集团领导权不感兴趣,只想在外面干点自己的副业。孙兰兰并没有就此放过他,仔细查了这鹏远运输公司跟海达地产的往来账目,发现也就是垄断了渣土运输,几年来多赚了四五百万,倒也没其他的问题。她想李志伟再怎么做小伏低,好歹也是个男子汉,总要给他机会干点属于自己的事,也就作罢了。

但她不知道,这个鹏远运输公司早就不是李志伟在外面唯一的产业了,现在迅速蹿红的电商网站"第一网"才是这两年李志伟精心培植起来的大树。

受亚马逊书店、京东多媒体、当当书店的启发,李志伟决定创立电子商务B2C网站,依托自己的物流优势,建立销售全线商品的网上超市。

这两年他就像一只勤奋的老鼠,从孙氏集团里偷钱、偷东西、偷人,拐弯抹角地用来建设他自己的基业。他用孙氏集团的招牌高薪招来了计算机工程部的几位工程师,再忽悠出来帮他干私活。

孙氏集团上下凡是有他用着得力的人才，都用尽手段挖到第一网去。而由于巧妙的股权隐藏，第一网那边从法人代表到董事长、总经理，都找不出任何李志伟的痕迹。

经过两年的建设，第一网赶上了中国电商崛起的大潮，第一年利润就蹿到了300多万，第二年则猛增了10倍，达到3000多万。利润增长如此迅猛，第一网很快走到了必须扩张、融资的阶段，背后的操盘人不能再隐形下去了，李志伟需要走到前台。

既然水到渠成，他也就没再犹豫，选了个日子，开始执行他已经策划了好几年的那个计划。

去住建局拿销售许可证的人慌慌张张回来跟孙兰兰说，住建局要抽查建设质量，然后才能颁发销售许可证。这种抽查通常是百中选一，轮到了没办法推，但基本上也就是走走形式。孙兰兰没当回事，楼房已经建到了规定高度，从原材料到施工是自己日夜盯着的，怕什么呢？大大方方让他们来查吧！

可是住建局的检查小组来了之后，并没有像对别的项目一样，走过场一样到处看看摸摸，然后在房地产老板的陪同下吃顿海鲜便完事了，而是带了一个专业检测的队伍，一电钻钻到梁柱里去，把钻出来的水泥沙土带回去检验。过几天一纸检测报告送到孙兰兰手上：沙是未经淡水处理的海沙，不合格，所有梁柱必须返工。

孙兰兰眼前一黑。

海沙这个事，这几年在深圳闹得沸沸扬扬，市面上到处在传深圳2000年以后建的楼都是海沙楼，容易被腐蚀，过不了十年就会倒塌。但其实沿海城市大部分建筑几乎都是海沙建成的，只是这个海沙要经过严格的淡水冲洗处理，容易倒塌的海沙楼用的是直接从海里捞上来完全未经处理的海沙，其中的盐类腐蚀性很强。海达商业广场和馨兰花园开始建设时，正是深圳对这方面严查的时候，进的沙土都得有七天内相关机构检测证明才会用，怎么可能出这个漏洞？

孙兰兰查遍了沙土供应商的账务记录，发现这三年都是同一家供应商"悦海"在供应沙土，只有一个月悦海供不上，李志伟临时找到一家"华天"供了100吨，而这次住建局抽检的那栋楼恰恰用的是这100吨。

华天供的这100吨沙，查不到任何检测证明。

孙兰兰打李志伟电话打不通，自己跑去住建局解释。住建局毫不通融，告诉孙兰兰明天将派人普查两个项目的全部在建楼房，其他合不合格先不说，这一栋必须彻底返工。

孙兰兰急了，30层的楼已经建了16层，返工是要全拆掉吗？哪个地产公司承受得起这种程度的返工啊？住建局工作人员面无表情地看了一眼这个面红耳赤的女人，冷冷地说："拆得了就拆，拆不了就炸！"

孙兰兰急匆匆返回公司跟孙大英汇报。馨兰花园贷款一个亿，海达商业广场贷款三个亿，这两个项目每月都要还近七百万的利息，现在集团所有的销售都在为它们扛利息，再不开售要顶不住了。

孙大英在地上踱来踱去。现在更严峻的问题还不是利息压力，而是用海沙的楼房有多少。在建一共十八栋，同时期用同一批次沙子的楼很可能有五六栋，100吨海沙普遍分布在这五六栋楼。住建局的检查组发现一栋有问题后，势必要普查所有楼房，如果真被查出来，那可就不是拆一栋的问题了，而是拆五六栋！不要说他孙大英承受不了这个损失，就是让财大气粗的万科、碧桂园遇上，也能瞬间要命啊！

孙兰兰傻了："不会吧？"

孙父盯着孙兰兰:"怎么不会?我看了李志伟跟华天签的合同,那个价格低得反常!咱们可能被他算计了!"

孙兰兰愣愣地盯着父亲,掏出手机继续拨打李志伟的电话。

李志伟关机,整个人就此消失不见。

半个月后,住建局将馨兰花园和海达商业广场海沙楼事件全市通报,勒令整体拆除海沙建造的五栋楼房,相关单位取消五年施工资格,待问题楼房修复后检查合格,方可重新颁发销售许可证。

而孙兰兰从里面打听出来的消息,是有人匿名向住建局举报海达商业地产违规使用不合格海沙,并寄去了一袋华天供应的海沙土。

这就是李志伟蓄力五年的致命一击。

接到通报的当晚,孙大英便脑溢血发作,从此卧床不起。

孙兰兰卖出手上全部项目也还不完银行贷款,只好申请破产清算。

孙家遭到如此重大打击的同时,李志伟担任董事长的信息也变更到"第一网"工商登记的各种资料上。李志伟横空出世,各种媒体都在宣传着这位一夜爆红的电商界传奇人物。

李志伟跟孙兰兰办离婚倒是没费多大事,孙大英和孙兰兰名下已经没有什么财产了,车、房子、地块都进入了法拍程序,以偿还欠银行的巨额债务,孙兰兰推着坐轮椅的父亲搬进了一套租来的60平方米小公寓。李志伟派律师送来离婚协议,提出只要把儿子孙瑞琪的抚养权交给他,永远放弃探视、见面权利,他就会终生付给孙兰兰每月5万元的生活费。

孙兰兰肝胆欲碎。

她没想到一直以来对她唯命是从的李志伟内心竟是这样狠毒,

她痛悔自己轻视了这个花钱买来的高考状元、清华高才生,本来她对他干脆利索地抛弃了孟瑶是有怀疑、有戒备的,却被他意气风发地干事业的架势蒙蔽了眼睛。她觉得他只是以事业为重,拿女人当踏板,那他为孙家打江山也正如她所愿,哪想到他不是来为孙家打江山的,而是毁了孙家的江山。

骨子里她还是一个希望男人比自己强的小女人。她觉得女人再强精力也有限,总要在一定阶段把重心转到家庭、孩子上,男人总归是女人的靠山,把家族事业做大做强是男人的事。她想着等海达地产的基业稳固后,把手上所有权力都交给李志伟,不管父亲同不同意,她一定力推李志伟。而父亲对李志伟的欣赏也是与日俱增,随着父亲身体的衰老,整个海达集团都交到李志伟乃至儿子孙瑞琪手上,几乎是必然。

可没想到从一开始,李志伟就把妻离子散、家破人亡的仇记在了她的头上,布局五年只为复仇。

到今天,她竟是连直起腰杆拒绝生活费、把亲生儿子抢到手的能力也没有。她要照顾后半辈子将在轮椅上度过的父亲,家产已灰飞烟灭,今后不知做何生计,每月5万元对如今的她而言是救命钱,无奈只好在协议上签字。

离婚的所有手续李志伟都是通过律师跟孙兰兰交流的,孙兰兰只在办离婚证当天在民政局见过一次李志伟。

她冲上去要斥责他,却被他带来的两个人远远地挡住。李志伟隔着几米的距离看着她,嘴角挑起一抹轻蔑的微笑。

民政局的办事员让他俩坐近点,被李志伟拒绝,他说:"这个女人情绪不正常,还是别刺激她了吧,当心她发作起来把你们这里砸了。"

他再抬眼望向孙兰兰的时候,让孙兰兰瞬间绝望。那一眼让她明白，这个男人她从来就不认识，她从来就没有进入过这个男人内心的哪怕一寸。她在他眼里，跟陌生人无异。

后来，她甚至连多看他一眼的勇气都没了。

李志伟拿回儿子的抚养权，第二天便去公安局户政科把儿子的名字从"孙瑞琪"改成了"李睿麒"。

"我李志伟的血脉，岂是靠祥瑞祖荫苟活之辈？他必有超乎常人的智慧、异乎常人的胆略，龙凤麒麟之属！"领着儿子走在深南中路，李志伟听到自己胸腔中发出虎啸龙吟的声音，这声音冲出他的头顶，直冲云霄，久久地盘旋在天空。

第二十二章

每年的六月几乎都是深圳的雨季，雨会连续几天十几天地下。这里的人们习惯了在雨中的日常生活，什么也不会耽误。

孟瑶坐在新房里发呆。

自从租住进那套陈国威让给她的单身公寓里，五年间就一直住在那。她对自己的生活质量几乎毫无要求，这些年她赚了些钱，早都买得起房子了，但一直没有买。不知为何，一想到买房她就想起当初李志伟买了一套新房向她求婚的情景。买房意味着成家，她不想要家，家给她带来的全是痛苦回忆。当初那个崭新的房子，她到处奔波买来每一件家具、电器、花瓶、床单。她当初铺下的每一寸欣喜、期待、幸福感，后来都化成了一根根钉子，刺向她全身，直到千疮百孔、血流满地。

那个家给她留下的记忆，是她必须滚过去才能获得新生的一张钉板。

后来她住进了只有一张破床板的楼梯隔间，却感到安心。就像之前住过的工厂宿舍一样，那些地方她不拥有一寸，便也不会失去任何东西。整个世界没有一件东西是属于自己的才好，不占有，便也不会被夺取，这种心态从此渗透了她的人生观。

但后来，那个单身公寓所属的小区因为建体育场要被拆除，房东限她一个月内搬离。她想都没想就打算出去再租一套。

陈国威劝她买房，说起码要在这座城市有一个属于自己的容身之所，租房租到老是不现实的，人老了之后房东都不敢把房租给她，怕死在里面不吉利。

2004年以后的深圳，经历了一个房地产低潮期后，大量类似程子源和秦安彤经营的温州炒房公司的那种民间资本涌入深圳市场，搅动起第一波购房热潮。房价一天一涨，稍微一犹豫，过几天价格就可能创新高。深圳是个年轻的移民城市，居民平均年龄32岁，所有深圳人几乎都处于结婚生育的最佳年龄，买房是每个人最迫切的需求。被涨价的形势煽动着，手里有点积蓄的人都心急火燎天天盘算着买房。

于是孟瑶平生第一次走进售楼处，买了一套120平方米的房子，总价90万。

拿到这套精装房的钥匙后，她长达半年时间没做任何动作，单身公寓的最后期限到了后，她宁可把自己的东西搬到厂里宿舍堆着，人也去宿舍住，都不愿意买些基础生活设施住进自己无须装修的新房子。

陈国威看到这情况便明白了，要过了新房的钥匙，花了几天时间把生活设施配齐，连卫生都搞好，再把钥匙还给她。

搬进新房的第一天晚上，孟瑶整晚没有开灯，坐在地上哭了很久。

她发现自己竟然开始怕家、怕有家的感觉。晚上她睡不着，后半夜还是离开家去街上走。在满街乱跑的大老鼠、大蟑螂中间行走，被突然驶过身边的摩托车吓一跳，被摇摇晃晃的醉鬼冲到面前来胡言乱语骚扰，被路灯下衣着暴露的站街女凝视，她觉得这些都比在家里散发着新棉花香味的被子里睡觉更安心。

在住进新房连续一个月失眠之后，她终于忍不住跟陈国威说，想跟他换房住，她去住陈国威租在红岭小区的那套40平方米的小房。

陈国威并没有问为什么便痛快答应了。他知道孟瑶心里那个伤口，可能还要花好多年才能彻底平复。孟瑶始终没有硬装坚强，她很柔韧，会默不作声地忍住所有痛苦，低头继续走，但绝不会仰天大笑装出毫不在乎的样子。

就是这种总是很冷静的样子，令陈国威狠狠地心疼。他也是花了好多年时间，才找到了抚慰她的方式。但他仍然不能离这个女人太近，他怕那样会吓跑她。他也是个不愿意被人逼迫的人，所以不会逼迫别人。

他能做到的就是尽自己的能力包围住她，让她在这个小小的范围内任性地活着，不用跟他解释，随时可以崩溃，不必假装坚强。

孟瑶得到陈国威同意后，三下五除二就把自己的东西收拾了一个小箱子，打电话给陈国威说她可以换房了，即将打出租车出发，半个小时后到达。

在公司办公室的陈国威挂了电话，发了会儿呆，突然一拍大腿，跳起来就往外跑。

他想起来，今早出来时，看到小区门口马路边的一个井盖没了，他立刻报给了物业，不知物业修复了没有。而今天的大雨从中午开始下，到现在还没停，那个糟糕的门口一定积水很多，一旦孟瑶掉进那个井口就麻烦了。

他开车飞驰回家，把车停在路边，徒步走了20多米走到那个积水路段，发现水已经快到膝盖了。他挽起裤腿在水里走来走去，感受着水流的力度，接近井盖附近时感到旋涡的力度突然加大，果然那缺盖的井口物业根本没处理。他骂了一句脏话，撑起伞站在附近，紧紧盯着来往的出租车。

孟瑶拎着行李下车后，看到的就是大雨中陈国威站在齐膝的水中打着伞、向她挥手的情景。

她永远也不会忘记那个情景。

她向他奔去,他却在大雨的喧哗声中用尽全力不停地大喊:"不要过来!这里危险!"

他的挥手和大喊几度让他失去平衡,差点栽到那个井口里去。

孟瑶拎着行李包走到他身边,拉起他的手,两人踉跄着在水里相携,一起向小区门口走去。

那一段滂沱大雨中的路,他们走得磕磕绊绊,但手始终紧紧地拉着。陈国威手中的伞被雨砸得歪歪斜斜,早都起不到作用了,没过脚踝的积水又令他无法判断路况,走得深一脚浅一脚。他索性扔了雨伞,另一只手紧紧地挽住孟瑶的腰,让两个人走得更加稳当。孟瑶则紧紧抱住自己的行李包,低下头迎着滂沱大雨一步一步前行。

从小区门口到单元门口不到50米的路,却让他们感觉仿佛跋涉过大半生。

当他们终于跨过最后一道水沟,站在单元门屋檐下的台阶上时,互相凝视着对方湿淋淋的脸,情不自禁地紧紧拥抱在一起。

湿透的衣服紧紧贴在一起传递着彼此皮肤的炙热,那温度一下子点燃了他们内心的火苗,令他们急切地寻找到对方的嘴唇,热烈地吻上去。

嘴唇刚刚贴了一下,他们似乎愣住了,瞬间分开,隔了一点距离去看对方的眼睛。确认了眼睛里都有相同的渴望,他们立刻又更热烈地吻在一起。这个吻很长很长,长到从大雨中依然有天光的时辰一直吻到天地漆黑一片。

那天陈国威帮孟瑶安置好后,吃了孟瑶做的饭,外面的大雨还没有停。陈国威拎着自己的行李箱说他的车停在离小区门口有点远的路边,太晚了该回去了。

他转身要走时却被孟瑶抓住了胳膊。他回头看孟瑶,孟瑶的眼睛在背对灯光的地方亮着星星一样的光。

"雨太大了,今晚别回了。"孟瑶小声说。

陈国威愣住,呆了好一会儿,扔下行李箱冲过去抱住孟瑶。

孟瑶感到身体里回旋着一股久违的眩晕,裹挟着巨大的热度,她的脸紧贴着的陈国威的胸膛十分炽热,剧烈的心跳隔着身体敲击着她的灵魂。她不由得在眩晕中对自己深深地叹了一口气,这日防夜防最终也防不住的力量就是爱情啊,果然世界上唯一掩盖不住的两件事就是爱情和咳嗽。她曾经逼着自己发誓再也不要接近爱情,但她还是失败了,她不得不向这种力量臣服。

从那天开始,孟瑶会经常留宿在陈国威家里,陈国威也经常留宿在孟瑶家里,两个人的关系终于迈到了新阶段。"家"这个概念被这种新的生活方式定义,不知不觉,她不再对"家"过敏了。

这几年,顺丰快递迅速发展壮大,已经把网络扩展到了全国。同时,长三角的"四通一达"也把网络覆盖到了广东。激烈的行业竞争把深圳民营小快递生存空间挤压得越来越小,很多老板已经卖掉公司离场,其他公司也到处谋求出售。陈国威的"启明物流"由于基础设施做得还不错,德邦、圆通等几大物流公司均向它发出了收购意向。陈国威一开始不死心,又做了好几个互联网与物流关联的软件,企图以互联网优势杀出一条血路,但均以失败告终。

就在他即将灰心绝望的时刻,偶然在法拍网上看到破产的海达地产在拍卖一块8万平方米的工业用地,底价5000万元,无人竞拍,不由得内心一动。

陈国威跟庄启明商量，打算把启明物流卖给德邦，再卖掉父母留给他的那套香港房子，凑钱来买下法拍网那8万平方米工业用地，建物流园，然后经营这个物流园。

这些年他狼奔豕突地跟着各种突然蹿出来的新行业、新模式跑，累了，看透了自己优柔寡断、不敢冒险的性格并不适合去踏空拓荒。他学的是软件工程专业，这些年发展最迅猛的就是互联网相关产业，而这么多的风口他几乎一个都没踩准，这就不是运气的问题了，只关乎眼光和魄力。既然如此，那就没必要在注定走不通的路上再浪费力气。他想起五年前自己瞧不起的小超人李泽楷，那阔少不也是在数码港项目上一无所成，转头靠数码港那块地建房卖房反而赚了比做互联网科技多几百上千倍的利润吗？

买地、买房，永远不会错。

庄启明这些年在加拿大也没少折腾，开过中餐厅、搞过旅游中介，但也没做多大，当初委托给陈国威经营的这个启明物流竟然做成了他最大的产业。本来他就想跟陈国威开口抽出公司股份，但没好意思。等陈国威说出这个方案时，他立刻表示赞成。毕竟启明物流在这么多年后，溢价了很多，他能拿回的收益远远高于最初的一百万。而买房买地这种投资，他作为一个香港人更是打基因里就认可的。于是在陈国威拍下地块后，庄启明立刻把自己那部分资金也投入了物流园建设。

事实证明，这几年陈国威、孟瑶、庄启明做出的关于买房买地的决定，无论是经过慎重考虑，还是临时起意，后来都被验证为无比正确的决定。

孟瑶90万买的120平方米商品房，第二年就涨到了180万，10年后涨到了1200万。再后来她卖掉这套商品房买别墅，那套别墅过了多年又涨到了8000万。

陈国威和庄启明花5000万买下的那块地，经营物流园10年赚了3个多亿，10年后因为建高速公路被政府收回，获得补偿6亿。

他们呕心沥血，花费了全部青春经营的那些事业、谋算的那些发展，在房价暴涨面前不过是锦上添花的那一朵小小的花。

时代的大风吹起来，每个人都身不由己。

第二十三章

2008年这个年景，从年初开始就不对劲，冬天温度特别低，全国闹冻灾，贵州山区的高压输电线都冻断了。

深圳也冷得出奇，连续一个多月气温都在5℃~6℃，所有商场的取暖电器都卖断货了，厚棉被也买不到。对这个穿短裤、T恤就能混过一整年的亚热带城市来说，这寒冷来得猝不及防，人们把衣柜里能套的衣服都套上还是冷得过不下去，只能去买北方人冬天穿的厚衣物。

卖服装的商人疯狂地到处找货源，孟瑶的工厂日夜加班生产羽绒服、厚棉服，客户整天坐在厂里等提货。

那个春节，孟瑶没回老家，年三十都是在加班中度过的。

陈国威刚在蔚蓝海岸买了一套房，还没装修完，现在住的房子里空调又是单冷机，他对孟瑶说太冷了，两个人一起住暖和些。孟瑶心里清楚这些都是借口，但有借口总是好的，便默许了他推着几个大箱子搬来一起住。

确实两个人一起住暖和了很多，早上一个人在床上醒来，能听到厨房里传来另一个人做早餐的声音；夜里一个人从噩梦中惊醒，听到旁边另一个人发出均匀的鼻息声，会感到安全。现实比梦里更平静安稳，人到中年的时候过上这样的生活，孟瑶觉得自己也还算幸运了。

妈妈去年来深圳看望孟瑶，虽然早已知道孟瑶和李志伟离婚的事情，但见到女儿仍然单身，便触动往事，难过得不行。

孟瑶和李志伟婚后回过一次承德，宋慧英对这个女婿十分满意，几乎抚平了她在孟瑶离家后的所有担忧、悔恨、惦念，觉得女儿从此过上一辈子幸福无忧的生活了。

后来宋慧英经常跟孟瑶通电话，不厌其烦地叮嘱女儿要侍候好女婿，早点生孩子，不要犯倔跟女婿吵架。像大多数中国女儿的父母一样，她教给女儿的都是做妻子的"常识"：服从丈夫、服务丈夫、辅佐丈夫。

从小到大，孟瑶对母亲的训诫从来都是唯唯诺诺，但真正做的时候，还是按照自己的想法来，骨子里她从来都有自己的主意。在跟李志伟热恋的最初，她跟所有20岁出头的女孩子一样，根本不会去想这份爱情会变质、变淡、消失甚至背叛。她和无数那个年代出生于城市、家境普通、经历平淡的女孩一样，看到的世界纯粹而简单，完全预料不到后来会有那么多起伏跌宕。

然而经历了便是经历了，在有时顺风顺水得让人觉得根本不用出力就能飞，有时倒霉背运到顶风冒雪还要深陷泥潭、举步维艰的人生里，她屏住"我就是不能被打倒"这口气，也便没有感觉到多么怨尤、多么痛苦了。

跟陈国威的事孟瑶也和妈妈说了。对女儿这第二位男朋友，宋慧英的态度就谨慎得近乎悲观了。香港人、自己开公司、30多岁单身，这些信息都让她感到不安，女儿表达的"不会跟他结婚，走一步看一步"的态度更令她不安。难不成女儿跟梁芝华一样，也沦为香港人包的二奶？

梁芝华的事几年前在老家传得沸沸扬扬时，宋慧英气急败坏地打电话来问孟瑶知不知道这件事，孟瑶表示来深圳第一天就知道了。宋慧英连忙让孟瑶把和李志伟的婚纱照片底版给她寄回去，还有李志伟在清华大学的毕业照、在公司工地的工作照。

她把这些照片翻拍洗印了很多放在家里、店里各处，还揣在身上逢人便给人看，努力摆脱女儿在深圳也有可能是二奶之嫌。

生活在中国的小城市，人的名声太重要了，亲戚朋友圈就那么大，丑闻一个小时内就能传遍。在家乡人眼里，孟瑶和梁芝华这两个在深圳好几年也没见一面的毫不相干的人，因着"深圳"这两个字会被莫名地结合成为紧密的一体，梁芝华是什么人，孟瑶就是什么人，宋慧英百口莫辩。她不得不采取紧急的隔离措施，将孟瑶从梁芝华的丑闻中撇清。尽管这种行为看上去太像"此地无银"，但没办法，小城市就这样。

可现在，孟瑶干脆找了个香港人做男朋友，这不又让她陷入说不清的境地了吗？再听孟瑶说不打算结婚、生孩子，她更是忧心忡忡，难道说女儿这辈子就这么交代了吗？今后回承德一旦亲戚朋友问起来，怎么解释这种状态？没孩子、没婚姻，一把年纪开着个服装厂，还有个香港男朋友，这、这、这让家乡人怎么评价？没有对照的模板啊！

孟瑶也没跟妈妈多做解释，更没把梁芝华的近况告诉妈妈。若是宋慧英得知梁芝华现在是跟一个60岁美国老头同居，以男女朋友关系相处，不结婚也不生孩子，宋慧英肯定第一时间跟女儿的情况联系起来，更加崩溃。

深圳带给宋慧英太多困惑了。这个处处崭新的城市路上走的几乎都是年轻人，不像内陆遍地是老年人。这里的人都行色匆匆，过个斑马线几乎都在飞奔。大热天也有人穿着西装革履，大冬天也有很多女孩子光着两条腿穿超短裙。这城市的人大部分都说普通话，宋慧英却听不懂几句。那些年轻人无论是上班还是下班，在地铁还是公交站等车，耳朵上都挂着耳机，手里捧着书本嘴里念念有词。作为一个60多岁的老年人，宋慧英每次上地铁、公交，都立刻会有三四个年轻人站起来给她让座，在商场要进出玻璃门时都会有年轻人立刻帮她开门。虽然这周到的礼貌让她经常受宠若惊，但那些年轻人在让座和帮忙之后脸上又不约而同地重新换上冷漠的表情。无论是上班还是下班，他们都打扮精致，表情冷漠。在老家跟陌生人都能很快聊得热火朝天的宋慧英，从来没在地铁和公交上跟这些年轻人成功地搭讪上一句半句。他们总是显得很累、很紧张，事情永远干不完的样子，不关心别人，一门心思只赶自己的路。

看着看着，宋慧英不知不觉地放弃了对孟瑶的追究，孟瑶比这些年轻人还要忙、还要累。算了，她爱过什么日子就过什么日子吧，结不结婚、生不生孩子都无所谓了，只要她健康、安稳，宋慧英便别无所求。

来深圳的这些时间，孟瑶带着妈妈跟陈国威一起吃过饭，逛过世界之窗、小梅沙。宋慧英见两人相处的模式平淡而随意，既像一起生活了多年的夫妻，却又总是保持着礼貌的距离，在一起的时候互相关心照顾，分开后却又不闻不问各奔东西，好几天没音信也不以为意。

陈国威对宋慧英的态度也礼敬有加，却并不试图亲近，言辞中没有像"女婿"对"丈母娘"的那种巴结谄媚的态度，更没有像当年李志伟跟宋慧英相处时那样总是兴致勃勃地打听孟瑶的童年趣事、成长经历。

他好像只是对孟瑶有兴趣，只对孟瑶的现在有兴趣。

但他从一开始就叫宋慧英"妈妈"。

那是宋慧英第一次见到陈国威的时候，孟瑶带着她约陈国威在一家广东茶楼吃早茶。孟瑶去洗手间的工夫，服务员送一盘虾肉肠粉上来，附带着一碟酱油，那是孟瑶给自己点的。宋慧英端起那碟酱油就要倒在雪白的肠粉上,陈国威操着港味的普通话说:"妈妈,孟瑶不爱吃酱油,她喜欢吃白肠粉。"

这句话让宋慧英呆住了。

让她震惊的不只是那声"妈妈",还有这个男人对孟瑶的了解已经超越了她。她并不知道自己这个养了20多年的北方生、北方长的女儿如今已经不喜欢吃酱油,喜欢吃的白肠粉已完全不存在她的经验体系里。她也不知道孟瑶不爱吃香菜,但每餐几乎都离不了豆腐。

宋慧英看到,他们两个人都非常忙。

宋慧英曾去孟瑶的厂里看过,巨大的车间里机器声嗡嗡,孟瑶指挥几百个工人的样子飒爽干练,是一个她完全没见过的样子。

宋慧英也去陈国威的物流园看过了,那里更是广阔纵深、喧闹复杂,陈国威呈现出的稳重老成也是她根本无从了解的气质。

陈国威英语说得非常地道,孟瑶能听懂如天书般的粤语。两个人吃完饭坐在电脑前对着屏幕讨论,普通话里夹杂着不少英文单词和粤语词。孟瑶熟练操作着鼠标在电脑屏幕上三下两下就画出一幅服装设计草图,陈国威接过鼠标则三下两下就能把那张草图变成立体动画。

这一切都让宋慧英感到极其陌生。至此,她只能无奈承认:她并不认识眼前这个亲生女儿,这世界已经不是她了解的世界了。

上一次宋慧英离开深圳,孟瑶送她上飞机前,她絮絮嘱托:"能结婚就尽量结婚,趁还能生孩子就生一个,有孩子的女人老来才有靠……"孟瑶拦腰打断,只说了一句:"妈,我38岁了。"

这一次宋慧英离开深圳,只是长叹一声,对孟瑶没有做出一个字的临别指示。

她明白:孩子总归是长大了,长大了就有她自己的命。

2008年除夕，孟瑶和陈国威一起度过。孟瑶的房子里有暖风空调，他俩喝了一瓶红酒，坐在羊剪绒地毯上聊了一整夜，第二天早早起床奔向各自的工作岗位。

他们从来没有对对方正式表白过，也没有任何仪式性的物件、日期、言语来划分从朋友到情侣的界限，不谈关于过去的解释、未来的承诺，那些永久、一生一世的神圣词汇绝口不提。日常只是你洗菜我淘米，你炒菜我煲汤，一边忙活着这些凡俗的活计，一边聊着今天干了什么工作、遇到什么人，谈谈网上看来的八卦、电视剧里的是非。吃完饭慵懒地依偎在沙发上有一句没一句地聊聊，困极了便睡，睡醒了抱住那个触手可及的身体深深地吻下去，再用充足的睡眠换来深夜里极尽欢愉的缠绵。做爱前不需用甜蜜的许诺去索求，事毕不需用山盟海誓安抚，就倒头睡去，在一个阳光灿烂的明日各奔各的忙碌。

这样便很好，生活如此，夫复何求？

五月，深圳的天气开始热了起来。

孟瑶接了一个急活，是北京某个奥运志愿者团体的统一服装。这批服装原本在另一家厂早就做好了，但因为一个标志要调整需要全部返工，那家厂的单排不过来，找来找去只有缨禧服装厂有空档且产能跟得上，便找上了孟瑶。

全厂上下听说接了奥运会的单，顿时沸腾了。那一年全国人民都被北京即将举行的奥运会鼓舞着，谁能做到跟奥运沾边的工作简直是无比荣耀。孟瑶无须动员，工人们就已摩拳擦掌，准备三班倒连轴转把这一单高质量完成。

孟瑶从家里收拾了一箱东西准备搬到厂里宿舍住。陈国威也跟她说要出差去成都几天，去那边谈一块地，如果谈下来就把物流园的业务扩展到成都去。孟瑶答应了一声，两个人拖着各自的箱子打算一起出门，走到门口却觉得这样一句话也没说好像有点不好，又想不出该说什么。

出了楼下的单元门，陈国威在走向自己车子前，突然搂住孟瑶的腰亲了她一下，然后逃似的拉开车门坐进去一溜烟开走了。

孟瑶愣了一下，笑着对车的背影摇摇头。

孟瑶这一个班加得昏天黑地，终日在缝纫机的嗡嗡声和钉配件的咔嗒声中度过，浑不知日月流转、天地玄黄。

突然有一天，她去缝纫车间看到几个工人没有干活，聚在一起面色凄惶地边谈论边抹眼泪，她赶忙过去问是怎么回事。

一个工人抽泣着："孟总，老家地震了，家里人联系不上了！"

孟瑶问她老家哪里，她说四川绵阳。另外几个工人都争着告诉她：她们也是四川的，家里人电话都打不通。

孟瑶站在原地反应了半天，心想这地震怎么还震到手机座机都没信号了呢？她愣神的半响，旁边一个大嗓门的男工凑上来嚷嚷了一句："孟总，你没上网、没看电视吗？昨天汶川地震了，八级！巨大的地震！楼房塌了好多，死了好多人啦！"

孟瑶大惊，慌忙跑回办公室去打开电脑和电视，看着看着，她天旋地转。电视上成都的街头房倒屋塌，人们在街上四散奔跑，眼看着一堵墙就倒了下去，几个人消失在倒塌的墙泛起的一阵尘烟里。

她慌忙掏出手机哆嗦着打陈国威的手机，手机像打进了一个黑洞，既没有接通的声音，也没有关机的声音，就那样黑乎乎地沉默着。她打了十几次，全都这样。

她坐在没开空调的炎热办公室里，却手脚冰凉，如被冰雪。她脑子里飞速又杂乱无章地回忆着陈国威走之前留下的信息：他是去都江堰看地，成都的合作者接待，可能在成都住一天，都江堰住两三天。

她又抓起鼠标搜索都江堰灾情，都江堰比成都市区严重得多，解放军正在从倒塌的废墟里夜以继日地挖被埋住的人。

她感觉脑袋像被冻住了一样失去了正常的思考能力，甚至想不起陈国威的脸长什么样子，脑海里只能出现他日常那个总是有些丧丧的背影，以及嘴角牵起的一个懒洋洋的笑容，整个人摊在沙发上用那还没完全脱尽香港腔的普通话拖着长音对她说："随便啦！吃什么你定啦，不要辣的就好！"以及他站在落地窗前突然凑到她面前，定定地看着她的脸，一副深情的样子仿佛要吻她，却只是伸手摸了摸她的头发。

孟瑶突然扔下鼠标，又拿起手机拨陈国威的手机，拿起桌上的座机拨陈国威的手机，跑到外面去找别的电话打陈国威的手机。

都没有结果，那边一直是个沉默的黑洞。

她跟跟跄跄地进了车间，找了个没人用的缝纫机开始埋头干活。工厂加班了三天，她三天没吃没睡，像一个永动机一样高效率地做出了别的工人三倍的活。然后她坚持跟质检员把最后一件合格品检查完、折叠好、放进包装袋，包装袋装箱，箱子装车，货车开上高速公路。她安顿好工人，让行政人员留好那几个跟亲属失联的四川工人的联络方式，尽量满足她们的诉求。

做完这一切，她开车回到家，把自己埋进床上的棉被里，那棉被上还留着陈国威的气息。

一场昏睡，她做了无数狰狞颠覆的噩梦，在梦里她挣扎着努力醒来，却又有一个意识告诉她醒来要面对的现实可能比噩梦还要残酷。她奔跑着哭号着不知向何处去，她想在梦中见到陈国威，无数次按手机上的数字键，却一次也按不对陈国威的号码。

上午的阳光已经照进客厅很远的位置，孟瑶还把自己埋在棉被堆里睡着。

门锁慢慢转动，门打开，陈国威拉着行李箱走进来，他衣服上有很多尘土，头发也乱糟糟的，神色疲惫。他把行李箱放在一边，扫视了一下房间，看到餐桌上放着孟瑶的包，立刻走到卧室里。

他看到孟瑶抱着棉被在床上沉睡，满脸泪痕，手里紧紧抓着手机，眼皮在不断地抽搐，应该还陷在一个噩梦里。

陈国威坐近孟瑶，轻轻地用手指擦拭孟瑶脸上的泪痕。

孟瑶慢慢醒了，突然看到陈国威，她腾地坐起来，直勾勾地瞪着陈国威，伸手去摸他的脸。

半晌她才发出声音，抖得厉害："你是真的吗？我没在做梦吧？"

陈国威抓住她抚上他脸的手，紧紧地攥着。

孟瑶哭叫："啊！你怎么才回来啊？吓死我了！"

孟瑶扑到陈国威怀里，两人紧紧地拥抱在一起。

陈国威搂着孟瑶的手拍着孟瑶的后背："别怕，我没事，只是没有航班。手机也没有信号，那边的通信全都瘫痪了！"

那天夜里，两人抱在一起躺在床上，不说话，也睡不着。

整个五月，陈国威都经常半夜被孟瑶从噩梦中醒来的动作惊醒，这个月他们注定过不安稳了。

六月的某一天，陈国威回到孟瑶家，见孟瑶常用的旅行箱不见了。不久他接到孟瑶的电话，说出差去了上海，要跟上海的几个设计师一起做秋冬新款的设计，可能要闭门搞一个月。

"你的新房不是已经装修好了吗？"孟瑶停了停，说。

陈国威愣了一下，忙回答："是，可以搬进去住了。"

"哦。"孟瑶答一句，便挂了电话。

陈国威便搬出了孟瑶的家。

他明白孟瑶这一个多月来的心情，她不想让自己回到过去的境况中。爱一个人爱到生死相许，把一生的希望都寄托在对方身上，为对方的命运魂牵梦萦，一旦失去便失魂落魄，这是孟瑶不愿意再陷入的那种生活。她仍旧希望自己能尽可能地独立、安全，没人、没感情能找到缝隙伤害她，她不想再背负任何承诺，也不想为任何人付出更深的牵挂。在寂寞的时候互相慰藉可以，但如饥似渴、非你不可的相嵌相融，她抗拒。

其实对陈国威来说，又何尝不是如此。

他所了解的自己，也许是天生选择困难症，也许是从小父母给他带来的漂泊无根的生活方式的影响，他内心深处总觉得只能依靠自己。一个人的生活是最自由的，两个人情投意合的融洽其实处处都要付出妥协和牺牲，换来的幸福和安稳总带着些失落，或不甘心。

不如牢牢地站在自己最有把握的地方，不强求、不妥协，得之我幸、失之我命。

孟瑶一个月后从上海回到深圳，她没有联络陈国威。

八月八日奥运会开幕式那天晚上，她给自己煮了一只波士顿龙虾。准备开瓶红酒看电视上的开幕式时，发现家里红酒没了，便跑去街上买红酒。

路过海上世界的酒吧，她看到陈国威正和一群香港人一起喝啤酒看开幕式。她走了进去，陈国威搂住她，为她倒了一杯卑尔根鸡尾酒。

当大脚印的烟花在北京上空炸响的时候，他们拥吻在一起。

酒吧里已经喝得嗨起来的人们拍着桌子兴奋地狂叫，为他们的吻，也为了壮丽的烟花。

那天晚上整个中国都沉浸在欢乐的海洋里。

第二十四章

樱禧服装厂关闭时,是工业区最后一家服装厂。

从 2010 年开始,孟瑶就隔三岔五被工业区里的服装厂老板请去喝关厂酒。这些年服装厂越来越不好做,珠三角的人力成本越来越高,欧美大牌把代工单都逐渐移去了马来西亚、越南、印尼。内单也越来越倾斜到因为当地愿意给优惠政策而成本更低、产能更大的福建、江苏、浙江等地。大多数存活下来的深圳服装厂开始做自己的品牌,但自己的牌子想做到代工单利润那么高不容易。电商的崛起,缩短了一切消费品的销售渠道,导致成本大量削减。互联网的普及、网购的方便快捷,也让消费者们大大扩展了选择的视野,能看到的好东西一下子多起来,产品间的竞争也就变得更加激烈。

孟瑶押对了第一个变化。从 2006 年她便开始网罗、培育自己的设计师团队,设计开发"樱禧"中高端女性办公、休闲、青春、运动等多个系列服装,连续几年参加国内国际应季时装发布会,在市场上打出了名号,同时在各大城市商业中心地带都建立专柜和专卖店,也紧跟形势去淘宝、天猫、京东等电商平台开设网络零售店。这让她在代工单彻底断绝前就顺利过渡到自产品牌的生产销售阶段,不仅活了下来,还获得了新生。

但第二个变化孟瑶却无论如何跟不上了。自从"腾笼换鸟"的政策在深圳所有以低端制造业为主的工业区落实后,一波接一波的工厂被补贴加强制的手段清了出去。那些电子厂、机械厂、钟表厂的搬厂车辆，每天排着队驶出工业区，驶向隔壁的东莞、惠州，甚至更远的湖南。

孟瑶参加了好几次工业区组织传达文件的会议，她对政策的理解是：污染大、效率低、技术手段低下的工厂才在此次清理之列。服装厂没有很大污染，这些年升级改造搞得很成功，所有国际先进技术全跟上了，且自深圳建特区以来服装业就是支柱产业，支撑起了深圳 GDP 的一大块，政府怎么会清理到服装业头上的呢？

但自 2013 年开始，她发现工业区里服装厂越来越少，工业区方加租幅度和频率越来越高，租金以前每三年涨 10%，现在每年就涨 10%。

受不了涨租搬走的那些老板，劝孟瑶也快找地方搬："还看不出来啊？深圳不欢迎我们这些非高科技的工厂啦，这就是变相赶我们走！再不识相搬走，光交租就能把你交破产啦！"

孟瑶想不通，去找秦安彤说说。忙得脚不点地的秦安彤约了三次才有空会见她，一见面她就说她想搬到惠州，建一个比深圳厂大一倍的服装厂。

秦安彤瞪起眼睛："我说孟小姐！你还活在中世纪啊？现在深圳要搞什么产业你清不清楚？金融！高科技！互联网！除了这几个，其他什么产业都不在政府扶持之列！你知道我现在想投资的高科技企业有多少吗？没有几千也有几百家！"

她拍了拍红木办公桌上一尺厚的一摞文件："天天看都看不过来！这里面肯定有第二个阿里巴巴、腾讯、百度，我如果把它们找出来，这辈子就躺赢啦！"

孟瑶看了看那厚厚的一沓文件，又把目光转回秦安彤："你会投资基础制造业吗？比如，服装厂、塑料厂、机械厂、食品厂……"

秦安彤头立刻摇得拨浪鼓一样:"不不!不可能!你们开工厂的,干一年累死累活,费电、费水、费人工,年底赚个20%到头了,我能分到多少红利?腾讯上市股价就暴涨200%,而最初它的投资人也只投了区区10个亿。10亿变2000亿,你说我投不投它?"

"那,总得有人干制造业吧?"孟瑶迷惑了。

"肯定有人干啊,人活着离不开衣食住行。"秦安彤拉开抽屉拿出一盒巧克力,拆开包装塞给孟瑶一块,自己也拿出一块咬了一口,"最近太忙,吃饭不及时,低血糖动不动就犯。"她一边嚼一边解释,站起来走来走去,"这些产业自然会流动到劳动力成本低的地区去,甚至国家。市场经济有它的规律给你调节,劳动力贵了,这些产业在深圳待不住,去湖南。湖南又贵了,去贵州。贵州哪天也请不起工人了,就去越南了。这你不用操心,它总会有个去处。深圳寸土寸金,开的工厂也要生产价值高的东西。现在关键是政策给出了这个信号,深圳已经有大批的高科技企业涌进来,咱们得把握好机会!"

秦安彤停止踱步,走到孟瑶面前,拉把椅子坐下,认真地看着孟瑶。

"哎,你把你这个厂关了,别再开服装厂了,把钱交给我,我拿去投资。有两个选择:一是高科技项目,有风险,但一旦赚就赚上天;二是投资买房,没有风险,稳赚,但周期会稍微慢,但十年翻五倍总是有的。"秦安彤继续嚼着巧克力,一双单眼皮大眼睛烁烁放光地看着孟瑶。

"那厂卖了,钱都拿去投资,我干什么去啊?"孟瑶愣愣地问。

"你结婚、生孩子啊……哎努努力你这个年龄其实生一个还是有可能的！你跟陈国威，就不能再往前走一步吗？"秦安彤上手大咧咧地拍了拍孟瑶的肚子。

生孩子？孟瑶不由得冷笑了一下。

这么多年她的人生观早都变成尽量少地把自己的薄弱之处暴露给这个世界，不让别人有机会伤害自己。结婚、生孩子、付出感情、付出承诺、对别人有所期待，这些都是把自己交出去的方式，一旦交出去换不回对等的收益，她会谴责自己愚蠢。涉世未深的时候这种愚蠢的错误犯就犯了，吃的亏只能认；40多岁再犯这种错误，她就不能原谅自己。

秦安彤太了解她了，见她脸上的神气，便又掰了一块巧克力塞到她嘴里，绽出一个灿烂笑容："你也可以去做个新的行业。你看李志伟，在电商行业干得如鱼得水，第一网、共享单车、社区无人商店、同城送菜，哪哪儿都有他的投资，干一个赚一个！人家以前干什么的？建筑、装修、房地产！服装厂也不是你当初学的专业，怎么你这辈子就认准在这一棵树上吊死呢？换换脑筋，换换啊！"

秦安彤还要叽里呱啦说下去，桌上的两个手机同时响了起来，赶忙跳起来忙她的事去了。

孟瑶走到窗边，望着窗外林立的高楼大厦。

秦安彤这几年变化很大，虽然还是那个骄傲、爽快、暴躁、泼辣的性子，但显而易见地盛气凌人了起来，大概跟她干了五六年基金投资有关系。信诚基金在深圳和上海等国内一、二线城市买了无数房子，随便出手都几倍、几十倍地赚，即使大家都知道这是因为赶上了房价暴涨的风口，但任何人遇上这种顺风顺水的形势都免不得要自信心爆棚，更何况本来就野心勃勃的秦安彤。

她来深圳就是要实现宏图大志，证明自己不是池中物。

李志伟、杜家豪、陈国威，甚至梁芝华都跟秦安彤有着相似的抱负，如今他们都各自走在实现抱负的路上，有着不同程度的春风得意。

孟瑶和他们略有不同，当初只是因为不想过一眼能望到头的生活来到深圳，却也在这二十年里随着命运的波浪起伏跌宕，体验了滋味格外丰富莫测的人生，也算实现了当初的梦想。

深圳，似乎真的是一个能帮人实现理想的应许之地。

但孟瑶总觉得有什么不对，或者缺失了什么。具体是什么，她想破了头也想不清楚，只能再往前走走看。

二十年来，她眼看着深圳这座城市越来越繁华兴盛，但二十年前在高楼大厦之间，就有大块草高过人的荒野，也有破烂无序的城中村握手楼。二十年后，高楼大厦、繁华街区的面积占了城市更大的比例，但仍有小块的荒野间杂其中，城中村也仍然顽强地存活着。这座城市靠四面八方汇集到此的人们按照各自的欲望野蛮生长，才发展到了今天这个生机勃勃的局面。物种多样化是进化的希望，如果被外力干预进来，强行统一到一种生态、一种标准、一种档次，这座城市的未来会变成什么样子？

1992年，联合国人居署将联合国人居奖授予深圳市住宅局，因为他们发现深圳有几百万平方米的城中村，这些农民自发建设的杂乱无章的建筑，虽然看上去乱糟糟的，破坏城市整体规划，却有效地解决了大部分外来人口的居住问题，成为这座迅速崛起的现代化大城市的缓冲地带。它看上去破烂凌乱，其实生机勃勃，生活无比方便，给几乎每一个刚来深圳的人带来最初的温暖。它的凌乱是根据其中居民的需求生长出来的，而不是被整体规划出来的。人居住的每一个空间，都应该是被人的生活需求塑造出来的，而不是被无形而强大的力量规划出来的。凡是规划出来的，必将被无数个个体的无数个个性化需求重新塑造，整齐划一的美不是生命之美。生命之美和生命的力量必然是杂乱无章、野蛮生长后的结果，这种结果才有强大的生命力，它是决定人类演进的最终力量。

大自然早都向人类昭示了：力量不是最初的手段，而是最终的结果。

孟瑶甩了甩头，自嘲地笑笑。从何时起，自己竟然觉得有资格站在高楼顶上忧虑这个大都市的未来了？其实无论是二十年前还是今天，自己始终是一个打工妹，一个被席卷在时代洪流中载沉载浮的普通人。

不过，孟瑶还是听从了秦安彤的劝告，不久之后就关了缨禧服装厂，把所有单都外包给福建、浙江的服装厂，只在深圳租了一层写字楼做设计研发中心。

工业区总算送走了缨禧服装厂这最后一个钉子户，很快就热热闹闹地大兴土木，建起了又一座高新软件园。

厂子关了以后，孟瑶过了好一段精神萎靡的日子。

突然失去了缨禧服装厂这个精神支柱，她觉得自己像个技术不高的游泳者，以前在浅水区脚能碰到地面还信心十足，一旦游进了深水区，脚下没了地面，立刻就慌了。她胡乱蹬着，越挣扎越没有凭借，越没有凭借越心慌。

到现在她才知道，自己并没有以前以为的那么坚强。她几乎感觉自己又来到了多年前离婚后的那个早晨，拖着缝纫机站在命运的十字路口。

也许，结个婚算了？

这个念头刚一冒出来，突然有一天就接到了李志伟的电话。

那是一个陌生号码的来电，孟瑶接起来，听到一个结结巴巴的声音："嗨，孟瑶，好久不见……"虽然这声音有些含混，仿佛对方是用手捂着话筒在说话，但她还是第一时间听出了是李志伟。

他有些胆怯地，不知从何说起地结结巴巴，手机信号也不算好，孟瑶换了个位置才听清楚。

他说他要做一个紧急的手术，但医院要求必须有紧急联系人，在麻醉手术的时候签字。他找不到这样一个合适的人，情急之下只想到了孟瑶，问孟瑶可不可以帮这样一个忙。

离婚后的二十年，他们之间没有任何联系，也都换了手机号码。孟瑶不知李志伟从哪里拿到了自己手机号，听他说完，第一反应就是拒绝。但又犹豫了一下这样是不是不太好，一时又不知如何作答。

李志伟见对方一直沉默，越发紧张起来，把事情加了些细节又解释了一遍。

他体检查出了胆囊里面有一个以异常速度增大的囊肿，医生建议他尽快切掉，如果不尽快切除的话，以囊肿的生长速度可能一两个月就会撑破胆囊，有生命危险。而这个手术需要全麻，全麻手术按规定必须有家属签风险告知书，以及在手术结束后在门口由家属接走患者，不满足这两个条件医院不肯做手术，没有家属的话，找个紧急联系人来签这个字也行。

李志伟说完，又开始等孟瑶回话，在等的过程中，他听到自己的呼吸声，有一点颤抖的起伏。

"你可以找个同事和朋友做你的紧急联系人啊！"等了几秒钟，李志伟终于听到了孟瑶的声音。

"可以是可以，但是……"李志伟顿了一下，深呼吸了一口气，"医生说切出来的囊肿要化验一下，有50%的概率是恶性的……如果是胆囊恶性肿瘤的话,这消息我不想让其他人知道,毕竟……毕竟我公司上市了……"李志伟又停了一下,语气一变,"啊啊对不起!要不就算了,我去找别人,这么一个添堵的事儿不该麻烦你,不好意思……"

说完这句话他等了好几秒,孟瑶还是沉默,但也没挂掉电话。

他看着屏幕上孟瑶的号码,无声地叹了口气,说了声"再见"便把电话挂掉了。

号码从屏幕上消失,李志伟仍盯了一会儿那曾经出现过孟瑶声音的一小块黑色屏幕,下意识用大拇指上去擦了擦。

电话又响了,只响了一声他便接了起来。

孟瑶说:"好吧,哪家医院?哪天?"

第三天早上,穿着病号服的李志伟站在住院部走廊上迎接孟瑶。

没有比这种整整相隔二十年的相见对彼此更有视觉冲击力的了。孟瑶眼里的李志伟就是个50岁的中年男人:头发有点稀疏,但还没到谢顶的地步;人并没有发胖,但皮肤原地松弛下去了;以前好看的剑眉里面夹杂些白色,眼睛周围的皮肤有些下垂;两腮和嘴角都呈现一个向下的趋势,一笑起来各处的皱纹积极地涌现,格外深刻地一起向上弯曲。

李志伟眼中的孟瑶倒是变化不大,比以前白了些胖了些,仍留着跟二十年前一样的长直黑发。虽然对他热情的笑容报以淡淡的微笑,眼角也多了几丝细细的鱼尾纹,但那双丹凤眼里的眼神,仍然像二十年前一样清澈,眼神像能看穿人心一样直接。

孟瑶跟李志伟沿着走廊回到病房,一路上一句话也没有说。李志伟絮絮叨叨地填补着话语的空白,他说一个小时后手术开始,昨天12点之后医生就不许他吃饭喝水了,今天早上又输了个液,然后就等着手术室那边排队了。现在做手术的人很多,找了熟识的医生才加了个塞儿……

孟瑶感受到了他内心的紧张，但她并不紧张，经过二十年的心理建设，她早把关于这个男人的一切都放下了。对她来说，这就是一件再平常不过的日常事务，签个字，等几个小时做完手术，明天再来签收一个病理报告就结束了。

她早已不是二十年前那个不谙世事的女孩，二十年的人生积累能让她看穿一切表象和图谋，她也不再对这个男人有任何欲望。无欲则刚，无欲则事事通透。

昨天挂了电话后她想了想，一个上市公司董事长的身体健康属于高度机密，李志伟找她确实有他的道理。只是她不明白这么多年了，难道他还没把湖北老家的爸爸接到深圳来一起生活吗？还是他父亲已经不在世了？

他还有前妻，还有儿子……

李志伟和孙兰兰的离婚事件在商场上曾传得沸沸扬扬，至今还是人们评价李志伟心狠手辣、谋略深远的佐证。这也是很多草根凤凰男羡慕的励精图治、卧薪尝胆的励志故事。人们大多对故事的开头和结尾津津乐道，却很少有人去想象那些或惊心动魄、或血肉模糊的过程。故事和现实的区别，是故事往往只有开头、高潮和结尾，但现实却被一个接一个的偶发事件不断地改变着莫测的方向，人只是其中被推着行走的棋子，完全不知道前方有什么在等待着自己。

回到李志伟的单人VIP病房，见孟瑶一路上一个字都没有说，李志伟也闭上了嘴，他拉了一把椅子放在病床边，然后自己躺到病床上。

孟瑶抱着自己的包犹豫了一下，坐到那张椅子上去。

躺着的李志伟久久地注视着孟瑶，孟瑶的目光则打量着病房中的每个物件，偶尔飘到李志伟的脸上。

"你跟陈国威还没结婚吗？"李志伟忽然轻声问。

这着意放轻的声音，伴随着细微的呼吸声，让孟瑶的心颤了一下。

她摇了摇头。

她早就听陈国威说起过，他跟李志伟打过交道。

去年陈国威在成都租下了高新区十二栋整整一个小区的房子做白领公寓，跟李志伟旗下的全屋智能家居公司合作，要签将近5000万的项目。

按理说这种具体的项目不需要李志伟亲自出马，但一来因为全屋智能家居这个领域这几年竞争愈加激烈，跟成都白领公寓这种十几栋体量的项目合作如果能发展成长期战略关系，对全屋智能家居的存续发展有关键性作用；二来李志伟一看到"陈国威"这个名字便格外上心，他想跟他面对面打一打交道。

其实很多年前，他就已经知晓了孟瑶和陈国威的关系。

那个在他和孟瑶婚礼上短暂出现的香港青年，他已经没什么印象了，但后来在商界的各种场合，他都没少跟这个人谋面，甚至在做渣土运输的时候，他的公司还跟陈国威的"启明物流"竞争过，一起去投标同一个项目。陈国威只有四辆货车，需要至少十五辆车的项目自然要把启明物流这样的小公司首先排掉。可是最后战胜李志伟的那家公司赫然有陈国威的加入，宁可让掉一半利润陈国威也要有活干。当时已经在孙大英公司当上工程总监，却日日处心积虑挖孙家墙角的李志伟正在到处招揽人才，顿时对陈国威起了兴趣。他侧面打听到这个启明物流就是个吃了上顿没下顿的小东西，便派人去谈想收了它，没想到被陈国威干脆地拒绝了。

他好奇心更盛，亲自上门去跟陈国威谈，迎面撞上了陈国威冷漠甚至带有些愤怒的态度，他刚开口就被陈国威把话头截掉，端茶送客。

李志伟当时不明白这愤怒来自何方。直到又过了几年，启明快递蹿红成为深圳知名度仅次于顺丰的快递公司时，他才从商场上得知，陈国威是缨禧服装厂老板孟瑶同居了多年的男朋友。

听到这个信息的时候，他的心脏是着实痛了一下的，但转念一想却又好受了许多。她有同居多年的男朋友，说明这些年里有人照顾她，她并没有如他多年来梦里梦到的那样孤苦伶仃、艰难困苦，这让他很是安慰。

说来也怪，在得知这个信息之前，李志伟一直规规矩矩，从未背叛孙兰兰在外面搞女人。自从得知孟瑶有了男朋友之后，李志伟突然开戒了，从此夜夜笙歌到处留宿，瞒着孙兰兰频繁偷鸡摸狗起来。

他之前下意识为孟瑶守贞，一直觉得他是孟瑶的男人、孟瑶是他的女人，但这一日他们之间的羁绊终于断了，孟瑶跟他再无关系了。人家和那个有着高贵香港身份、俊逸斯文的海归精英早都卿卿我我、你侬我侬好多年了，于是他也释然了。

但另一个恶念却由此而生。每每想到这个香港人，李志伟在跟那些风月场中的女人亲热的时候就会突然面露狰狞、歇斯底里地仰天大笑起来，甚至突然把酒泼对方一脸，把杯子往地上猛地摔碎。

但这一关，他李志伟终于过了。以后再想起孟瑶，立刻跟着出现的标签是"陈国威的女人"，心中不再有那突然袭来的万箭穿心的痛感，总算好过了许多。

又过了些年，他事业做得更大，格局也随着变大。作为国内数一数二的电商大佬，跟旗下几千套精装高档白领公寓的拥有者陈国威再次碰面，既没有跟对方比拼风头之心，当年堵在胸口那一股恶念也没了，只剩下好奇，他想看看被孟瑶滋润的男人活到中年是什么样子。也就是说，他心里窃窃地盘算，如果当年他和孟瑶幸福地生活到现在，就该是陈国威现在的样子吧。

一见之下，那男人竟然比他年轻好多、精神好多，完全没有他那长期被酒色财气浸淫出来的油腻状态。那股通身清俊的书生气质始终还在，就连那温润的香港腔普通话都还完整地保留着，与他目光交锋之际，愤怒没了，冷漠依旧。

这顿时激起了李志伟心中猛烈的嫉妒，时隔多年，他又愤怒了。

如果"孟瑶的男人"到了50岁就是这么出色，那他岂不损失巨大？商人的好胜心一上来，他浑然忘了自己当初干了什么、过去二十多年发生过什么，只觉得是眼前这男人从他手里夺走了孟瑶，他恨不得马上杀之而后快。

而那天的陈国威，原本是去跟全屋智能家居公司的CEO签约的，没料想半路杀出了CEO的顶头上司集团总裁李志伟。李志伟直接走到他面前微笑着向他伸出了手，他也只好微笑相迎。他当然早就知道这是李志伟旗下的企业，但本来是在商言商，不就签个普通的项目吗？对方居然如此重视，反而让他多想了一层。

尤其是告别之际，李志伟跟他握手时眼底掠过的一抹杀气，无端端勾起他本来已经放下的忌惮。

走出会议室，他对负责这个项目的副总低声说："暂缓这个项目全屋智能家居的施工，先不要下订单。"

这一拖就拖了一年，全屋智能家居公司那边火急火燎地催，成都白领公寓这边却一拖再拖，公寓装修完全都租出去了，也没装上这个全屋智能家居，当年的战略合作协议成了一纸空文。而原本指望这个项目以及后续的利好搞几轮融资的全屋智能家居公司没能支撑下去,就此一命呜呼。

被妒火突然烧了一下的李志伟顾不得这么多,回去后立刻到处打听孟瑶的近况。听到孟瑶和陈国威竟然这么多年一直没结婚,李志伟愣住了。

那一刻,他感觉脑袋只有一个念头:孟瑶还爱着我!

被一股莫名的意气灌满了的他无法进行理智思考,也是因为多年来这种妄想从没在他心里彻底死掉,如今稍有一点风吹草动它就引燃了。他此刻只相信自己愿意信的,他还有机会!他要夺回孟瑶!

恰在此刻,前阵子体检的医生给他打电话,说他胆囊的问题不能再拖了,于是他灵机一动找上了孟瑶。

手术做完后的一夜,李志伟发起了高烧。孟瑶陪在床边,听他说了一宿胡话,胡话里别的内容都听不清,只有"孟瑶"两个字发音一直清楚。

发烧的李志伟口齿不清地唠叨着些陈谷子烂芝麻的往事,那些早都尘封在孟瑶记忆深处的短暂的对话和呼唤,他的语气一时激烈、一时深情、一时哀怨、一时痛悔。

守在床边的孟瑶默默地听着,渐渐泪流满面。

那些如夜雨敲窗的往昔岁月随着这些唠叨扑面而来。它们虽然已旧得发黄、画面斑驳,但每一帧都仿佛仍点缀着当年的心跳,那些柔情蜜意已经不能让她心动了,毕竟风沙雨雪这些年她已经历太多。但他的呼吸声、他的呻吟声仍是那么熟悉,这曾经让她感到幸福,也感到恐惧。曾经是她心底藏得最深的伤痛记忆,如今都泛了上来,听得她呜呜咽咽地哭了一夜。

第二天一早李志伟醒来,烧已经退了,孟瑶给他端来一碗粥。

粥碗交接的瞬间,李志伟望着孟瑶的眼睛,内心告诉自己这应该就是平行时空里的一个平淡温馨的早晨,夫妻相对,举案齐眉。

巡房的医生走进来,告诉他病理报告出来了,良性的,没啥问题。

孟瑶立刻拿了自己的包站起身,向他告辞。还没等他开口说什么,孟瑶已经头也不回地消失在了门口。

几天后李志伟出院,再打孟瑶的电话,显示机主已停机。

为了让李志伟不再联系她,孟瑶注销了原来的电话号码。

第二十五章

孟瑶只休息了一个星期，便又开始去设计中心上班。

不用天天泡在嗡嗡作响的缝纫车间的孟瑶，终于有充裕时间放在研究设计、开发产品和管理销售这些方面了。要学的东西太多，她每天几乎都在满负荷地边学习边应用，对生产和销售的遥控，考验着她的谈判和计算能力；组一个能力强、相处融洽的设计师团队也要比拼情商和智商，这些都是以前孟瑶很少需要考虑的，现在是每天的日常，她一头扎进来，就再也出不去了。

时代变了，人们对服装的喜好越来越五花八门。以前那种一款时装推出来一夜红遍大江南北人手必备一件的好事一去不返，现在服装生产商对流行趋势的研判大多是瞎子拿冲锋枪射麻雀，闭着眼漫天散射，掉下几只捡几只。

但孟瑶不希望自己的品牌也沦为这样为取悦大众变得毫无特点的大路货，她还是花大量时间去观察网上服装销售趋势，然后有目的地挖来一些设计风格趋向某种特点的设计师。

当把他们都凑齐坐在她面前时，她在白板上写下二十个关键词："中国风、国际化、实用、简洁、华贵、细致……"她要每个设计师设计的作品都能满足这二十个词。

长达一个月，这高薪挖来的十二个人被关在设计室里每天跟这二十个词较劲，争吵、辩论，一遍一遍地出稿。一个月后，孟瑶终于看到了上帝投射在"缨禧"这个品牌上的一道曙光。

层层筛选最后留下来的36件作品，完全符合她的要求：中国风与国际化、实用性与艺术风格和谐并存，并且具有鲜明的个性。她反复审视后确认：这个系列一出，"缨禧"的风格在市场上就稳住了。

她压住内心的惊喜，连忙找来营销推广部门开会，探讨推出这一系列的最好方式，很快大家意见达成一致：报名参加北京时装周、上海时装周，在时装周期间举办专场发布会，以此造势，争取被商务部挑中参加明年春天米兰时装周的中国服装品牌集体展示。

目标既定，各人都领了自己的工作忙碌去了。孟瑶还坐在那里盯着桌上的上百张设计图发愣。她仿佛回到十年前站在恒发服装厂大门前那一刻，那是她创业的起点。

关厂后这半年，她一直好像失魂落魄了一样不知所之。究其原因就是太习惯以前的模式了，几个业务员全国各地跑接来单，车间热火朝天地生产，产能不饱和的时候找个设计师随便设计几款填补一下产能空缺，挂到专卖店卖卖。卖得掉皆大欢喜，卖不掉也无伤大雅，反正不指望靠它们开饭。

那时深圳对内陆有绝对的设计和生产优势。深圳的服装厂随便抄抄自己代工过的国际大牌就足够让内陆人趋之若鹜，根本不用担心出产的服装卖不掉，甚至一城之隔的广州都要仰赖深圳的设计能力。白马服装批发市场里能批得上价钱的服装都被深圳货占据了，广州本地货只能去低价位竞争。

可今时今日，内陆的消费力井喷一样增长，互联网的发展也让人们的审美视野大大拓展，连上互联网，米兰、巴黎的所有大牌最新趋势尽收眼底。北京、上海的设计能力急起直追，背靠着浙江、江苏的庞大生产能力，早都把深圳比得不剩什么了。就连深圳被全国嘲笑的山寨模仿能力，也被福建逼得节节败退。孟瑶现在充分理解了深圳政府"腾笼换鸟"政策的真意,作为改革开放的先行者,总要有"一招鲜"才能吃遍天,这一招鲜要远远领先在全国各城市前面,才是真正的一招鲜。随着劳动力成本的逐渐提高,劳动密集型的产业确实很难在这个已经跻身国际化大城市的特区长久地存活下去了。未来的深圳只有一条路,就是去拼人无我有的设计能力、研发能力、创造能力,而且要快,要跑在所有人前面,先去占领那片蓝海。

过了几天,东莞的代工厂制作出来的样装密封在一个大箱子里送过来。孟瑶把自己关在办公室里,独自拆箱把那些独具匠心的衣服一件件地拿出来挂在衣架上欣赏。

捻起衣角翻过来看里面的走线,她很满意,这家厂做到了她要求的部分手工缝制,珠扣的线脚也都隐形了。但孟瑶看着看着不由得担心起来,制作样装这样做当然可以,一旦大批量生产,如何保证这占1%工序的手工缝制能尽量低成本高效率?她捏着衣角就这样在办公室中央站了将近一个小时来考虑这个问题。

突然门被敲响,她放下衣角,把衣服用遮布罩起来才去开门。门外站的是她的助理小蒋,小蒋面色苍白,神情紧张,门还没完全打开便语速急切地说:"孟总,不好了!设计泄露了!"

孟瑶顿时眼前一黑。

小蒋带着孟瑶找到发现这事的设计师韩东。韩东25岁,父母是1985年就从上海来到深圳建设蛇口港的建筑设计师。韩东生在深圳,几乎是深圳特区建区以后第一批"深二代",他在英国读时装设计专业,毕业后回到深圳。孟瑶在招聘设计师的厚厚一沓简历中,只看到了这么一位出生于深圳,又有欧美留学背景的求职者,这勾起了她的兴趣。韩东顺利通过了面试,成为缨禧成立设计研发中心后新的一批设计师,也是这批设计师里最年轻的一位。

孟瑶问韩东是怎么回事，他说周末去东门逛，看到那里的服装批发市场里有一家店挂着一件衣服很眼熟，仔细一看竟然是他们刚刚截稿的设计方案里的一件。韩东拿出自己的手机，打开相册调出一张照片交给孟瑶。孟瑶拿过来端详，果然，正是36件中的一款名为"飞樱"的浅粉色真丝短外套短裙套装。

"然后我又问老板还有没有别的，她就又拿出来几件。"脑袋上扎了个马尾辫，后脑勺却有一半铲成青皮，留了短胡茬，戴着粗粗的黑框眼镜，韩东一副扎眼的时尚派头。他伸一根手指到手机上划了一下屏幕，孟瑶看到接下来的几张照片，分别是36件中的"见鹿""云起""南山"……她膝盖一软，差点坐了下去，另一只手连忙就近撑住了桌子。

"你这就带我去那家店！"孟瑶手有点哆嗦地去裤兜里摸车钥匙。

孟瑶开车载着韩东和小蒋到了东门服装批发市场，找到那个店。店主是个浓妆艳抹的胖姑娘，怎么问也问不出这批衣服的来源，态度差得不行，一会儿说东莞拿的，一会儿说广州拿的。

"哎呀我这货太多了！"她朝靠墙架子上一直堆到房顶的一摞一摞的衣服挥了挥涂了红指甲的手，"哪记得都是从哪进来的？"

孟瑶不待老板同意，让小蒋和韩东拿过梯子就往那架子上爬，逐件翻找，花了十几分钟，一共翻出了四款共八件缨禧仿款。

胖姑娘吵了几句冲上去拦，孟瑶拿出手机威胁她要报警，她立刻闭嘴了。孟瑶狠狠地盯了她几眼，又夺过她手里的本子，翻最近一周的销售记录，所幸一件都还没卖出去。

"刚进来没两天，我还没拆包呢，很多样品也是今天才挂出来。"胖姑娘委屈地嘟囔。

出了东门，孟瑶让小蒋和韩东自己回公司，她开车去了东莞那家工厂，里里外外查监控、版房记录、库存记录。

东莞厂长指天笃地发誓，说在他这每件只做了三件样品，现在样品、图纸和纸版全都封箱运回给缨禧了，怎么可能有多出来的？还每款生产了两件？

孟瑶盯着生产样装的监控录像翻看了全程，确实只有生产过每款三件的记录。

孟瑶不甘心，堵着厂长让他老实交代。厂长实在交代不出哪个环节出了问题，都快急哭了。

下午三点，小蒋又带了公司的三个人赶过来，孟瑶吩咐他们继续查，把备料、切版等所有环节全都仔细再查一遍，发现问题直接报案，自己才在傍晚开车回了深圳。

回到家，孟瑶身心俱疲，脑子里高速却徒劳地运转着，还在琢磨哪个环节出了问题。她没心思吃饭，坐在沙发上目光灼灼地思考，直到门铃响起，从上海出差回来的陈国威从机场来到她家，带来两盒孟瑶跟他说过特别好吃的机场餐厅的小杨生煎，她才想起自己从中午到现在还一口饭没吃。

吃饭的时候孟瑶把今天发生的事跟陈国威说了，陈国威当即皱起了眉头，他说速度快得太不合理。

"设计方案周一定下的，东莞厂周二接到图纸，周五生产完毕当天把样装送给你，周末就在市场上有仿货了？"陈国威说，"方案外泄由外面仿制的可能性不大。"

孟瑶："那，难道是公司里的人？这套方案在能够仿制的时间内，只有设计部的十二个人和我知道，只有我们十三个人掌握足够的细节去仿制。"

"来说是非者，当是是非人。"陈国威看着孟瑶眨巴眨巴眼睛，夹起最后一个生煎包放进嘴里。

"那他的目的是什么呢？"孟瑶皱起眉头。

陈国威问："他在这次设计工作中是如何表现的？"

"哎还别说！他跟大家分歧很大！从一开始他拿出来的方案就没按照我的要求来。"

孟瑶回忆着，这个韩东拿出的第一稿作品和别人都不一样，别人都充分理解了孟瑶对"中国风"的要求，方案都偏向中式、民族风格，而韩东的几幅作品则更接近东欧风格，使用千鸟格、印染大花等图案的布料，细腰大摆，大面积间隔使用透明质地的纱质布料，并且每件服装都在肩部或胯部、腕部缀上一个纱制的动物。

孟瑶觉得他的作品很有想法，但跟缨禧的风格相去甚远，便第一时间否定了他的方案。

没想到遇到了他剧烈的反弹。他认为国内对中国风的理解就是旗袍、盘扣、龙凤牡丹，其实这些都是形式，服装设计的内核是把形式化的东西化为符号，融入设计师自我风格之中，若隐若现地体现才是高级，把所有形式都放在表面就太肤浅了。这些年中国设计师在国际时装周上全是这种调调的设计，搞得老外认为中国文化就是那三板斧，看到也就 OK、nice、so beautiful，然后就忘了，没兴趣去认真欣赏设计师更深层延展的个性表达。这些中国符号已经严重阻碍外国人探索中国文化的兴致，必须结束这种趋势。

那天他滔滔不绝讲了很久，其他设计师有的认同他部分观点，但不同意他整体观点，有的设计师对他全不认同，于是大家激烈辩论起来，大家轮番上台讲述自己的看法。偌大一块白板被大家写了擦擦了写，孟瑶一直不吭声坐在旁边边听边记，记了大半本各种精彩观点。

这些设计师有六个人是这两年她从国内各大品牌的设计部门挖来的,在服装设计领域各有建树,而另外五个人是刚毕业没几年的服装设计专业的本科生或硕士生,也在这行业工作了一些年头。

这些人里韩东是资历最浅的,虽然拿到了公认为世界四大时装设计学院之一的伦敦中央圣马丁艺术与设计学院的硕士学位,但毕竟刚刚毕业。时装设计这个工作,初生牛犊固然可能有一鸣惊人之作,但那都是在校期间象牙塔内天马行空的作品,到了实际工作中,被市场的狂风暴雨冲刷几年之后,真正扛得住顾客筛选的作品才是真优秀,即使那种作品少了些棱角、多了些平庸。时装这个领域就是销售为王,设计师的等级如金字塔,只有塔尖上少数的几个人可以任性地挥洒自己的风格,塔下面的所有人只能一辈子给销量、市场当奴隶。

孟瑶对缨禧的风格划定得很清楚:实用性强、价格500～1000元、鲜明中国风风格,目标客户是办公室女性、轻中产家庭主妇、消费水平较高的女大学生。

而这个韩东拿出的作品是典型的初出茅庐不知天高地厚的作品,孟瑶承认确实惊艳、有想法,但离市场化还有很大的一段距离。

大家争论了几个小时之后,把目光投向孟瑶,看她如何做结语。孟瑶便把自己的观点说出来,也就是本次设计要以缨禧的市场定位为主。韩东的设计和观点都很好,以后如果市场有空间也会考虑,但这次肯定不会采纳这种风格。

过了几天,大家交上第二轮的作品,对第一轮做出各自的改进。韩东也改了,他把原来的所有作品都加了一件纱质外披。

他的图纸一摆到白板上，大家就哗然："你让一个上班的白领披着一件纱在办公区走来走去啊？开什么玩笑？刮到格子间隔板上怎么办？""兄弟，咱们这次设计里没有晚装和礼服呀！"

韩东用马克笔使劲敲着白板，强调自己不仅加了纱质外披，纱衣上还有印花图案，跟里面的面料图案有互相映衬的关系，比如面料是草地，纱衣上就有花……

底下有几个人已经开始笑了。孟瑶摆了摆手，跟韩东说让他先不要展示了，时间很紧，先让别人上去讲，他的设计图交给孟瑶就行了。

韩东气呼呼地把笔一扔坐回了原位。

"就发生了这些，然后大家就开始投票选出其中的三十六款，接着集中讨论、集中修改这三十六款，最后经过多轮磨合，确定了最后方案。这过程韩东也都参与了，虽然不太高兴吧，但也都参与了，完成了他需要做的事情。"孟瑶对陈国威说。

"那应该就是他对你最后敲定的结果不满，于是自己仿制了其中的四件，拿去他朋友的店售卖，然后自己又去找你的助理举报，引你去调查。"陈国威用筷子敲了敲桌子。

看孟瑶脸上仍然是一片茫然之色，陈国威又问："如果你发现了被盗版仿制并上市售卖，会怎么处理？"

孟瑶想了想："查遍整个市场，如果还有其他款，就撤掉这些款，如果只有这四款，就撤掉这四款，补进其他备选方案。"

"那他的方案是不是就有机会入选了呢？"

孟瑶眼睛一亮，随即又摇了摇头："再补进我也不会考虑他的方案，跟其余的风格太不协调。"

"那说不准他就会继续搞更多事情了。"陈国威把两双筷子拿在手上往桌上顿了顿,"这个设计师居心不正,不能留,建议你即刻炒掉他,并要求他签署竞业保密协议,保证他不会泄露你的商业机密。"

孟瑶沉默了。

韩东毕竟还是个25岁刚毕业的孩子,才华横溢且有远大抱负,只是不甘自己的优秀设计被埋没,便一时冲动做出这种事情。如果炒掉他并签署竞业保密协议,不仅对他的创作热情是一次严重打击,也会让他的这套设计方案至少被埋没五年,五年过去后,形势改变,这套设计还能不能面世就难说了。

见孟瑶踌躇起来,陈国威手抚上她的肩膀:"别忘了当年你在恒发服装厂,刘老板是怎么处理这种事的,即使证据不足,疑似有这种可能,也要果断剪除隐患。在商业机密面前容不得妇人之仁,尤其是你这次设计事关缨禧是否能打开市场、在时装界得到一席之地,不成功你就要成仁了,这种时候不能仁慈啊!"

"可我当年就是被冤枉了啊。"孟瑶说。

现在她和陈国威已经把彼此过往中的每一个细节都分享过了,对方的人生就像自己亲身经历过一样感同身受。陈国威对她的了解如同了解自己,他知道这个女人看似果断决绝,其实内心深处的柔软跟自己一样。

"现在跟过去不同了,以前国外大牌的设计图纸对我们来说就像上帝的福音降临凡尘,我们是要跪着迎接一丝不苟照做的。现在我们有了自己的设计师,而且还有了在国内长大、又去世界最先进的大学进修回来进入设计界的人才,如果我们不珍惜他们、不培养他们,还要狭隘地用自己的利益将他们框定在小空间里限制他们发展,那我们也许永远也不会有自己的时尚,更不会有中国时尚引领世界时尚的一天!"孟瑶边想边说,语气渐渐坚决起来。

陈国威在餐厅温暖的黄色灯光下看着孟瑶的脸,片刻,赞许地伸手去蹭了蹭她的鼻子。

孟瑶把韩东叫到办公室,只问了他一句:"东门那店主是不是你朋友?"

韩东盯着孟瑶看了半天,在孟瑶平静的眼神里他看不出她在想什么、了解到什么程度。他沉默了一分多钟,期待对方再说点什么好让他多点判断形势的条件,但对方也一直沉默,只是面无表情地看着他。

"是。她是我大学同学。"韩东决定痛快地承认了,此处不留爷,自有留爷处。处处不留爷,爷回英国去。

"你一共做了多少件?"孟瑶又问。

韩东心里一震,看向孟瑶的目光里多了一丝慌张。啊!不会爷回英国都不行了吧?这是要进局子吗?他慌张之下不由得瞟了一眼面前桌上的东西,除了一台电脑外没其他东西,但保不齐抽屉里有支开着的录音笔什么的。

他脑子飞快运转着,却找不出合适的应对之词。

"多少件?快点说!"孟瑶的语气严肃起来,眼神也带了些锐利。

"就……就那八件,而且时间仓促,面料没找对,针线也很粗糙……"韩东彻底慌了,他觉得孟瑶看他的眼神就像小时候闯了祸妈妈看他的眼神,让他不自觉地就想彻底交代、认错。

"我我……我就想让你撤几件,把我的补进去。你不乐意就算了,补……补别人的也行……那要不,我辞职吧!"他把眼神移开躲避孟瑶的逼视,四处乱看,脑子里杂乱无章地想着对策,"我可以赔偿，你说多少钱……"

孟瑶看着这个大男孩留了半脸的短胡茬下薄薄的嘴唇在轻微地哆嗦，绷不住笑了。她拉开抽屉从里面拿出韩东设计的10款服装的图纸，放在桌子上："我决定了，36款照常推广，你的这10款也以另外一个系列推出，跟那36款名为'缨禧之春'系列的服装一起参加北京时装周、上海时装周，并申请参加商务部组织的中国设计亮相米兰时装周活动。"

孟瑶眼看着大男孩先是瞠目结舌地愣了几秒钟，然后从椅子上猛地蹦起来，两眼放光，眼球都快从眼眶瞪出来了，就又面带微笑地补充道："给你的系列取个名字吧，我把这个权力交给你。"

大猩猩一样双臂向天蹦了几次的男孩突然停下来，面色严肃地想了想，他坚定地望向孟瑶。

"东，它就叫——东。韩东的东，东方的东！"

两个月以后的上海时装周上，"缨禧之春"跟深圳的另外两个时装品牌大放异彩，第二天订单便如雪片般飞来。后来的深圳设计发展史上时装设计这一块，总是要提到2010年的这次深圳时装品牌的集体亮相，称之为深圳时装设计走向世界的起点。

而在那次时装周上"东"系列的展示，虽然没有"缨禧之春"那么轰动，却被法国的一位设计大师看中。第二年在米兰时装周上大师主动找上韩东，邀请他参加设计团队。

那时的韩东已经离开缨禧成立了自己的工作室，他拒绝了大师的邀请，却没有拒绝合作，从此在几个国际大牌的设计中都穿梭着他的身影。

他的作品风格鲜明独特，但每件衣服上都会缀上一个或大或小的纱制小动物，或蝴蝶，或小鹿，或猫狗。他的"东"工作室的品牌logo上有两个组成部分：大大的"DONG"是他的名字，右下角小小的"YX"则是缨禧，铭刻着他对孟瑶的感激。

缨禧的销路打开后，孟瑶也找到了关厂之后自己要走的道路，这条路比开厂更有意思、更有挑战性，也更接近她最初的理想。

2015年前后是缨禧的全盛期，在全国各地一、二线城市的大型商场里几乎都有缨禧的专卖店，各种价位的产品线也健全起来，但500~1000元这个轻奢的价格区间，仍然是缨禧最擅长的领域，几乎每个大中城市白领女性的衣柜里都会有一两件"缨禧"。

这种优势一直持续到天猫逐渐兴盛以后。那之后先是一些为天猫量身定做的小品牌借助天猫平台大卖特卖，销售额弯道超车迅速超过了大牌，逼迫实体店销量剧减的大牌不得不放下身段去天猫开店。再后来到2018年，除了LV、GUCCI等一线国际大牌的实体店还能有不菲的线下销售额，其他二线国际品牌、合资品牌、国产品牌的线下实体店销量都萎缩到不能看的地步。

孟瑶也只好陆续关掉了大部分实体店，只在为数不多的几个大城市留了几家线下体验店，把全部销售都移去了线上。

这一变化造成的资金损失，让孟瑶一度差点断了资金链。幸好她用自己招华曦城的别墅抵押贷了点钱才渡过了难关。

她早已不住原来那120平方米的公寓了，这几年又换了好几次房，越换越大，环境越来越清幽，但始终只有一个住所，不像陈国威，名下光深圳的别墅就有四套，在全国各大城市的房子恐怕要用Excel才能统计出数量。

陈国威现在经营的租赁公司专门从事高端白领公寓出租业务，旗下的10多万间公寓房遍布北上广深。

自从悟到房子才是最稳妥的投资这一"真理"之后，陈国威就一发不可收拾，一生二、二生三、三生万物，把低价长租的房子精装修包装后，高价租给要体面的都市白领，钱就像滚雪球一样积累起来了，再去买更多的房子。

十年前他劝孟瑶一定要有自己的房子，五年前他给自己买了很多后来价值暴涨的房子，现在他要让那些因为他买了太多房把房价炒上去而买不起房的年轻人来租自己的房子。

现在的陈国威终于找到了自己当年如无头苍蝇般乱撞却始终不得其门而入的互联网与现实连接的接口：平台。他也深刻地体会到了一代中国互联网人摸着石头过河，前赴后继撞得头破血流才总结出的经验：得平台者得天下。

自从互联网进入平台时代，一切路都走顺了，资本找到了它们赚钱的方向，流量找到了它们的目标，渠道和供应商像小蝌蚪找到了妈妈一样热泪盈眶地奔向平台的怀抱。水流千遭归大海，世界尽头是平台。

自从平台出现，中国互联网终于开始了千帆竞逐的鼎盛时代。很快，平台吞了实体店，吞了ATM，吞了餐馆的堂食，吞了超市，吞了电影院……它就是这个时代的黑洞，势必吞噬它所经过的一切。

于是若干年后，终于有人声嘶力竭地喊出了："天下苦平台久矣！"

当然，这是后话了。

孟瑶和陈国威随着各自的工作内容逐渐演变成频繁的出差，每天至少一起吃顿饭的习惯也保不住了，现在一星期能一起吃顿饭都很难，通个电话也匆匆说几句就被打断。

近来他俩又提起了结婚的事。

有一天陈国威忽然火急火燎找到孟瑶，开口就问她可不可以马上结婚，孟瑶愕然。

结婚这个词，在他俩之间多年来是默契地避免碰触的。自从汶川地震后孟瑶近乎应激反应一样地跟陈国威分居后,两人都意识到其实一起生活不是最佳的相处方式。

孟瑶曾跟陈国威说,如果当初两人趁还年轻的时候生个孩子,也许这婚就结成了,毕竟孩子是两人割不断的牵绊,有了这个牵绊,她对婚姻的安全感会更强。

可陈国威告诉孟瑶,相爱就已经是割不断的牵绊了,不结婚也不会让自己不在乎对方,如果对方出了什么事,自己能做到无动于衷吗?结婚只是个形式,两人终究要面对是维系这个牵绊,还是彻底割断的问题。如果要维系下去,何必非要坚持不结婚?50岁了何必跟形式主义较劲呢?

孟瑶面对陈国威一脸激愤的追问,嘴张了好几次,话却始终说不出口。

陈国威50岁了,仍然单身,身材由于常年坚持健身保持得很好,这样的亿万富豪是会被无数妙龄女郎疯狂追逐的,孟瑶相当清楚这一点。在她和陈国威若即若离的这十几年里,她知道这个男人身边的追求者一直没断过,作为陈家的独生子,他应该也会在乎传宗接代。前一阵子,她跟陈国威清明节回香港祭拜他父母的牌位,陈国威便指着牌位龛里另外四个空位对她说:父母当年花大价钱买下一整层龛,有四个空位是给自己、自己的老婆、儿子、女儿准备的。爸爸生前不止一次告诉他,将来一定要生一仔一女,才算完成陈家继承大业,否则就是不孝。

陈国威说这话的时候一脸轻松玩笑,可是孟瑶从他眼睛里看到了一丝遗憾。她知道他还是有一点在乎的。

果然,这次他火急火燎跑来跟她说的,就是庄启明在美国找了个代孕,刚生了个胖儿子。

庄启明跟太太十五年前在加拿大结婚,育有两个女儿,近年来心血来潮突然想要个儿子，但两人都年过五十不能生育了，便去美国法律允许代孕的州花 20 万美金取了两人的精子和卵子，找个白人女人把受精卵植入子宫，生了个儿子。

"那白人生出来的孩子跟他俩一模一样的！一点也没受代孕母亲血统影响！"陈国威眼睛放光地看着孟瑶，孟瑶认真地看着他的眼睛，一点也看不出开玩笑的样子。

他俩这样对视了良久，终于，孟瑶嗫嚅着问："你……你是在认真地说吗？"

一瞬间，陈国威眼里的光暗下去了。

是的，他的确是认真的。

40 岁时，他曾含蓄地问过孟瑶，是否有兴趣再成个家、生个孩子，得到否定的回答后，他沉默了良久，默默地抱住了孟瑶的肩膀。

又一起走了十年，他们之间比以前坦诚了许多，很多话可以毫无顾忌直接说出来了，但仍迟迟疑疑、犹犹豫豫地谁也不愿先说出口。难以逾越的那道门槛就是他们真的相爱，爱对方爱到了刻骨铭心，爱到这丝丝缕缕的激情能延续二十年不断，还能随时碰撞出火花。他们了解对方如同了解自己，他们呵护对方如同呵护自己的生命，也正因如此，他们越发不愿用任何东西去伤害对方、不愿用任何要求去为难对方。

有一次孟瑶去找陈国威吃饭，隔着玻璃门看到年轻的女助理站在他身旁指点着电脑显示屏讲解，陈国威在看显示屏的过程中，短暂地瞥了一眼 28 岁女助理纤细白嫩的脖子。

她知道那是一个男人的本性，是正常的欲望。但这么多年陈国威一直约束着自己，不愿让敏感的孟瑶受到任何细微的伤害。

他本不该过这样的日子。

而找代孕这样跟陈国威善良正直的本性完全背道而驰的事情，为了孟瑶他竟然不择手段地去考虑了。

他本不该走这样的路，她让他活得太委屈了。

分手的话始终得有人先说出口，彻底割断两人之间的羁绊吧。爱情固然是这人世间最奢侈的东西，但自由，确实价更高。

最后还是孟瑶先按了"结束"这个键。

她是女人，要更主动一点，在此处止步，已经很好。

陈国威结婚那一天，正是缨禧"婚纱"系列网上首发的日子。这个系列名为婚纱，其实是二十几款撷取了婚纱特征与日常便装结合设计的休闲、行政套装。这些款式或俏皮或严肃，或纯情或圣洁，适合20～40岁不同年龄段女子休闲、办公场合穿着。

孟瑶看着电脑屏幕上的发布网页，那上面一行红字红得刺目："爱情永远是人世间最美好的事物。"

她弹去眼角的一滴泪，对着这行字笑了起来。

第二十六章

自从陈国威结婚的消息在各种媒体上发布，孟瑶就在等秦安彤的电话，等来等去却没有音信。按理说这么大的消息秦安彤肯定会第一时间打电话来跟她沟通，她把电话主动拨过去，却显示对方关机。

隔了两天，信诚基金董事长程子源跳楼自杀、总经理秦安彤被公安带走协助调查的消息就在官方新闻和朋友圈中传开了。

程子源所掌握的"温州程氏信托投资基金"跟来自温州的其他资本一样，在2010年以后不可避免地走上了炒房的道路。深圳房价从2008年起就一直上涨，背后都是这些雄厚的私募资本的力量。秦安彤每天的工作就是到处看房，看到合适的就豪掷几千万几亿买几十上百套，隔段时间价格涨了再抛出去，把利润分给股东们。这个操作在限购前简单粗暴，稳赚不赔。

程子源的投资公司一开始也有过雄心壮志，投资过软件公司、工厂、商业，但有几个人能像日本的孙正义投资阿里、南非Naspers集团投资腾讯那么好运气呢？这些财大气粗的投资人也不过是仗着自己钱多，广泛播种，哪个项目成功就一本万利，补足其他项目血本无归的亏空。程子源拿着众筹来的亲戚朋友们的钱，投了几次没回报之后，就不敢再贸然出手了。看遍整个市场，只有刚需强劲增长的房地产市场，才是那个稳赚不赔的领域。

深圳从1998年到2018年，整座城市的常住人口从600多万增长到1300多万，这1300多万人口的平均年龄是32岁。32

岁是成家立业的高需求年龄，他们每天都在为买房而奋斗。钱、房、人，这里都不缺，于是用了二十年时间，深圳把自己变成了"中国房地产之都"。

在温州炒房团中，程子源的程氏宗族基金算是比较小型的，但也有20多亿。程子源以性格仁厚、高学历（纽约大学工商管理硕士）赢得了宗亲们的信任，这十几年来他一直小心翼翼地操作，赚一笔分一笔，没出过纰漏，让家乡的老少亲朋们远隔千里却躺着吃上了深圳改革开放最肥的那块肉。

但在2017年，他犯了一个致命的错误，买了一整栋处于繁华地段的商品房，房地产商中途资金链断裂跑路不知去向，楼盘烂尾，他一下栽进去4个亿。

出事后，程子源和秦安彤一直为这个楼盘找下家，力图促成有实力的房地产商接盘，把工程做完。但交易迟迟没有达成，家里的亲戚们等不了了，那些前几年分红的时候喜滋滋夸着"子源仔仔好棒叻"的亲戚们立马露出了獠牙锯齿，纷纷来深圳逼他还钱，甚至冲到他家把他的妻子、儿女赶到外面，把家里的东西全都砸烂。

2017年12月31日深夜，没有人知道程子源什么时候爬上了南海大道一栋办公楼，从33层楼顶跳了下去，没有遗书。

后来警察调了那栋楼楼顶的监控，看到程子源孤独的背影坐在楼的边缘一动不动，长达三个小时，他的面前是一城的万家灯火、车水马龙，头顶是满天繁星的深远苍穹。

第二天一早，警察就从办公室里带走了秦安彤协助调查。

程子源自杀之后，所有压力都来到了秦安彤身上。程子源的太太徐宁贤首先就找上了秦安彤。多年来程子源和秦安彤的绯闻连绵不绝，徐宁贤尽管对丈夫十分信任，但丈夫自杀竟然没给自己留下一个字,这令她悲痛欲绝也格外愤怒。她不相信丈夫会跟任何人没有交代就这样惨烈地死了,她想来想去也不能放过秦安彤。这个女人跟程子源合作了十来年,离婚后再也没结过婚,即使她跟自己的丈夫之间没有什么,也一定比自己知道得多。

徐宁贤来到秦安彤住所,一进门就给秦安彤跪下,求她告知丈夫死前留下过什么遗言。

秦安彤无言以对,程子源的自杀对她来说也是晴天霹雳。前几天他们还一天拜访一个房地产商,为烂尾楼接盘而努力。她不知是什么让程子源突然丧失了斗志,彻底放弃三十年付出心血经营的一切。

其实秦安彤也精疲力竭好久了,她经常梦回那个厨师为她建立的温暖的家,儿女绕膝,小小的空间里充满着喧嚣的笑闹。

这些年她不停地坐着飞机头等舱穿梭在各大城市,出入手资金数以亿计,她早已超额实现了理想,但她却越来越怀疑当初的理想就立错了。

夜深人静的时候,她经常回味自己人生中哪个片段曾经让她感受到真正的快乐,那个片段应该就最接近她真正的理想。想来想去,只有刚刚进入信诚旅游地产,每天被派到各地去解决麻烦的那个时候。广西的工地下大雨,基坑面临垮塌的危险,她半夜带工人去扛沙包加固边坡。干了一宿,第二天早上天刚露出青色时,雨停了,基坑保住了,她摇摇晃晃回酒店去睡觉。回到总公司,程子源发全公司通报表彰她为公司省下了50万。

那一刻,她暗自为自己的能力喝彩。

还有在华侨旅行社时,接到苏姐交给她的犹如二十四条军规一样的艰巨任务,最后居然完成了,看着苏姐和部门其他同事露出不可置信的表情,她心里乐开了花。她喜欢做事、喜欢解决困难的过程，喜欢突破自己能力的上限去挑战新的不可能，而不是什么肤浅的"成为白领丽人""成为金领女王"。整整二十年后，她才真正了解了自己。

徐宁贤从秦安彤这里要不到程子源的遗言，便转而跟秦安彤要钱，她深信程子源一定给了秦安彤不少钱。

接下来程氏基金的股东联合起来起诉秦安彤诈骗，他们请了审计师事务所查了基金成立以来的账务，没有查出问题，倒是查出秦安彤持有公司1%的股份。

这是2013年因秦安彤一次成功的操作让基金一次赚了10亿，程子源奖励给她的。

徐宁贤再次暴怒，程子源曾经以避嫌为由拒绝给徐宁贤基金公司的股份，但这股份却给了秦安彤，这还怎么狡辩秦安彤跟程子源没有奸情？

检察院对诈骗罪立案调查，股东和徐宁贤则联合发起民事诉讼，要求秦安彤退回作为股东这些年的红利收入2400万。

孟瑶委托自己的律师准备为秦安彤辩护，杜家美也随即找到了她，一起为秦安彤奔走。

第二十七章

杜家美经常接受记者采访,每次采访当问起她的奋斗历程时,她总是从十七年前一个细雨蒙蒙的早晨说起。

那个早晨天刚露出青色,戴着口罩、帽子、墨镜的她便拖着一个皮箱独自走出小区,打了一辆出租车去往机场。

在采访中她都说自己是在一场轰轰烈烈的恋爱失败后又失去了工作,独自落魄地去举目无亲的上海,没有目标、没有目的地。

但她没说的是,其实那时候她怀着四个月的身孕。

她对爸爸和哥哥撒了谎,她没有任何同学朋友在上海接应,她也不敢找任何人,只是自己跑到医院要求引产。医生劝阻她说引产有危险,对孩子也太残忍了,但她没别的办法,她才25岁,人生刚刚开始。

是秦安彤的一通电话阻止了已经站在手术室门口的杜家美。其实在杜家美离开的早晨,秦安彤就猜到了真相。她立刻辞了信诚旅游地产工程部总监的工作,来到上海,给杜家美租了一套房子,打点好生活物资,安顿杜家美住下。六个月后她又来到上海,陪杜家美生下孩子,将孩子抱回深圳,让杜美瑶成了秦安彤的女儿、杜家美的侄女。

当时秦安彤和杜家豪的感情正在逐渐崩塌,但她不能坐视杜家美的危机不理,眼看着这个比自己还要骄傲的女孩子就这样陷入泥潭。

秦安彤的价值观里,丁是丁,卯是卯,一事归一事,一人归一人，向来清楚明晰，不揉沙子。

在秦安彤深陷产后抑郁症那段时间，是杜家美走到她面前，捏着她的下巴告诉她："你该出去工作了，别把自己变成废人。"这一句话把她拖出浑浑噩噩的苦海。

此时，她也想用自己的力量把杜家美带出去，闯出个新世界。

秦安彤走后，杜家美要一个人面对接下来怀孕半年的生活。她必须每天自己买菜、做饭、搞卫生，打车去医院做产检。秦安彤走前对她说："你也该学会生活了。过得下去就过，过不下去给我打电话，我来照顾你。"

结果直到预产期，她都没主动给秦安彤打电话。秦安彤和杜家豪赶到产房门口时，刚好赶上护士喊家属在风险告知书上签字的时刻。

没有人知道从小没捻过一根菜的娇娇公主杜家美是怎样度过了那半年，而她把生下来的女儿被秦安彤抱走那天定为自己新生的真正开始。

那天，她走出秦安彤为自己租住的20平方米单身公寓，手里拿着一袋简历和照片钉在一起的资料，来到邮局，把它们一份一份装在牛皮纸信封里，填上她所搜集到的50多家影视、广告、传媒公司的地址，邮了出去。

那之前她在深圳的一家影视公司已经工作了半年，靠着阿龙的钱不停打点拍了些电视剧、广告片，但由于从剧本到拍摄到制作全程都很拙劣，那些作品几乎没激起任何水花，唯一给她留下的一点经验就是在这行里如何找工作。

只要照片。把素颜的、化妆的，各种神态、角度、造型的照片详细提供，自己特别有优势的角度多拍几张，然后把极简的简历附在后面寄出去就行。极简的简历，几乎只要有籍贯、年龄就可以。那年头影视科班毕业的大学生还不多，导演想要科班生直接去大学校园找就可以，这些寄照片的不可能有什么专业的学历背景，她们都是野路子的"江湖美人"。

没在影视公司工作过的人，不知道原来中华大地上竟然有这么多的俊男美女。而没来过当时影视制作水平超越北京的上海各影视公司的人，也永远不知道那些俊男美女能美到什么高度，那真是要多美有多美。

杜家美寄出照片三个月后，终于收到一家影视公司的面试通知，她赶到位于淮海中路一个外观毫不起眼的旧弄堂里的一栋老洋房的公司办公地点面试，看到已经有30多个貌美如花的年轻男女等在那里，比她漂亮年轻的多的是，她丢在这些人里连个水花都激不起。

后来她被公司录取，开始在一部又一部电视剧、电影里跑龙套时，才发现她以前所依赖的美貌、年轻是如何不值一文。娱乐圈里到处是比她美貌、比她年轻、比她努力的人，这里的竞争比太平洋深海的鲨鱼群更激烈。机会看似遍地都是，但只有豁得出去的人才能得到。

秦安彤为她租的房子离片场远，她退掉了，也是主动切断了家庭给她输血的最后一根脐带。她和同公司的两男一女合租了一套两室一厅的房子，每天起早贪黑赶通告。大部分时间能赶上片场放饭，赶不上吃饭拍摄就结束的，就在回家后煮包泡面，或者路上买个包子吃。他们不算影视公司的正式员工，但上海比横店还是好些，好歹可以挂靠到一个公司能有些保底的活儿，不用像王宝强一样睁开眼就去横店片场门口坐着，漫无目的地等人来选。但跟横店一样的是，出头机会微乎其微，每天面对的都是永远的龙套、龙套。一个龙套五十到二百块不等，有特写加一百块钱，有台词再加五十。

杜家美其实不需要钱,她来上海也不是为了挣钱。但她的"积蓄"也越花越薄了,25岁、26岁、27岁,那原来装青春本钱的匣子里,哗哗的钞票声没了,就连钢镚的声音也越来越稀少。

她心急如焚地寻找着机会,面对一个大剧女三号的角色选拔,她对选角副导演投来的暧昧目光稍做犹豫,四五个比她漂亮年轻科班出身的小姑娘就解开衬衫的扣子,露出胸罩下汹涌曼妙的曲线,毫不犹豫地先后挤进了副导演房间的门。

那一刻,她悔得直拿头撞墙。但冷静下来再一想,下一次她仍然解不开衬衫的扣子。

怎么办?

在一部年代大剧里她照旧跑着龙套,稍有不同的是这次她演女主角的四个同事之一,女主角是那个年代爆红的角儿,被大导从校园里选中,演的第一部电视剧就一炮而红,拿了一系列国内顶级奖项。

女主角一双桃花眼很美,而且那双眼睛很会演戏,杜家美常常盯着那双眼睛默默学习,忘记自己的走位,被导演训斥。女主角喉咙肿痛泡了一缸子胖大海,拍戏间歇就喝几口。一次正在喝,被导演叫走,她随手把缸子塞在杜家美手里,说了声:"帮我拿会儿!"就走了。

可这一走就是一下午,原来是导演喊她去一个饭馆试另外一场戏,正好下起了太阳雨,特别符合剧本要求的情景,导演就干脆喊了一个摄影师一个灯光师直接在那里拍上了,把一整套人马丢在原来的片场一下午无所事事。

杜家美也没什么事干,就找了个电水壶烧了水,把那杯胖大海放在装了热水的一个搪瓷盆里温着。水凉了再用电水壶烧开,一下午就重复着这个动作。

直到晚上九点,导演带着女主角回来了。女主角嗓子喊得火烧火燎,一下车就到处找她泡了胖大海的茶缸。杜家美把缸子递到她手里,那水不凉也不热,刚刚可口。她抬头感激地看了杜家美一眼,杜家美对她嫣然一笑。

就凭着这一杯胖大海,女主角把她带上了下一部戏,演了个女四号。

那部剧竟然出人意料地大火特火,那里的每一个角色都被观众们热捧,连她这个女四号也不例外,走在大街上观众纷纷叫她剧里的名字,她出现在机场都会被乘客们围堵起来要签名、合影,围得水泄不通。

而这时候她对外宣布的年龄是28岁,实际年龄已经32岁了。

不知不觉中,她在影视行业沉浮了十年。确切地说,"沉"了十年,根本没有浮起来过。

她还跟三个男女合租在那套房子里,但三个室友都换过了好几轮。现在的室友都比她年轻,俊男靓女、倾国倾城,但也仍然要在寒冷的早晨嘴里发出嘶哈的声音,发着抖起床,在能冰掉耳朵的冷水里洗完脸,匆匆梳下头,蹬上鞋子,嘴里叼块面包,飞奔出去赶公交地铁。日复一日年复一年,怀揣着一个大红大紫的梦想,每天从青春的储蓄罐里倒出一张钞票或一枚硬币。

她的女四号红了,那三个孩子羡慕得看她的眼神里都装了粉红泡泡发射机似的,争相讨好她、"求美姐推荐",每天早上争相给她买包子豆浆。

她经常想,如果这就是追求理想,那这个世界对干这行的年轻人也太凉薄了,用最美丽的青春去追逐最渺茫的理想,真残忍。

彼时她已经得知在深圳的秦安彤跟她哥哥离了婚,进入程子源的投资公司手握几十个亿在房地产市场纵横捭阖。

其实她从一开始就喜欢秦安彤，这一点连她自己也是后来才体会出来。

第一眼看到秦安彤的时候，她就被对方眼睛里闪烁着的无所畏惧的光芒所震慑。她前半生凭借美貌而骄傲，而秦安彤从来都无所凭恃，仿佛就靠着这股无所凭恃的勇气，秦安彤敢走到任何地方去。以前杜家美只是羡慕这种勇气，而经历了十年在挫折中摸爬滚打屡战屡败后，她方才感到这种勇气的了不起。那简直是平凡人身上的一副超级英雄铠甲，穿上它立刻能力无限、战天斗地。如果时光穿越回十年前，她宁愿用自己22岁的全部美貌去换这份宝贵的勇气，那样也许今天的状况会大不一样。

在秦安彤20多岁初进杜家门时，骄傲的杜家美是想锉掉她身上这份锐利的，那时她还见过秦安彤最好的朋友——孟瑶，那个女孩子身上有着秦安彤所没有的另一种力量，沉静而自信。她俩坐在一起谈论着工厂和公司里琐碎的钩心斗角的破事，那在杜家美听来是她最不屑一顾的俗气日常，但她们眼睛里闪耀着认真的光辉，那种光辉让杜家美有些心生嫉妒。她活到二十几岁一直都以高贵的姿态俯视着普通人的生活，且相信自己未来一定不会跟这种生活有丝毫关系，她注定要飞得很高、很远，见这些人一生都见不到的风景。

因此她注定要跟这种认真的、烟火气的俗人生活错失，这就是她那时候所嫉妒的内容，她嫉妒那些"普通"女孩子的俗气生活。

如今，32岁的她，遥望那个22岁的自己，脸上露出嘲讽的笑容。几乎在那一瞬间她就想通了一切，对自己说，即使今天才开始套上这副超英铠甲也来得及。

她便搬出了合租的房子，去松江租了一套房租只有原来五分之一、却比原来大很多的房子，注册了淘宝、抖音、快手等六七个直播平台，开始搞带货直播。

她化上演过的大火剧里女四号的妆容，直播间名字也冠以剧里角色的名字，一开播便顾客如云。但起初并没有什么商家找她，她只是随手拿自己用的化妆品、护肤品轻松随便地跟观众聊天，示范化妆、护肤的方法，兴之所至还会演一段戏、唱一首歌。她告诉大家自己正在等拍戏、选剧本，闲得无聊才上直播消遣一下，其实她早都跟经纪人打过招呼了，除了女一号，其他什么戏也不接了。经纪人只当她躺平不想干了，接女一号？开玩笑吧，20多岁的时候尚且接不到，32岁了，你想什么呢？

当然，凭在这行里十年的经验，她早就料到了这种结果，根本不着急，就慢悠悠地每天挂在直播上。一天里观众能有十个小时看到这位女明星在化妆、卸妆、一套一套换衣服，一会儿唱一首粤语歌，一会儿唱几句流行曲，然后闲闲地跟弹幕里的观众聊一会儿天，讲点无害的影视业内幕八卦。

网络时代最重流量，流量的形成靠平台培养用户的习惯，一旦习惯建立起来就很难改掉。那些看了她几次直播的人好奇她怎么就这么没事干，于是下次、下下次又来看一眼她还在不在，渐渐地就成了她的忠实观众，再加上她原来靠红剧积累下的粉丝，不知不觉她的直播间竟然达到了百万流量。这下便被商家盯上了，源源不断的带货订单向她涌来，她有了做不完的工作。

直播带货这个行业在杜家美看来，比娱乐圈轻松太多。拍戏起早贪黑，经常吃不上饭睡不成觉，冬天冻得要死，夏天热得恨不得脱皮。而直播带货轻轻松松坐在空调房里，聊聊天就行了，简直"掂过碌蔗"。于是她从每天直播10个小时逐渐延长到12个小时、18 个小时。观众目瞪口呆——自己睡了一觉再睁开眼,这个美女还在谈笑风生地卖东西,又去吃个饭回来她还在卖东西。有些人不信这个邪,专门定了闹钟定时叫醒自己看她什么时候下线,总结出来她每天睡觉都不超过 4 小时,不禁骇然。

从娱乐圈滚钉板出来的人,最豁得出去的就是命,所以杜家美仅仅是拿出了混娱乐圈的基本功,五年内就干成了带货直播界的传奇,被誉为"直播铁人"。有团队主动投靠她,她又拉来资本,经过两三年的苦心经营,终于打造出了网络直播带货界"一姐"的牌子。

秦安彤和杜家豪办离婚手续前一天,杜家美罕见地中断了直播,跑回深圳。她想苦劝秦安彤不要离婚,可见到秦安彤,她却一句话也说不出来。

杜家豪一见到她便脸色煞白地抓住她的胳膊,拼命向她解释自己没跟戴佳佳出轨:"你跟她说说,你跟她说说!我真的什么也没干,我只想让她别离开我!"杜家美从来没见过内向沉稳的哥哥如此方寸大乱,他慌得像风中断了根的稻草,眼看就要失去一切存在的根基。

而跟秦安彤谈了之后,她对哥哥说:"哥,你不妨听她一回,试试过一下不一样的生活吧,如果人这辈子不能随心所欲地活一回,确实很亏。"

杜家豪目瞪口呆地望着妹妹的背影远去,颓然蹲在地上。

第二十八章

早上，孟瑶被手机闹铃叫醒，今天是她上淘宝、抖音、小红书直播带货的日子。

她的"缨禧"系列女装上过巴黎、米兰时装周，在上海开过全球发布会，在国内各大城市都有专卖店，但这些对销量的作用都没在天猫开一家官方旗舰店大。天猫旗舰店一个月的销售额，又没有在淘宝、抖音、小红书这三大平台直播卖货一晚上高。

前些年她还花大价钱在电视台、网站、街招做广告，这几年也看透了："万事不决上淘宝，有货积压开抖音。"这种模式下的生产和销售确实省心，制造和渠道成本大大降低，只有销售成本不降反升，因为她还得找一个得力的直播团队合作，这种团队费用很贵。与其帮衬别人，还不如跟杜家美旗下的月亮河文化传播有限公司合作，这样她俩赚的钱还能拿出来营救秦安彤。

孟瑶来到咖啡馆时，杜家美已经等候多时了。49岁的杜家美一眼看上去只有30多岁，孟瑶不由得暗叹演艺界的人确实会保养。

杜家美看着孟瑶落了座，挥挥手叫来服务生上茶。

跟孟瑶合作这一年多，她知道孟瑶不喝咖啡，只喝龙井。也知道孟瑶不熬夜，晚上十一点必须上床睡觉，所以她昨天就通知今晚所有跟孟瑶一起直播的主播，把促销黄金时间全都往前调两小时。

孟瑶喝着茶，杜家美便把写在纸上的直播流程跟她读了一遍。

孟瑶笑问:"怎么这种具体的流程还要你这个大老板来跟我交代呀?派个手下来不就行了?"

"我有话跟你说。"杜家美手里的笔在纸上频繁敲打,半晌,她深呼吸了一口气,看孟瑶,"我嫂子应该快出来了!"

孟瑶惊喜,手里的茶杯差点翻倒:"啊!真的吗?徐宁贤上个月不是还死咬住非法侵占不撤诉吗?"

杜家美冷笑了一下:"我请的这个新律师给力,挖出了新证据。2012年徐宁贤曾经把三套自己名下位于广州白云区的别墅过户到她弟弟徐宁成名下,徐宁成又在跟他老婆离婚前把这三套房过户到自己12岁的儿子名下。儿子未成年,他们夫妻对这三套房产仍然有所有权,只是处置关系隐蔽了。徐宁成为隐匿这三套房子办假离婚,现在仍然和前妻、儿子住在一起。三套房子是以信诚基金公司名义购买的,购买时总价1200万,现在价值已超过两亿。律师把这个证据甩到她面前,她立刻厌了,答应马上撤诉。哼哼,不撤的话,她这个非法侵占要吐出来的可比500万多多了,让程家那些亲族们知道了还不立刻扑上去撕了她!"

"那……啥时候能放出来?"这突如其来的好消息让孟瑶简直不敢相信,竟有些头晕。

"办手续了,这几天吧。"杜家美好看的杏核眼这些年多了些凌厉的棱角,虹膜上仿佛都闪烁着寒光。

孟瑶在秦安彤入狱前几乎没跟杜家美打过交道,这几年杜家美却几乎成了孟瑶最紧密的合作伙伴。这个女人身上的冷和锋利是孟瑶没见过的类型,说话快、反应快,精力旺盛。业内传说她直播72小时不下播是家常便饭,网上到处挂着她语速奇快的短视频,长达两分钟几乎不换气、不看稿地背广告词成为业界传奇。

而孟瑶在认识她之前了解到的所有关于她的信息,还来自秦安彤和陈国威对她的描述,那个十指不沾阳春水、挑三拣四、娇气虚荣的小家碧玉。

陈国威的初恋情人,这个身份将她和孟瑶秒速拉在了一起,让她俩无论是合作营救秦安彤还是直播带货,都不需要任何沟通和磨合就建立起坚实的信任。

这是一种奇妙的亲密感。

而杜家美其实也早就知道孟瑶。十几年前,她还在影视公司跑龙套时,曾经在上海见过陈国威。那时的陈国威还是个忙碌的快递公司老板,去上海谈生意偶然撞到在外滩拍戏的杜家美。第一眼看到陈国威,杜家美下意识地露出曾经让前男友最迷恋的笑容,却发现他眼里早就没有过去那种火一样的光芒了。她问他后来爱上了谁,他告诉她,是一个叫孟瑶的难以尽述的女人。

那时的她对孟瑶没有多少印象,只记得她和秦安彤一起举办了婚礼。直到后来自己的女儿被秦安彤取名"杜美瑶",她才有些明白为什么孟瑶这个女人被陈国威形容为"难以尽述"。

她想,就像秦安彤是她的暗夜孤灯,孟瑶可能也是秦安彤和陈国威在某些格外黑暗路段的孤灯,指引着他们的方向,跟他们依偎取暖。

因此,虽然她几乎还未与孟瑶相识,就已经早早地把孟瑶当成了知己。

说完秦安彤的事,杜家美就开始帮助孟瑶消化陈国威结婚的消息:"结什么婚啊孟总?男人结婚是为了让女人给他生孩子,他自己没子宫啊!女人为什么结婚?为了给男人生孩子?干吗不为自己生孩子?但凡有手有脚干点什么挣口饭吃,都不用给人繁衍后代侍候人一日三餐还要眼巴巴等人回来赐给你性生活吧!"

杜家美用她擅长的不带标点的语速一气说完,做了淡粉色美甲的纤长手指在孟瑶眼前如粉蝶飞舞，孟瑶只好苦笑以对。

杜家美如今是铁杆女权主义者，她直播间的目标客户都是年轻单身女孩，她的言论必须跟她们时刻保持一致才能赚到她们的流量。这些女孩动不动就是"不婚不育一生幸福"这一套，孟瑶当然理解这套言论，甚至能认同一部分，但她觉得人生太漫长、太丰富了，什么都去体验一下才不虚此生，没必要在一开始就把单一的人生观贯彻始终，那会错失掉很多人生的美好。如今的她跟刚来深圳的第一天想的还是一样：想看到更多新鲜的世界、想体验更多不一样的生活。

江湖上，带货女王杜家美没有绯闻。

去年她在直播里揭发当时跟她双峰并峙的另一位女主播"花信子"卖假燕窝，导致花信子被工商罚款上千万。她又陆续扯出花信子偷税上亿、旗下主播价格作假坑骗消费者等多项违法行为，最终花信子的直播间、所有社交平台账号被封，彻底退出此行业。

传说杜家美跟花信子有旧仇，这杜家美倒没否认，直播时谈笑风生地说起来花信子早年做时装模特，带孕嫁给富二代阿龙，阿龙家生意破产后跟花信子好不容易经营直播生意又爬了起来，这次赔得底裤都没了，这完全属于因果报应。

杜家美还在直播间现场画了美国动画片《忍者神龟》里一只龟的头像，说这张画就神似花信子的老公阿龙，逗得直播间里几千万粉丝开心不已，顺便把她当时正在推销的"可爱龟龟"牌童装买上了当晚天猫直播间销量冠军。

孟瑶劝杜家美别这么牙尖嘴利，别逼得对方狗急跳墙。杜家美冷冷一笑："今天弄死他，我明天不活都行！"

"孟瑶姐，你跟我说句实话，我阿嫂跟程子源之间有那种事吗？"在咖啡馆，杜家美看孟瑶的目光带上了一些探究的意味。

"怎么可能有？"孟瑶垂下眼，看着自己面前杯子里清冽的茶水。

"如果有，也不至于落到现在这个人财两空的地步。秦安彤有侠义心肠，知恩图报，她一辈子的得失起伏啊，都落在知恩图报这四个字上了。"孟瑶长叹一声。

杜家美听了这句话，眼神发直起来。

孟瑶看到她眼角也有几条细细的纹路，上眼睑有些松弛，在淡褐色的眼影底下显出些许疲态，毕竟也是快50岁的人了。

孟瑶端起茶壶为自己续杯，然后端茶杯喝了一口："杜美瑶是你女儿吧？"

杜家美惊讶地转头瞪着孟瑶："你怎么知道的？"

孟瑶苦笑着摇了摇头："我猜的。第一眼看到那婴儿，我就觉得她眉眼既不像秦安彤，也不像你哥。而且秦安彤那状态，哪像刚生完孩子不到30天的产妇。"

杜家美立刻把目光转向窗外。

前几天，杜美瑶向姑姑宣布自己要参加艺考，目标是北影、上戏、中戏，杜家美暴躁地拍了桌子。

比美瑶大三岁的天泽已经在浙江大学基础物理系读了两年，刚高考完天泽就告诉全家，不要指望自己将来大富大贵、赚钱养家，他准备本硕博一直读下去，走科研道路，目标是诺贝尔物理学奖。

杜家豪击节赞赏，声称砸锅卖铁也要支持儿子把这条路走到底。

杜家豪现在早都抡不动炒锅了，痛风让他关节僵硬。杜氏茶餐厅一度搞连锁经营，全国扩张了一百多家加盟店，但水平参差不齐，出了几次事之后，杜家豪就意识到这条路不行，宁可赔违约金也要撤了加盟，现在只剩下深圳两家店、广州一家店。

跟秦安彤离婚后的杜家豪并没有向戴佳佳迈出一步。一年后，戴佳佳就离开了广州杜氏茶餐厅。她并没有她一开始说的那么光明磊落，但努力了一年也没取得任何进展，聪明的女孩便决定不再做无用功，趁青春正盛，去广大的世界寻觅更多好男人多好呀！

杜家豪也花了一年时间思考自己是否想要不一样的生活，但他得不出答案，他满脑子只有秦安彤。如果他想要过不一样的生活，那也必须跟秦安彤去过。没有这个女人，他什么生活也不想过。

杜家兄妹竭尽全力在为秦安彤奔走，杜家豪拿出全部积蓄，又把餐厅跟银行抵押贷出300万，凑了500万。杜家美拿到秦安彤的委托书卖了秦安彤深圳的一处房子，也卖了自己在上海的小房，兄妹俩凑够了2400万打算为秦安彤赎身。

徐宁贤见秦安彤竟然赔得起，便又找了个"非法侵占"的罪名再追加索赔500万，誓要让秦安彤不得翻身。

于是2018年的大半年，杜家豪、杜家美和孟瑶三个人都在齐心合力打秦安彤的官司。

杜家美用最严厉的言语封杀杜美瑶艺考的打算，无奈天泽也跳出来替妹妹说话，他说追求理想是每个人的天赋人权，只要她选择了追求理想，谁也没权阻她的路。何况她食得咸鱼抵得渴，自己愿赌服输，与人无尤。

天泽和美瑶这两个"深二代"，他们成长在优渥的家庭、意气风发的时代，不用经历秦安彤、杜家豪等人开荒拓土的艰难困苦，又在互联网时代的信息海洋里从小泡到大，他们眼里是全世界和宇宙的星辰大海，刻在骨子里的自信和张扬不用像他们的父母靠勇敢和愤怒才能支撑，他们与生俱来。

杜家美看着杜美瑶瞪着那双跟自己一模一样的倔强的杏核眼，内心不由得叹了一口气，认输了。

杜家豪和天泽对美瑶的溺爱，也跟当初父亲和哥哥对杜家美的溺爱如出一辙。

杜家美心知一代一代的人都会面临同样的诱惑，走上同样的路，遇到同样的坎坷，得到同样的教训，没有一个人会听从过来人的建议，他们一定会弃如敝屣。

这是个循环，所有人都难以走出。要想走出这个循环，得经历艰难的破茧。

杜家美回家，经常看到哥哥坐在父亲生前常坐的那个磨得油光锃亮的竹躺椅上，手里握着一壶茶听粤语评书。一时恍惚，她会以为那是父亲。

哥哥只在认识嫂子、跟嫂子结婚的那几年短暂地呈现出年轻人的样子，嫂子走后，他就又回到了父亲的窠臼里。听说秦安彤被关了进去，杜家豪跳起来就去银行取钱、为秦安彤奔走，几次开庭杜家美跟哥哥坐在下面，她看到哥哥每听到起诉书中有"程子源跟秦安彤有暧昧关系"的内容时，手都紧紧地握住椅子扶手，露出了青筋。

杜家豪多次恳求秦安彤复婚，秦安彤都断然拒绝。

"我了解秦安彤，她当时事业正开始干出起色，对她来说事业比天大，她不会选择在那个阶段生第二个孩子。"孟瑶没有看杜家美的脸色，只是瞥了一眼她握着小匙悬在咖啡杯上方微微有些颤抖的手指。

"孩子生下来后，她坚决要求跟我哥离婚，我哥求她求得额头都磕出血来了，她还是不肯回头。她说她马上就要去跟程子源继续合作了，以后会干更大的事业，绯闻仍然会传下去，她不想让我哥再有任何困扰。"杜家美的小匙颓然落在咖啡杯内。

"我哥怀疑过她,但当她提出离婚的时候,我哥就已经确定,她跟程子源清清白白,她是个活得很清楚的人,没有就是没有。"

杜家美对秦安彤的感情,不止于她接下了自己的私生女这人生中最大的恩情,更是因为她教会了杜家美如何面对自己。

在上海的无数个难眠的夜里,每当她自怨自艾,为失败而沮丧、为一无所有而绝望时,秦安彤那骄傲的形象总是清晰地出现在她的脑海中。秦安彤勇敢、顽强、果决、永不服输的性格光辉不知不觉照进了她的灵魂里。如果说自幼丧母的杜家美需要一个精神上的母亲的话,那无疑就是秦安彤。

这个曾被她在怀胎八月时推倒殴打过、后来咬牙在床上躺了一个多月不能翻身的顽强的秦安彤,生下的婴儿不只是杜天泽,其实还有杜家美。

"她一定要活得清清楚楚,这是她的性格。这次出来了,让你哥再做做努力吧,你我也帮忙劝劝。"孟瑶说。

杜家美扯过一张餐巾纸擦了擦眼角的泪,点了点头。

第二十九章

孟瑶边开车边一眼一眼地瞥着后视镜里的自己，她还没有发福，脸上的皮肤还很紧实，只有大笑的时候眼角的鱼尾纹明显一点，看上去比实际年龄要显得年轻一点。像40？30？她嘟哝着盯后视镜久了一点，后面一辆车噌地一下从她旁边飞过去，司机对她骂了一句，她这才反应过来走神了，马上打正方向盘。

开了一会儿，放在旁边的手机响了起来。孟瑶拿起手机接了，刚听了两句话就脸色一变，赶紧把车靠了路边，专心讲这通电话。

对方是一个男声，声称自己是警察，问孟瑶认不认识李志伟。

孟瑶心里一紧："认识，可是我已经很久没跟他联系了。"

警察说："我们是查他以前的住院记录，发现登记您为他的紧急联系人，您方便现在来公安局一趟吗？"

孟瑶再问，警察就什么也不肯说了，只重复那句话让她尽快来。

挂了电话，孟瑶深吸一口气，发动车子，开上路掉头向公安局开去。

来到公安局她才弄清楚，李志伟出事了。

李志伟跟孙兰兰离婚后，虽然身边女人一直没断过，却没有再婚，始终一个人抚养着李睿麒，带孩子玩、辅导学习这些事情从不假手于人。他发誓要让儿子这个富二代把地位坐稳，让李家的子孙后代都只往上走。李睿麒确实如他所愿，天生聪明，一直学习成绩优秀，以不俗的成绩考入深圳外国语学校高中部。深外是深圳数一数二的牛校,考进深外等于一只脚踏进了清北。

李志伟不甘心让李睿麒止步于清北,本着一代更比一代强的愿望,他给儿子设定的目标是哈佛、麻省理工。

就是李志伟这种高期待、严要求,给儿子造成了太大压力,高中起开始住校的李睿麒在终于脱离了父亲管控后,竟然180°大转弯,迅速懈怠了起来。他开始沉溺王者荣耀,经常躲在被子里彻夜打游戏,成绩下滑得厉害,刚入学全班第四名,两个月后的会考就滑到了全班倒数第三。

老师通知李志伟,李志伟火速赶到学校,把李睿麒接回家谈话,父子俩爆发了激烈争吵。李志伟很意外,向来听话顺从的儿子不知何时起变得如此叛逆,连吵架时的口齿都变得伶俐起来。他赶紧改变了策略,压下自己的火气,心平气和地跟儿子谈心,终于从儿子嘴里套出了一句:"我妈妈才不会像你这样凶!跟你说话根本没法平等,只会换来劈头盖脸的一顿教育!"

李志伟心里一凛:这句话可大有文章啊!

李志伟把儿子顺毛安抚好,谈妥了每周上学五天不可玩游戏、周末回到家可以至少玩一整天的条件,拿一台只能打电话发短信的老人机换下了他手上的智能机,把他送回了学校。

李志伟不是个宁可信其无的厚道人,第二天上班便派了四个人去学校俩门口盯着。这学校四墙临山,不可接近,只有前后两个门可以进出。盯了三天,终于有人拍到了照片:一个女人在后门口跟从校内走出来的李睿麒见面。李志伟仔细辨认,那女人赫然正是孙兰兰。

当年李志伟跟孙兰兰签署离婚协议,李志伟特意删除了跟儿子见面的条款,为了这,李志伟付给孙兰兰每月5万元生活费,一直付了10年。这10年里他跟孙兰兰再没谋面,但孙兰兰的境况他却一直掌握着：孙大英5年前去世，孙兰兰创立过一家小物业公司，后因经营不善破产。她又投资过生鲜网店，赚了些钱，随即将钱投入电子烟厂。李志伟投资电子烟线下连锁店的时候，孙兰兰投的是线上销售，结果是李志伟赚了，孙兰兰却被国家严禁网售的政策扫荡了一波，赔了一大笔。

这次投资失败，孙兰兰的心灰了一大半。她年纪大了，觉得一个人奋斗太累。这些年她曾谈过两次恋爱，都以失败告终。她看不上平凡的男人，平凡的男人也受不了她强势的性格。那两个男人从始至终都不懂，这个40多岁的女人只是个小小物业公司老板，为什么整天端着个跨国集团总裁般不可一世的架势？脾气比女王还大，生活能力比公主还低，仿佛她永远不会错，谁在她面前都得像狗一样趴着。

两次短暂的恋爱都失败，她也就死了再婚的心，但还是觉得一个人生活老去太孤独，于是想买精子做试管婴儿生一个自己的孩子。为此她去了泰国很多次，那里的医院里这方面的技术特别发达。两年里她经受了多次取卵的巨大痛苦，却始终无法受孕成功。最后医生无奈地说，她的子宫质量已经很难受孕了，不如放弃吧。

这判决像一记重锤砸在她本已十分脆弱的心灵上，砸得她好长时间精神恍惚。她觉得这世界已经没有值得她活下去的事物，一生奔忙都已成空，孑然一身好不凄凉。

突然，她想起自己还有一个儿子！

对啊，那个她曾为他结结实实怀胎十月、经受过分娩之苦的白胖婴儿，那个躺在她怀里小嘴唇一动一动吃奶的小天使。

瞬间，那麻痒的感觉迅速回到了她的身体上。她想起躺在洛杉矶一家医院的产床上大汗淋漓的那个下午，黑人护士把刚刚出生还没洗掉满身黏液的那个小小的人儿抱到她眼前看时,她疲惫地对着他笑,而他完全没有睁开眼睛,却也牵起嘴角跟她同步笑了。

那一刻,她感到了与这个全新的小人儿之间那奇妙的连接。是的,那是她的儿子,只与她有着独一无二、无可替代的母子关系。

想到这,孙兰兰腾地跳了起来。她要去见她的儿子!

她对儿子的情况一无所知,但李志伟毕竟是商界名流,网上可以查到他的很多信息,她很快查到了李睿麒现在在深外读高一。

见儿子自然是不能通过李志伟的,李志伟的狠毒她十分了解,惊动他没有任何好处。

后来的几天,她挖空心思想办法,终于想起来一个熟人的女儿也在深外读书,便买了个最新款的iPad登了熟人的门,把iPad送给那女孩,买通她搞到了儿子的手机号码。

第一次拨通儿子的电话号码,孙兰兰的心脏都要从身体里跳出来了,对面那刚刚变声却仍稚气未脱的一声"喂?哪位?"传入她的耳中,她的双眼便被汹涌而出的泪水灌满了。

"麒麒啊,我是妈妈……"孙兰兰听到自己的声音仿佛瑟缩在寒风中的一只孤鸟,掺和着哭腔,完全变了形。

李睿麒愣住了。

他对这声音完全陌生,完全找不到曾经熟悉的痕迹。跟妈妈分别时他才5岁,记忆早已模糊。在父亲的灌输中,妈妈是个不负责任、脾气暴躁的女人,任意欺负他们父子俩,他不堪忍受才选择离婚。

李睿麒的成长过程中并不缺乏女性的关爱,但都来自保姆、家庭教师,那种略带卑微、缺乏亲热、以侍候为主的态度,使她们连浅层次的心灵抚慰都无法给予，他所能得到的爱全部来自父亲李志伟。

李志伟在情感方面倒是倾其所有，每天都拿出时间来陪他玩耍、吃饭，给他讲睡前故事。再长大一点会辅导他写作业，带他出国旅行。但他永远缺失每个孩子成长中最需要的那个温暖柔软的怀抱，以及被母亲抱在怀里时能听到的来自母亲心脏的跳动声、母亲的手抚摸后背时的温暖、母亲的喃喃的温柔声音。

他永远缺失了这些，不知道这会给他带来什么样的影响，也不知道这样的他将成长为一个什么样的人。

今天，当李睿麒突然听到电话里传来妈妈的声音时，他的第一个反应是好奇。他真的很好奇这个曾经跟他无比亲密、后来却莫名消失了十年的女人，到底长什么样子。

很快，他就跟孙兰兰约定下午放学时在学校后门见面。隔着铁栏杆，孙兰兰见到了儿子。儿子个子居然长到了一米七五，细瘦高挑匀称，小小的却已长出棱角的脸，五官几乎跟李志伟是一个模子里刻出来的。孙兰兰刚刚有点失望，就看到儿子略略张开了嘴。啊！那肉嘟嘟有点圆润的下唇，跟自己长得是一模一样啊！孙兰兰为这发现惊喜得笑了，眼睛里的泪水也随之溢了出来。

李睿麒站在离铁栏杆一米远的地方停住了，他望着栏杆对面的那个中年女人，她一双手紧紧抓着栏杆的样子有点滑稽，像电影里探监或者被关在监狱里的人。她有点胖，脸上有些细细浅浅的皱纹，但皮肤白净细腻，五官清秀好看。李睿麒第一眼看上去就觉得十分熟悉，好像在哪见过似的，不，好像在一起生活了很久很久的一个亲密的人，她的每一个表情和动作，他都感觉格外熟悉。

"妈妈。"他听到自己嘴里发出这个声音，不由得惊讶。

孙兰兰也愣住了。她万万想不到，才见面不到一分钟，十年未见的儿子就开口叫了她妈妈。

孙兰兰脚底一软，瘫坐在地上。

接下来的日子，孙兰兰几乎每天都要去看儿子，给儿子带自己做的香辣虾、米粉蒸肉，以及路上买的水果和奶茶。学校管得严，李睿麒非周末不能出校门，他们就只能隔着栏杆相见。两个人席地而坐，一起聊天吃东西。李睿麒从小到大没有感受过这种相处，他觉得妈妈说话特别好听，神态特别好看，身上散发的味道都温柔美好。

孙兰兰跟他讲自己这些年的生活，讲自己遇到的挫折和烦恼，就像朋友一样，让李睿麒觉得从未有过的亲切。孙兰兰又给他讲他五岁前的事，她讲述里的自己对他来说新鲜而陌生，那让他找到了自己的根，没多久他就坚信了自己就是从这个女人的身体里生出来的，那无形的根至今也割不断。

母子连心，十年没见过面的两人，在短短一个月的频繁见面中，亲密的感情就迅速生长起来。也许正逢李睿麒刚来到备感孤独和愤怒的青春期，他太需要慰藉，太痛恨压制了。李志伟多年来那貌似慈祥温柔、实则处处暗含威压的教育方式早已让他反感。

孙兰兰好几次想跟儿子说："跟妈妈一起生活行吗？"话到嘴边都压住了，她不敢确定儿子真的会答应。毕竟李睿麒跟李志伟过了十年养尊处优的生活，衣来伸手饭来张口，而自己现在租住在60多平方米的小公寓里，刚刚投资失败，银行卡里存款只剩几十万，未来一片迷茫。

很快，他们的密会就被李志伟发现了。

从那天起，孙兰兰打李睿麒的电话就再没打通过，每天两人约定的见面时间她去栏杆墙外等，也再没见到过李睿麒的身影。

过了一个多星期，孙兰兰忍不住又去找当初帮她拿到李睿麒电话号码的女孩问，女孩告诉她：李睿麒一周没来上学了，听说他爸给他请了假，具体原因不知。

孙兰兰顿时傻了眼。

想跟妈妈一起生活，这竟然是李睿麒先跟李志伟提出来的。

李志伟发现李睿麒跟孙兰兰暗中见面后，迅速把李睿麒接回家中。当听到李睿麒跟他坦诚这一个月来跟孙兰兰几乎每天都见面，他一股火登时冲到头顶。而李睿麒义正词严地责问李志伟为什么不允许他们母子见面，这么多年来凭什么隔断他们母子亲情时，他更感到了前所未有的恐惧。

如果这个前妻不是孙兰兰，他完全可以跟无数离异有孩的夫妻一样，心平气和地接受前妻定期或不定期与儿子的来往，但这个前妻是孙兰兰，他就不可能接受，因为他恨孙兰兰。

这种恨，深刻在他骨子里，不可抹除。这个女人毁了他的爱情、改变了他的人生，带给他的屈辱感永难消除。他当初是抱着一举整死孙氏父女的目的报复的，没想到孙兰兰如此顽强竟然挺了过来，今天又杀回来跟他抢宝贝儿子。

最要命的是，自己精心养了十年的儿子，不到一个月就把心歪向了十年没联系的妈妈。

李志伟精密的大脑开始迅速运转起来。当初他给李睿麒安排的前途就是不走国内高考路线，高三考托福，毕业后申请美国大学，届时他也跟儿子一起出去陪读，在国外遥控国内的生意，如有必要他甚至准备好了放弃一部分对生意的控制权。本来超负荷工作这么多年，他也早都累了，趁着儿子出国自己也走向半退休状态是一件顺理成章的事情。

为此他早就在美国买好房子，为李睿麒的未来布好了局。既然孙兰兰这时下手,那干脆就把计划提前,李志伟决定现在就带李睿麒去美国。

他跟校方请了长假,给李睿麒买了机票,让自己的秘书送李睿麒和一个保姆、一个家庭教师先去美国,自己处理完公司事宜,一周后也出发。

李睿麒的前途一定要掌握在他李志伟手上,自己几十亿财产的商业帝国,始终要传给李睿麒,这一步一步的布局都要按照他的计划走,岂能因一个小小的疏忽毁于孙兰兰之手?

李睿麒一开始不愿意接受这样突然出国的决定,但李志伟告诉他出国后他就不必再按照国内这种高强度紧张的学习方式生活,毕竟他有美国的出生纸,到了18岁即可入籍美国,只要两年内跟上美国高中进度,高考时再把托福考出个好成绩,便可随便申请美国名校。李睿麒这几年的紧张压抑,也确实跟国内学校的高强度学习生活有关,听到李志伟这样说,他的心立刻松动了。

何况李志伟哄骗他说,以后想回国看妈妈是很容易的,爸爸也要经常回国工作,带他回来看一下妈妈不是 so easy 的事吗?李志伟对孙兰兰的刻骨仇恨从来没有跟儿子流露过,在儿子眼里,他们就是一对没有感情的前夫妻,而这次出国定居,也不过是父亲让他摆脱国内紧张学习生活的积极之举。

于是他很快接受了这个安排,高高兴兴跟着秘书、保姆、家庭教师坐上了飞机。

李睿麒去美国不到三天,孙兰兰就开始找李志伟。

才几天工夫她瘦了一大圈,十分憔悴。这几天她几乎没吃没睡,她不知道李志伟的住处,只知道李志伟的公司所在地,便每天守在楼下等李志伟。李志伟几天都没来上班,她便没吃饭眼巴巴地等了几天。实际上早在上次电子烟投资失败时,她已经有抑郁症的倾向了，李睿麒是她能抓住的一根救命稻草。这根救命稻草让她找到了人生的一丝希望，这稻草一旦凭空消失，她的情绪立刻崩溃了。

李志伟安排完李睿麒之后便又来上班，一天之内他高效地开了十几个会议，把几项生意的人员、事项有条不紊地安排好，他没有跟任何人透露自己已经买好了明天飞美国的机票，以及以后可能长居国外的安排，只是跟往常一样把所有工作布置下去，然后宣布自己有事要短期出国几天，各种会议都在视频、电话上照常召开，大家有事随时请示。

这一天，他脑海里总展现着一幅跟儿子一起坐在加州郊区别墅的阔大草地上悠闲仰望天空的美好图画，他们一起遛狗、骑马、打高尔夫球，未来儿子结婚给他生几个孙子、孙女，一大家子人过着富贵团圆的幸福生活。想到这个他走路都步履轻快，一整天都沉浸在愉悦中。

下班时间到，他吹着口哨坐电梯到地下停车场，来到自己的奔驰车前掏出钥匙刚要开车，突然后脑一阵剧痛，失去了知觉。

李志伟醒来时，发现自己身处一个高大空旷的废弃楼房的角落，周围胡乱堆砌着一些钢筋毕露的水泥块。他的后脑还在隐隐作痛，头晕恶心。他面对着一扇没有窗框的窗，从那窗口吹进来的风让他迅速清醒。

他的双手被一根纤维绳绑在身前，双脚也被绑在一起。

不远处的那扇窗的边上坐着一个人，因背光他看不清那人的模样，只看到她一头乱发被风吹得不成样子。一片静默中他听到对方发出了急促的呼吸声，他凭这呼吸声便猜出了是谁。

"孙兰兰？"李志伟冷冷地对着那个黑影问。

孙兰兰站起身，走到李志伟面前两米处坐在地上，一双布满血丝的眼睛定定地看着李志伟。她谋划了许久，跟踪李志伟好几天，终于看准一个机会将他打晕，拖上自己带来的平板车，塞到自己租来的一辆"五菱之光"里，运到一处废弃的厂房。

她只想跟李志伟好好谈谈。之前她打电话李志伟不接，找上门被保安赶走。到后来她靠近李志伟公司的办公楼十米距离内都马上有人来拦阻，李志伟还去公安局报了案，有警察专门上门警告她不要纠缠，否则将有法律风险。

她实在没办法了，只好出此下策。

李志伟没想到孙兰兰竟然沦落成这副模样，蓬头垢面，宛如一个街边翻垃圾桶找剩饭吃的乞丐婆。他知道孙兰兰刚刚投资失败，但怎么着也有几十上百万的身家吧，居然到了这个地步？

他不知道，孙兰兰几天前还是个体面人，只因跟儿子失联，几天工夫就落魄成了这个模样。

"我儿子呢？你把我儿子弄哪去了？"孙兰兰声音嘶哑低沉，她嘴边长了两个疱，喉咙完全肿起来了。

"我把他送到别处去了，你别费劲找，以后别想见他了。"李志伟动了动手和脚，感受了一下捆绑的力度。

孙兰兰愣了一下，突然扑上来双手抓住李志伟的衣领，声嘶力竭地喊："你为什么？为什么不让我跟他见面？我就这么一个儿子、就这么一个儿子啊……"她晃了两下李志伟便松开了他，退后几步跟跄着坐在地上，号啕大哭起来。

李志伟对孙兰兰这个反应有些意外，在他们一起生活的那些年里，孙兰兰一直是个冷静果断的人，虽然有时候霸道刁蛮，但很少情绪失控。多年经商锻炼出来的性格，令她即使身处绝境也一定会保持冷静。李志伟皱起眉头，仔细地把孙兰兰又打量了一遍。

孙兰兰哭了一会儿，突然收住声，望向李志伟，见李志伟在打量她，忙整理了一下自己的头发和衣服，并将双腿调整了坐姿，紧闭着嘴愣愣地看着李志伟。

"不好！她怕是精神不正常了！"李志伟心里叫了一声。

"我要我儿子孙瑞琪，请你把他还给我！"孙兰兰嘶哑的声音好像理智了一点。

"他这几天出去旅游了，等他回来我安排你们见面吧。"李志伟赶紧调整说法，一边应付孙兰兰，一边暗暗地活动着被捆住的手腕。他刚刚看了一下，手腕只用很细的纤维绳绕了三圈，捆得有些松，他试图把绳子从手腕运到手上，那样就有希望脱出。只是这手腕是捆在身前，稍一活动便能被对面的孙兰兰看到，他只能慢慢地把双腿曲起来，试图挡住手部的动作。

"好好地在上课，怎么突然出去旅游了？是你在捣鬼吧？你把我儿子弄哪去了？你说！你说！"孙兰兰突然又激动起来，挪动了两下身体，逼近李志伟。

"他这段时间学习压力太大了，总失眠，老师跟我说让我安排他出去散散心，他没跟你说吗？"李志伟赶紧以退为进，反问起孙兰兰。神志本来便有些混乱的孙兰兰果然被问蒙了，皱起眉头开始回忆。李志伟趁着她眼神放空，用屈起的腿挡着手腕加紧活动双手。

孙兰兰猛地甩了甩头，甩掉被李志伟搞乱的思维，站起来俯视李志伟，一双布满红血丝的眼睛冷冷地瞪着他。

"李志伟，你恨我？"

李志伟浑身打了个冷战，赶紧停止手腕的动作，抬起头，跟孙兰兰俯视他的目光对上。

"我……"李志伟被那双疯狂的红眼睛吓住了，一时竟不知如何应对。

"你扣住我唯一的儿子,一辈子不让我跟他在一起,就是为了报复我让你失去了和孟瑶的孩子,对吗?"孙兰兰的声音越来越阴冷。随着她俯视的目光看清楚李志伟的全身,她立刻看到了李志伟夹在双腿中间的双手几乎已经脱出了纤维绳的捆绑,马上就要自由了。

孙兰兰立刻俯身下去抓了一块砖头大小的水泥块在手里。这个废弃的厂房当年曾尝试过拆除,但不知为何拆除工程做了一半就停止了,遍地钢筋水泥的建筑垃圾。

她潜意识里惧怕这个男人。

面对他,她总是有膝盖一软、给他跪下的冲动。她想恳求他把儿子还给她,甚至想恳求他继续跟她生活在一起。她想跪在他面前诉说她十几年来一直还存活在心里的爱情,面前的这个男人是她一见钟情,爱到不顾一切、毁灭一切也想抓到手里按到心里的那个人。尽管他夺走了她的一切,但至今,她仍然无法恨他,她竟然还爱着他。光是这种毫无道理的感情已经把她的脑子搞得混乱了,思想中还不停插入儿子那张美好如天使的脸,一双纯净的眼睛,天籁般的声音叫着"妈妈"。每当她试图思考的时候,这一切就在她脑袋里来回打转,搅和得她神经剧痛,要大声吼叫才能停止。

他是她既恐惧又思念、既想逃离又想抓住的一个存在,他和儿子,她都想要,哪怕是抓到手里再撕碎。

孙兰兰的思绪渐渐混乱了,她费劲地在自己脑袋里寻找当初把李志伟抓来想提的那个要求。是要回儿子吗?还是要回他?要回她以前的所有生活?啊!记不清了!记不清了!

"你恨我吗,李志伟?"大脑正在奋力思考的孙兰兰听到自己嘴里说出这样一句话,她不由得愣了。

"是的。"李志伟脱口而出。

回答了这两个字,他心里也一惊。

十年前跟孙兰兰离婚时,他事业腾飞,被孙氏父女欺压多年的怨愤只让他想快点离开他们,连多看一眼都恶心。多年以后,那段生活的点点滴滴逐渐反刍上来,心里的仇恨并没有被冲淡,反而越来越想当面狠狠地羞辱斥责这父女俩,把那口怨气彻底吐出来。此刻,他突然觉得是一个等了很久的机会。

孟瑶离开他的那天,是他对自己痛恨的顶峰,甚至想找一把锋利的刀立刻捅进自己的心脏,才能结束自己的痛悔和愧疚。在那天,他清楚地知道这个悲剧是他一手造成的,自己对财富的自私贪婪是罪魁祸首,是他杀了自己的儿子、毁了自己认真经营的家。

可后来随着时间慢慢过去,为了逃避被那巨大的痛悔时刻谴责,他本能地一点点篡改记忆,把自己的罪过逐渐减轻,但这些被减去的罪过并不能消失,只能把它们转移到别的目标上去,于是孙兰兰便成为这些罪过的新载体。是孙兰兰勾引他、强迫他的,是孟瑶接到孙兰兰打来的电话,直接导致流产。到最后他竟然把孙兰兰打电话到他的手机上被孟瑶接到这个事实,从自己的记忆里彻底修改为孙兰兰打了孟瑶的手机,故意去刺激孟瑶。这些被修改的记忆,最后他坚信为就是事实,真正的事实则已被他选择性忘记。

但也不是真的就彻底忘记了,其实仍然藏在记忆的角落里,只有下意识的某些时刻,才会浮现出来。比如他在做完手术发烧昏睡、孟瑶在病床旁陪护的那夜,孟瑶听到他喃喃念叨了好久:"孟瑶,我对不起你;孟瑶,是我害了你和儿子;孟瑶,我是个罪人,我早就该死了……"

但这些，他只要一醒来就会彻底忘记。辉煌的事业向他铺展开的广阔的世界，一个接一个的成就纷至沓来，极大地抚平了他内心深处的自责和愧悔，让他越来越对自己宽容，直到自信爆棚。

他还要往上冲，冲得更高，给下面无数跟他一样怀着野心来到深圳企图破层的芸芸众生树立个标杆：这就是人终其一生所能达到的史上最高高度！

日复一日，自信和自责、荣耀和耻辱，其实也在明里暗里撕裂着他的内心。如果说孙兰兰在过去的某一个时刻被巨大的困扰打击到精神突然分裂，那么李志伟很可能早就慢慢地陷在人格分裂的泥潭里，只是他自己不知道，外人也感觉不到罢了。

就如此刻，李志伟看出孙兰兰精神已经十分混乱了，本来应该尽量安抚而不是刺激她，但他却选择把所有的恨发泄出来，做一次十年前想做而没做的"终极打击"。

这个选择十分愚蠢。

他盯着孙兰兰看似平静无波的眼睛，心脏突然狂跳起来，那心跳来自汹涌的仇恨。

又搓了几下，他成功地脱出被捆绑的双手，并立即用解放的手迅速拆开了捆绑脚腕的绳索。

孙兰兰冷冷地看着手撑地慢慢站起来的李志伟，看着他活动着有些发麻的手腕，表情凶恶地慢慢走向自己。

"孙兰兰，今天我终于可以跟你说说心里话了，从我认识你那一天起到现在，我一天、一分、一秒也没有爱过你，我对你只有一种感受，就是厌恶；只有一种感情，就是恨！我只想要你家的钱，想用你家的钱赚我的钱。你毁了我的家，害得我家破人亡，我就要你也家破人亡，这才公平吧？"李志伟一字一句重重地说着，眼神坚定地看着孙兰兰，不知不觉已经走到她面前。

"我没有对不起你！"孙兰兰终于又抓狂了，她拼命让自己冷静，可李志伟字字如刀，每一刀都扎在她心上，她感到自己的心脏像裂开了一样疼，整个身体剧烈地颤抖。

"我爱你！我一直特别、特别……"孙兰兰的热泪从眼中汩汩流下，哽咽让她的声音变形了，"我第一眼看到你，就知道你是我这辈子唯一想要的男人了，我想让你抱我、让你亲我、让你给我很多很多孩子……"孙兰兰嘶哑变形的声音显得异常诡异，"我不认识孟瑶，我甚至到现在都没见过她。跟孟瑶离婚是你主动做的，孟瑶流产也是你造成的，我从头至尾没有……没有碰她一指头……"

泪水在她沾了些灰尘的脸上冲出两条线，蓬乱的头发被泪水粘在脸上，她背对着光，像一根凌乱的蒲苇。

李志伟看着这根可笑的蒲苇，不由得仰天大笑，笑完继续恶狠狠地瞪着她："你以为你是个什么东西？湘西泥塘里刚拔出脚、到深圳来赚了几个钱的暴发户，趁我危难的时候砸钱买我，拿我当站街的鸭子，真以为我会抛弃孟瑶跟你走吗？如果不是你故意把电话打给孟瑶，我根本不会让她知道，我不过是想接你的项目做而已，睡完马上会甩了你，怎么可能娶你这种又丑又无知的蠢娘们儿！"

孙兰兰彻底崩溃了，她闭上眼睛歇斯底里地狂叫起来，抓着一块水泥的手胡乱挥舞。

李志伟越说越兴奋："蠢货！贱人！你根本不配做我儿子的母亲，麒麒一点都不像你，他聪明、漂亮，从里到外都像贵族，我不可能让他沾上一丝一毫你们孙家的暴发户臭味，那股烂泥一样的臭味！你死心吧，他叫李睿麒，不叫孙瑞琪！"

孙兰兰睁开眼，望着李志伟恶狠狠瞪着她的一双眼睛，那双眼睛里有一股熊熊燃烧的仇恨之火，烧得她无比恐惧。她内心的绝望如夜色弥漫开来，一瞬间觉得自己的世界天塌地陷，一切都将毁灭。

她把手里的水泥块狠狠地砸向那双眼睛。

盛怒的李志伟只看到一块灰色的东西向他冲过来，瞬间，他只反应过来伸脚出去，用尽全力踢向孙兰兰。

那一刻，两个人的世界全黑了。

孟瑶赶到公安局，警察告诉她，有人报警说在龙岗一间废弃的厂房发现一男一女倒在地上。女人后脑砸在水泥块上，露出的钢筋插进了后脑，已死去多时。

男人前脑被水泥块砸中，昏倒在地，还有呼吸。送到医院抢救，脑中有大量瘀血，至今昏迷不醒。

"顾虑到李志伟先生是著名企业家，我们暂时没通知他的公司，在深圳也没有找到他的家人，湖北老家他父亲早已去世，有一位哥哥要几天后才能赶过来。现在只查到了您作为他的紧急联系人的记录，所以只好打扰您了。您也是他的前妻对吗？"警察翻看着一沓记录头也不抬地问孟瑶。

孟瑶慢慢地点了点头。

她努力跟自己内心的沮丧对抗着，维持着语气的平静："我能去医院看看他吗？"

警察点了点头，从一沓资料里抬起头，看着孟瑶轻叹了口气："您要做好他可能成为植物人的思想准备。"

孟瑶直勾勾地盯着警察，警察跟她对视了一会儿，心说这女人的眼神还真的有些瘆人，便避开她的注视，把目光转向窗外。

窗外阴云密布，风正把一排排的大王椰叶子搅得此起彼伏，一场雨就要到了。

第三十章

秦安彤出狱后的第一个落脚点是孟瑶位于宝安的昭华晞园别墅。杜家美自己来一次,带着杜天泽和杜美瑶来一次,都没能把她接回家。

"你真的不爱杜家豪了吗?"杜家三人走后,孟瑶问秦安彤。

当时秦安彤和孟瑶正站在落地窗前,看着那三个人上了杜家美的车,车子无声地滑走了。

一年的看守所生活,并没有改变秦安彤太多,只是下巴削尖了些,一头长波浪发剪成了利落的短发,眼神显得更锐利了。

"我怎么可能不爱他?他是我这辈子唯一爱的男人。"秦安彤的目光仍然凝视着外面,声音轻飘飘的。

"那你何必这么折磨他呢?让两个孩子也不开心,这对孩子成长不好。"孟瑶走到秦安彤身后,看着秦安彤穿着薄针织开衫的瘦削肩膀。

"我还想干点什么,不想让他们跟着我折腾。他们就是过着日常生活的普通人,我跟他们一起已经不习惯了。"秦安彤终于收回目光,转身走到沙发旁坐下。

"我不会在你这里住很久,在南山我还有一套小房子,落在我父母名下,法院没罚掉。"秦安彤拿过放在沙发上的自己的包,从里面掏出一台笔记本电脑,打开电脑操作起来。

孟瑶坐在对面凝视着她。一如从前,她摸不透秦安彤在想什么、要干什么、都有些什么,不过这种感觉孟瑶已经习以为常了。

做了这么多年朋友,她已习惯时不时被秦安彤突如其来的变化惊吓,反正这就是一个要不停折腾的女人,能拿她怎么样呢?

"我入股了高新软件园里的一家医疗机器人研发公司,这股份也藏在我父母名下。这几年这家公司发展势头很好,已经有产品在国内投入使用。接下来我可能要贷款,把这家公司做大。杜家为了把我捞出来已经花了那么多钱,出来后我又要举债办企业,办企业就有风险,他们的财产可都是一盘菜、一锅汤地赚出来的,我何必去连累他们?"秦安彤抬起眼皮面无表情地看了孟瑶一眼,很快又垂下眼皮去看电脑。

"你们本来就是一家人,你怎么一口一个'他们、他们'的?别这样。"孟瑶耐心地劝秦安彤。

"你得承认我确实跟他们不一样。"秦安彤仍然专注地划着电脑。

"杜家美干的事业比你大,怎么跟你不一样了?你也别太瞧扁了杜家人。"

"正因为杜家美干的那个事业,我才越发不能跟他们掺和。你看她这个活儿风险多大?花信子说倒就倒,连微博账号都被封了。杜家美一年365天被好几亿人盯着,有一点瑕疵就立刻被人扑倒,万劫不复。你说我能连累她吗?"

秦安彤抬眼看孟瑶,突然妩媚一笑:"是不是,你怕我连累你?"

"我一个开服装厂的,怕你连累什么?"孟瑶笑了,"你就住我这吧,南山的房子这么多年没住了还得收拾,没必要。我这么大房子一个人住也空。"

秦安彤扭头环视了一下别墅一楼60多平方米的空间,摇了摇头:"不住。不能影响你的性生活,一旦你哪天带回个小鲜肉呢?"

"你别胡扯了!就住这吧,先休养一阵再忙,我看你瘦得太厉害。"孟瑶起身走向厨房,去看炖了两个小时的一锅花旗参乌鸡汤。

两天后,秦安彤还是告辞搬走了,孟瑶也没强留。

她知道秦安彤必须赶紧回到工作状态。在深圳,一个热爱工作的人必须跟她的工作在一起才有安全感。面对一团糟想不通的生活,只能用忙碌工作的状态抵挡,孟瑶也是一样。

这些年孟瑶虽然不用整天扎在车间里,但一年到头马不停蹄跑设计、跑营销、跑市场,也几乎没停下来过,好像还比以前更忙了,家里这房子一年里有大半年都没人住,她又不放心交给别人照看,都是出差回来后自己打扫。房子买了快十年,是她在深圳唯一的住房。当初买房时陈国威苦口婆心劝她多买一套,将来必升值,但她完全没兴趣。这十年来事业浮浮沉沉,现金流隔三岔五处在断裂边缘,多亏这套一直在稳步升值的别墅拿去抵押贷款度过危机。她早就后悔当初没听陈国威的话多买几套了,然而现在再买已不可能,深圳的房价早飘上了天,一套这样的房子卖价都快赶上一家上市公司的年利润了。

孟瑶时常想起陈国威那些年跟她唠叨过的话,很多都兑现了。他说过以后中国用不上现金了,一部手机能解决大多数个人支付业务;他说过以后物流会发达到所有商品和服务都可以在线上购买,实体商店将逐渐走向消亡;他还说过以后的年轻人会把自己关在房里吃外卖、玩游戏甚至工作挣钱,对社交和户外的活动不再感兴趣,甚至对谈恋爱和结婚都兴趣缺乏。孟瑶现在看陈国威,觉得当年的他简直是个先知,在他那逻辑思维发达的大脑里早都预见了世界未来的模样。但就是这样一个聪明的男人,最终却选择了房产租赁行业，躺平赚租金。

陈国威前几年曾一脸沧桑地说，人太聪明不是好事，折腾得太累了，时代的风太大，吹得人起起落落不由自主。深圳是冒险家的乐园，创业的过程里一大部分都是苦涩，不管是成功还是失败都只是其中的一段过程，不是最后的终点，这种不确定的感觉他渐渐不喜欢了。

他当时脸上带着懒懒的笑意看着孟瑶："你知道吗？人身体里会产生两种激素：一种叫内啡肽，一种叫多巴胺。内啡肽是当人遭受挫折和痛苦时产生的，会逆向激励人对抗挫折。多巴胺则是当人获得成功和快乐时产生的，正向奖励人更加积极。多巴胺带来的是瞬间快感，稍纵即逝；内啡肽长久一些，温和稳定。我之所以不想奋斗了，是因为遇到你太晚，不能让你产生多巴胺，我们在一起分泌了太多内啡肽，所以这么多年来就像老夫老妻一样平稳安定，没激情啦！"

孟瑶忍不住笑了："你别骗我哟！我也是读过书的人，内啡肽不是被称作'年轻荷尔蒙'吗？怎么就老夫老妻啦？"

陈国威苦笑着叹了一口气，把坐在一旁的孟瑶搂在怀里："我这辈子最遗憾的事就是没跟你结婚。我比李志伟更早认识你有多好！我其实也是认识你不久之后就喜欢上了你的。"

孟瑶头枕在陈国威的肩上，想着那种可能。不会的，那个深夜在湾厦村门口遇到的那个在黑暗中眼睛闪着星光、大喊了一声"你留下来吧"的青年，不可取代。

如果人生有重来的机会，她仍然会义无反顾地选择回到那个夜晚、回到他的面前。

是的，陈国威说得对，会分泌多巴胺的爱情，在那一晚上就被她遇到了、得到了，又失去了。而那个用一把伞为她遮住大雨的陈国威，跟她相濡以沫这么多年，总是在她的手冰冷的时候默默握住传递温暖的陈国威，是真的来迟了一步。

她在一个很难过的梦里惊醒，客厅没开灯，她抹了一把脸，一手都是湿乎乎的泪水。

再去脑海里探索刚才梦到了什么，却丝毫也想不起来。

她坐直身体茫然四顾，看到厨房里灯光大亮，还响着音乐，秦安彤在那里正热火朝天地包饺子。她刚起身想过去跟她一起包，放在茶几上的手机忽然响了。

电话是医院打来的，对方说话有些迟疑："请问……您是孟瑶女士吗？李志伟的紧急联系人？"

孟瑶愣了一下，李志伟的亲属？她去记忆搜了一下，哦，李志伟成为植物人躺在医院的病房里已经两年多了。

她吞了一口唾沫，回答道："是。"

"真是不好意思，除夕夜来打扰您……是这样的……李志伟先生呢……其实秋天的时候已经属于脑死亡了……今天医生来检查了一下，说是心脏也衰竭了，可能熬不过今晚……您能否……能否过来签个字，送……送他一程？"

对方讲述得极其艰难，在这个除夕夜向人传达这种消息，一定是十分不得已。孟瑶深呼吸了一口气，立刻回答道："好的，我马上到，谢谢你！"

这种心理准备，孟瑶早就做好了。

她挂了电话，转头却看到秦安彤站在厨房门口，正在用毛巾擦干双手："要我陪你去吗？"

"嗯。"

外面暮色已合，除夕夜的万家灯火已经亮了起来。辛劳过后，人们更加贪恋这珍贵的快乐时刻。

秦安彤发动了车子，提醒有些发呆的孟瑶系上安全带，车子无声无息地滑出院门。

一路上，两个人一句话也没说，车子在空荡荡几乎一辆车也没有的马路上飞驰。

秦安彤此刻非常了解孟瑶对李志伟的感受，无论是初恋、婚姻，还是伤害，都刻骨铭心很难淡忘。那种情感是再也回不到过去，却又永远停留在过去的一种不能说也不能割舍的复杂滋味，跟她和杜家豪又不同。

她和杜家豪的感情一直在往前走，从相互吸引到产生隔阂又相互理解，虽然也曾有过伤害，但心底都坚信对方。

想到杜家豪，秦安彤在冬夜感到心上袭来一阵温暖。这个不惜一切代价几乎耗尽身家把她从牢狱之灾里解救出来的男人，这两年餐厅生意遭受了重创，深广两地的三家店断断续续的营业让他不堪重负，早已负债累累。要不是杜家美一直输血支撑，他也早就关门了。

春节前，他跑了一遍三家店，给员工发了春节红包。那些人看着他泪水逐渐充溢的眼睛，明白这餐厅过了年恐怕是开不成了。但大过年的，只能说吉利话，每个人都只能眼含着泪水互道："大吉大利、恭喜发财。"

但在迎接秦安彤出狱的时刻，他的脸上现出的笑容是发自内心的。他看到自己生命中最珍爱的女子仍然光彩夺目地站在他眼前，他和她的命运纠缠将充盈他的后半生，一想到这个他就快乐，这才是他最看重的生活。餐厅关了还能再开，事业没了可以再创，千金散去还复来，唯有真爱的人万万不可失去。

那时，秦安彤看着杜家豪，心里也是一样的想法，但她没有说出来，她顾虑太多。

　　此刻她手握着方向盘，对自己说明天还是回家看看吧，那个家里的所有人都是自己的家人，那个始终在等着自己的男人非常珍贵，不要再计较任何顾虑了，要陪着他直到终老，这才是此生最重要的事情。

　　来到医院，秦安彤停好车，看到孟瑶面色苍白地从车里走出来。她等着她走到身边，把她冰凉的手握在自己的手里，走上医院的台阶。

　　住院部走廊空荡荡的，尽头有一个护士在值班。孟瑶把她的目的说了，护士带着她们走向病房。

　　来到病房门口，护士把手中的一份告知书跟孟瑶轻声读了一遍，大意跟之前电话里说的一样，就是病人宣告脑死亡，已通知家属并征得家属同意拔除全部维生设施，由于家属来往不便，请紧急情况联系人代为办理各项手续。

　　孟瑶在告知书上签了字，回头看了看秦安彤，点了点头，推门进去了。

　　秦安彤看着渐渐关上的那道门缝，眼睛瞬间被热泪烫得发疼。

　　不知过了多久，病房的门开了，孟瑶脸色苍白地走了出来，摇摇晃晃，像随时要栽倒。秦安彤连忙跑过去张开双臂紧紧把她抱在怀里，急切地用自己的体温温暖这具似乎被冻僵的身体。孟瑶在秦安彤的怀里瑟缩个不停，像赤身裸体穿过了严寒的冬夜。

　　零点的钟声敲响时，孟瑶和秦安彤坐在餐桌旁举起酒杯，在玻璃杯轻碰的悦耳声响过后，孟瑶听到自己的脑海里响起了三十年前那个青年响亮的声音："留下来吧！"

　　她知道，李志伟走了。

尾　声

　　2021年上半年，孟瑶经历了几个月全力以赴的挣扎努力，还是没能保住缨禧的全部股份，到债务归还的最后期限前一天，才无奈地在股权转让的协议书上签字，把公司的30%股权卖给浙江的一家大型服装厂。

　　由于电商的冲击，以及人们消费观念的剧烈变革，服装业的内卷已经到了水深火热的程度，"缨禧"这种中高端线受到的冲击尤为严重。几年间，各地仓库迅速积压，杜家美帮孟瑶促销了半年，效果都微乎其微，即使是三折清库存，也常常无人问津。

　　没办法，只能断臂求生了，先还银行贷款要紧。

　　浙江厂的老板满口答应替孟瑶归还债务，但唯一条件就是"缨禧"这个在市场上享有盛誉的品牌必须把他的几条产品线归入旗下作为子品牌。

　　孟瑶看过他那些产品，审美水平简直不忍直视，价格也完全跟缨禧匹配不上。她本想签了股权转让协议后让自己的设计团队全面介入，改造对方产品的设计，但设计团队的核心设计师称难以与这种档次的产品为伍，愤而辞职。孟瑶苦劝无果，只能放其离去。

　　没想到他离职后的第二天，团队里其他设计师也纷纷递上了辞职信，不到三天时间，设计团队全部走光。

　　现在职场上的这些90后年轻人，活得比孟瑶当年腰杆直多了，一言不合甩手走人是常事。而他们的创造力、理解力、与世界尖端时尚的融合力，也非当年的孟瑶能比，如何能用好他们，成了这几年孟瑶最头疼的事。

起起伏伏这种节奏,孟瑶经历得太多了,已经习惯。她只消深呼吸一口,便可以从头再来。

经得起捶打、耐得住成败,像打不死的小强一样顽强,就是孟瑶这一代创业人的特质。认输、退却、躺平,这些词在孟瑶的字典里没有容身之所,即使是落泪,在孟瑶三十年闯深圳的生涯中,也只有一只巴掌就能数得过来的寥寥几次。

毕竟这一代人崛起于希望造就的年代,命运在他们创业的DNA中,便刻下了"希望"二字。

任何艰难困苦的处境中,他们都能呵护着内心那一捧希望的火苗不灭,蓄力下一次崛起。

五月,陈国威找到孟瑶,想以借贷或入股的形式帮她还债。

陈国威这两年其实也不好过。他在长租公寓的业务上拿到的巨大利润开始给他带来越来越多的麻烦。近些年用工成本持续高攀,年轻人在租房上支出也越来越多,压力之下欠租不还的情况就日益严重,租客与租赁公司的矛盾不断。长租公寓的租金预支形式还涉及金融纠纷,陈国威一年到头官司不断,一度还被以金融诈骗罪起诉,最后吃了一张几千万的大罚单才了结。

陈国威感觉到了危机,他本能地又想换赛道了。经过一段时间的考量,他决定再次进入高科技行业,回到他最初的轨道上去。

深圳的高新科技产业,在进入21世纪后,像乘上了传说中的阿拉伯飞毯开始了不可思议的起飞。从通信产业的华为、中兴,到软件业的腾讯、金蝶,再到应用科技的大疆无人机、大族激光,生物科技的华大基因,这些高科技企业的产品和成果向全世界蔓延的态势如同星火燎原。如果说20世纪90年代深圳的名字被全世界知晓是因为它生产的服装、钟表、珠宝、自行车,那么21世纪的今天,当深圳的名字被提起的时候,大多数外国人第一时间联想到的就已经是华为、小米、大疆、腾讯了。

命运宠爱着这座年轻的城市,时间付出加倍的耐心雕琢着它的一切,在它心想事成的宠儿身份背后,是1700多万从四面八方涌来此地的年轻人为它贡献的青春和热血。

2018年初,陈国威注资了一家开发无人驾驶技术的高科技公司,第一天去跟研发人员开会,他就难以从座位上站起来。围着那张桌子坐着的十几个年轻人最大年龄才32岁,他们眼里发出的光芒让陈国威仿佛一下子回到30年前。30年前,他跟马化腾、雷军、史玉柱一样,啃着方便面,蓬头垢面地在出租屋里敲键盘,那时他们心里憧憬着中国互联网、世界互联网一片辉煌的未来。现在未来已来,这群同样不修边幅、眼里却闪烁着自信光芒的年轻人,比30年前的他站在更高的起点,让陈国威感到自己仿佛直接跨越了30年又回到了当年的起点。一个理想主义者终其一生,遇到的风浪再大再凶险,只要他还没被彻底打倒,就一定会向着理想的方向无限次地走去,这是理想主义者的本能,也是宿命。

孟瑶拒绝了陈国威帮她还债的请求,她要跟这个男人更干脆利落地切割。他年轻的妻子刚给他生了一个儿子,他有了一个圆满的家庭。

52岁的他一眼看上去还是很年轻,像40出头的样子,只是微笑起来眼角的皱纹会一下子冒出来许多。

孟瑶决定今后再也不跟他见面,在她心里,这样干脆利落地结束,是一个圆满的结局。

他俩最近一次见面,是在一个楼顶花园的露天咖啡店里。刚签了股权转让协议书的孟瑶满心失落,而刚刚走出法庭、被判了一大笔罚款的陈国威也身心疲惫。

他们都感觉到，他们漫长的青春终于将要结束，进入人生的夏天。他们怅然若失，不知该做些什么。他们这一代人享受了时代给予的太多红利，他们习惯了奋斗、拼搏、披荆斩棘，当属于他们的青春接力棒传给下一代时，他们也希望把这种精神传续下去，年轻人们，不要停下，继续奋斗。

毕竟只有奋斗，才有希望。

远处的海静静的，泊着几艘老船。夕阳透过层层乌云，洒下几缕金红在海面上。他们就这样久久地看着那里，一直没说话。

某天兴之所至，孟瑶突然想再走一次南海大道。

去年她曾路过翡翠花园，那小区几年前被拆了，原址建起了几栋高层公寓。她去公寓下面的美宜佳买了一瓶水，付款的时候认出收银员是梁芝华。

梁芝华跟她对视一眼后，立刻垂下了眼皮，沉默地扫码。

她是真的认不出自己了。孟瑶想。

这个女人曾经霸占深圳社会新闻头条长达半个月。前些年，她的美国男朋友汤姆被诊断出肝癌，变卖了所有在中国的财产，打算回美国，没给梁芝华留下任何东西。

梁芝华觉得这男人在美国除了一个老母亲已无亲人，而自己陪伴照顾了他好多年，他如今时日无多，那大额财产凭什么不留给自己一些？有了这笔钱，她就可以实现她的创业梦想了！她苦求汤姆分给她一些，汤姆严词拒绝，买好了回国的机票准备翌日登机返美。

梁芝华彻底绝望，把心一横，绑架汤姆到一间酒店房间，关了他两天两夜断水断食，逼他给钱。

第三天汤姆的身体熬不住，心梗发作死亡。

梁芝华把尸体扔在酒店逃走。

警察基本上在发现尸体之后不久就判定了梁芝华为凶手。深圳电视台是以在酒店房间发现尸体开始追踪报道的,所以格外吸引观众的眼球。那段时间几乎全体深圳市民每天晚上六点半都准时打开电视观看"追捕酒店藏尸案嫌疑人"的报道,十分轰动。警察花了半个月时间抓到了梁芝华,她跑到湘西山里,人不熟路也不熟,被当地村民发现,很快就被警察抓获了。

最后案子以梁芝华被判十年徒刑结束。

坐牢第四年,她因精神出了问题被保外就医。

孟瑶听妈妈讲,梁芝华的父母卖了老家的房子来到深圳,买下翡翠花园一套房,盘下楼下的便利店给梁芝华经营。翡翠花园拆除后,梁芝华死活不走,差点一头撞死在即将清走的建筑垃圾上。她父母只好去附近城中村租一套房过渡了一年,待原地建起的新高层公寓完工入住后,拿着拆迁款又买了一套新房住了进去。

之所以这样做,是因为精神虽然已不正常甚至连父母都有时认得、有时不认得的梁芝华有一个执念:誓死不离开深圳,一辈子住在翡翠花园。

后来孟瑶每次路过这家便利店,都要进去买点东西,梁芝华从来都没认出过她。

今天,她又买了一箱农夫山泉,付了钱搬起水转身往外走。走了几步她停住脚,回头看着梁芝华问:"姐姐,翡翠花园怎么走?"

梁芝华抬起头看着她,伸出一只手好像要指方向,却发起愣来。

孟瑶等了好久,都不见梁芝华开口说话,只见她眼神愣愣地不知看着什么地方,伸着手指一动不动。

孟瑶走出便利店,把一箱水放到后备厢,开车走了。

车子发动那一刻,她看了一眼后视镜,看到梁芝华还站在那里一动不动。

"这可别惹着她了吧？可别犯病啊！"开起车来，孟瑶对自己叨咕。

车开了好久，终于来到了深圳湾。

她清楚地记得，她刚来到深圳的时候是早春。现在，才刚刚来到初夏。这个春天过得多么漫长，似乎贯穿了她的大半个人生。她在春天的黑夜里行走过，她熟悉这座城市那些危险而迷人的夜晚。她也在春天的清晨磕磕绊绊地走过凹凸不平的石板路，跟她同路的人们都是行色匆匆、步履轻快。她短暂地直视过春天正午的太阳，那亚热带的酷热总是能在瞬间点燃她的恐惧。她也曾久久地在春天的黄昏远眺那看似一望无际的大海，想象在她看不见的地方，海浪把所有孤独矗立的大陆联结在一起，用同一种频率震颤起每一个明天的日出，以及每一座海底火山的躁动。

现在，这个漫长的春天终于过去了。

这深圳湾，就是她来蛇口的第一天晚上、从梁芝华家窗外看出去那一片黑乎乎的海。

这么多年来，她来过很多次深圳湾，都没想起那个夜晚，也便从来没有带着那晚的记忆仔细地去看这片海。今天，她非要凑到跟前去好好看看不可。

走过了一段平整的石板路，麻石路面开始凹凸不平起来，她穿高跟鞋不舒服，索性脱下鞋子拎在手里打赤脚，继续向海边走去。

她来到海边，风好大，扑面而来的湿润空气像是往脸上糊了一张保湿面膜。

孟瑶靠着一棵大王椰坐了下去，闭上眼睛，耳边顿时充满风的呜呜声。

（完）